HET FAMILIEKRIST

Ook verschenen van Cristina Caboni bij Xander Uitgevers

De dochter van de parfumeur (2014)
De bijenkoningin (2016)
De bloementuin (2017)
De verloren brief (2018)
De dromenweefster (2019)
Het huis met de spiegels (2020)
De magie van het parfum (2021)
De kleuren van de liefde (2022)
Het honingpad (2023)

Voor de rebellen.
Voor de mensen die vreemd worden gevonden.
Voor de vrije geesten die dapper
dansen op het geluid van hun eigen muziek.
Dit boek is voor jullie.

‘Vaarwel, woord van glas.
Dichters zijn als vazen uit Murano,
prachtig om te zien, maar zeer delicaat.
Iemand die je de adem beneemt,
iemand die je hart raakt.’
Alda Merini

PROLOOG

De zonsondergang op Murano is robijnrood, amethistpaars en saffierblauw. Zo definiëren glasblazers kleuren. Ze gebruiken de namen van kostbare stenen.

Marietta Barovier bewondert hem nog even, terwijl ze wacht tot de laatste glasblazers de deur uit zijn. De vrouw, die uit een vermogende familie van bekwame glaskunstenaars komt, groet hen met een glimlach en sluit dan de deur.

Terwijl ze vlug terugkeert naar de oven en de kaarsen aansteekt, glijdt haar zijden onderrok over de vloer. Het wordt al bijna nacht, ze moet opschieten.

Nadat ze de oven heeft aangezet, observeert ze de vlammen.

'Nog heel even.'

Plotseling klemt ze haar vingers stevig om de pijp. Ze weet dat ze niet meer alleen is en daardoor begint haar hart te bonzen. Toch draait ze zich niet om. Ze weet wie het is. Ze voelt zijn aanwezigheid, ruikt zijn geur en hoort zelfs zijn ademhaling.

'Je bent laat.'

'Je vader wilde me niet laten gaan, ik moest wachten tot hij sliep.'

Ze knikt, maar blijft naar de vlammen kijken. 'We moeten aan het werk.'

'Zoals u wilt, mevrouw.'

Ze geniet van zijn stem, de beleefdheid en vriendelijkheid en van zijn buitenlandse tongval. Datgene wat haar in hem aantrekt, kan echter zijn doodvonnis betekenen, als iemand ooit ontdekt dat hij glasblaast.

Venetië is niet vergevingsgezind: alleen mensen die in de lagune zijn geboren mogen de glasblaaspijp aanraken.

Haar verlangen is groot, heeft haar in zijn greep en maakt haar zwakker. Maar ze mag er niet aan toegeven, dus doet ze dat ook niet.

Terwijl Zorzi Ballarin, de knecht van haar vader en de enige man die ze ooit heeft vertrouwd en de enige man van wie ze ooit heeft gehouden, plaatsneemt voor het vuur, loopt zij terug naar de werkbank. Ze slaat hem gade terwijl hij werkt, bewondert zijn inzicht, zijn vaardigheden. Hij vertelt haar zijn dromen, zij luistert en... droomt met hem mee.

Af en toe buigt ze voorover om iets in haar schrift te schrijven.

Vele uren later ligt de parelketting waar ze de afgelopen weken samen aan hebben gewerkt op een hoopje as.

'Schitterend.'

'Ja, dat is hij zeker.' Pas op dat moment merkt ze dat hij naar haar kijkt. Het sieraad is al snel vergeten. Er zijn andere zaken die nu belangrijker zijn. Instinctief steekt Marietta hem haar hand toe. Hij pakt hem en brengt hem naar zijn lippen.

Ze lacht naar hem en staat zichzelf toe te hopen, te denken dat zijn kussen al haar pijn zullen kunnen wegnemen, de brandwonden en alle littekens.

Het licht van de zonsopkomst verrast haar en de realiteit verjaagt de illusie.

Ze deinst achteruit, hij maakt aanstalten om haar te volgen, maar doet dat dan toch niet.

'Het is tijd dat je gaat.'

Het afscheid voelt als een harde straf. Ze ziet hem knikken en ziet de teleurstelling op zijn gezicht. Beiden weten dat hun laatste avond samen ten einde is. De ketting is klaar, er is geen reden meer om af te spreken. Hij staat al bij de deur als hij zich opeens omdraait en naar haar toe loopt. Voor haar blijft hij staan, met fonkelende ogen vol woede. Ogen van iemand die klaar is alles te riskeren voor een verboden liefde, zelfs zijn eigen leven. Maar hij raakt haar niet aan en daar is Marietta hem dankbaar voor. Haar wil is nu zo dun als een draadje dat dreigt te knappen.

'Mevrouw, alstublieft...'

Zij onderbreekt hem voordat hij een fout kan maken, voordat hij een grens over kan gaan, die hem tot op dat moment in leven heeft gehouden.

'Ik zei dat je moet gaan.'

Er hangt nu een zware stilte. Ze wil hem zoveel zeggen en moet zich erg inhouden om haar hart niet te laten spreken. Marietta deinst achteruit, pakt het schrift, scheurt er een paar bladzijden uit en geeft die aan hem. 'Voor al je moeite,' zegt ze, terwijl ze hem een deel van haar geheimen overhandigt. Ze beledigt hem, hem en de band die tussen hen is ontstaan. Dat weet ze, maar ze kan niet anders. Ze ziet dat hij wit wegtrekt, naar achteren loopt en naar haar knikt.

'Zoals je wilt.'

Als haar enige liefde haar verlaat, wil ze hem achterna rennen, huilen, schreeuwen. Maar ze blijft stokstijf staan en strijkt met haar vingers over de parels.

'Misschien is het lot ons in een ander leven beter gezind, mijn Zorzi.' Op dat moment denkt ze nog maar aan één ding. Ze zoekt een zakje om de parels in te stoppen waardoor ze zo beroemd is geworden, en zodra ze dat vindt, doet ze daar de ketting in.

Misschien ben ik nog op tijd, denkt ze, als ze naar buiten rent.

1

Een vormeloze massa, ook wel metasilicaat genoemd. Glas is een kwetsbaar, doorzichtig en fascinerend materiaal, ontstaan uit een verbinding tussen silicazand en kalk waar soda of kalium aan wordt toegevoegd. Hierdoor wordt het smeltpunt verlaagd naar achthonderd graden, zo kunnen de glasblazers het bewerken.

De dag waarop Juliet Meriwether voor het eerst in een glasblaaspijp blies, werd de hete massa aan de andere kant dikker en vormde een bol.

De pijp was klein, paste goed in de hand van een klein meisje. De kristallen op het oppervlak smolten en vormden een spiraalmotief dat ze prachtig vond. Het was niet perfect, dat wist ze, maar dat kon haar niet schelen. Het was het eerste idee dat ze had uitgevoerd en ze had gefascineerd toegekeken hoe dat vorm kreeg. Ondanks de onvolkomenheden, was Juliet er gek op. Daarom bewaarde ze het veilig in een la.

Bijna altijd.

De bol lag nu namelijk op de grond, in talloze kleine scherven. Ze raapte ze een voor een op en deed ze in een doosje, alsof ze ze op de een of andere manier nog aan elkaar kon plakken. Maar zij wist als geen ander dat dat onmogelijk was.

'Je kunt nu mooiere maken,' mompelde ze, terwijl ze haar tranen wegveegde. 'Het is maar een voorwerp,' ging ze verder, in een soort monoloog tegen zichzelf, een vervelende gewoonte, wist ze, die ze als kind al had gehad. Ze was eigenlijk niet heel erg verdrietig om wat er was gebeurd, maar had het even zwaar, al tien dagen lang om precies te zijn. Sinds ze de brief had gekregen was ze emotioneel geweest.

Ze stond op, zette de doos op het aanrecht en ging verder met aankleden. Terwijl ze in haar jurk gleed, speelde ze in haar hoofd het moment van zo-even terug, van toen ze haar arm had uitgestoken en de bol had omgestoten. Had ze hem de avond daarvoor maar niet op haar kast laten staan... 'Stop daarmee en probeer positief te blijven.' Wie weet, misschien betekende het wel dat alles vanaf dat moment beter zou gaan. Er was in elk geval iets veranderd.

Ze maakte de riempjes van haar laarzen vast. Na een blik in de spiegel slaakte ze een kreet van schrik. Haar paarse lokken veranderden al snel in vlechten, die ze onder haar koperkleurige haar vastmaakte. 'Wat niet weet wat niet deert,' mompelde ze in het Italiaans. Ze trok haar jack aan, pakte haar tas en stopte toen de brief voorzichtig in haar zak. Ze liep het gebouw uit en keek om zich heen. Aan de overkant van de straat stond een taxi op haar te wachten. Ze ging zitten, groette de chauffeur en legde de bos tulpen en het gebak, dat ze die ochtend in alle vroegte had gemaakt, naast zich neer. 'Queen Anne Hill graag,' zei ze. Ze slaakte een diepe zucht en zakte weg in de stoel.

Eén keer per maand kwam haar familie bijeen voor een formeel diner in het huis dat Luigi, de stamvader, meer dan een halve eeuw geleden had gekocht in het mooiste deel van Seattle. Juliet was niet zo dol op dat soort gelegenheden en bedacht vaak smoesjes om er niet heen te hoeven gaan. Maar dit... Dit was haar avond, het moment waar ze lang op had gewacht.

Door het raam zag ze dat ze de stad tegemoetreden, dat de lantaarns aangingen omdat het al begon te schemeren. Appartementencomplexen maakten plaats voor woonwijken, majestueuze victoriaanse villa's en andere, kleinere gekleurde woningen, laantjes en tuinen. Aan elke plek had ze een herinnering, alles maakte iets bij haar los. Ze liet zich meevoeren door haar gedachten, totdat ze de wijk herkende. Ze was er. 'U kunt hier stoppen. Houdt u het wisselgeld maar.'

Ze wist dat ze zich zo'n grote fooi eigenlijk niet kon veroorloven, maar dit was een speciale dag. Dit moest gevierd worden. Ze lachte terug naar de chauffeur en dacht, terwijl ze de heuvel op liep, weer aan wat ze in haar zak had zitten.

Rechts van haar zag ze de trillende weerspiegeling van de lichten van de boten in het water van Elliott Bay. Op zonnige dagen was de zee felblauw. Uit een van de kamers op de tweede verdieping, die in een vorig leven haar slaapkamer was geweest, had je het beste uitzicht.

Totdat haar vader het raam dicht had laten maken tenminste.

Ze streek met haar hand langs haar arm en glimlachte breeduit. Ze had deze keer echt iets doms gedaan. Als klein meisje dacht ze al dat ze alles kon, zelfs dat ze kon vliegen.

Ze liep over de laan naar de tuin van haar ouders, ging de marmeren trap op en stak haar hand uit om aan te bellen, maar bedacht zich toen.

'Eén minuutje,' fluisterde ze, met haar hoofd tegen het raampje, terwijl haar hart tekeerging. 'Ik heb één minuutje nodig.'

Ze ging op de eerste traptree zitten, voorzichtig, zodat ze de tulpen niet zou breken, en streek haar jurk glad. 'Haal even diep adem, je bent gewoon opgewonden. Dat gaat wel over.' De sterren verschenen aan de hemel, het was een mooie avond en die kon alleen nog maar mooier worden. Alles kwam goed, ze hoefde er alleen maar in te geloven. 'Ik moet erin geloven.' Ze bleef om zich heen kijken, alsof ze ergens de kracht kon vinden om het plan uit te voeren dat ze bedacht had.

Opeens hoorde ze geritsel.

Er kwam een kat uit de struiken. Hij had lange poten, een trotse uitstraling en puntige oren. Zijn staart, die recht was als een stok, was aan het uiteinde gespleten. Juliet bleef roerloos en ademloos naar hem kijken, met haar hand stil op haar knie. In die smaragdgroene ogen was geen spoortje twijfel te zien, en toch zag zij het. Het was alsof de tijd even stilstond. Zij wist hoe het was om zeer onzeker te zijn, je ervan bewust te zijn dat elke verkeerde stap alles kon veranderen. En toch voelde ze nog veel meer: behoeftes, een hevig verlangen om een onbekend, gevaarlijk, maar buitengewoon aanlokkelijk terrein te verkennen.

Ze stak haar hand uit naar het beestje. 'Hé, jongen, ben je de weg kwijt?'

Hij rilde kort, alsof er energie vrijkwam vanonder zijn zijdeachtige vacht, die donker was als de nacht die nu viel.

De kat mauwde en liep zachtjes naar haar toe. Juliet zuchtte toen hij zich liet aaien.

'Je bent een dapper beestje,' zei ze, terwijl ze hem voorzichtig aaide. 'Heel dapper.' Zou zij dat ook kunnen zijn? Het gespin van de kat kalmeerde haar. Haar hand ging naar de zak, naar haar geheim. De brief leek wel te trillen, zich vast te grijpen aan haar vingertoppen en haar te verleiden.

Opeens ging achter haar de deur open, waardoor er een streep licht op de trap viel. Juliet schrok op en draaide zich om. Toen lachte ze. '*Ciao*, Gina.'

'Mijn God, *Giulietta,* wat doe jij nou hier buiten?'

'Je hebt de kat weggejaagd.'

De oude dame keek om zich heen en vervolgens weer naar Juliet, die intussen was opgestaan.

'Jij altijd met je grapjes. Laat me je eens bekijken, meisje, ik heb je zo gemist.'

Juliet vond dat niet zo'n leuk woord, maar gaf zich toch over aan de liefkozingen van de oude vrouw. Het gaf haar een warm gevoel vanbinnen.

'Er is iets anders aan je,' zei Gina, terwijl ze de bloemen en het gebak aanpakte.

'Echt?' Juliet keek weg.

'Ja. En wat lijk je toch op haar.'

Arme Gina, ze werd duidelijk een dagje ouder. Ze leek juist totaal niet op haar moeder. Ellen was tenger en donker en zij lang en meer rood dan blond. Dat had ze van haar vaderskant. Ze realiseerde zich dat ze niet eens wist hoe oud haar oppas eigenlijk was. Ze was naar de Verenigde Staten gekomen toen ze nog maar een klein meisje was, samen met de familie van haar opa, voor wie ze altijd had gezorgd. De Meriwethers hadden haar altijd graag gemogen, maar zij was echt dol op haar. Ze was haar steun en toeverlaat geweest. Ze had haar altijd aangemoedigd haar hart te volgen. Toen Juliet groot was geworden, wilde Gina liever bij hen blijven werken als gouvernante, dan met pensioen.

'Ben ik de laatste?' Ze wierp nadenkend een blik op de woonkamer.

'Nee, maak je geen zorgen. Je broer belde. Die is wat later,' mompelde ze.

'Komt Daniel niet?' vroeg ze een beetje teleurgesteld.

'Jawel, die was precies op tijd, zoals altijd. Hij staat met je ouders te praten.'

Dan ging het dus om Paul. Juliet trok haar jas uit en hing hem aan de kapstok bij de deur. Ze volgde met haar ogen de motieven die de lamp op de muur tekende. Ze waren apart, prachtig. Ze dacht terug aan de glazen bol en werd er weer verdrietig van. Dat was haar eerste creatie, die had veel voor haar betekend.

Er klonk een diepe stem, die de noten van een jazzmelodie volgde. Juliet liet zich meevoeren door haar herinneringen. Haar vader, Lucas, was aan het zingen. Dat deed hij altijd tijdens belangrijke gelegenheden. Hij had vaak voor haar gezongen toen ze klein was. Daar dacht ze graag aan terug. Ze lachte, maar ging toch nog niet naar binnen. Ze bleef aarzelend op de drempel van de deur staan.

'Vieren we iets speciaals?'

Vanaf de plek waar ze stond, kon ze haar ouders zien. Ze zagen er netjes uit, fluisterden tegen elkaar, met hun hoofden vlak bij elkaar en een glas in hun hand. Ze vond het leuk om hen te observeren. Toen ze haar zagen, stak Juliet verlegen haar hand op. Daarna voelde ze even aan de brief.

'Ze kunnen niet wachten om je in hun armen te sluiten, ga maar naar hen toe,' zei Gina, die achter haar stond. 'Toe maar, schat.'

Juliet pakte dankbaar de liefdevolle uitgestoken hand van haar oppas en ademde diep in. 'Ik kan dit,' fluisterde ze in zichzelf. 'Goedenavond mama, hoe gaat het papa?'

'Daar ben je eindelijk. Ik was even bang dat je je bedacht had.'

Zag ze er daarom zo gespannen uit? vroeg Juliet zich af. 'Nee, ik had me alleen vergist in de tijd.'

Ellen omhelsde haar. 'Altijd met je hoofd in de wolken, hè, *honey*.'

Ze noemden haar zo omdat ze de jongste was, een onverwacht kindje, dat werd geboren toen haar broers al groot waren. Ze dwong zichzelf te glimlachen. 'Het zat gewoon wat tegen.' Als ze niet al die tijd op haar knieën had gezeten om de scherven van de bol op te rapen, was ze zelfs te vroeg geweest.

'Laat me je even bekijken, ik heb je gemist.'

'Ik jou ook, papa.' Ze ging op haar tenen staan om hem een kus te geven. Lucas Meriwether was lang en stevig en had een dikke bos haar, die grijs begon te worden. Hij keek haar recht in de ogen en nam haar aandachtig op.

'Je ziet een beetje witjes...'

Op een ander moment had ze naar hem gelachen, want dat zei hij altijd tegen haar als ze elkaar zagen, maar nu was ze te gespannen.

'Ik vind juist dat je er geweldig uitzien, Juls!'

'Daniel!' Ze rende op hem af en vloog hem om zijn nek.

'Hoe gaat het, kleintje?'

Van hem kon ze dat wel hebben. Hij mocht haar noemen zoals hij wilde, hij was haar held.

'Goed, hoor. Je congres?'

Hij was de jongste en briljantste neurochirurg van de staat. Op achtendertigjarige leeftijd was hij al hoofd van de afdeling. Het congres dat hij de week ervoor in Londen had gehouden, was een succes. Dat wist ze, omdat ze hem op sociale media had gevolgd. Geneeskunde was zijn missie, een logische keuze. Van alle Meriwethers.

Behalve van haar. En niet alleen omdat ze niet tegen bloed kon…

Daniel haalde zijn schouders op. 'O, normaal.' Hij lachte naar haar en streek door haar haar. 'Je was wel erg vaag aan de telefoon. Wat voor nieuws moet je ons vertellen?'

Het was alsof ze in de spiegel keek, vond Juliet. Haar broer had grote, groene ogen, net als zij, en ook dezelfde kleur haar. In al het andere leek Daniel echter op Paul, op haar vader en moeder. Succesvolle mensen. Ze legde haar wang tegen zijn overhemd en snoof zijn geur op. Bij hem voelde ze zich veilig. 'Dat vertel ik straks, tijdens het eten.' Ze lachte en voelde de knoop in haar maag, die ze de hele dag al had gehad, minder worden. Ze was nu rustiger.

'Hou ons niet langer in spanning, honey.'

Haar moeder gaf haar het dienblad met taartjes. Ze leek gespannen. Juliet was altijd goed geweest in het lezen van mensen, vooral van haar familie. Ze bekeek de voorafjes. Ze vormden een soort boom, al had iemand de stam ervan opgegeten. 'Ik heb een grote kans gekregen.'

'Kun je wat specifieker zijn?'

Ze merkte dat haar moeder bezorgd was. Dat iedereen dat was. Dat was niet nodig, dacht ze teleurgesteld. Ze voelde de behoefte hen daarvan te verzekeren, het hun uit te leggen. Daarom besloot ze het nu te vertellen. Ze stak haar hand in haar zak en haalde de brief tevoorschijn. 'Ik heb van de zomer meegedaan aan een wedstrijd en ik heb gewonnen.'

Zo had ze zich het moment niet voorgesteld. Dit waren niet de woorden die ze voor de spiegel had geoefend. Er zat geen poëzie of gevoel in. Ze voelde niet de intense blijdschap van toen ze de brief voor de eerste keer, of de keren daarna, las. Ze gaf de brief aan Daniel, die hem vlug doorlas. Even later lachte hij naar haar.

'Dat is geweldig, Juls. Gefeliciteerd.'

Ze was dolblij dat te horen. Ze wist dat hij achter haar zou staan. Daniel had het altijd voor haar opgenomen. Hij had altijd een plek in zijn kamer voor haar gehad, een hoekje waarin zij kon zitten, terwijl hij studeerde, las, een geweldige man werd.

Over de anderen had ze haar twijfels.

Ze wist dat ze hen had teleurgesteld. Eerst was ze gestopt met geneeskunde, toen had ze geweigerd hun hulp aan te nemen en haar collegegeld zelf betaald met het geld dat ze verdiende als serveerster. Eigenlijk had ze ook een groot deel van haar schuld afbetaald met de erfenis van Ruth, haar oma van haar moederskant. En dat had hen vast nog bozer gemaakt. Maar ze had het op eigen kracht gedaan en was trots op haar Master of Arts, hoewel zij het zonde van haar tijd en geld vonden. Haar oppas had haar echter altijd gesteund. Zij zei altijd dat iedereen op de wereld komt met een plan, met iets speciaals. Dat plan uitvoeren was hard werken, maar gaf ook veel voldoening. Dat was ook het pad dat leidde naar geluk.

Ze keerde weer terug naar de werkelijkheid, naar haar familie. Het was niet hun schuld dat ze haar niet begrepen. Misschien veranderde dat ooit wel. Ze bleef hoop houden. Op een dag zou ze van haar kunst kunnen leven en zouden ze blij voor haar zijn.

Dat was haar verlangen en haar droom.

'Laat eens zien, Daniel. Wat staat daarin, Juliet?'

'Ik ben een van de tien studenten die is toegelaten tot de Glasblaasacademie van Murano. Ik ga naar Venetië, mama.'

Zo, het hoge woord was eruit. Ze hield gespannen haar adem in. Haar hart ging tekeer en ze lachte. Ze wachtte, terwijl haar moeder de brief las en toen aan haar man gaf.

Ze leek niet echt onder de indruk, besefte Juliet bezorgd.

'Wat?' Haar vader zette zijn glas op het dienblad. 'Wanneer is dit gebeurd? Waarom weet ik hier niks van?'

'Kijk niet zo naar me, ik was hier ook niet van op de hoogte. Waarom heb je het hier niet eerder over gehad, honey?'

Wat gebeurde er? Juliet wist zich geen raad, wist niet wat ze moest zeggen. 'Dat doe ik nu.' Ze zouden blij voor haar moeten zijn, dacht ze verdrietig. Ze had zich deze situatie talloze keren voorgesteld en dit was altijd het moment waarop ze haar allemaal feliciteerden. Nu was er echter slechts een stilte, er waren vragende blikken, verontwaardigde gezichten. Waarom lachten ze niet? Waarom waren ze niet blij voor haar? Waarom keken ze naar haar alsof ze iets verkeerds had gedaan?

'Je had ons moeten zeggen dat je mee ging doen aan deze... wedstrijd. Je bent altijd al impulsief geweest en je weet dat deze eigenschap je een... *discutabele* kant op heeft gestuurd. Misschien ga je wel weer de fout in.'

'Ik...' Haar mond was droog. Ze probeerde opnieuw te beginnen, maar de uitdrukking op het gezicht van haar ouders verwarde haar.

'Iedereen maakt fouten, mama, maar daarna gaat het beter. Daar leer je van.'

'Bespaar me je psychologische praatjes, Daniel. Je zus is... dat weet je. Ik wil niet dat iemand misbruik van haar maakt.'

Juliet trilde. 'Niemand maakt misbruik van mij.' Ze wilde schreeuwen, maar hield toch haar stem onder controle. Het ging helemaal niet zoals ze had gehoopt. 'Ik dacht dat jullie blij voor me zouden zijn. Ik dacht dat jullie voor één keer trots op me zouden zijn.'

'Maar dat zijn we ook. We houden van je, honey.'

Ze waren op de bank gaan zitten en keken elkaar nu om de beurt aan, alsof er twee partijen waren en ze met de plek waar ze zaten duidelijk maakten waar ze stonden: Daniel en zij aan de ene kant, haar ouders aan de andere. Tussen hen in stond een laag houten tafeltje met daarop een nette stapel tijdschriften en een geode met amethistkristallen. Juliet staarde er een paar minuten naar. Er hing een stilte, een soort vreemde spanning, die maakte dat ze zich nog ongemakkelijker en droeviger voelde. Ze was bang geweest dat er wat bezwaren zouden zijn, maar dit had ze nooit verwacht. 'Het spijt me,' mompelde ze. Ze wist zelf niet eens waar ze zich voor verontschuldigde, ze had alleen maar zin om te huilen. Haar moeder liep naar haar toe en tikte haar zacht op haar hand.

'Kijk niet zo beteuterd. Wat je doet en wat je bent zijn twee heel verschillende dingen, Juliet, verwar die twee alsjeblieft niet. Je bent onze dochter. We houden heel veel van je, toch, Lucas?'

'Natuurlijk. Maar je bent duidelijk doorgeschoten in dat glasverhaal. Dat is een leuk tijdverdrijf, een interessante hobby, dat moet ik toegeven,' ging hij verder, 'maar om daarvoor naar de andere kant van de wereld te gaan... Weet je wel waar Venetië is, honey?'

Juliet hoorde weer dat wantrouwende toontje toen hij over Italië sprak, dat haar familie, vooral haar vader, altijd had gehad. 'Ja, dat weet ik heel goed, papa. En ik weet ook dat ik heel blij word van wat ik doe.'

'Dat begrijp ik, maar het is wel een activiteit die niet geschikt is voor jou, geef toe.'

'Je vader heeft gelijk. Het is te vermoeiend. Jij bent breekbaar, gevoelig.' Haar moeder wachtte even, alsof ze naar de juiste woorden zocht. 'Je hebt gewonnen en dat is geweldig. Dat heb je echt goed gedaan. Geniet van dat moment, maar verder niet. Stort je op dingen die niet te hoog gegrepen voor je zijn.'

Niet te hoog gegrepen. Terneergeslagen vroeg Juliet zich af wat volgens haar ouders dan wel geschikt voor haar zou zijn. Maar ze weigerde daar lang over na te denken. Het was waar. Ze was al die dingen die haar moeder opnoemde, maar dat nam niet weg dat ze ook... andere dingen was. Of anders kon worden. In die brief stond dat ze goed was, geschikt voor het werk en dat ze mocht deelnemen aan de specialisatiecursus.

Ze zocht hem met haar blik en probeerde kracht te putten uit dat stuk papier.

'Hebben jullie me wel goed begrepen?' vroeg ze. 'Maar tien studenten van over de hele wereld zijn toegelaten tot deze school. Het is een heel strenge selectieprocedure.' Ze had nooit kunnen schreeuwen zoals Paul dat kon. Misschien moest ze daar nu mee beginnen. Misschien zouden ze dan wel naar haar luisteren.

'Wij willen alleen het beste voor jou.'

Ze huiverde. Hoeveel dingen had ze niet moeten verdragen omdat het zogenaamd goed voor haar was? Ze wilde het verleden niet oprakelen, ze was geen slachtoffer, dus dacht ze aan haar vrienden, aan de mooie dingen die ze had bereikt, aan wat ze allemaal nog wilde doen. Ze dacht aan haar gelach, aan de blijdschap die ze had gevoeld toen ze haar naam in de brief had zien staan. Ze dacht aan haar toekomst. 'Venetië is een grote kans voor mij, papa, een unieke kans.' Ze keek hem recht in de ogen en glimlachte naar hem. Ze wilde zo graag dat hij haar voor één keer begreep. Dat hij achter haar stond.

Daniel sloeg zijn arm om haar middel. Juliet legde haar hoofd op zijn schouder, dankbaar voor zijn steun. 'Ik wilde mijn blijdschap met jullie delen.' Ze wist dat ze niet was zoals zij, ze was zich ervan bewust dat ze dat nooit zou worden, maar ze had haar best gedaan en iets groots bereikt.

'Tuurlijk, schat, dat vinden we ook leuk.'

Lege woorden. Het was niet de eerste keer dat ze haar daarmee probeerden te kalmeren. Dat was iets wat je met een rebels kind deed, dacht ze. Dat had ze vroeger misschien allemaal laten gebeuren, maar nu begreep ze dat dat niet langer zo door kon gaan. Ze bekeek hen. Hun uitdrukking was veranderd. Ze wist dat ze de situatie nu aan het afwegen waren. Ze vroegen zich af of ze wel tegen zo'n grote stap opgewassen was.

Dat had ze zichzelf ook afgevraagd.

Dat had ze de afgelopen tien dagen vaak gedaan, omdat de opleiding erg moeilijk was, omdat ze opgewonden was over het feit dat ze naar de andere kant van de wereld zou gaan, maar dat haar dat tegelijkertijd ook zeer beangstigde. En ondanks dat haar vrienden en collega's haar van begin af aan hadden gesteund, verlangde ze naar de goedkeuring van haar familie. Ze had gedroomd, gehoopt dat ze haar zouden steunen, haar zouden aanmoedigen. Daarom was ze daar nu.

Ze keek op en zag dat ze met elkaar praatten. Het was alsof ze hun gedachten kon lezen.

Ze had al genoeg. Ze zou tevreden moeten zijn, met haar parttimebaan als secretaresse, een eigen plek. Een klein appartement waarin ze fijn woonde.

Maar er waren momenten waarop het leek alsof ze gek werd, alsof ze zichzelf in de weg zat. Dan leek het alsof alles ver weg was en vond ze geen reden om uit bed te stappen en de wereld in te gaan, die ze af en toe niet begreep, die haar vaak niet accepteerde. Maar er waren ook dagen waarop ze blijdschap voelde en ze sprankelde. Dan ging ze naar het park en liep ze op blote voeten in het gras, omdat ze dat zo'n prettig gevoel vond, maakte ze bloemenkransen en at ze pizza en ijs. Ze droeg dan oranje en turquoise, omdat dat haar lievelingskleuren waren en het kon haar niet schelen dat die niet bij elkaar pasten. Dat waren dagen waarop ze samen met haar vrienden opbleef tot zonsopkomst, om de warmte van het vuur op haar gezicht te voelen, om de scherpe geur van het papier in te ademen, dat het glas streelde, de geur van de volle teiltjes te ruiken en het gesis te horen van het water, als het overschot, dat ze er met een tang had afgehaald, erin viel. En dat was niet per se omdat ze gek was op de oven, maar omdat dat voorafging aan het creëren. Omdat zij in de wereld van vlammen ertoe deed, bestond.

'Het gaat maar om drie maanden.'

Stilte, angst. Ze zag hoe ze elkaar blikken toewierpen en zich klaarmaakten voor een nieuwe aanval.

'En hoe doe je dat dan met je werk? Je zei zelf dat je dat leuk vond.'

'Nee, mama. Ik zei dat het makkelijk was, handig.' Niets bijzonders en saai. Er waren mensen die er alles voor overhadden om haar zekerheid te hebben, dacht ze, met wangen die brandden van schaamte. Maar zij wilde meer dan alleen tevreden zijn. 'Ik ga verlof opnemen.'

'En je appartement?'

Dat zou ze onderverhuren voor de duur van de cursus. 'Dat is geen probleem.'

‘Waarom houden jullie niet op en geven jullie haar wat ruimte?’ vroeg Daniel.

Juliet glimlachte dankbaar naar haar broer. ‘Ik heb overal aan gedacht.’ Dat was waar, ze deed niet anders. En toch drong het op dat moment pas echt tot haar door, terwijl ze daar vocht om gehoord te worden. Dat was de eerste keer dat ze dat deed. In het verleden had ze discussies altijd vermeden en zich teruggetrokken. O, ze had haar hart wel gevolgd, maar tot op een bepaalde hoogte, zolang haar familie goedkeurde wat ze deed. Ze wist heel goed dat ze niet was wie zij wilden.

Toen Daniel aanstalten maakte om tussenbeide te komen, vroeg ze hem te zwijgen. Ze wilde de situatie op haar eigen manier afhandelen. Ze wilde dat haar ouders haar begrepen. Zij moest het hun zelf uitleggen, dat was belangrijk. ‘Dit is een grote kans voor mij.’

Stilte, gezucht, iedereen was in gedachten verzonken.

‘Je klinkt vastberaden.’

‘Dat ben ik ook, papa.’

‘Goed dan… goed,’ mompelde hij. ‘Leer deze… kunst en kom dan weer terug.’

Juliet zocht teleurgesteld de blik van haar moeder, maar zij stond ook niet achter haar. Ze zag aan haar gezicht dat ze teleurgesteld en geïrriteerd was. Ze keek haar smekend aan, totdat haar moeder uiteindelijk toegaf.

‘Ik… goed, doe wat je wilt. Je bent immers volwassen.’

Was ze dat echt? vroeg ze zich af. In dat geval had ze hun steun niet nodig. Een volwassen vrouw zou gewoon haar eigen weg gaan en weten wat ze waard was. Zij zou zich van niemand iets aantrekken.

2

In een graftombe in Denemarken werd een blauwe glazen parel gevonden, die gemaakt was in Amarna, in Egypte. Hij was geproduceerd in dezelfde oven als waarin ook enkele grafstukken uit de tombe van Toetanchamon gemaakt waren. Dit toont de historische band van mensen met glas. Meer dan drie millennia zijn inmiddels verstreken, maar het glas blijft mensen betoveren en inspireren.

De eerste keer dat haar ouders haar naar een centrum brachten voor kinderen met problemen was ze nog klein. Juliet kon zich niet meer precies herinneren hoe oud ze toen was. Hun gezichtsuitdrukking herinnerde ze zich echter nog heel goed: eerst zag ze ongeloof, toen een groot verdriet. Er was namelijk niets mis met haar en toch voldeed ze niet aan hun verwachtingen.

Ze was gewoon anders.

Ze hadden haar geknuffeld en lief toegesproken. Ze zouden het niet opgeven, hadden ze gezegd.

Zijzelf was aan het einde van die periode, waarin ze aan alle mogelijke onderzoeken onderworpen was, daar niet zo zeker van. Daarom had ze op een dag besloten van huis weg te lopen. Ze had een paar vleugels gemaakt en had zichzelf in de leegte gestort. Toen ze op een dikke stapel bladeren onder het balkon van haar raam landde, waren haar vlindervleugels afgebroken. Daniel was gelukkig thuis en had haar naar het ziekenhuis gebracht. En terwijl de anderen daarnaartoe kwamen, was hij bij haar gebleven, ook toen ze gips om haar arm kreeg.

Ze was niet meer dat kleine meisje, en toch voelde Juliet zich nog wel zo: weerloos, anders. Vreemd.

Daniels hand, die nu iets zwaarder op haar huid drukte, bracht haar terug naar de werkelijkheid. Net als het koude gevoel dat ze vanbinnen had.

Haar ouders waren er uiteindelijk niet op tegen, maar ze begrepen het niet. Ze begrepen háár niet... En ze waren er duidelijk niet blij mee. Ze zou er toch helemaal voor gaan, nam ze zich voor. Door de jaren heen had ze geleerd dat het zinloos was om om steun of liefde te vragen... Die kreeg ze toch niet.

Ze kon wel denken dat ze recht had op liefde, maar dat was kennelijk niet zo.

'Je hebt geld nodig en een veilige slaapplek. Kennen wij iemand in Venetië, Lucas?'

'In de school zijn logeerkamers en een mensa voor de studenten en om eerlijk te zijn wil ik dat liever zelf regelen, mama.' Het idee dat haar ouders een soort oppas voor haar wilden zoeken was buitengewoon vernederend.

'Wanneer vertrek je?'

Ze wilde haar vaders vraag beantwoorden, maar kreeg de kans niet, omdat er geluiden uit de gang kwamen.

'Daar zijn ze eindelijk.'

De gezichten van haar ouders lichtten op en ze stonden op om Paul te verwelkomen.

'Sorry dat we zo laat zijn, maar Rebecca moest nog wat afhandelen in de rechtbank, dus moest ze een vlucht later nemen.'

'Vervelend.'

'Niets ergs hoor, mama, gewoon iets voor een cliënt.'

Paul sloeg een arm om zijn verloofde heen: mooi, intelligent, uit een goede familie en een briljante advocate. De perfecte vrouw voor hem. Voor de Meriwethers.

'Mooi! Ik ben blij dat alles goed is afgelopen.'

'Bedankt, Ellen, ik ben alleen een beetje moe.'

Haar schoonzus omhelsde haar moeder, daarna Lucas en toen

Daniel. En tot slot kwam ze naar haar toe.

'Ik hoopte al dat ik je zou zien. Hoe gaat het met je, Juliet?'

'Goed, dank je.' Rebecca was aardig. Ze bewonderde haar vooral vanwege haar zelfverzekerdheid: ook nu ze te laat was, voelde ze zich nog steeds op haar gemak en bleef ze lachen.

'En met jou?'

'Gezien de situatie, best goed.'

Ze lachte weer en Juliet vroeg zich af of ze iets gemist had, maar voordat ze door kon vragen, werd Rebecca door Paul geroepen en liep ze lachend weg.

Ze vormden echt een mooi stel. Ze nam haar broer even op. Paul was kleiner dan Daniel, maar leek erg op hem. Hij straalde echter niet dezelfde vriendelijkheid uit. Zijn blik kon zelfs hard en gemeen zijn, als hij zich ergens aan ergerde. Juliet had zich meer dan eens afgevraagd waarom hij altijd in alles en iedereen het negatieve zag. Maar daarin was hij zeker niet de enige.

'Jullie zijn er allemaal, mooi!' Paul gebaarde dat iedereen bij hem moest komen. Het viel haar op dat hij nerveus was en dat was gek, want haar broer was altijd de rust zelve en had altijd alles onder controle. Daniel, die naast haar stond, sloeg hem ook gade. 'Wat denk jij dat er is?' vroeg ze hem.

'Ik denk dat we dat snel horen. Kom, dan gaan we naar ze toe. Ik begin nu nieuwsgierig te worden.'

Toen ze bij Paul stonden, zag Juliet de gespannen uitdrukking op het gezicht van haar moeder. Haar vader daarentegen, straalde. 'Een huwelijk! Wat geweldig.' Hij ontkurkte een fles bruisende wijn, schonk die in en gaf iedereen een glas. 'Daar moeten we op proosten.'

'Dit is wel een dag vol nieuws, zeg!' Ellen omhelsde Rebecca nogmaals. 'Gefeliciteerd, meisje.'

'Bedankt. Ik weet dat het misschien onverwachts lijkt, maar...'

'Dit is het juiste moment,' zei Paul, die haar zin afmaakte. Hij bracht haar hand naar zijn lippen. 'Het wordt een eenvoudige ceremonie, niets groots.'

Wat? Gingen ze trouwen? Juliet keek naar Daniel, die zijn schouders ophaalde. Hij wist dat blijkbaar ook niet.

'We willen in de zomer trouwen. Half augustus lijkt ons mooi, jullie?'

'Ik weet het niet, Paul, voor een bruiloft moet je altijd veel voorbereiden.'

Hij schudde zijn hoofd. 'Nee hoor! Je moet gewoon weten wat je wilt en een goed bureau inhuren. Willen is kunnen.'

Juliet werd wakker geschud uit haar verbijstering. 'Ik kom pas in september terug uit Italië.'

'Dan moeten we de datum verschuiven.' Rebecca legde een hand op de arm van Paul, die snel naar haar glimlachte, maar zich daarna boos naar Juliet omdraaide.

Dat verbaasde haar. Ze hadden nog geen woord tegen elkaar gezegd. Hoe kon ze hem nu al beledigd hebben? Het kon niet vanwege de bruiloft zijn, want ze hadden nog niet eens een datum geprikt.

'Je kunt je plannen vast aanpassen, Juls. Het gaat tenslotte om mijn bruiloft.'

Nee, dat kon ze niet. En net toen ze dat wilde duidelijk maken, kwam Gina de woonkamer in om te zeggen dat het eten klaar was.

'Dank je, Gina.' Ellen wees naar de eetkamer. 'We praten aan tafel wel verder.'

Juliet vroeg zich af hoe ze zich uit deze situatie kon redden. In gedachten verzonken maakte ze aanstalten om tussen haar ouders in plaats te nemen, zoals altijd, maar toen hield Paul haar tegen. 'Dit is een belangrijke avond. Rebecca en mama hebben veel te bespreken. Zou je één keer zo aardig willen zijn om ergens anders te gaan zitten?'

'Sorry?' Ze wierp een blik op haar schoonzus, die met haar ouders stond te praten. Ze bloosde. 'Ik wilde niet onaardig zijn en heb er gewoon niet over nagedacht, ik ging gewoon zitten.'

Hij keek haar recht aan. En na een laatste kille, verwijtende blik draaide Paul zich om. Moedeloos liep Juliet om de tafel heen en ging uiteindelijk naast Daniel zitten. Hij glimlachte naar haar.

'Negeer hem maar.'

'Hij heeft me nooit gemogen.'

Haar broer schudde zijn hoofd. 'Hij heeft graag de controle over de situatie en jij brengt hem van zijn stuk. Hij weet nooit wat je denkt of wat je gaat doen en dat vindt hij onprettig, ongemakkelijk.'

Was dat echt zo? Ze observeerde hem, maar Paul leek helemaal op zijn gemak, in het middelpunt van de belangstelling. Hij lachte, maakte grapjes, was goedgehumeurd.

'Weet je dat ik nog nooit in Italië ben geweest, Juls?' fluisterde Daniel in haar oor, waardoor ze opschrok. 'Zullen we er samen een appartement zoeken?'

'Wil je met me mee?' Ze was verbijsterd. 'Hoe moet dat dan met je werk in het ziekenhuis?'

'Het is maar voor drie maanden. Ik kan op en neer reizen en de operaties eromheen plannen. Dat lukt wel, dat weet ik zeker.'

Dat was te gek voor woorden… Toch begon Juliet erover na te denken. Als Daniel met haar mee zou gaan, zou dat iedereen blij maken, zou niemand meer bezwaren hebben tegen haar plannen. Dat was de makkelijkste oplossing. Ze zou blij moeten zijn, maar voelde zich juist… in verlegenheid gebracht, ongemakkelijk. Het voelde alsof er plotseling iets van haar was afgenomen. Van streek keek ze weg en concentreerde ze zich op het gesprek, op de verheugde gezichtsuitdrukking van haar ouders.

'En hoe zit het met kinderen? Jullie willen er vast minstens drie.'

'Lucas, alsjeblieft.' Ellen wierp haar man een vermanende blik toe.

'Wat heb ik verkeerd gezegd? Daarom trouwen mensen toch? Ik had dolgraag een broer of zus willen hebben, maar ben enig kind gebleven en dat is niet goed. Kijk naar onze kinderen, zij zullen er altijd voor elkaar zijn.'

Rebecca draaide zich een heel klein beetje om naar Paul. Hij schonk nog wat water voor haar in. Voor het eerst sinds ze aan tafel zaten, richtte hij zich tot Juliet. 'Zo, zusje, wat ga je in Italië doen?'

Hoewel zijn onverwachte interesse in haar plannen een afleidingsmanoeuvre leek, speelde ze toch mee, omdat ze wist hoe gênant haar vaders vragen konden zijn. Ze legde haar vork op haar bord. 'Ik ga drie maanden weg, naar Venetië.'

'Dat is een lange vakantie.'

'Juls gaat naar een school voor een heel bijzondere cursus, hè, zusje?' Daniel hief zijn glas, alsof hij in stilte op haar proostte.

'Waarom ga je naar Italië? Kun je in Seattle geen cursus doen?'

De opmerking van haar broer was niet vreemd. Ze had de eerste cursussen in de stad gevolgd. Vervolgens had ze begrepen dat ze iets anders nodig had, een bredere visie, die haar verbeelding zou stimuleren. 'Murano is de hoofdstad van het glasblazen.' Daar, op dat kleine eiland, was in de glasblaaskunst een zeer hoog niveau bereikt. Een duizend jaar oude traditie. En zij wilde naar die beroemde plek. Ze wilde naar de beste school ter wereld. Gina had haar toevertrouwd dat ze achter haar keuze stond. Haar oppas had haar van begin af aan gesteund.

'Wat bijzonder,' merkte Rebecca op. 'En daarna?'

Daarna? Ze had nog maar net het nieuws verwerkt en alles geregeld voor haar vertrek. Ze had nog niet nagedacht over het einde van de cursus en wat ze daarna zou doen. 'Dat weet ik nog niet.'

'Ik had ook niet anders van je verwacht, Juls,' lachte Paul hoofdschuddend. 'Jij bent echt ongelooflijk.'

Hij zei het op schertsende toon, maar zij hoorde toch dat er iets afkeurends in doorklonk. Waarom bekritiseerde hij altijd alles wat ze deed? Net toen ze besloot hem dat te vragen, was Daniel haar voor.

'Kleineer haar niet zo, Paul. Juliet heeft nog tijd genoeg om over haar toekomst na te denken. Je zou blij voor haar moeten zijn. Ze is door de selectie gekomen en heeft zelf een plek op die school verdiend.'

Dat had ze zelf willen vertellen, besefte ze, terwijl ze haar hand op die van haar broer legde.

'Ze nemen maar tien leerlingen aan,' verduidelijkte haar moeder, die hem de brief gaf.

Ook die informatie had ze liever zelf gedeeld. Maar dat herhalen zou alleen maar belachelijk zijn. Haar broer had haar al niet hoog zitten, dus ze was niet van plan erop door te gaan.

Paul fronste zijn wenkbrauwen, wierp een blik op het papier en gaf het toen aan Rebecca, die het op haar beurt aandachtig las. 'Kun jij hier even naar kijken?'

'Ik zal wat onderzoek doen.'

'Dank je, schat.'

Had haar broer nu echt aan zijn verloofde gevraagd naar de referenties van de school te kijken? Juliet kon haar oren niet geloven. Had hij niet in de gaten dat hij haar zo vernederde?

'Nee!' riep ze uit.

'Sorry?' zei zij, verbaasd.

'Je hebt het vast veel te druk met de voorbereidingen van de bruiloft en de rest.' Dat was niet precies wat ze wilde zeggen, maar haar schoonzus had niets te maken met haar familieproblemen.

Paul wierp haar een barse blik toe. 'Daar heb je een goed punt, Juls. We hebben het allebei erg druk. We willen de bruiloft organiseren zoals het hoort, maar hebben, zoals je weet, weinig tijd. We kunnen er niet nog meer zorgen bij hebben, dus het zou fijn zijn als jij geen problemen veroorzaakte.'

Problemen veroorzaakte? Ze liep vuurrood aan. 'Volgens mij heb ik jou nergens om gevraagd.' Ze zei het langzaam en articuleerde elk woord. 'Wat ik doe is niet jouw probleem en ook niet dat van Rebecca. Dit is mijn leven, daarover neem alleen ik beslissingen.'

'Je bent ondankbaar en gedraagt je belachelijk, Juls. Wij maken ons alleen zorgen om jouw welzijn.'

'Nu is het genoeg, Paul! En wat jou betreft, Juliet, bied je excuses aan aan je broer. Hij wil je alleen helpen, we maken ons allemaal zorgen om je.'

Helpen... Met een drukkend gevoel in haar buik observeerde

ze hen een voor een. Waarom begrepen ze haar niet? Er schoten allerlei gedachten door haar hoofd en geërgerd vroeg ze zich af waarom ze haar bleven behandelen als een onbezonnen kind. Kon ze hen ervan overtuigen dat ze het mis hadden? Ze wisten het niet, concludeerde ze. Ze kenden haar niet. Ze was nooit echt eerlijk tegen hen geweest. Ze dacht terug aan de dag waarop haar oppas haar had meegenomen naar het glasmuseum van Chihuly Garden, naar de onderzeese wereld, waar enorme schelpen op algenbedden lagen. Aan de betoverende tuin eromheen. Iemand had tussen de bomen en de struiken doorzichtige bloemknoppen en -kronen gezet, enorme gekleurde kunstwerken die tot de verbeelding spraken, waar je wel naar móést kijken. Maar pas toen ze voor al dat moois een meester in glasblazen aan het werk zag, begreep Juliet het. Toen hij het materiaal vormgaf en er een paardje met gespreide vleugels tussen zijn vingers verscheen. Opgewonden en verwonderd besefte ze op dat moment dat ze haar wereld had gevonden. De plek waarop ze zich op haar gemak kon voelen. Eindelijk geaccepteerd voor wie ze was.

Maar zij wisten dat niet.

En als ze zich zou openstellen, in plaats van zich te blijven verschuilen achter een nieuwtje of smoes, zouden ze haar dan begrijpen? Ze vocht tegen haar instinct dat haar opdroeg te zwijgen. Ze moest eerlijk zijn! Niet bang zijn voor hun oordeel en zich niet langer laten tegenhouden door haar onzekerheid. Het waren haar familieleden en die zouden haar nooit pijn doen.

'Ik ben niet zoals jullie, dat klopt. Maar er is iets waar ik goed in ben. Ik weet alles van vuur. Ik weet hoeveel potas en soda ik aan zand moet toevoegen voordat het de oven in gaat. Hoelang het brandt voordat het smelt. Hoe ik het glas moet aanraken, moet strelen. Ik zie de gelaatstrekken, het silhouet, de perfecte vorm. Ik zie beweging, die boetseer ik in de massa. Ik creëer. Ik weet alles van glas. En als ik voor de oven zit, ben ik gelukkig.' Haar hart bonsde hevig. Ze had die dingen nog nooit aan iemand verteld. Ze voelde zich op dat moment erg kwetsbaar, maar hoopte dat ze nu eindelijk zouden inzien wat ze was: een glasblazer, een kunstenaar. Ook al kon ze niet aan hen tippen.

Paul barstte in lachen uit. 'O, Juls, moet je jou nou eens horen. Het leven bestaat uit verantwoordelijkheden, uit doelen. Je bent een Meriwether, verdorie, je hebt verplichtingen. Stop eens met dat gezwets over geluk.' Haar broer schudde zijn hoofd. 'We zijn veel te mild voor je geweest. Dat is onze eigen schuld, dat is waar. Maar je bent bijna drieëntwintig. Kijk naar Rebecca, neem een voorbeeld aan haar. Ik vraag me af wanneer jij eens volwassen wordt, meisje.'

Het voelde alsof ze een emmer ijskoud water over haar hoofd kreeg. Juliet begon te beven.

'Wat ben jij toch een idioot,' merkte Daniel op.

'Altijd klaar om haar te hulp te schieten, hè? Om haar waanzinnige ideeën goed te praten. Dit is ook voor een groot deel jouw schuld.'

'Je moet je mond houden!'

'Genoeg. Ik wil niet dat jullie ruziemaken,' zei Juliet.

Maar haar broers luisterden niet naar haar. Daarom keek ze naar haar ouders, die van de een naar de ander keken. En daardoor voelde ze zich nog rotter. Dit was allemaal haar schuld.

'Weet ze dat jij haar salaris betaalt? Dat ze in een van jouw huizen woont? Weet ze dat jij haar de onafhankelijkheid hebt gegeven waar ze zo trots op is?'

Waar had hij het over? Juliet wilde net om verduidelijking vragen, toen Daniel opstond, zijn borst vooruit en zijn handen op tafel. Hij was woedend.

'Houd je bek, idioot!'

Ze moest hen tegenhouden. Ze pakte Daniels arm vast, net voordat hij zich op zijn broer wilde storten.

'Stop, kalmeer een beetje allemaal!' riep Lucas, terwijl hij met zijn vuist op tafel sloeg.

De glazen rinkelden nog, toen Rebbeca Pauls hand vastpakte. Hij keek om zich heen en verbleekte, alsof hij zich toen pas realiseerde dat hij overdreven had gereageerd. Vervolgens maakte hij de knoop van zijn stropdas losser. 'Zie je nou, Juls. Deze familie houdt van je, we hebben allemaal het beste met je voor. Dat moet je toch begrijpen?'

'Paul, alsjeblieft, laten we van onderwerp veranderen.'

'Begin jij nou niet ook nog, mama,' antwoordde hij. 'Ze moet eens met de neus op de feiten worden gedrukt. Je hebt haar toch gehoord? Venetië, glas. Heb je enig idee hoeveel problemen ze kan krijgen als ze in haar eentje naar het buitenland gaat? Kijk naar haar, ze ziet er nauwelijks ouder uit dan zestien en gedraagt zich ook nog eens zo! Ze is mooi en dat is ook niet in haar voordeel. Bovendien is ze volledig de weg kwijt en leeft ze in een fantasiewereld. Ze heeft geen doel in haar leven, dat weten jullie net zo goed als ik. En als hij,' zei hij, wijzend naar Daniel, 'met haar meegaat, zal ik er alles aan doen om deze familie te beschermen. Op de spoedeisende hulp waar ik werk heb ik te veel meisjes gezien die de weg kwijt waren. Ik wil niet dat het mis gaat met mijn zusje.'

Er viel een zware, onprettige stilte.

Juliet had een knoop in haar maag en trilde. 'Is het waar wat hij zei?' fluisterde ze, zonder zich tot iemand in het bijzonder te richten. Ze durfde Daniel niet aan te kijken. Ze was doodsbang voor zijn antwoord. Paul was arrogant en kon wreed zijn, maar had nog nooit tegen haar gelogen. Ze keek op naar Daniel. Hij bleef naar zijn bord staren.

'Ik smeek het je, geef antwoord,' fluisterde ze.

Hij had er nog nooit zo afwezig, zo alleen uitgezien, vond ze.

Haar ogen brandden, ze moest bijna huilen. Ze had zin om hem door elkaar te schudden, hem te smeken. En toen lachte hij opeens naar haar.

'Het is een harde wereld, voor iedereen, Juls, en voor jou nog meer. Jij bent zo kwetsbaar en gevoelig... Ik heb gedaan wat ik moest doen.'

'Nee!' riep ze vol afschuw uit. 'Nee, alsjeblieft.' Ze schudde haar hoofd. Haar oren suisden. Een dof en vreselijk geluid.

Ze dacht dat ze doodging toen Paul haar, nadat ze zich had opengesteld en haar hart had uitgestort, had uitgelachen. Maar dat was niets vergeleken met het verdriet en de teleurstelling die ze nu voelde.

'Kwetsbaar' was een aardige manier om te zeggen dat ze zwak was, dat ze het leven niet goed aankon.

Dat ze veel beperkingen had.

Het voelde alsof ze flauwviel, alsof ze zich nergens aan vast kon houden.

Daniel was de enige die ze altijd had vertrouwd, aan wie ze altijd alles had verteld. Ze dacht terug aan de dag waarop ze samen het appartement hadden bezocht dat haar nieuwe huis zou worden, met z'n tweeën, de blijdschap vanwege de gedachte eindelijk een eigen plek te hebben. Ze dacht terug aan het sollicitatiegesprek dat ze had gehad. Daniel was degene die haar had verteld dat ze een assistente zochten. Alle stukjes vielen opeens op hun plaats. Alles waarvan ze had gedacht dat ze het zelf had verdiend, had ze van Daniel gekregen.

Ze voelde een steek in haar borst. 'Je hebt me bedrogen.'

'Ik wilde dat je gelukkig was.'

'Omdat jij dat níet bent?'

Daniel trok wit weg. Hij wierp haar een vermanende blik toe. 'Hou er maar over op.'

Juliet begreep de waarschuwing, maar kon zich niet inhouden. Zo kwaad was ze nog nooit geweest. Deze woede had ze nog nooit eerder ervaren en kon ze ook niet in bedwang houden. Ze voelde dat ze het van buiten heet kreeg en van binnen ijskoud. Ze wilde wegrennen, maar bleef toch zitten, staarde hem aan en zei dingen waarvan ze nooit had gedacht ze ooit uit te spreken. 'Jij beslist altijd alles. Je beslist dingen voor jezelf, voor mij, zelfs voor George. Dat is geen liefde en dat weet je. Dat heet controle.'

Even later, toen ze zag hoe hij trilde, wilde ze dat ze alles kon terugnemen. Ze had George, zijn vriend, meteen al gemogen. Hij was kinderarts, aardig, vrolijk en altijd in voor een geintje. Pas later had ze begrepen dat haar broer en hij een relatie hadden. Iets waar Daniel niet mee om kon gaan. Het was een geheim dat hij met haar had gedeeld. Een belofte die zij zojuist had gebroken.

Haar broer wierp haar een diepbedroefde blik toe en legde toen zijn servet op tafel. 'Het lijkt wel alsof ik het alleen maar fout kan doen bij je. Het spijt me, Juliet.'

Zijn handen trilden. Ze kon wel door de grond zakken.

'Ik moet gaan. Ik bel je volgende week, mama. Bedankt voor het eten en... jullie gefeliciteerd.' Hij verliet de eetkamer en trok even later de deur met een klap achter zich dicht.

Er volgde een stilte die zo gespannen en ongemakkelijk was, dat iedereen hem nauwelijks kon verdragen. Toen legde Ellen haar servet op haar bord. Ze keek haar beide kinderen aan. Eerst Paul en vervolgens Juliet.

'Ik ben zwaar teleurgesteld in jullie gedrag.' Ze wachtte even. Ze klonk gespannen en geërgerd. Daarna draaide ze zich om naar Rebecca en glimlachte. 'Vergeef ons. Normaal zijn we een stuk vriendelijker tegen elkaar.' Ze zocht de hand van haar man, die vervolgens de hare vastpakte. 'Juliet, je broer heeft zich op een vreselijke manier uitgedrukt, maar hij heeft wel gelijk. Het is tijd dat je volwassen wordt en stopt met dwaze keuzes te maken. Vanaf nu denk je na voor je wat doet en stel je ons op de hoogte van je plannen voordat je ze uitvoert.'

Juliet luisterde al niet meer.

Hoe kon het zo uit de hand zijn gelopen? Waarom had ze die dingen tegen Daniel gezegd? Ze was naar het diner gegaan om mooi nieuws met haar familie te delen, om steun van hen te krijgen. Wat ze echter van hen had gehad was... niets. Nee, dat was niet waar, het was wel iets. Het voelde als verlies, als eenzaamheid.

'Juliet?'

Ze antwoordde niet. Daar had ze de kracht niet voor. Ze keek naar de brief: iemand had hem verfrommeld en in een hoek van de tafel gegooid. Ze stak haar hand uit, pakte hem en streek hem glad. Op het dikke papier, in een elegant handschrift, naast een symbool dat haar deed denken aan een haan, stond haar naam: *Juliet Meriwether*. Daaromheen stonden mooie gouden versieringen, omdat het een toelatingsbrief was van de beste glasblaasschool van de wereld. De rest deed er niet meer toe, dat wist ze nu. Verder had ze niets meer.

Ze keek naar haar moeder, naar haar afkeurende, treurige blik. Hoe vaak had ze niet zo naar haar gekeken? Ze liet haar hoofd hangen, haar servet in haar gebalde vuisten geklemd.

Ze was naar haar familie gegaan in de hoop wat advies te krijgen. Nee, dat was niet waar. Ze had gehoopt dat ze haar voor één keer zouden steunen. Dat ze haar zouden aanmoedigen. Maar dat was niet gebeurd. In plaats daarvan had ze ontdekt dat dat kleine stukje autonomie dat ze meende te hebben opgebouwd en veroverd, alleen maar een illusie was.

'Het spijt me,' fluisterde ze. Ze voelde zich weer klein, weerloos en onbekwaam. En als ze zich nu zou overgeven? Als ze hun raad zou opvolgen? Zouden ze dan van haar houden? Zouden ze haar dan begrijpen? De verleiding was groot, net als haar verlangen naar aandacht, naar liefde. Maar dat zou nergens toe leiden. Ze zouden toch medelijden met haar blijven hebben, zich zorgen om haar blijven maken en de controle over haar proberen te blijven houden. Opeens werd ze overvallen door een heel sterk gevoel van onrust. Zij was niet het probleem. Ze was volwassen en wist heel goed wat ze deed. Ze was goed in glasblazen.

Ze verzamelde al haar moed.

'Ik moet nu echt gaan.' Het leek alsof ze geen lucht kreeg, alsof de muren op haar af kwamen.

'Wij kunnen je wel thuisbrengen,' stelde Rebecca voor. 'Toch, Paul?'

'Tuurlijk, schat. Juls, ben je klaar om te gaan?'

Paul lachte naar haar alsof alles koek en ei was. Een normale avond met familie. Ze huiverde. Het leek wel alsof haar hart uit haar borst bonsde. Ze wilde zo snel mogelijk bij hen weg. Bij iedereen weg. 'Bedankt, maar ik wil even alleen zijn.'

Ze werd omhelsd en gekust. 'Vergeet niet je excuses aan te bieden aan Daniel.'

'Nee, mama.'

'Ik hou van je, *honey*.'

'Ik ook van jou,' antwoordde ze, met een gebroken hart.

'Alles komt goed, maak je geen zorgen.'

Ze dwong zichzelf te knikken, ze had dit immers al eerder meegemaakt. Ze wist wat haar te doen stond.

Toen pakte ze haar tas en liep naar de deur. Daar stond Gina op haar te wachten. 'Ik heb alles verpest,' fluisterde ze, terwijl de oude vrouw haar omarmde.

'Nee, lieverd. Je bent gewoon jezelf. Dat ben je altijd gebleven, ondanks al hun pogingen jou te veranderen.' Ze streek door haar haar. 'Je bent net als zij.'

Zij? Over wie had ze het? Op dat moment kon ze nauwelijks meer nadenken. 'Ik begrijp je niet.'

'Dat geeft niet. Het enige wat ertoe doet is dat jij naar Venetië gaat.'

'Ik... Ik weet het niet, Gina. Ik weet niets meer.' Moest ze echt gaan?

'Je moet het doen, meisje.' Gina pakte haar hand vast en legde er een koker in. 'Je lot ligt nu in jouw handen.'

Ze snapte het niet, dacht ze, terwijl ze de koker opende. Vervolgens sperde ze haar ogen wijd open.

Op een bedje van roze fluweel, dat was verkleurd door de tijd, lag een rij parels in het licht te schitteren. 'Parels uit Venetië.' Ze keek haar oppas verbijsterd aan. Ze waren in goud ingelegd, met murrine, roosjes, fonkelende balletjes. De parels waren oud en kostbaar. Die waren een klein fortuin waard. In haar hand voelden ze opeens warm aan. 'Dat kan ik niet aannemen.'

'Dat kun je wel en dat moet je ook. Zij zou blij zijn als ze wist dat jij ze had. Breng ze terug naar huis, Juliet. Naar de plek waar ze thuishoren.'

3

Doge Tiepolo gaf eind dertiende eeuw de opdracht om alle glasblazerijen naar Murano te verplaatsen. Zo werd Murano de hoofdstad van het glas. Een periode van grote economische groei brak aan. De glasblazers kregen allerlei privileges, waaronder die van geld maken, de munten die daar gemaakt werden heetten oselle di Murano.

Venetië was een rijke, majestueuze en levendige stad. Hij droeg zijn verleden en goede naam vol trots uit, met zijn mooie huizen, kerken en groene tuinen. Ook de klokkentorens staken trots af tegen de hemel, die over leek te gaan in de kanalen. Juliet kon nauwelijks zien waar de lucht eindigde en het water begon.

Dat de stad prachtig en indrukwekkend was, wist ze al. Maar de rest... Ze was niet voorbereid op het gevoel dat ze kreeg toen ze op het stationsplein van Santa Lucia stond, voor het Canal Grande.

De waterweg, met vele motorboten en hier en daar een verdwaalde gondel, vertakte zich langs smalle straatjes en waar nodig langs nog smallere steegjes. De kleine aanlegplaatsen lagen vlak voor de afgebladderde deuren en zagen er donkergroen en glimmend uit vanwege de algen.

'Dit had ik nooit verwacht,' zei ze binnensmonds. Ze keek alle kanten op. Overal zag ze dingen die ze van dichtbij wilde bekijken. Symmetrische tweelingvensters achter een balkon, versieringen op witte en roze marmeren voorgevels en de hemelsblauwe koepel recht voor haar, met daaronder reusachtige zuilen. Ze vond alles even mooi. Alles was... Opeens werd ze duizelig. Dat was vast de jetlag, dacht ze, terwijl ze met haar ogen knipperde.

'Pardon.'

'Neem me niet kwalijk,' antwoordde ze instinctief in het Italiaans. Gina had altijd in haar moedertaal tegen haar gesproken, een herinnering aan de fijne momenten van haar jeugd, aan hun geheimen. Ze had haar altijd gezegd dat ze een bijzonder meisje was, geluk had en dat ze van een belangrijke Italiaanse familie afstamde. Anders dan haar vader, die er niet graag over sprak, had haar oppas haar altijd aangespoord om zich meer te verdiepen in Italië, in het land en de cultuur, en meer te doen met haar aanleg voor kunst en creativiteit. Ze voelde aan de ketting. De kleine parels waren asymmetrisch, elk apart gemaakt. In het licht van de huidige vooruitzichten, werden de verhalen uit haar jeugd opeens anders. Mysterieus.

Hij is van jou sinds je geboorte.

Hij behoorde tot haar familie, al jarenlang. Maar waarom had haar vader hem dan niet aan haar gegeven? Juliet had niet doorgevraagd. Daarvoor was ze te verdrietig geweest. Ze had met veel moeite haar appartement bereikt. Nee, dat van Daniel. De volgende ochtend had ze het reisbureau gebeld om te vragen of het mogelijk was om eerder naar Italië te vertrekken. Vervolgens had ze haar koffers gepakt en haar ouders op de hoogte gesteld van haar besluit. Zij hadden haar gezegd dat... Daar wilde ze niet meer aan denken. Dat was erg vervelend geweest.

Er liep een groep toeristen naast haar en dat irriteerde haar. Ze zocht een rustigere plek op. Ze was verward, nieuwsgierig. En onrustig. Het was de eerste keer dat ze in Italië was. Het was ook de eerste keer dat ze alleen reisde. Ze schrok van het gerinkel van haar telefoon. Ze keek naar het scherm en zei: 'Rebecca?' In Seattle was het midden in de nacht... Zou er iets gebeurd zijn? Ze dacht aan Daniel en begon te trillen. Ze had hem al drie dagen niet gesproken. Niet meer sinds het rampzalige diner dat alles had veranderd. Maar als er een probleem was geweest, had haar moeder haar wel gebeld. Het was waarschijnlijker dat haar familie haar schoonzus had gevraagd om te bemiddelen. En dat betreurde ze nog meer, want haar woede was inmiddels bekoeld en ze was nu alleen nog maar intens verdrietig.

Ze nam op. 'Kun je niet slapen?' vroeg ze met een zucht.

'Hoi, Juls, niet ophangen alsjeblieft.'

Paul? Ze sperde haar ogen wijd open van verbazing. Ze had zijn talloze telefoontjes genegeerd, dus daarom had hij waarschijnlijk de telefoon van zijn verloofde geleend. 'Ik leef nog, zeg dat maar tegen mama. En het is hier prachtig.' Ze klonk onaardiger dan de bedoeling was. Ze keek naar de lucht die steeds feller blauw werd. De tranen stonden in haar ogen.

Stilte, een zucht en op de achtergrond de stem van Rebecca, die hem aanspoorde. 'Het spijt me wat er is gebeurd.'

Verrast door zijn excuses liet Juliet haar boosheid voor wat het was. 'Mij ook. Heel erg.' Ze was bedroefd, leeg vanbinnen. Maar ze wilde niet meer denken aan wat er was gebeurd, dat had ze al te vaak gedaan en ze begreep nog steeds niet wat ze verkeerd had gedaan.

Ze had alleen Daniel niet zo mogen toespreken.

Ze had hem heel slecht behandeld en dat had ze niet mogen doen, al deed zijn bedrog haar nog zoveel verdriet.

'Ik ben niet goed in het zeggen van aardige dingen. Dat weet je.'

Als ze niet zo terneergeslagen was geweest, had Juliet waarschijnlijk moeten lachen. Dat was niet waar. Paul kon alleen tegen háár niets aardigs zeggen. Tegen zijn moeder en tegen Rebecca was hij grappig en vriendelijk. Opnieuw vroeg ze zich af waarom hij toch altijd zo vijandig tegen haar deed. Maar ze had geen zin om met hem in discussie te gaan. 'Ik heb tijd voor mezelf nodig.' Ze wist niet zeker of dat echt zo was, maar soms was het nodig om grenzen te stellen. Om ruimte te nemen en verder te gaan. 'Ik wil het op mijn manier doen.'

'Heb je wel een plek om te slapen?'

Ze rolde met haar ogen. 'Je zult het niet verwachten, maar ik ben niet van plan om onder een brug te gaan slapen.' Waarom gaf hij haar toch altijd het gevoel dat ze iets fout deed?

'Rustig maar, ik wilde alleen weten in welk hotel je verblijft.'

Ze ademde diep in. 'Daar ga ik later heen. Ik ga nu eerst de stad bekijken, en voordat je me het vraagt, ja, ik heb eraan gedacht om mijn koffer in een kluis te doen en heb het bonnetje veilig in mijn tas gedaan. Ik heb alles onder controle.' *Ikzelf, niet jullie.* Ze zuchtte. Ze nam niet graag een vijandige houding aan. En ze haatte het om zich voor elke beslissing te verantwoorden, maar ze was ook moe. 'Het gaat echt goed met me. Doe iedereen de groeten. Ik bel jullie over een paar dagen.' Ze hing op en besloot ineens haar telefoon uit te zetten.

Ze bleef wandelen, omdat ze niet stil kon blijven staan, vanwege de grote massa toeristen om haar heen. Omringd door onverstaanbaar geroep en geklots van het water, keek ze naar links. Ze moest de overkant van het kanaal zien te bereiken. Ze liep over de Ponte degli Scalzi, want die brug stond op het kaartje aangegeven dat ze op het vliegveld had gekocht.

En toen was het alsof alles verdween. Haar gedachten, haar zorgen. Niets was meer belangrijk, terwijl ze daar wandelde en de zilte geur van het water opsnoof. Het was overweldigend, alsof haar ogen de onmetelijkheid van alles om haar heen niet konden vangen.

Schoonheid had altijd een grote rol gespeeld in haar leven. Daardoor kon zij aspecten zien die anderen misten, aspecten waar zij juist veel waarde aan hechtte. Ze dacht dat ze voorbereid was op het zien van schoonheid. Ze meende het te kennen. Maar nu ze door straten liep met etalages, ambachtelijke winkeltjes en restaurants, wist ze niet wat ze zag. En hoe verder ze het centrum van de stad in liep, hoe meer emoties er bij haar losgemaakt werden, alsof ze het begrip schoonheid eerder slechts oppervlakkig had gekend en er nu in ondergedompeld werd.

Hoeveel mensen moesten er wel niet over de stenen van de steegjes zijn gelopen om ze zo te laten slijten? Ze vond dat de slijtageplekken juist extra charme aan de stenen gaven en het voelde alsof iedereen die daar ooit gelopen had er zijn verhaal had achtergelaten. De straat werd smaller en als vanzelf strekte Juliet haar armen uit. Met haar vingertoppen streek ze langs de muren van de gebouwen die zich oprichtten naar de hemel. Calle Varisco. Het leek wel alsof ze zich in een andere dimensie bevond, in een tijdsbubbel. Er was geen verschil meer tussen haar en de vrouwen die eeuwen eerder met hun handen hetzelfde hadden gedaan. Ze kon niet wachten om meer te zien en verliet de steeg. Ze wandelde een bruggetje over, dat de oevers van een klein stroompje met groenig water met elkaar verbond, totdat ze bij een plein kwam met in het midden een fontein. Het rook er heerlijk naar koffie. Ze zocht een plek om te zitten en sloeg nieuwsgierig de mensen aan de andere tafeltjes gade, die typisch Venetiaanse gerechten bestelden. Toen de ober haar het menu bracht, wees ze naar een bord met pasta met tomatensaus en geurende groene blaadjes erop. Basilicum, als ze zich niet vergiste. 'Dat wil ik, graag.'

'Komt eraan, mevrouw.'

Ze was eraan gewend te worden bekeken, te bleek, te lang, te alles. Daarom stond ze niet lang stil bij de blik die de ober haar toewierp voordat hij wegliep met haar bestelling.

Toen ze later haar bord met spaghetti kreeg en een hap nam, verdween alles: de pasta was net zo lekker als die van Gina die ze vaak maakte voor speciale gelegenheden. Ze werd overvallen door een hevig verlangen naar thuis, ze had heimwee. Ze had expres afstand genomen van haar familie, omdat ze geen keus had. En dat deed haar verdriet. Dat was een gevoel dat ze moest leren te verdragen.

Later, toen ze een beetje rozig begon te worden, besloot ze dat het tijd was om naar het hotel te gaan. Ze wilde even slapen en daarna nadenken over wat ze tijdens haar verblijf zou gaan doen. Ze betaalde de rekening en vroeg aan de ober welke kant ze op moest. 'Die kant op, mevrouw. Ik zal het wel even aangeven op de kaart.'

'Graag.'

Het hotel was erg dichtbij. Juliet bekeek het gebouw en vroeg zich af of het een terras of een tuin had. Ze probeerde zich de inrichting van de kamer te herinneren die ze had gereserveerd. Lichte meubels in Venetiaanse stijl, een raam met uitzicht op het kanaal. Daarom had ze hem gekozen. Het uitzicht was belangrijk voor haar. In Seattle zat ze ook graag voor het raam naar buiten te kijken. Er was altijd wel iets nieuws en anders te zien. De vazen op de vensterbank stonden vol met bloemen. Ze had geen idee hoe de oranje margrietachtige bloemen heetten, maar ze roken heerlijk. Ze gaapte, wierp nog een laatste blik op de deur en besloot toen naar binnen te gaan. De hal was klein, maar erg chic. Bij de receptie zat een vrouw met bril te bellen. Toen ze haar zag hing ze op en glimlachte ze beleefd naar haar. 'Goedendag, kan ik u helpen?'

'Dag, mevrouw. Ik heb een kamer gereserveerd op naam van Juliet Meriwether.'

De receptioniste fronste haar voorhoofd, wierp een blik op het computerscherm en tikte met een pen op een schrift dat op het bureau lag. Even later keek ze haar weer aan. 'Ik zie nergens een reservering op die naam staan.'

'Maar... Ik heb de bevestiging in de app staan. Kunt u nog eens kijken, alstublieft?'

'Natuurlijk. Ik zal nog eens zoeken. Wie heeft er gereserveerd?'

'Dat heb ik zelf gedaan,' antwoordde ze een beetje geïrriteerd.

De vrouw schudde haar hoofd. 'Ik heb de code nodig die u via e-mail heeft gekregen. Dan kan ik het voor u in orde maken.'

'Die zal ik meteen voor u zoeken!' Ze pakte haar telefoon, drukte op de aan- en uitknop en wachtte. Het scherm bleef zwart. Verbaasd maakte ze plaats voor een vrouw die na haar was binnengekomen. 'Ik heb een probleempje met mijn telefoon,' zei ze, toen de vrouw haar ongeduldig aankeek. 'Gaat u maar voor.'

Haar wangen kleurden rood.

Ze trok haar jas uit en probeerde het nog een keer, maar haar telefoon deed niets. Wat was er in hemelsnaam gebeurd? Hij deed het nog prima toen ze met Paul belde. Misschien was hij leeg. Ze zocht haar noodoplader, grabbelde in haar tas en verstijfde toen. Ze had hem in haar rolkoffer gelaten. Haar gezicht werd nog roder en haar angst nam toe.

'Wat stom van me,' mompelde ze. 'Maak je niet meteen zo druk,' zei ze tegen zichzelf. Het was vast allemaal op te lossen. Ze wachtte tot de receptioniste de gast de sleutels van haar kamer gaf en liep toen weer naar haar toe.

'Heeft u misschien een oplader die ik even kan lenen?'

Misschien had ze haar niet gehoord, dacht Juliet, toen ze zag dat de vrouw de telefoon pakte omdat er gebeld werd. Ze haalde haar creditcard tevoorschijn en legde die op de balie. De receptioniste legde de telefoon neer en keek haar aan.

'Heeft u de bevestiging van uw reservering kunnen vinden?'

'Helaas niet. Ik wil graag een eenpersoonskamer.'

De vrouw knipperde met haar ogen en schudde toen haar hoofd. 'Het spijt me, maar het hotel is vol.'

Wat? 'Hoe kan dat? Ik heb gereserveerd, dus u moet de kamer die op mijn naam stond nog hebben.'

'Ik vrees van niet, mevrouw.'

'Maar... wat moet ik nu doen?' Het was meer een vraag voor haarzelf dan voor de receptioniste. Juliet pakte haar creditcard en stopte hem weer terug.

'Het spijt me, maar we zitten vol. U kunt het ergens anders proberen, buiten het centrum. Misschien vindt u daar nog een kamer. Ik kan helaas niets voor u doen.'

'Ik... dank u wel.' Terneergeslagen nam ze afscheid en liep ze naar buiten. Ze zou zich hier niet door uit het veld laten slaan. Venetië was een grote en nette stad, dat stond in alle reviews. Ze vond vast een ander hotel, misschien op een plek die minder toeristisch was. Ze kocht een kaartje voor de watertaxi en zocht een plattegrond met de route van de boot. Het was allemaal veel eenvoudiger geweest als ze haar telefoon had kunnen gebruiken, maar teruggaan naar het station om de oplader en de rolkoffer te halen zonder een duidelijk doel had weinig zin. Ze kon beter eerst een slaapplek zoeken. Dus ging ze op zoek. Ze liep bij elk hotel dat ze zag naar binnen, maar overal kreeg ze hetzelfde antwoord: ze zaten vol. Ze hadden haar uitgelegd dat Venetië zich opmaakte voor het Festa della Sensa, voor Hemelvaart. Op deze feestelijke botenrace kwam een groot internationaal publiek af... Had ze dat maar eerder geweten.

De avond verraste haar en dwong haar de realiteit onder ogen te zien: ze zat flink in de problemen. Op de suite in het Hilton na, die ze zich absoluut niet kon veroorloven, tenzij ze haar ouders belde, had ze geen kamer gevonden en ook geen oplossing voor haar situatie. Het was absurd. Verslagen ging ze een restaurant binnen, koos een tafeltje en bestelde een lichte maaltijd. Terwijl ze een slok van haar jus d'orange nam, probeerde ze nogmaals haar telefoon aan te zetten.

'Hier is nauwelijks ontvangst. Vanwege de muren. Die zijn heel oud, van steen.'

'O, bedankt.' Ze lachte terug naar de ober en stopte haar telefoon weer terug in haar tas, in gedachten verzonken. Afwezig knabbelde ze op de kleine sandwiches, terwijl haar gedachten alle kanten op schoten. Had ze moeten aandringen bij de eerste receptioniste? Ze had daar immers echt gereserveerd. Ze had alleen geen bevestiging. Waarom had ze die niet uitgeprint? Ze liet haar hoofd hangen. Het had geen zin om daar nog langer over na te denken. Ze kon teruggaan naar het station, haar bagage ophalen en de trein naar Mestre pakken. Of ze kon verder blijven zoeken naar een kamer.

Ze betaalde en verliet het restaurant. Het was plotseling frisser geworden. Jammer dat ze haar sjaal in haar koffer had laten zitten, dacht ze, terwijl ze haar jas verder dichttrok. Ze wachtte op de watertaxi en keek om zich heen. Ze zag veel lachende stelletjes, mensen die iets met elkaar deelden. Niet zoals zij had gedaan tijdens haar korte relaties. Zij had alleen de behoefte gevoeld om de leegte op te vullen. Dat zou ze vanaf nu anders aanpakken.

De enige relatie die veel voor haar had betekend, had een bittere smaak achtergelaten. *Beter alleen dan in slecht gezelschap.* De spreuk dook opeens in het Italiaans in haar hoofd op.

Niemand in huize Meriwether sprak Italiaans, behalve zij. Haar broers hadden nooit interesse getoond in de Italiaanse taal en haar vader had er een grote hekel aan. Ze vroeg zich af waarom en besefte toen dat ze eigenlijk weinig wist over het verleden van haar opa, op een paar banale zaken na. Ze streek met haar vingers langs de hanger om haar nek. Hij was verbonden aan Venetië, had Gina gezegd. *Aan haar...* Wie kon dat zijn? Waarschijnlijk een voorouder van haar. Maar wie?

Ze moest weer gapen.

Het fluitje van de veerboot deed haar opschrikken. Ze ging in de rij met passagiers staan en liep door tot achter in de boot. Ondanks de rillingen ging ze buiten zitten en toen er golven ontstonden, stak ze haar hand uit, alsof ze het witte schuim wilde pakken. Zo werkte het met illusies: je zag ze, je voelde ze, maar net als je dacht dat ze waar waren, verdwenen ze.

Het was een mooie avond, het water was een zwarte spiegel waarin de lichtjes weerkaatsten. Alles rook nieuw, ze voelde zich vrij. Ze moest het niet opgeven, waarschijnlijk hadden ze in het volgende hotel nog wel een kamer vrij. Ze verjoeg de negatieve gedachten, Pauls woorden, de adviezen van haar familie. Ze weigerde te luisteren naar de negatieve stem in haar hoofd die haar jaren had gekweld. 'Dat met die reservering had iedereen kunnen overkomen en telefoons zijn ook niet altijd betrouwbaar,' mompelde ze tegen zichzelf.

De boot legde aan en Juliet maakte zich klaar om van boord te gaan. Terwijl ze op de ponton stapte, bekroop haar een vreemd gevoel, alsof er iets mis was. Ze was erg moe. Ze schudde haar hoofd en liep naar het pleintje verderop. Ze voelde aan haar zij en schrok. 'O, nee! Waar is mijn tas?' Ze voelde aan haar jas, keek om zich heen en rende toen met een brok in de keel zo hard als ze kon terug naar de veerboot, die al wegvoer. Ze kon zich niet herinneren dat ze haar tasje had afgedaan of ergens had neergezet, maar het moest nog aan boord zijn. Ze bleef rennen, turend naar de lichten van de boot, die steeds kleiner werden. Mensen gingen voor haar opzij en sloegen haar verbaasd gade. Hijgend boog ze voorover, met haar handen op de knieën, toen de boot achter een gebouw verdween. Ze stond aan het eind van de steiger, daarachter was de zee. Opeens sloeg bij Juliet de paniek toe. En nu? Ze keek om zich heen. Ze was alleen, in Venetië, zonder documenten, zonder telefoon. Zonder geld. Het gevoel van ontreddering sloeg om in angst. Pauls opmerkingen en die van haar ouders dreunden door in haar hoofd bij elke stap die ze zette. Ze versnelde haar pas, alsof ze er zo vanaf zou komen, maar ze nam de stemmen mee. Ze leken in haar huid te krassen, steeds dieper en pijnlijker. Ze keek omlaag, omdat ze niet wilde dat iemand haar zag huilen. En toen haar keel geen pijn meer deed, droogde ze haar tranen en keek ze weer op.

Er was daar niemand die zich om haar bekommerde.

Ze was alleen.

Langzaam werd de wanhoop minder en ging haar hartslag omlaag. Ook de drukte in haar hoofd nam af. Er kwam een soort kalmte over haar heen. Ze voelde in haar zakken. Twee briefjes van samen veertig euro, een paar munten. Het kaartje voor de boot. En daar was hij, de brief. Murano, de school.

Ze keerde terug naar de aanlegplaats van de veerboten en keek op het schema wanneer de boot zou vertrekken die haar naar de enige plek zou brengen waar ze misschien nog hulp zou kunnen vinden. Een half uur later voelde ze zich rustiger, toen ze de lichten van het eiland Murano aan de horizon zag verschijnen. De halte van de veerboot was niet ver van de school. De mensen om haar heen keken naar haar. Haar haar was losgegaan en hing nu langs haar gezicht en over haar schouders. Haar ogen moesten wat gezwollen zijn en ze zag er vast gek uit. Maar dat kon haar niet schelen, ze wilde alleen maar haar doel bereiken, de school. Ze zag een bord glimmen in het donker van de nacht. Ze zag een haan, het symbool op haar brief, en rende erheen. Ze had het gehaald.

Met bonzend hart bleef ze voor de deur staan. Ze duwde op de klink, maar de deur bleef dicht.

'Verdorie!'

Ze zette een paar stappen naar achteren en keek naar de bovenverdieping, op zoek naar licht. Toen liep ze in de richting van het hek naast de school en probeerde dat te openen. Het weggetje liep tot achter een haag. Overal was het donker. Hoe laat zou het zijn? Laat, te laat. Ze liet haar hoofd hangen, ze liep op haar laatste benen.

'Zoekt u iemand?'

Ze schrok. 'Pardon?' Links van haar stond een jonge vrouw van ongeveer haar leeftijd. Ze moest het gebouw uit zijn gekomen, dacht ze. Misschien kon ze het aan haar vragen. 'Ik... de school.' Ze maakte haar lippen vochtig. 'Ik moet de directeur van de school spreken.'

'De school is nu dicht. Kom morgen maar terug.'

'Morgen?' Ze had een droge mond. Ze kon bijna niet meer praten, maar ze moest wel. Ze wilde de onbekende vrouw vertellen wat haar was overkomen. Over het hotel, de tas. Maar bleef zwijgen, omdat ze zich schaamde. 'Oké, dat zal ik doen.' Ze liep weg, met lood in de schoenen en opgetrokken schouders. Dit betekende dat ze die nacht ergens moest gaan zitten wachten. Ze bleef doorlopen en toen de weg ophield, liep ze dezelfde weg terug. 'Niet bang zijn,' fluisterde ze tegen zichzelf. 'Er zijn veel mensen, de nacht is vast snel voorbij. Je hoeft niet bang te zijn.' Ze veegde haar tranen weg. Naast de deur van de school, vlak bij de tuin, was een stenen bank. Daar ging ze op zitten, met haar rug tegen de muur. De ijzige kou sneed door haar huid. Ze had geen koffer en geen paspoort en nu ook haar laatste hoop weg was, dacht ze terug aan haar glazen bol. Ze was nooit bijgelovig geweest, dat vond ze altijd maar onzin. 'Alles is misgegaan. Een ramp. Een vreselijke ramp,' mompelde ze. Ze wist niet wat ze ervan moest denken en had geen idee wat ze moest doen. Ze kon alleen maar tot de volgende ochtend wachten. Haar handen zochten weer de ketting, daardoor leek ze zich wat beter te voelen.

Het aantal voorbijgangers nam af, de toeristen wandelden naar de aanlegplaats en keerden terug naar de stad. Ze lachten enthousiast, vol energie. Ze waren in Venetië om feest te vieren. Ze concentreerde zich op de gezichten, op wat ze zeiden, alles om maar niet te hoeven denken aan het feit dat ze straks alleen achter zou blijven.

'Hoi. Alles goed met je?'

Er was een man bij haar komen staan en die keek haar nu aan. Hij was lang en imposant. Juliet staarde naar hem, terwijl ze met een snelle beweging een paardenstaart maakte. Ze kon hem goed zien door het licht dat op zijn ogen viel.

'Het… Het kon beter.'

Hij liep dichter naar haar toe en torende nu boven haar uit. Toen hij zijn hand naar haar uitstak, dook Juliet instinctief weg.

Hij trok zijn hand weer terug.

Ze keek toe hoe hij afstand nam en zijn handen voor zich uitstak.

'Sorry, ik wilde je niet laten schrikken.'

Ze schaamde zich voor haar reactie. Het was vast een heel aardige man en zij had zich zojuist voor schut gezet. Maar ze was moe, nerveus en zou vast en zeker snel weer in huilen uitbarsten.

'Sorry, maar…' Haar stem brak.

'Wat is er gebeurd, meisje?'

Meisje? Ze stond op, haar ogen fonkelden van woede. 'Ik ben geen meisje!' riep ze uit.

Hij stapte uit de schaduw en glimlachte naar haar. 'Heb je een slechte dag?'

Eindelijk kon Juliet zijn gezicht zien. Hij was nog jong en had een vriendelijk gezicht, met een dunne baard en een kuiltje in zijn kin en leek echt bezorgd om haar. Ze ontspande en schudde haar hoofd. 'Je hebt geen idee.' Ze ging weer zitten. Haar benen trilden.

'Mag ik naast je komen zitten?'

Ze schoof op. Ze was normaal gesproken altijd erg op haar hoede, maar het kon geen kwaad om wat te kletsen met iemand. Wat kon er nou nog meer misgaan? Ze wierp nog een blik op hem, wat beter deze keer. Hij leek geen verkeerde bedoelingen te hebben. Maar wat wist zij daar nou eigenlijk van? Ze had zojuist bewezen dat haar familie zich terecht zorgen om haar had gemaakt. Ze veroorzaakte problemen. Ze was nergens toe in staat. Eén dag in Venetië en alles liep al in het honderd.

Ze bleven even een paar minuten hun eigen gedachtegang volgen. Hij keek naar de zee. 'Het is hier zo heerlijk rustig. 's Nachts lijkt alles stil te staan en wordt het zo stil dat je je in die stilte kunt verliezen. Dit is mijn favoriete plek.'

Zij had ook een aantal favoriete plekken in Seattle. In het bos, als de bladeren geel werden en daarna vielen, en in de lente als de geur van de bloemen zo sterk werd dat hij in huis te ruiken was.

'Woon je hier?'

Hij knikte. 'Ja, jij?'

Ze schudde haar hoofd. 'In Seattle.'

'Dat is ver weg. Maar je spreekt heel goed Italiaans.'

'Ik ben opgegroeid met een Italiaanse oppas,' antwoordde ze werktuiglijk. Ze kromde haar rug nog meer en trok haar schouders op.

'Ach, zo erg kan het toch niet zijn?'

Ze antwoordde niet meteen. Ze wachtte tot ze haar stem weer onder controle had. 'Ik ben mijn tas verloren, daar zat alles in, mijn telefoon, de bon van het kluisje waar mijn koffer in zit. Ik had een hotelkamer gereserveerd en vertrouwde erop dat alles goed zou gaan, maar weet je? Je moet nooit weggaan zonder een draadloze oplader. Mijn telefoon is uitgegaan en de receptioniste zei dat ze geen reservering op naam van Juliet Meriwether had staan en ik kon niet aandringen, want ik kon niks bewijzen. Iedereen had dus gelijk.' Ze was aan het hijgen en voelde zich... belachelijk. Ze zweeg. Waarschijnlijk ging hij zo opstaan en liep hij bij haar weg. Ze keek naar hem en opende haar mond. Hij was niet weggegaan en aan zijn schuddende schouders te zien, zat hij… te lachen.

'Fijn dat jij het in elk geval heel grappig vindt,' mompelde ze verontwaardigd.

Hij maakte een handgebaar. 'Sorry, toen ik zag dat je zo van streek was, dacht ik dat je iets ergs had meegemaakt, zoals een ongeluk, een overval of een tasjesroof… Maar dit is iets wat op te lossen is.'

Ze keek toe hoe hij de tranen uit zijn ogen veegde. Juliet wist niet wat ze moest zeggen. Een overval? Daar had ze niet eens aan gedacht. Ze had helemaal niet het idee gehad dat ze gevaar liep, sinds ze in Venetië was, juist het tegenovergestelde. Ze zag zichzelf nu door zijn ogen. Misschien had ze wat overdreven gereageerd, maar ze had nog nooit zoveel tegenslagen gehad en kon daar niet goed mee omgaan. Opeens merkte ze dat ze er zelf ook om moest lachen.

'Er zijn ergere dingen dan je tas en je telefoon kwijtraken, geloof me.'

'Natuurlijk, zoals? Doodgaan?' Voordat hij antwoord kon geven stond ze op. 'Dit is de eerste keer dat ik alleen reis, ze hadden me al gewaarschuwd en gezegd dat ik zoiets niet kon, maar ik was zelf overtuigd van het tegendeel.' Ze schudde haar hoofd en ademde diep in. 'Alles is fout gegaan en nu zit ik hier met jou te kletsen. Ze hadden gewoon gelijk. Ik ken je niet, ik zou voorzichtiger moeten zijn. Misschien ben je wel gevaarlijk. En ik zit jou hier alles over mezelf te vertellen.'

Hij lachte en zijn gezicht lichtte op. 'Gevaarlijk… niemand heeft me ooit zo genoemd. Interessant.'

Juliet had meteen spijt van wat ze had gezegd, maar hij leek totaal niet beledigd. Sterker nog, hij keek alsof hij elk moment weer in lachen uit kon barsten. 'Ik begrijp je niet.'

'Dat weet ik.' Hij glimlachte weer. 'Mijn naam is Marcus Quintavalle en ik woon daar.' Hij wees naar het gebouw achter hem.

'In de school?' Ze was stomverbaasd dat te horen.

‘Ja, en jij bent een van de studentes. Of eigenlijk, de enige studente, de andere zijn mannen. Ik vind het jammer dat je verblijf op Murano zo... avontuurlijk is begonnen.’

‘Maar hoe... hoe weet je dat?’

‘Dat heb jij me zelf verteld. Ik herkende je naam.’ Hij wachtte even. ‘Het meisje aan wie je informatie over de school hebt gevraagd is mijn nicht Silvia, de coördinator. Zij heeft me verteld dat je hier was.’ Hij haalde zijn schouders op. ‘Het kantoor voor gevonden werpen is trouwens bomvol. Jij bent namelijk niet de eerste reiziger die iets verliest en je zal ook niet de laatste zijn, Juliet Meriwether.’ Hij bleef naar haar lachen. ‘Je moet je niet zo druk maken om wat anderen van jou vinden, zeker niet als dat slecht is. Straks ga je daar zelf nog in geloven en dat is helemaal niet goed voor je.’

4

De Republiek Venetië bewaakte de geheimen van het glasbewerken uit alle macht. Meesterglasblazers werden onderworpen aan strenge bewaking en mochten Murano alleen verlaten met officiële goedkeuring van de autoriteiten. Glasblazers die vluchtten en wisten te ontkomen, werden verstoten, ze konden niet terug naar hun familie en werden vaak ter dood veroordeeld.

Juliet kwam erachter dat Marcus Quintavalle de directeur van de school was en ook een aardige jongen, die zich om andere mensen bekommerde. Bovendien had hij een vriend die op de veerboten werkte. Terwijl hij hem belde om te vragen of haar tas was gevonden, concentreerde Juliet zich op zijn kalme houding en daardoor voelde ze zich meteen al iets beter.

Ze bleef hem observeren. Zijn manier van praten beviel haar, net als de manier waarop hij zich over de steiger bewoog, die tussen het kanaal en de muren van het gebouw lag. Alsof hij de baas was over die ruimte. Hij begroette mensen, gaf voorbijgangers die hij kende een hand.

'Hij gaat voor de zekerheid nog even rondbellen, maar vanavond is er helaas nergens een tas gevonden.'

De teleurstelling kwam hard binnen. 'O, dat had ik kunnen verwachten. Het was ook te mooi om waar te zijn als hij was gevonden.' Ze beet op haar lip. En nu?

'Hé, niet zo beteuterd. We geven het toch niet zo snel op? Je zei dat je bij een restaurant was geweest. Weet je nog hoe dat heet?'

Juliet vroeg zich af hoe het mogelijk was dat die jongen zo opgewekt en optimistisch bleef. Ze dacht aan wat hij haar had gevraagd. Ze probeerde zich de route te herinneren die ze had gelopen. Ze herinnerde zich een brug die uitkwam op een plein met daaraan een majestueus gebouw. Er zaten jongeren op de traptreden, er stonden een paar tafeltjes buiten en er waren meeuwen, die laag tussen de toeristen door vlogen, op zoek naar eten. 'Er was een imposante kerk, met grote zuilen die de geveldriehoek ondersteunden. Het restaurant was daarnaast. Daarvoor was een soort lage, witte balustrade. En op het menu stonden kleine broodjes met allerlei soorten beleg.'

Marcus grinnikte. 'Ik weet waar dat is! Dat moet het restaurant van Lele zijn!' Hij pakte snel zijn telefoon. 'Dat zijn *cichetti*, en die van hem zijn heel beroemd.' Hij tikte op een nummer. 'Eens kijken of we geluk hebben.' Nog een telefoontje, maar deze keer wierp hij haar naderhand een glimlach toe die haar hart sneller deed kloppen. 'Het schijnt dat er vanavond een jongedame bij hen heeft gegeten,' zei hij, terwijl hij zijn woorden zorgvuldig koos en naar haar knipoogde, 'die na het geven van een grote fooi haar tas is vergeten. Je tas ligt daar nog en ze herinneren zich jou nog. Je hebt blijkbaar indruk gemaakt.'

Ze vloog hem in de armen. Het was puur instinctief, dus toen hij over haar hoofd streek, een o zo bekend gebaar voor haar, verstijfde ze. 'Sorry,' mompelde ze, terwijl ze achteruitdeinsde. Ze keek op. 'Nu moet ik alleen nog een hotel vinden waar een kamer vrij is, misschien kun je me daar ook bij helpen? Een hok is ook prima. Dan zal ik je eeuwig dankbaar zijn.'

Marcus stak zijn arm naar haar uit. 'Goed, dat regel ik voor je.'

'Wat?' vroeg ze nog een beetje versuft.

Hij wees naar de school. 'Het is geen hotel en je bent een dag of tien te vroeg, maar af en toe moet je de regels aan je laars lappen.'

Ze sperde haar ogen wijd open. 'Mag ik hier logeren?'

'De kamers zijn nog niet klaar, dus daar moet je even doorheen kijken, maar ik denk dat het beter is dan... hoe noemde je dat nou? Een hok?' Hij lachte en zij schrok.

'Ik was iets te enthousiast toen ik dat zei. Sorry.' Ze legde haar hand op de zijne en toen hij die van haar vastpakte, rilde ze. Het was niet ongemakkelijk, maar ze was niet gewend om zo dicht bij iemand te zijn. Marcus leek echter de wereld te omarmen.

'Waarom zeg je steeds sorry? Dat is niet goed, hoor.' Hij gaf haar niet de tijd om te antwoorden. 'Als je wilt, kunnen we je tas en je koffer gaan halen. Ik moet je wel waarschuwen, want dan zijn we pas bij zonsopkomst terug. Of wil je liever tot morgen wachten?'

'Nee. Ik wil ze meteen halen.' Juliet wilde dat alles was zoals het had moeten zijn, vanaf het begin. Haar dingen, controle over haar eigen leven. De rest interesseerde haar niet. Het was alsof haar vermoeidheid plotseling was verdwenen. Alles werd weer normaal: ze wist waar haar tas was en Marcus zou met haar meegaan om haar koffer te halen. 'Ik wil liever nu gaan,' zei ze nog eens, terwijl ze om zich heen keek. 'Maar kan dat wel? Vaart de veerboot ook 's nachts?'

Hij wees naar wat boten niet ver bij hen vandaan. 'Ik heb mijn eigen transportmiddel. Wat vind je ervan?' vroeg hij lachend.

Een boot? Natuurlijk! Zo verplaatsten de inwoners van Venetië zich. Ze hadden een eigen boot, in plaats van een auto.

Vanaf dat moment voelde het alsof ze droomde.

Terwijl de motorboot de golven doorkliefde, spatte er water in haar gezicht. En dat zwarte water, dat fonkelde in het licht van de sterren, streelde haar, wat haar vrolijk maakte en ontroerde. Vlak voordat ze bij Campo dei Tolentini stopten, voor de geweldige voorgevel van de San Nicola-kerk, voelde het alsof ze de jongen al jaren kende. Toen ze naar het restaurant voeren, deed wat er eerder gebeurd was er helemaal niet meer toe.

Haar wanhoop en het gevoel dat ze gefaald had, waren bijna verdwenen. Het was alsof iemand een gewicht van haar schouders had gehaald en er slechts een herinnering over was van de nare ervaring. Het was niet het einde van de wereld geweest, maar gewoon wat pech. Ze had het op kunnen lossen als ze rustig was gebleven.

Toen Marcus de boot door het kanaal manoeuvreerde en naar het restaurant wees, lichtte Juliets gezicht op.

Ze had de plek direct herkend. Er viel nog licht door de ramen, ondanks het late tijdstip, en Pietro, zo heette de ober die op haar tas had gepast, zei dat hij nog achter haar aan was gerend, maar dat ze snel was opgegaan in de menigte en hij haar uit het oog verloren was. Zodra ze haar tas terug had, liepen Marcus en zij samen over de bruggetjes, door de steegjes, dicht naast elkaar. Ze spraken weinig en passeerden af en toe iemand die op weg was naar huis. Het rook naar blauweregen en magnolia's. Het geklots van de golven maakte haar rustig. Het Santa Lucia-station, waar ze haar koffer had achtergelaten, was dichtbij. Ze waren er binnen een paar minuten. Ze haalden hem op en keerden terug naar Marcus' boot.

Eenmaal terug op Murano aarzelde Juliet even, toen ze voor het Zenobio-gebouw stond, zoals het schoolgebouw heette. 'Het is prachtig.'

Hij knikte vol trots. 'Ja, dat klopt. Het is een heel speciale plek.'

Ze gingen via een massief houten deur, waar Juliet een haan in reliëf op zag staan, naar binnen. Vervolgens liepen ze een gang door, met daaraan ruime kamers. 'Wat mooi,' fluisterde ze, terwijl ze de hoge houten plafonds en de fresco's op de muren bewonderde.

'Ik woon hier,' zei Marcus, toen ze bij een binnenplaats waren aangekomen. Voor Juliet lag de tuin en aan de zijkant was het gastenverblijf. Ze maakte aanstalten om haar rolkoffer te pakken, maar hij was sneller. 'Kom, dan breng ik je naar je kamer.' Ze liepen een paar trappen op. Marcus bleef bij een deur staan, deed deze open en stevende recht op het raam af om dat open te zetten. 'De lakens liggen in de kast en de handdoeken op de plank in de badkamer.'

'Dank je.'

Weer een glimlach. Die jongen was echt buitengewoon vrolijk, vond ze. En erg aardig.

'Schrijf mijn nummer maar op, dan kun je me bellen als er wat is.'

Dat deed ze en daarna liep ze met hem mee naar de deur. Ze keken elkaar lang aan en toen streek Marcus even over haar wang. 'Slaap lekker, Juliet. Ik zie je morgen.'

Ze trok de deur dicht en plofte op bed. Starend naar het plafond, met een glimlach om haar lippen. Ze was doodmoe, maar straalde. Ze dacht terug aan hun afscheid, hun laatste ogenblik samen. Aan zijn aanraking van haar wang, vlak naast haar mond. Ze was er bijna zeker van dat hij haar zou kussen.

Ze lachte.

Hij had haar niet gekust.

Nog niet, tenminste.

En met die gedachte viel ze in slaap.

Dat sommige plekken bijzonder waren, had Marcus al ontdekt toen hij nog een kleine jongen was en stiekem de glasblazerij van zijn familie door sloop, naar het kanaal. Hij ging daar dan zitten en raakte met zijn blote voeten het water aan. Hij wist dat het onverstandig was om erin te zwemmen, maar de zee had altijd een grote aantrekkingskracht op hem gehad, dus hij nam zo vaak hij kon een duik. Daarbij zorgde hij dat niemand dat ontdekte. Hij was ervan overtuigd dat elke ruimte emoties opsloeg en die bewaakte, om ze op een dag weer terug te geven en ze te veranderen in herinneringen.

Nu zat Marcus daar, omringd door de hoge stenen muren van de werkplaats, naar een van de ovens te kijken en uit te rekenen hoeveel het hem zou kosten om er nog een te kopen. Hij wist wat dat voor de school zou betekenen en ook dat het hem zou lukken. Hij hoefde er alleen maar in te geloven, dat was het geheim, en nooit op te geven. Dat was wat hij altijd deed. Als hij besloot ergens voor te gaan, dan deed hij dat vol overgave en maakte hij het ook af, koste wat kost. Dat was een kwestie van strategie en vastberadenheid.

'Waar ben je in hemelsnaam mee bezig?'

Hij keek heel even naar de man die binnen was gekomen en nu

boven hem uit torende. 'Hoi, papa, zou je even opzij willen gaan? Je staat in het licht en ik moet alles klaarzetten voor de cursus.'

'Sorry? Ja, natuurlijk,' mompelde Jacopo, terwijl hij aan de andere kant van de tafel ging staan. 'Nou? Silvia vertelde me wat er gisteravond is gebeurd. Je had dat meisje niet moeten uitnodigen. Dat doen we normaal niet.'

'Waarom niet?' Marcus mat nog iets op en schreef dat toen bij zijn tekening. 'Had je liever gehad dat ze de hele nacht in haar eentje voor de deur had zitten wachten? Kijk niet zo, jij had vast hetzelfde gedaan als je mij was geweest.'

Jacopo wilde eerst antwoorden, maar liep toen bij zijn zoon weg, naar een van de ovens toe. Hij voelde hoe warm hij was en schoof toen het luikje dicht. 'Als ze echt in grote problemen zat waarschijnlijk wel,' bromde hij. 'Maar je weet hoe ik over haar deelname denk. Ik was daar van begin af aan al op tegen.'

Marcus trok alleen een wenkbrauw op, maar bleef verder gewoon doorgaan met aantekeningen maken. Voor hem lagen allerlei tabellen en tekeningen van de ruimte. 'Ik heb op dit moment andere dingen aan mijn hoofd, papa. En eigenlijk begrijp ik niet waarom je soms zo ouderwets tegen zaken aankijkt.'

'Dat doe ik niet, Marcus. Ik ben gewoon realistisch. De glasblazerij is geen goede plek voor meisjes die nog niet eens in staat zijn om een blaaspijp op te tillen. Wat nu als ze struikelt? Dat is niet alleen gevaarlijk voor haarzelf, maar daardoor kan ze alles in brand zetten. Besef je dat wel?'

'Dat is maar één keer eerder gebeurd en daar was volgens mij geen meisje bij betrokken.'

'Zie je wel dat ik gelijk heb? Het is nu nog gevaarlijker.'

'Rustig maar, papa. We hebben brandblussers en weten hoe we in noodgevallen moeten handelen.'

'Jij hebt makkelijk praten. Maar ik ben de eigenaar... dus ik ben de eindverantwoordelijke. Dat moet ook iets betekenen.'

Marcus stopte met schrijven en keek op. 'Ja, papa, dat betekent dat je je in een lastige positie bevindt... en ik ben hier om je te helpen. Daarom heb je me gevraagd naar Venetië te komen, toch?' Hij wilde niet boos op zijn vader worden, maar wilde ook niet meegaand zijn. Dat was zinloos.

Hij stond op en liep naar een muur waar een aantal tangen en scharen aan hingen. Aan zijn samengeknepen lippen was te zien dat hij gespannen was. Hij ademde diep in en lachte. Hij was weer rustig. 'Maak je toch geen zorgen over dingen die nog niet eens gebeurd zijn.' Hij bestudeerde het gereedschap van dichtbij, koos een paar tangen en legde die apart. Die moesten vervangen worden. Weer een uitgave, maar hij kon niet toestaan dat wat onhandige studenten zich zouden verwonden.

'Ik begrijp niet dat jij er zo kalm onder kunt blijven. Het is niet normaal.' Jacopo stond stijf, met zijn armen langs zijn lichaam, zijn zoon aan te kijken.

Even had Marcus de neiging hem voor te stellen een sabbatical te nemen. De afgelopen weken was het humeur van zijn vader er niet beter op geworden en de cursus was nog niet eens begonnen. Hij zuchtte en lachte naar hem. 'Ik ga niet schelden, mijn vuisten ballen of ruzie zoeken met iemand die niet eens iets gedaan heeft. Dat is zonde van mijn energie, papa. Die kan ik beter voor andere dingen gebruiken.'

Jacopo legde een hand op zijn voorhoofd en brieste: 'Zorg ervoor dat ze me niet voor de voeten loopt en de anderen niet in de weg zit. Zet haar maar naast de inwarmoven neer, dan hoeft ze niet de hele werkplaats door te lopen.'

Marcus vond dat voorstel niet eens zo erg, vergeleken met hoe zijn vader eerder over haar had gesproken. 'Waarom kom je niet even met haar kennismaken?'

Zijn vader wierp hem een boze blik toe. 'Ik weet dat ze een vrouw is en buitenlands en dat iemand, die geobsedeerd is door statistieken, haar op een lijst heeft gezet en dat ze slaapt waar ze niet hoort te slapen.'

'Jij weet, beter nog dan ik, dat het een zware selectieprocedure is. Ben je niet nieuwsgierig naar wat ze allemaal kan?'

‘Nee, totaal niet. Ik ben helemaal niet in haar geïnteresseerd. En als je het mij vraagt, hou jij je juist te veel met haar bezig.’

Marcus lachte. ‘Ik denk echt dat je haar wel zou mogen. Ze is leuk en aardig.’ Hij draaide een pijp rond die hij van een standaard had gepakt en zette hem vervolgens weer terug.

‘Je vergist je, ze gaat vast alleen maar voor problemen zorgen!’

Marcus schudde zijn hoofd en zuchtte. ‘Soms denk ik dat mama gelijk heeft over jou.’

‘Ik ben al helemaal niet van plan om het over je moeder te hebben.’

Ah, dat was dus het echte probleem, dacht hij. ‘Jammer! Dat zou heel goed voor je zijn. Je zou haar eens moeten bellen. Morgen is ze jarig en je weet hoe fijn ze het dan vindt om iets van je te horen.’ Hij pakte zijn jas, stopte zijn tablet terug in de hoes en keek toen op naar zijn vader, die liep te ijsberen. ‘Waarom ontspan je niet een beetje en stop je met je druk maken. Jij ziet altijd beren op de weg.’ Hij liep langs zijn vader, richting de deur. ‘Het heeft geen zin om zo negatief te zijn.’ Toen bleef hij even staan. Hij haatte die filosofie. Door altijd maar rekening te houden met het ergste wat er kon gebeuren, loste je geen problemen op. Sterker nog, die werden er alleen maar groter door. ‘Onze situatie kan worden opgelost, maar daarvoor moeten we het wel slim aanpakken. Je raakt je bedrijf niet kwijt.’ Met de productie van de laatste tien jaar hadden ze maar een klein beetje winst weten te maken. Marcus had alles vanbinnen gereorganiseerd en al zijn pijlen op de school gericht, waardoor de cursussen in Palazzo Zenobio internationale bekendheid hadden gekregen. Sinds een paar jaar werkten ze samen met een stichting die zeer gespecialiseerde cursussen organiseerde. Die selecteerde studenten en stuurde deze naar hen. Zo konden ze regelmatig cursussen aanbieden en was de situatie een stuk verbeterd. Toch bleef Jacopo doen alsof ze op de rand van de afgrond stonden.

Hij legde een hand op zijn schouder en toen zijn vader de zijne daarop legde, wilde hij dat hij meer voor hem kon betekenen. ‘Ik zie je later.’

5

De term 'Venetiaans kristal' wordt gebruikt om een soort glas van hoge kwaliteit aan te duiden dat vervaardigd is door de beste glasblazers. De kunst van het maken van dit soort glas wordt al meer dan zeven eeuwen van generatie op generatie doorgegeven, de geheimen van het proces worden door de families zorgvuldig bewaard. Dit buitengewoon transparante glas lijkt op kristal, omdat het zo puur is en vaardig bewerkt. Het wordt vooral gebruikt voor spiegels en lampen, meesterwerken die wereldberoemd zijn.

Juliet deed haar ogen open en daarna meteen weer dicht. Toen gluurde ze door haar wimpers en ging rechtop in bed zitten. De herinneringen aan de vorige dag kwamen weer boven. 'Wat een ramp,' verzuchtte ze, maar ze glimlachte erbij.

Ze had zoals altijd de luiken opengelaten en nu scheen het zonlicht haar kamer in. Toen ze was aangekomen had ze niet goed gekeken hoe die er eigenlijk uitzag, daarom nam ze nu de tijd om hem eens aandachtig te bekijken. Hij was ruim en hoog, met een beschilderd plafond. Ze had zoiets weleens in interieurtijdschriften gezien, maar in het echt was het nog mooier. Het bed stond in het midden van de kamer en was bedekt met een sprei van wit damast en bij het raam stonden een tafeltje en een kledingkast van licht hout, een van de kastdeuren had een spiegel. Voor het raam stond een schrijftafel.

Ze gaapte en gooide de dekens van zich af. Haar maag rammelde. Ze wist de badkamer te vinden, waste haar gezicht en pakte een grote, zachte handdoek die naar lavendel rook. Toen ze naar zichzelf lachte in de spiegel, herkende ze zichzelf bijna niet: haar ogen zagen er anders uit, ze straalden. Ze voelde zich rustig en gelukkig. Nog vrolijker dan ze naar binnen was gegaan, kwam ze de badkamer uit. Terwijl ze haar koffer uitpakte en haar kleren ophing, vielen haar steeds meer details op in haar kamer: het met damast beklede leunstoeltje, het geborduurde gordijn, de lampenkap waar guirlandes aan hingen. Op een plank stond een rij boeken die er antiek uitzagen. Nieuwsgierig liep ze ernaartoe om ze beter te bekijken. Ze pakte er een van de plank en sloeg het open. *Marietta Barovier: haar verhaal.* Wie zou dat nu zijn, dacht ze. Maar de naam kwam haar bekend voor, ook al wist ze niet meer waar ze hem eerder gehoord had. Ze groef in haar geheugen en zette het boekje toen weer terug. Net toen ze een ander wilde pakken, hoorde ze iets trillen. Haar telefoon, die nog op tafel lag, ging af. Hoe laat zou het zijn? Ze pakte hem op en schrok toen ze op het scherm keek. Ze had tientallen gemiste oproepen. Snel stuurde ze haar ouders een berichtje. Daarna wilde ze haar telefoon eerst weer wegleggen, maar toen bedacht ze zich.

- Hoi, Marcus, hoe gaat het? Nog bedankt voor gisteren. Het was geweldig.

- Goedemorgen! Geen dank hoor, als je iets nodig hebt, weet je me te vinden.

Ze had niet verwacht dat hij zo snel zou antwoorden. Ze glimlachte en ging de badkamer in, eerst maar eens douchen en ontbijten en dan... hij. Ze wilde hem zien, met hem praten, hem bedanken.

Terwijl haar laatste beetje slaperigheid onder de douche verdween, begon ze zich zorgen te maken. Misschien had ze hem niet moeten storen, wie weet hoe druk hij het had. Ze had hem al geïrriteerd en het feit dat hij zo aardig was geweest, betekende niet dat ze hem maar de hele tijd kon lastigvallen. Waarom moest ze ook altijd zo opdringerig zijn?

Ze droogde haar haar en pakte een roze blouse, witte broek

en platte, comfortabele schoenen. Om haar middel deed ze een heuptasje met haar creditcard erin. Ze keek nog een keer in de spiegel, trok de deur dicht en liep de gang op. Daar besefte ze hoeveel geluk ze eigenlijk had gehad. Het had allemaal slecht kunnen aflopen. Ze had zich in de nesten gewerkt, precies zoals Paul al had voorspeld. Langzaam liep ze de trap af, het hoofd gebogen.

'Waarom zo triest?'

Met een ruk keek ze op. Marcus stond midden op de binnenplaats en keek haar verbaasd aan.

'Hoi.' Ze liep verder, tot ze beneden was, en was blij hem te zien.

'Alles goed?' vroeg hij.

'Wat? O ja, zeker, het gaat prima.'

Hij schudde zijn hoofd. 'Volgens mij niet. Je ziet er bedroefd uit.'

Het was geen vraag. Juliet plakte een glimlach op haar gezicht. 'Het is niets, ik was gewoon in gedachten verzonken.'

Hij knikte en liep naar de deur. Pas toen hij ervoor stond, hield hij zijn pas in, keek over zijn schouder en zei: 'Ik moet een paar pakketjes versturen, heb je zin om mee te gaan? Dan laat ik je meteen de omgeving zien.'

Ze had nog niet ontbeten, maar hij lachte naar haar en ze wilde dolgraag Murano zien. 'Ja, leuk.'

Marcus strekte zijn hand naar haar uit. 'Maar eerst gaan we iets eten.'

Ze legde haar hand op de zijne, die warm was. 'Ik heb honger.'

'Ik ook.'

Bij de voordeur kwamen ze een man tegen. Juliet vermoedde dat hij en Marcus familie van elkaar waren, ze leken zo op elkaar.

'Pap, dit is Juliet, onze Amerikaanse studente.'

'Hallo.' Terwijl ze hem begroette, kreeg ze het gevoel dat hij niet op zijn gemak was. Zelf voelde ze zich ook niet helemaal ontspannen.

'Aangenaam kennis te maken.'

Zijn stem en zijn toon waren warm. Hij lachte naar haar en

Juliet ontspande. Waarschijnlijk was Marcus' vader alleen maar een beetje verlegen.

Opeens veranderde zijn uitdrukking. Zijn gezicht verhardde en verloor alle vriendelijkheid. 'Wie heeft je dat sieraad gegeven?' vroeg hij bruusk.

Marcus rolde met zijn ogen en Juliet bewoog haast intuïtief naar hem toe. Ze had niet gemerkt dat de ketting met de geblazen parels van glas vanonder haar blouse tevoorschijn was gekomen en ze stopte hem snel weer weg. 'Die is van mijn familie, hij is al heel oud. Ik zou er eigenlijk voorzichtiger mee moeten zijn, maar ik vind hem zo mooi, daarom doe ik hem altijd om.'

Hij bleef haar aanstaren en het leek alsof hij nog iets wilde zeggen. Juliet dacht even dat hij de ketting van haar hals zou rukken. Maar Marcus kwam tussenbeide. Hij groette zijn vader en trok haar mee.

'Sorry, meestal is hij een stuk vriendelijker.'

Juliet dwong zichzelf te glimlachen. 'Dat geloof ik graag.' Had ze soms iets verkeerds gezegd? Ze had Italiaans tegen hem gesproken, wellicht had ze zich wat onhandig uitgedrukt.

Maar terwijl ze verderliepen, bleef ze zich afvragen of die man niet iets wist over haar ketting. Ze had het hem kunnen vragen. Nou ja, dat deed ze later wel, als ze hem beter had leren kennen.

Ze bestelden een eenvoudige lunch in een *trattoria* in de buurt, het was inmiddels te laat om nog te ontbijten, en daarna liet Marcus haar de buurt zien. 'Eigenlijk bestaat Murano uit zeven eilandjes die met elkaar verbonden zijn door bruggen. Er zijn ook twee kunstmatige eilanden.'

Dat had ze helemaal niet gezien, ze was te zeer gegrepen door alle winkels en werkplaatsen waar glaswerk stond uitgestald. Juliet was betoverd door de kleur en variatie van de voorwerpen. Er waren vazen, glazen, beeldjes van dieren… ze hadden allemaal een bijzondere vorm en structuur. Terwijl ze ze bekeek, stelde ze zich de glasblazer voor bij zijn oven, terwijl hij snel en handig als een goochelaar vormen liet verschijnen.

'Kom, dan gaan we verder.' Marcus wees naar de straat van de glasblazers. 'We komen hier later wel terug. Ik zal je alles laten zien.'

Ze zag hoe hij zijn pakketjes afgaf bij een postbode, die alles per boot rondbracht. Alles werd hier per boot gedaan: goederen vervoeren en afval ophalen. Het was zo anders dan op andere plekken waar ze ooit was geweest. Reisgidsen beschreven wel hoe je je het best in de stad kon verplaatsen en welke plekken je moest bezoeken, maar ze hadden haar hier niet op voorbereid.

Op Murano was het veel rustiger dan in het centrum van Venetië. Hoewel er hier ook veel toeristen waren, heerste er toch een zekere rust in de straten en op de grachten. Op vaste tijden legde een rondvaartboot aan en leverde een groep mensen af, die met telefoons en fototoestellen in de hand rondliepen en hun ogen uitkeken.

'Je bent nog jong.' Ze zei het plotseling, nadat ze een tijdje naar hem had staan kijken.

Marcus keek verbaasd op. 'Jij ook.'

Juliet giechelde. 'Ik bedoel... om directeur van een school te zijn. Sorry, ik heb de neiging om hardop te denken, soms zeg ik dingen zonder dat ik het zelf doorheb.'

'Je bent een bijzonder meisje, Juliet Meriwether.'

'Ik ben trouwens half-Italiaans. Mijn opa is uit Italië weggegaan toen hij jong was.'

'Je bent dus als het ware teruggekomen?'

Was dat zo? 'Nee, eigenlijk is niemand in de familie geïnteresseerd in onze geschiedenis, behalve Gina.'

'Is dat je oma?'

'Zoiets. Zij heeft me deze ketting gegeven.' Ze haalde hem tevoorschijn en zwaaide hem zachtjes heen en weer. 'Klinkt het gek als ik zeg dat ik me beter voel als ik hem om heb?'

'Waarom zou ik dat gek vinden? Iedereen heeft zo zijn eigen ding, zelf verzamel ik cassettebandjes.' Hij streelde de ketting met het topje van zijn wijsvinger en bekeek hem aandachtig. 'Die is erg oud, zeker wel een paar honderd jaar.'

Dat dacht ze zelf ook. 'Ik zou er graag meer over te weten komen.'

Hij fronste zijn voorhoofd en Juliet meende te weten wat hij dacht. Daar had ze zelf ook al over nagedacht. Waarom had Gina haar de ketting gegeven in plaats van haar vader? Het leek wel alsof haar ouders er helemaal niet van afwisten. En dat was vreemd.

'Mijn familie is erg… trots op alles wat ze voor elkaar hebben gekregen. Het verleden is niet belangrijk voor hen. De hele familie heeft een succesvolle medische carrière, alleen ik niet.'

'Vinden ze het niet leuk dat je kunstenaar bent?'

Haar glimlach verdween. 'Nee. Ze zijn niet echt trots op wat ik doe.' Marcus had alles al begrepen zonder dat ze het hem had hoeven uitleggen. Juliet opende haar mond, maar zei niets meer. Ze wilde het er niet over hebben, ze wilde sowieso niet over haar familie praten. De herinnering aan het rampzalige etentje van een paar dagen eerder stond haar nog helder voor de geest, net als haar gesprek met Daniel. Hoewel ze het verdriet probeerde te negeren, bleef haar broer altijd in haar gedachten. Ze keek om zich heen en zag toen een van de mooiste dingen ooit. Vanaf een grondplaat met een randje, rees een beeld op. Het leek wel een blauw vuur, met grote vlammen die eindigden in witte krullen. 'Het is zo breekbaar en toch zo sterk,' zei ze, terwijl ze bij het beeld bleef staan.

'Breekbaarheid is mooi.'

Ze moest zich inhouden om haar hand niet uit te steken en het beeld te strelen. 'Ik denk dat je gelijk hebt,' fluisterde ze.

Ze liepen samen verder door de straat van de glasblazers, een van de voetgangersgebieden bij het Canal Grande van Murano. Marcus had haar al een belangrijke kerk laten zien, die van Sint Pieter de Martelaar. Nu stonden ze bij de basiliek van de heiligen Maria en Donato. Hier werd een keer per jaar het feest van de glasblazers gevierd. Ze had er graag bij willen zijn, maar dat was in december en dan zou zij alweer terug in Seattle zijn. Maar daar wilde ze nu niet aan denken. Ze was nog in vervoering door het zachte licht, de kleuren van de mozaïeken en de inrichting van de kerk. Gina had haar wel leren bidden, maar ze was nog nooit in een kerk geweest. Ze geloofde wel in schoonheid, goedheid en vriendelijkheid. En ook in aardige mensen, zoals de jongen die bij haar was en haar bleef wijzen op belangrijke gebouwen om hen heen en toen opeens stil bleef staan en naar haar glimlachte.

Ze stonden voor een imposant gebouw, Juliet bekeek het aandachtig. Ze was er de vorige avond langsgekomen toen ze op zoek was naar de school. Nu voelde ze zich overweldigd door de schoonheid ervan. Eerder had ze het bijna niet opgemerkt, omdat ze te veel bezig was geweest met haar eigen problemen. 'Dingen bestaan alleen wanneer we ons er bewust van zijn,' mompelde ze. De donkere stenen van het gebouw contrasteerden met de witte tegels en versieringen. Toen hoorde ze geluiden, ze draaide zich om en zag allemaal schoorstenen. Er klonk het geluid van metaal, van gepraat en gelach. Daar, achter het gebouw, waren de ovens. Ze dacht aan wat ze in de winkeltjes had gezien. Hierbinnen werden de creatieve ideeën van al die mensen die hier tussen het zand en het vuur waren opgegroeid omgezet in concrete voorwerpen.

'Ben je op Murano geboren?'

Marcus keek haar weer aan. 'Nee, maar ik kwam hier als kind wel elke zomer. Mijn moeder was ooit op vakantie in Venetië, toen is ze mijn vader tegengekomen en hier een paar jaar gebleven. Daarna is ze teruggegaan naar Wenen. Ik woonde deels bij haar en deels hier bij mijn vader. Ik heb bouwkunde gestudeerd en heb toen een pauze genomen, want ik wist niet wat ik wilde. Vijf jaar geleden ben ik naar het eiland verhuisd, vanwege de school.'

'Om het ambacht door te geven?'

Hij boog zijn hoofd en streek langs een grasspriet die tussen de stenen door piepte. 'Onder andere.' Hij glimlachte. 'Je moet wel erg goed zijn als ze je hebben uitgekozen om mee te doen aan onze cursus.'

'Het is het enige waar ik goed in ben.'

Hij keek haar een tijd zwijgend aan. 'Je maakt een grapje, toch?'

'Het enige waar ik écht goed in ben,' voegde ze toe.

Zijn gezicht ontspande zich en hij lachte nu naar haar. 'Kom, we gaan, ik wil je nog meer laten zien.' Ze liepen in stilte verder, maar Juliet voelde zich niet geroepen om een gesprek te beginnen, ze voelde zich op haar gemak en keek rustig rond. Na een tijdje vroeg Marcus haar om bij hem op het randje van een steiger te komen zitten.

Ze hield haar adem in en sperde haar ogen open, dit had ze niet verwacht. Tranen welden op in haar ogen en ze had een brok in haar keel. Ze had wel meer zonsondergangen gezien, maar nog nooit een als deze: de hemel leek wel in brand te staan, de hoge klokkentoren tekende zich er lang en slank tegen af. De kleuren waren zo levendig dat ze erdoor in vervoering raakte. Ze vergat de tijd. Het deed haar denken aan het moment dat het glas in het vuur werd gehouden en precies warm genoeg werd om de pijp erin te steken en het te blazen. 'Het is prachtig.'

'Dat vind ik ook.'

Juliet dacht bij zichzelf dat ze dit moment met Marcus nooit zou vergeten. Terwijl het donker begon te worden, kwamen hun handen dichtbij elkaar. Ze was gelukkig.

'Zullen we morgen naar Burano gaan?'

'Ja, dat lijkt me leuk.' Wat deed ze nu? Hij was er toch niet alleen voor haar? Maar toen bracht ze het stemmetje in haar hoofd, dat haar zei dat ze geen beslag op hem mocht leggen, tot zwijgen. Ze had zin om te leven, om het leuk te hebben. Ze had zelfs zin om te dansen. En ze wilde bij hem zijn.

Voor een keer zou ze iets doen waar zij zin in had.

Later, toen ze in bed lag en naar het plafond keek, liet ze de glazen parels van haar ketting door haar vingers gaan. Ze deed hem altijd af voor het slapen gaan omdat ze bang was dat hij anders beschadigd zou raken. De parels zaten aan een metalen draad en de sluiting leek sterk, maar ze wilde toch het risico niet nemen. De ketting fascineerde haar, ze bleef zich afvragen wie hem gemaakt had en waarom Gina had gezegd dat hij haar toebehoorde en hoe hij met Venetië verbonden was. En vooral wie zij was. Marcus had haar het een en ander gevraagd over haar persoonlijke geschiedenis, maar ze had geen antwoord kunnen geven. Hij leek erg geïnteresseerd te zijn in de parels.

Juliet gaapte. Ze wist bijna niets over haar opa. Hij heette Luigi en was na de Tweede Wereldoorlog naar de Verenigde Staten geëmigreerd, zoals zoveel anderen. Hij was overleden toen haar vader nog maar klein was. Oma Denise was hertrouwd en haar tweede man had haar vader eigenlijk opgevoed.

Het licht van de kroonluchter viel op de parels en belichtte de verschillende stukjes glas waaruit deze waren gemaakt. Ze bekeek ze aandachtig. Toen ze bij de hanger aankwam, sperde ze haar ogen open. In het midden stond een symbool. Ze ging rechtop zitten, deed haar nachtlampje aan en bekeek de parel aandachtig. Haar hart ging sneller kloppen. 'Dat kan niet,' stamelde ze. Toen ging ze uit bed, pakte de brief die de school haar had gestuurd en keek naar het plaatje. Een gestileerde haan. Precies dezelfde als die op haar hanger, geen twijfel mogelijk.

6

Meesterglasblazers duiden kleuren aan met de namen van edelstenen, bijvoorbeeld robijn, chalcedoon, smaragd en amethist. Om het glas te kleuren, wordt er metaalpoeder aan het basismengsel toegevoegd. Voor groen wordt chroomoxide gebruikt, voor lichtblauw kobalt en voor rood koper. De kleur hangt af van de hoeveelheid metaalpoeder die gebruikt wordt. Er bestaan eindeloos veel prachtige glastinten.

Marina, Venetië. Jaren veertig.

Marina wachtte met haar ogen dicht, omringd door het duister.

Eigenlijk mocht ze daar niet komen, maar het was de enige plek waar niemand haar ooit zou zoeken. Toen Zeno, haar beste vriend, was begonnen met tellen, was ze zachtjes naar het Canale dei Marani gegaan. Daar was, verscholen achter een stapel puin, een oude doorgang die via de houtopslag naar de werkplaats van haar vader leidde. Alleen volwassenen mochten er komen en haar broer Luigi, die vijf jaar ouder was dan zij. Maar voor hem was alles anders, want hij was een jongen. 'Waar slaat dat op,' mompelde ze. Ondertussen begon Marina zich behoorlijk te vervelen in de kist die haar zo'n fantastische verstopplek had geleken. Ze krabde aan de afbladderende verf van een van de planken en slaakte toen een kreet van pijn. Snel haalde ze de splinter eruit en stak haar vinger in haar mond. Tjonge, wat deed dat pijn! Misschien had haar vader toch wel gelijk als hij zei dat dit geen plek voor kleine meisjes was. Maar eigenlijk kon niemand dat weten, want ze was hier nog nooit geweest. Tot vandaag had ze deze plek alleen vanuit de verte bekeken. 'Wat kan er nou mis zijn met deze plek?' vroeg ze zich af. Luigi zei dat het er heel heet was en de ruimte vol roet zat en dat je de hele tijd moest opletten, omdat er heel makkelijk brand kon uitbreken.

Marina kreeg er genoeg van te wachten tot Zeno haar vond. Ze stond op om naar een plek te gaan waar een kier in de wand zat. Het was een vrij grote kier, waardoor ze naar buiten kon kijken. Daar was een warme gloed te zien, zoals die bij een zonsondergang. Ze beet op haar lip en bleef naar buiten turen. De stoep was breed en er was niets te zien, behalve een raar soort stoel. Ze onderdrukte haar instinct om naar buiten te gaan, ze wist niet of er iemand in de buurt was en inmiddels was ze zover gekomen, dat ze niet meer wilde riskeren dat Zeno haar alsnog vond. Hij had lange benen en zou zeker eerder bij de buutplaats zijn dan zij. Daarom bleef ze wachten, in de stilte. Toen deed ze langzaam het deksel open en klom ze naar buiten. Ze klopte haar kleren af en stond op het punt om lachend terug te gaan naar de buutplaats, toen ze een geluid hoorde. Het klonk als een zucht, het knetteren van een vlam. Geschrokken begon ze over de kisten te klimmen om hulp te zoeken, maar midden in het gebouw bleef ze staan. Er stonden hoge bakstenen muren en in het hoge plafond zaten tientallen dakramen, zo groot dat Marina de lucht en de wolken erdoorheen kon zien. Maar haar aandacht ging al snel naar de persoon die daar, compleet opgaand in zijn werk, bezig was bij de grote ovens. Haar vader was nog aan het werk. Ze begon achteruit te lopen, met een beetje geluk zou hij haar aanwezigheid niet opmerken.

Toen hoorde ze hem zuchten.

Een zachte uiting van voldoening.

Ze verstijfde.

Ze stond als vastgenageld aan de grond door een mengsel van nieuwsgierigheid en verlangen. Ze keek naar de sterke armen van haar vader die een metalen pijp ronddraaiden om hem vervolgens met de punt onder te dompelen in een bak waar een scherpe geur uit opsteeg. Hij boog zich over het vuur en kwam er zo dichtbij dat ze zich afvroeg hoe hij de hitte kon verdragen, maar al snel kwam hij overeind en trok iets tevoorschijn... maar wat was het? Een stroperige massa aan het uiteinde van de pijp leek naar beneden te druipen, maar met een snelle draai liet haar vader hem van vorm veranderen. Toen bracht hij de pijp naar zijn mond en begon te blazen.

Hij blies er een vorm in, besefte Marina verbaasd.

Hij lachte en ze schrok, maar ze bleef staan. 'Perfect.' Zijn rustige stem, doordrenkt van iets wat ze niet helemaal begreep, hield haar daar. Langzaam stapte ze dichterbij. Ze lette goed op dat ze haar voeten zachtjes neerzette, zodat ze ongemerkt kon kijken.

Haar vader zat op het rare stoeltje dat ze eerder vanuit haar schuilplaats had gezien en streelde de gloeiende massa die hij net uit het vuur had gehaald met een houten vorm. Hij was groter geworden, Marina dacht dat dat kwam doordat hij erin geblazen had.

In die bol zat de adem van haar vader.

Hij begon de bol uit elkaar te trekken met een tang en stak er vervolgens een ijzeren staaf in. Ondertussen bleef hij draaien en de gloeiende massa leek open te gaan als een bloem. Terwijl er een vorm in het geheel verscheen, begon Marina, nog steeds als in trance toekijkend, het te begrijpen. Het was glas, maar niet het soort glas dat iedereen kende: het was geen vaas, geen glas en ook geen leuk glimmend beeldje van een dier.

Datgene wat haar vader nu onder handen nam, was het leven zelf. Het was een vormeloos geheel, dat nog in alles veranderd kon worden.

Toen wist ze het opeens: ze wilde net zoals haar vader worden.

Geboeid keek ze naar de berg zand naast haar. Ondertussen brandde het vuur in de ovens nog steeds. Het veranderde het zand op een manier die zowel gewelddadig als mooi was. Die kracht, een soort oerkracht waar ze zich weleens iets bij had proberen voor te stellen, maar wat haar tot vandaag nog niet gelukt was, was nu zichtbaar en maakte haar gelukkig.

'Dat wil ik ook leren!'

'O, god!' Haar vader wankelde even en Marina was bang dat hij de metalen pijp zou laten vallen. 'Wat doe jij hier in vredesnaam?' riep Giorgio. 'Ga terug naar huis, je moeder is vast ongerust.'

Marina negeerde de woorden van haar vader, ze bleef gefascineerd kijken naar de gloeiend hete substantie. Met een soepele beweging kreeg haar vader de pijp en vervolgens zijn stem, die schril en hees was geworden van schrik, weer onder controle. Ze was nog nooit ongehoorzaam geweest. Ze was altijd rustig en beleefd geweest en had altijd goed begrepen wanneer het het juiste moment was om om een gunst te vragen. Zelfs Luigi, die geen mensenvriend was, was gek op zijn zusje en zij op hem.

Daarom wachtte ze totdat hij uitgeraasd was. In gedachten werd ze een rots, waar het water vanaf gleed en die alleen het noodzakelijke absorbeerde. Toen hij zich weer naar het vuur draaide, liep ze naar hem toe.

'Waarom steek je het weer in het vuur? Straks smelt het en valt het eraf.'

Giorgio, die nog steeds boos was, schudde zijn hoofd. 'Het glas is nu te koud, ik moet het eerst opwarmen voordat ik het verder kan vormen.' Hij sprak kortaf en zijn gezicht stond strak, maar hij bleef doorwerken.

Waarschijnlijk kon hij ook niet stilstaan, bedacht Marina. Als hij zou ophouden… ze zou het hem vragen. Ze wilde alles weten. Ze begon haar vingers te bewegen en probeerde haar vader na te doen.

'Waar komt het vandaan?' Hij keek haar vragend aan en ze wees naar de oven. 'Het glas, papa,' vroeg ze ongeduldig, 'hoe maak je dat?' Het maakte haar niet uit dat hij nog steeds uit zijn humeur was, ze wilde het per se weten en herhaalde haar vraag. Hij knikte naar een berg zand die voor een oven aan de linkerkant van de ruimte lag. 'Bedoel je dat je zand opwarmt en dat het dan glas wordt?' Ze herinnerde zich iets, gesprekken tussen haar vader en

Luigi over de prijs van Frans zand, dat puurder zou zijn dan andere soorten, maar meer hitte nodig had. Ook had ze hen horen praten over soda en kalk, die gesprekken kregen nu een betekenis. 'Maar hoe kan dat dan? Dit is gewoon stof en dat is doorzichtig en prachtig,' zei ze, wijzend naar het glas.

Giorgio zuchtte. 'Eerst meng je het zand met soda en dan doe je het in zo'n bak die daar in het vuur staat, zie je wel? Zo'n bak heet een smeltkroes. Daarna verlaag je de temperatuur en voeg je het bindmiddel toe, dat zorgt ervoor dat alle elementen zich goed aan elkaar hechten. Het wordt dan een stroperig geheel, dat je daarna weer kunt verwarmen en verder kunt bewerken.'

Ze luisterde ademloos.

'En wat is dat?' Ze wees naar de gloeiende massa aan het uiteinde van de blaaspijp. 'Dat is een bolus...' Opeens had Giorgio geen zin meer om boos op haar te zijn. Marina wist niet precies wanneer het gebeurd was, maar op een gegeven moment liet hij zijn reserves varen en begon hij enthousiast te vertellen. Hij vond het leuk dat ze zo geïnteresseerd was.

Giorgio keek naar haar, naar haar stralende groene ogen, dezelfde kleur als de zijne, haar losgeraakte vlechten, haar vastberaden uitdrukking en de kuiltjes die in haar wangen verschenen wanneer ze lachte.

In haar zag hij wat hij tevergeefs bij zijn oudste zoon had gezocht, zijn gedroomde opvolger: de ware passie voor glasblazen die iedereen in de familie Chiaramonte al eeuwenlang bezat. Na de val van Venetië in 1797 waren ze naar Murano gekomen, het glasblazerseiland.

Later thuis, na het avondeten, zat Giorgio samen met zijn vrouw in hun slaapkamer. 'Ik ben me dood geschrokken. Een of andere beschermengel moet hebben ingegrepen, want ik had bijna alles laten vallen en dan was er zeker brand uitgebroken.'

Agata luisterde rustig terwijl ze haar haar borstelde.

'Ze was dus weer ongehoorzaam. We zouden haar naar een kostschool moeten sturen.'

Ze bleef luisteren. Af en toe sloeg ze haar ogen op of lachte, maar ze verloor nooit haar geduld.

'Luigi had zo nieuwsgierig moeten zijn,' bromde Giorgio, terwijl hij ging liggen. 'Marinetta is een meisje, die kan niet in die hitte werken.'

Agata legde haar borstel neer. In de spiegel zag ze een vrouw die nog jong was, met net zulke kuiltjes als haar dochter en met dezelfde vastberaden kin. Ze keek over haar schouder naar haar man. 'En als ze ervoor geboren is?'

Giorgio fronste.

'Wat kan zij eraan doen als ze erfelijk belast is door die overgrootmoeder van jou?'

Haar opmerking bracht Giorgio in verwarring. Het was alsof al zijn aannames en verwachtingen opeens niet meer klopten. Hij wist precies wat zijn vrouw bedoelde. Dat betekende dat het zijn schuld was… Nerveus streek hij over de dekens en dacht terug aan zijn jeugd. De vrouwen in zijn familie vertelden vaak verhalen over Marietta Barovier. Zij was de beroemdste glasblazer van Venetië en zij zou degene zijn geweest die de chevronkralen had bedacht. Ze was zo getalenteerd, dat ze haar vader Angelo had opgevolgd. Destijds had hij nog niet goed begrepen hoeveel deze vrouw voor het ambacht had betekend en wat ze allemaal had bijgedragen aan de ontwikkeling van het vak. Pas later, toen hij volwassen was, besefte hij hoe waardevol het was dat ze alle details over het proces van glasblazen en -bewerken had opgeschreven. Alle kennis en geheimen van haar vader waren gebundeld in kleine leren dagboekjes. In die boekjes was Giorgio later een onverwachte verwantschap tegengekomen en daar had hij zijn leven verder op ingericht. 'Als dat zo is, dan is er niets aan te doen, dan zullen we haar niet bij het glas kunnen weghouden,' zei hij. Het bloed kroop immers waar het niet gaan kon. Dit inzicht bracht een zekere berusting met zich mee, en hij kalmeerde een beetje.

Agata lachte en streelde teder zijn gezicht. Haar dikke vlecht viel over haar schouder toen ze zich naar hem toe draaide. 'Het is niet erg. Je weet hoe je dochter is: als ze eenmaal iets in haar hoofd heeft, krijg je het er niet meer uit. En die eigenschap heeft ze niet van mij, lieverd.'

Hij grinnikte en zijn eeltige hand zocht de hare.

'Als ik het haar leer, dan is het einde zoek. Dan zal ze voor altijd anders zijn.'

'Doe jij nu maar wat je moet doen, ze komt er echt wel uit. Ze is dapper en koppig. Het is een bijzonder meisje, echt een dochter van jou.'

'En Luigi? Doe ik hem dan niet tekort?'

Agata legde haar hoofd op de borst van haar man en voelde hoe zijn hartslag omhoogging. Er was nog iets wat ze hem moest zeggen, iets wat ze al veel te lang voor zich hield, op zoek naar het juiste moment. 'Hij zal het alleen maar fijn vinden. Vooral als je hem naar Milaan laat gaan om te studeren. Hij is hier niet gelukkig.'

'Ja, maar...'

Agata liet hem zijn zin niet afmaken, ze wist dat er verschillende manieren waren om haar man de mond te snoeren en de meest effectieve manier was ook nog eens erg fijn. Ze kuste hem en begon lieve woordjes tegen hem te fluisteren, terwijl de rest van het huis in stilte en duister verzonken was.

Zo begon Marina bij de ovens te werken. De andere leerlingen vonden het eerst wel vervelend dat dat kleine meisje, dat ze al hun hele leven kenden, nu opeens met hen samenwerkte. Maar al snel won ze hen voor zich met haar oprechte passie voor het vak. Algauw had ze door hoe de ovens werkten en wat ze deden: de grootste bevatte glas dat nog bewerkt moest worden en de kleinste waren voor gekleurd glas. Ze was een natuurtalent: ze hoefde alleen maar naar de smeltkroes te kijken om te weten of het glas al klaar was om eruit te halen. Ook wist ze dat je groen glas kreeg door ijzeroxide toe te voegen, dat koper zorgde voor een dieprode kleur en kobalt voor alle tinten van smaragdgroen tot saffierblauw. Voor haar was dit gekleurde glas net zo kostbaar als de edelstenen in de kleurbenamingen.

Voor Giorgio was het lastiger om aan de nieuwe situatie te wennen. Hij had zijn zoon naar een school in Milaan gestuurd, iets wat inging tegen alles waar hij in geloofde. Luigi was zijn zoon, zijn erfgenaam en degene die zijn naam zou doorgeven. Hij had het gevoel dat hij faalde. 'Alles gaat verkeerd,' prevelde hij geïrriteerd. Maar dan dacht hij aan Marietta Barovier. Uiteindelijk had zij haar vader Angelo opgevolgd. En als een van de grootste glasblazers ooit het geen probleem had gevonden dat zijn dochter hem opvolgde, misschien viel het dan allemaal wel mee. Hij keek toe hoe Marina zich behendig tussen de ovens bewoog, haar ogen straalden. Het was duidelijk dat ze wist waar ze mee bezig was. Ze bekeek alle onderdelen van het maakproces nauwkeurig, totdat ze het zelf kon. Eerst wilde Giorgio dat ze in de leer ging bij Zeno, een van zijn jongere leerlingen. Maar toen hij zag dat zij veel te vaak kibbelden, begreep hij dat dat geen goed idee was. Want zijn kleine Marina wist precies wat ze wel en niet wilde en was niet bang dat te zeggen.

De jaren verstreken en terwijl Marina naast haar vader opgroeide, kwam Luigi nog maar zelden naar Murano, eigenlijk alleen maar wanneer hij geld nodig had. Dan overstelpte Agata hem met aandacht en voelde hij zich een paar dagen de koning te rijk.

'Ik denk dat we ons aanbod moeten uitbreiden.'

Luigi vond de voorstellen van zijn zusje altijd vermakelijk, maar soms was hij van haar onder de indruk. Ze was ook nog geen zestien jaar oud. 'Waarom? De mensen vinden onze lampen mooi.'

'Heb je gehoord van het nieuwe bouwbesluit? Als ze de plafonds verlagen tot minder dan drie meter, is er geen plek meer voor ons werk. En de economie zit ook in het slop, dus we kunnen het ons niet permitteren klanten te verliezen.'

Luigi strekte zijn benen en legde ze op het voetenbankje dat zijn moeder voor hem had neergezet. 'O ja… zoiets heb ik weleens gehoord.'

'Heb je dat nog niet op school gehad?'

'Wat? Ja hoor, die toets heb ik alleen nog niet gedaan. Maar ga door, wat bedoel je precies?' Marina had al een poosje haar bedenkingen over Luigi's vorderingen op school. Ze was vooral bang voor de woede van haar vader: de huur van zijn kamer en het collegegeld namen een forse hap uit de inkomsten van het glaswerk. Ze keek hem aandachtig aan. 'Gaat het wel goed?'

Hij rekte zich uit. Hij had zijn stropdas afgedaan en in een hoek gegooid en zijn overhemd opengeknoopt. Het leek alsof hij ergens mee zat. Marina ging naast hem zitten en nam zijn hand in de hare. 'Wat is er? Tegen mij kun je het wel zeggen.'

Hij trok zijn gezicht meteen in de plooi en glimlachte. 'Niets aan de hand, alleen is er een docent die me niet mag, dat is alles.'

'Waarom niet? Heb je met hem gepraat?' Ze had zelf altijd ondervonden dat dat de beste manier was om dit soort dingen op te lossen.

'Wat denk je zelf! Ik ben een man! Ik heb eergevoel. Maar dat soort dingen begrijp jij niet.'

'Probeer het me dan uit te leggen.'

Luigi stond op en begon nerveus door de kamer te lopen, zijn hoofd gebogen en zijn schouders opgetrokken. 'Hij zit me de hele tijd op de huid en wil dat ik dingen voor hem schrijf die hij vervolgens zelf publiceert. Zo verdient hij bij.'

Hij keek haar aan, zijn ogen groot van woede. Verbijsterd vroeg Marina zich af wat er met haar broer gebeurd was. Hij had zelfs geschreeuwd, iets wat hij nog nooit eerder had gedaan. 'Waarom kom je niet weer bij papa werken?'

Hij lachte. 'Zeg niet van die stomme dingen.'

'Maar je vond het toch leuk?'

'Nee hoor. Jij bent degene die het leuk vindt. Jij bent degene die... het aanbod wil uitbreiden.'

'Dat is de beste manier om de crisis door te komen, we raken nu al klanten kwijt. De prijs van grondstoffen blijft ook maar stijgen en de transportkosten rijzen de pan uit. Maar mensen zijn altijd gek op nieuwe dingen, ze zullen ons nieuwe glaswerk willen voor in huis en dan kunnen we weer winst maken. We hebben geld nodig, Luigi.'

Het gezicht van haar broer ontspande. Marina zag hoe zijn uitdrukking veranderde en hij begon te lachen.

'Vooruit dan maar,' verzuchtte hij. 'Vertel me maar wat je van plan bent, maar houd het kort, want ik heb weinig tijd.'

'O, dank je wel!' Ze klapte in haar handen van blijdschap en ging snel haar aantekeningen halen. Ze had ze zo netjes mogelijk genoteerd, zodat ze goed leesbaar waren. Wilde haar vader maar naar haar luisteren... Met Luigi was het anders, ze zou zijn raad sowieso opvolgen. Toen ze de kamer weer in kwam, zat haar broer bij het raam. Hij had het een beetje opengezet, waardoor er een windvlaag naar binnen kwam en de stemmen van voorbijgangers te horen waren. Marina legde de papieren op tafel. 'Kijk maar, het is allemaal heel eenvoudig.'

Luigi pakte ze op en begon te lezen, hij leek er meteen door gegrepen.

'We kunnen een afdeling inrichten met glazen sierobjecten: mensen houden van kleuren en als we zorgen dat ze er modern uitzien, willen ze ze vast in huis hebben. We hebben maar een kleine investering nodig. Voor de kleine onderdelen kunnen we scherven gebruiken, het is belangrijk om zoveel mogelijk te hergebruiken.'

Ze hield haar adem in en keek zijdelings naar haar broer.

'Ik zal kijken wat ik kan doen, maar ik beloof niets.'

Marina keek toe hoe hij de papieren bij elkaar pakte en wegliep. Eén ding was zeker: als hij niets in haar plannen zag, zou hij niet zoveel haast hebben om weg te komen. Ze begreep wel waarom Luigi niets wilde beloven; hun vader was iemand die alleen deed waar hij zelf in geloofde. Daardoor had ze ook nog steeds af en toe het gevoel dat hij zich schaamde voor haar aanwezigheid in zijn werkplaats. Dat vond ze erg jammer. Hij had haar weliswaar alles geleerd wat hij wist, maar hij behandelde haar nog steeds... Ze wist niet precies hoe ze het moest omschrijven. Ze ging naar buiten en liep direct door naar de glasblazerij.

Ze stak de brug over en negeerde de mensen die haar nakeken.

Ze had een wijde broek aan en een dun jasje, haar werkkleding. Hopelijk had Zeno avonddienst, ze kon niet wachten hem te vertellen over haar gesprek met Luigi. Toen ze de glasblazerij binnenstapte, voelde ze zich meteen goed. De geur, de hete lucht van de ovens en de geluiden hadden een ontspannend effect op haar. De ovens maakten een zoemend geluid, dat ze goed kende. Ze ging op zoek naar haar vriend, maar die was nergens te bekennen. De vorige dag had ze hem ook al niet gezien en nu ze erover nadacht, de dag daarvoor ook niet. Ze maakte aanstalten om het aan haar vader te gaan vragen, maar bedacht zich toen. In plaats daarvan begon ze kleurstoffen af te wegen. Ze wilde een nieuwe kleur proberen, iets bijzonders. Door bezig te zijn hoefde ze ook niet aan Luigi of haar vader te denken. Of aan Zeno.

Een aantal weken geleden had hij haar opeens gekust. Sindsdien had Marina zich vreemd gevoeld, alsof ze ziek was. Haar hart klopte sneller dan normaal als ze aan hem dacht en haar adem stokte. Maar ze was niet ziek, sterker nog, ze voelde zich beter dan ooit. Ze had zin om te lachen en te springen.

Hoe ze er ook over nadacht, ze begreep het toch niet helemaal: Zeno was niet veranderd en zijzelf ook niet. Ze waren samen opgegroeid en wisten alles van elkaar. Ze wist wat hij dacht, kende zijn manier van doen, de rimpel die tussen zijn wenkbrauwen verscheen als hij zich ergens zorgen over maakte, zijn angst als hij ergens geen invloed op had. En hij kende haar net zo goed. Marina wilde steeds bij hem in de buurt zijn, het deed pijn als hij er niet was. Dan was alles leeg en leek ze een onstilbare honger te hebben. Ja, dat was het.

Met rode wangen en een verwachtingsvolle glimlach nam ze afscheid van de andere glasblazers en ging naar huis, ze was net op tijd voor het eten. Ze douchte, kleedde zich aan en maakte een mooie vlecht in haar haar.

'Wat zie je er mooi uit, lieverd.'

Marina gaf haar moeder een kus en nam de schaal uit haar handen. 'Die draag ik wel.'

Ze lachte toen ze de eetkamer in kwam. Luigi zat naast Giorgio, ze praatten en lachten.

'Wat een fantastisch idee, zoon. Ik wist wel dat je op een dag je plek in ons bedrijf zou vinden.'

Marina zette de schaal op tafel neer. 'Hoi, papa.' Ze boog zich voorover om hem te kussen en keek ondertussen vragend naar Luigi. Die gaf haar een knipoog.

'Alles goed?'

Hij knikte. 'Uitstekend.'

Ze lachte naar hem. 'Is het gelukt?' fluisterde ze.

'Natuurlijk, wat dacht je dan?'

Ze was zo blij dat ze zich moest inhouden om geen vreugdedansje te doen. Ze was immers al groot. Maar later op haar kamer zou ze dat zeker doen.

'Kijk eens wat een goed idee je broer heeft. We gaan dit soort glaswerk maken, wat vind je ervan?'

De glimlach verdween van Marina's gezicht. Haar papieren lagen verspreid over de tafel. Ze keek ernaar en richtte zich toen tot Luigi. 'Wat heeft dit te betekenen?' vroeg ze zachtjes. Dit was haar idee en ze had er veel werk in gestoken.

'Dit is toch wat je wilde, zusje? Ben je niet blij?'

Ze had het gevoel alsof de vloer onder haar voeten wegzakte. 'Ik... jawel.' Luigi had wel gelijk: ze had haar doel bereikt. Het maakte ook eigenlijk niet zoveel uit, ze waren toch allemaal familie. Dit bleef ze tegen zichzelf zeggen, terwijl haar vader haar broer bleef complimenteren. Toen hij haar hand streelde, moest Marina zich inhouden om hem niet weg te trekken. Meteen voelde ze zich schuldig. Ze hielp haar moeder het eten op te dienen en toen ze eenmaal tegenover hen aan tafel zat, kon ze maar een paar woorden van hun gesprek opvangen. Waarom sloten ze haar buiten? Ze keek naar haar moeder, die straalde van geluk. Het gebeurde dan ook niet vaak dat ze allemaal samen waren. Toen Luigi weer naar haar lachte, lachte ze toch maar terug. Ze zou nog wel eens alleen met hem praten. Haar broer had vast een goede reden voor wat hij had gedaan.

Een paar uur later lag ze op bed en keek ze naar het plafond. Ze bleef denken aan wat er gebeurd was. Ze had allemaal tegenstrijdige gevoelens en gedachten. De manier waarop haar vader haar had behandeld, had haar erg gekwetst en ze vond het ook moeilijk te verteren dat haar broer met de eer ging strijken van haar werk. Maar tegelijkertijd was ze wel blij dat haar plannen zouden worden uitgevoerd, en dat was toch het belangrijkste? Ze werd moe van het gepieker en probeerde aan leukere dingen te denken. Als ze zorgen had, stelde ze zich een zonsondergang boven het Canal Grande voor, met alle mooie kleuren die de hemel dan had. En ze dacht ook graag aan... hem. Aan hoe ze zich voelde als hij haar omhelsde, het moment vlak voordat hij haar kuste. Hoe de wereld dan lichter en fijner leek. Ze giechelde en viel opgewekt in slaap.
Toen ze de volgende ochtend de keuken in kwam, trof ze haar moeder met rode ogen aan.

'Wat is er, mam?' vroeg ze, terwijl ze een hand op haar arm legde.

Agata zuchtte. 'Het is niets. Ik vind het gewoon zo moeilijk als je broer weer weggaat.'

Ze pakte het bord uit haar handen en begon op te scheppen. 'Hij blijft hier nog een week, toch? Je moet niet zo droevig kijken als hij er is, dat vindt hij niet leuk.'

Ze snikte weer. 'Nee, liefje. Luigi is gisteravond al vertrokken, nadat hij eerst een poos met je vader heeft gesproken. Ik ben gewoon ontroerd, ik heb zo lang gehoopt dat die twee weer met elkaar overweg zouden kunnen. Je vader heeft hem geld gegeven om een auto te kopen, hij kan niet meer met de bus reizen, dat is niet veilig.'

Marina ging zitten. Haar handen trilden toen ze haar koffiekopje pakte.

'Gaat het wel, lieverd?'

'Hè, wat? Ja, sorry, alles goed hoor, mam.' Ze voelde weer die leegte vanbinnen, het was een naar gevoel. Het klopte gewoon niet: Luigi was haar broer en ze hield van hem. Ze probeerde haar gedachten te ordenen en de vervelende gevoelens te bezweren met fijne herinneringen. Uiteindelijk besloot ze er helemaal niet meer aan te denken en ze glimlachte. Ze zou alles de volgende keer wel met hem uitpraten, ze moest alleen even geduldig zijn en het juiste moment afwachten.

Ze had geen school die ochtend, dus ze bleef bij haar moeder. Ze vond het maar saai om boodschappen te doen en ze begreep niet dat haar moeder het zo leuk vond. Dat kwam waarschijnlijk omdat er nog niet zo lang geleden überhaupt niets in de winkels lag. De oorlog was alweer een aantal jaren voorbij, maar was nog steeds merkbaar. Bijvoorbeeld in haar moeders obsessie met eten en het kamertje dat ze gebruikten om zoveel mogelijk in op te slaan.

's Middags werkte ze in de glasblazerij. Zeno was nog steeds nergens te bekennen. Ze had zoveel zin om hem te zien, maar ook die dag kwam hij niet opdagen. Meteen na het eten zei ze haar ouders welterusten en ging naar bed. Een klasgenootje dat net zoveel van lezen hield als zij had haar een boek geleend en ze kon niet wachten om daaraan te beginnen. Maar al na een paar pagina's begon ze te gapen. Ze legde het boek weg en viel bijna in slaap, terwijl door de open ramen een zwoele nachtlucht naar binnen kwam, die de gordijnen zachtjes liet bewegen.

'Hé, Nina! Ben je daar?'

Ze schrok van de stem. Er was maar één iemand die haar zo noemde. Opgetogen sprong ze uit bed, fatsoeneerde snel haar haar en ging naar het raam. Eindelijk was hij er!

'Kom naar onze plek.'

Zo laat nog? 'Dat kan niet,' fluisterde ze.

Maar Zeno was al verdwenen. Wat was het toch ook een stijfkop, dacht ze lachend. Ze had heel veel zin om hem te omhelzen, haar wangen gloeiden ervan. Even twijfelde ze tussen haar verlangen naar hem en haar angst dat haar ouders erachter zouden komen, maar dat duurde niet lang. 'Heel even dan,' zei ze bij zichzelf.

Ze deed een zwarte jurk aan en sloeg een zwarte sjaal van haar moeder over haar haar. Langzaam liep ze de trap af, haar schoenen hield ze in haar hand. Toen ze de buitendeur open had gedaan en in de tuin stond, slaakte ze een zucht van verlichting. In het achterste, donkerste hoekje van de tuin stond Zeno, tegen de muur. Hij was eroverheen geklommen om bij haar te komen. Ze rende naar hem toe en hij pakte haar vast en drukte haar tegen zich aan. Voordat ze hem kon vragen waarom hij haar nu wilde zien en niet kon wachten tot de volgende dag, kuste hij haar. Er ging een rilling van genot door haar heen, ze sloeg haar armen om zijn hals en de wereld om haar heen leek te verdwijnen.

'Waar ben je zo lang geweest? Ik heb je overal gezocht. Waarom ben je niet naar de glasblazerij gekomen?'

'Luister, Nina.'

Hij nam haar gezicht in zijn handen. Hij was maar een jaar ouder dan zij, maar was al net zo lang als Luigi. Door het jarenlange werk bij de ovens was hij vroeg ouder geworden. Op zijn wangen lag al een laagje dons. Marina haalde haar handen door zijn haar. Wat was hij toch knap. Als ze op haar tenen ging staan, kon ze net zijn kin kussen. Ze liet haar lippen over zijn ruwe huid gaan en zuchtte gelukkig. Hij rook naar zeep en naar… zichzelf.

Toen zag ze hoe gespannen zijn gezicht stond. 'Wat is er aan de hand?' Had hij weer een misstand ontdekt? Haar vader zei altijd dat Zeno een verdediger van op voorhand verloren zaken was, maar zij hield juist van zijn idealisme, daardoor was hij haar nog dierbaarder.

Hij boog zich naar haar toe.

'Ik ben gekomen om afscheid te nemen, ik vertrek.'

Ze fronste. Hij was nog nooit Venetië uit geweest, wat was dit voor onzin? 'Wanneer kom je terug?' Ze vroeg zich af waarom hij niet meteen antwoordde, maar haar bleef aankijken en de manier waarop hij met zijn vingers over haar gezicht streek, maakte haar bang.

'Ik weet het niet.'

Marina deed haar mond open en probeerde haar zorgen de baas

te worden. Toen herinnerde ze zich iets wat hij maanden eerder had gezegd, iets over de kans om in China te werken. Ze hadden er samen om gelachen, gezegd dat dat meer iets voor Marco Polo was. Nu ze er nog eens aan terugdacht, was zij de enige geweest die erom gelachen had. Ze verstijfde en hij liet haar los, zijn armen vielen langs zijn lichaam. Maar hij bleef haar aankijken.

'Je mag niet weggaan.'

'Ik moet wel, Nina, ik kan niet anders, dat weet je. Ik ben nu al twee werkdagen kwijt. Hier heb ik geen toekomst, ik heb al zoveel moeten verdragen. Ik wil niet dat mijn moeder nog langer haar rug verpest met het werk aan die verdraaide parels.'

Marina sperde haar ogen wijd open. Ze berekende hoeveel het de familie, die toch al een mager inkomen had, gekost had dat zijn uren in de glasblazerij verminderd waren. Ze boog haar hoofd en wist dat hij gelijk had. Maar ze kon het toch niet verdragen. 'Je mag niet weggaan! Dat mag niet!' Ze stortte zich in zijn armen en klemde zich aan zijn overhemd vast. Zeno sloeg zijn armen om haar heen en verborg zijn gezicht in haar hals. Hij liet haar uithuilen en fluisterde zachtjes lieve woordjes tegen haar. Marina snikte en herinnerde zich dat hij haar altijd zo getroost had, ook toen ze nog klein waren en een van de broertjes Bertone haar een keer van de werf had geduwd, waardoor ze in het water was gevallen. 'Je gaat me toch wel schrijven?'

Hij lachte. 'Ik zal aan je denken.'

Dat was niet hetzelfde, maar Marina accepteerde het toch maar. Dat was ook iets wat haar moeder altijd over haar zei: dat ze zich aan alle omstandigheden kon aanpassen. Ze knikte en liet zich kussen. Terwijl ze zich aan hem vastklampte, besefte ze angstig dat ze nog nooit dagenlang zonder Zeno had doorgebracht. Hoe zou dat zijn?

'Je komt wel weer snel terug, toch?'

'Natuurlijk, Nina. Zodra alles daar in orde is, stuur ik je een kaartje. Ik kom zo snel mogelijk terug. Maar nu moet je terug naar binnen.' Hij legde zijn handen om haar gezicht en overlaadde het met kleine kusjes. Ondanks zijn woorden leek het erop dat Zeno ook geen afscheid wilde nemen. Marina gaf zich over aan zijn liefkozingen, zijn blik die haar niet losliet en zo bleven ze het afscheid uitstellen, elkaar stevig vasthoudend en proberend van elk moment te genieten.

'Als je zo doorgaat, vind ik nooit de moed je achter te laten.'

Haar grote, trotse Zeno had het moeilijk. Haar grote liefde.

'Oké.' Marina begon achteruit te lopen, maar bleef hem aankijken. Toen ze op het punt stond zich om te draaien, pakte hij haar hand en trok haar weer naar zich toe. 'Ik kom terug, dat beloof ik, lieverd. Maar ga nu alsjeblieft, Nina, ik smeek het je.'

Marina liep het pad af. Ze bleef met haar kleren even hangen aan de oude rozenstruik, waar ze zo vaak samen hadden zitten praten en spelen, maar ze trok zich snel los en ging het huis in. Ze moest even bijkomen toen ze binnen was, ze hijgde, haar keel deed pijn en haar ogen brandden. Toen ging ze naar boven, naar haar eigen kamer, en huilde hartverscheurend.

7

Halverwege de vijftiende eeuw was Venetië de toegangspoort tot het Verre Oosten. In de haven legden schepen met exotische vracht aan. Vooral het Chinese porselein trok de aandacht van de glasblazers. Ze probeerden het na te maken, hieruit is melkglas ontstaan, wit glas dat ondoorzichtig is gemaakt.

Marina

De stookovens langs Fondamenta Manin behoorden al meer dan tweehonderd jaar aan de familie Chiaramonte. Er was nog maar weinig over van het oorspronkelijke gebouw, dat destijds als klooster dienst had gedaan. In de voormalige sacristie waren nog wat fresco's te zien en er was nog een trapje dat ooit naar de preekstoel had geleid. Maar Giorgio had zich in moeilijke momenten nog altijd gewend tot de heiligen van wie de relikwieën in deze ruimtes bewaard werden voordat Napoleon Venetië veroverde. Sommigen bleven hem zien als een groot vernieuwer, anderen juist als een vernietiger. Maar dankzij de instructies van Napoleon om grote bedrijven te ontbinden, hadden haar voorouders zich op Murano kunnen vestigen. Dat was voordien namelijk verboden. De kunst van het glasblazen was maar aan een paar families voorbehouden, dat had het stadsbestuur per decreet vastgelegd. Deze wet schreef ook voor dat alleen deze uitverkoren families op Murano mochten wonen. Dit had de doge Tiepolo in 1291 beslist; zelf zei hij dat dat was om te voorkomen dat er brand uitbrak in de stad, maar men dacht dat het ook was om de glasblazers in het oog te houden en ervoor te zorgen dat hun geheime werkwijze bewaard zou blijven.

'De een zijn dood is de ander zijn brood,' prevelde hij. Dit soort uitspraken pasten niet bij hem, hij was altijd nuchter en opgewekt geweest. Maar sinds hij een paar maanden geleden was flauwgevallen op zijn werk, verloor hij zich steeds vaker in sombere gedachten. 'We worden geboren, we leven en dan... op een dag ben ook ik aan de beurt. En wat zal er dan gebeuren met mijn werk?' Hij staarde in de vlammen, alsof daar een antwoord te vinden was. Hij was doodsbang dat alle kennis die hij in zijn leven had vergaard met hem zou sterven. Het gevoel dat hij ergens gefaald had was moeilijk af te schudden.

'Wat zeg je, papa?'

Hij schrok en toen hij zich omdraaide, zag hij Marina daar staan. Ze was geruisloos naar binnen geslopen en keek bezorgd. Hij zuchtte. 'Wat doe jij hier? Het is drie uur 's nachts, je moet thuis in bed liggen, net als alle andere meisjes van jouw leeftijd.'

Ze kwam dichterbij en voordat hij iets kon doen, voelde Giorgio de armen van zijn dochter om zijn nek. Hij legde zijn kin op haar hoofd en snoof de bloemengeur van haar haar op. 'Kun je niet slapen, Marinaatje?' vroeg hij zacht.

Ze schudde haar hoofd. 'Ik ben een beetje verdrietig.'

Giorgio wist hoe dit kwam en drukte haar stevig tegen zich aan, zoals hij deed toen ze nog klein was. Het voelde nog steeds hetzelfde als toen, hoewel zijn dochter inmiddels geen kind meer was, maar een mooie, volwassen vrouw die ook nog eens erg goed was in haar vak. Als die Zeno nou maar weggebleven was, in plaats van na twee jaar terug te komen met zijn waanideeën om voor altijd weg te gaan uit Italië en aan de andere kant van de wereld een leven op te bouwen met zijn Marina. 'Je zou het niet leuk gevonden hebben in China, schat. Het is daar heel... anders. Ze eten alles wat beweegt en eigenlijk ook alles wat niet beweegt. Want er zijn daar heel veel mensen en ze moeten toch iets.' Hij hoorde haar giechelen en was blij dat hij haar een beetje had kunnen opbeuren.

'Hij heeft me niet eens gevraagd om met hem mee te gaan, papa, dus we zullen nooit weten hoe het geweest zou zijn.' Ze veegde haar tranen weg met haar mouw en snoof.

Toen glimlachte ze, en voelde hij zich ellendig.

Wat Marina niet wist, was dat Zeno met hem had gepraat. Giorgio had het moment vervloekt dat hij dat destijds kleine, magere ventje had aangenomen. Het was geen makkelijk gesprek geweest, want die vent had met zijn dochter willen trouwen en haar mee willen nemen. Ze was nog geen twintig, wat een onzin! Gelukkig was hij erin geslaagd hem ervan te overtuigen te wachten. Hij had alles uit de kast getrokken, maar uiteindelijk wist hij dat hij alleen een beetje tijd gewonnen had. Misschien een jaar, maar dat kon genoeg zijn. Hij zou er alles aan doen om ervoor te zorgen dat Marina die jongen vergat. Hij was boos op hem, maar hield toch ook van hem. Maar dat hij zijn dochter zou meenemen naar de andere kant van de wereld, dat kon hij niet toestaan. Marina was zo mooi, ze kon elke man in Venetië wel krijgen. En lief was ze ook, en zachtaardig. Haar lach vrolijkte iedereen op. Hij streelde haar gezicht, het was moeilijk om haar zo verdrietig te zien, zeker omdat hij dat verdriet veroorzaakt had. Maar wat kon een vader anders doen? Hij had geen andere keuze gehad en Agata was het met hem eens geweest. Ze zouden hun dochter voor niets ter wereld opgeven. Met Luigi hadden ze fouten gemaakt en ze waren die ondankbare jongen kwijtgeraakt, maar daar hadden van geleerd. Ze waren niet van plan om een man zomaar hun leven te laten binnenstappen en hun dochter te laten meenemen.

'Denk eens aan alle mooie dingen die we samen kunnen maken. We kunnen onze collectie uitbreiden, ik heb je plannen gelezen en ik denk dat het een goed idee is om ook miniatuurtjes te gaan maken. En we kunnen een afdeling met parels inrichten, als jij je daarmee bezig wilt houden,' zei hij. Hij wist dat Marina daar een cursus over had gevolgd aan de universiteit.

Hij was niet helemaal overtuigd, maar er was maar een kleine investering nodig en hij moest zijn dochter toch iets bieden. 'De wereld verandert, dat hoor je overal!' Hij bleef doorpraten totdat Marina iets vrolijker begon te kijken. Praten over glas werkte altijd bij haar, dat wist hij maar al te goed en hij had er geen problemen mee daar gebruik van te maken. Hij zou er sowieso alles aan doen om haar bij zich te houden, daarvoor zou hij zelfs zijn ziel verkopen.

'Weet je zeker dat het gaat lukken?'

'Natuurlijk gaat het lukken, en is het niet op de ene manier, dan wel op de andere. In onze familie kennen we het begrip falen niet.'

Dat was niet helemaal waar: zijn oom was een paar keer bijna failliet gegaan en ook hijzelf had de zaken somber ingezien toen hij net was begonnen. Hij wist zich nog precies het moment te herinneren dat hij die losse pagina's bij de eigendomsakte had gevonden en alles was veranderd. Hij zag zo weer het moment voor zich waarop hij de papieren in zijn handen hield en het langzaam tot hem doordrong hoe waardevol ze waren.

'Herinner jij je Marietta Barovier nog?'

Marina keek op. 'Natuurlijk, waarom vraag je dat?'

'Ik heb iets voor je.'

'Een cadeautje?' Ze lachte. 'Dat hoeft niet hoor, ik vind wel een manier om ermee om te gaan. Ik ben niet de eerste vrouw die is verlaten en ik zal ook wel niet de laatste zijn. Zo is het leven, mensen veranderen nu eenmaal.'

Maar Marina meende het niet echt, dat was aan haar gezicht te zien, ze leed er nog steeds erg onder. En toch hield ze zich flink. Giorgio bewonderde haar moed en haar doorzettingsvermogen. In plaats van te proberen haar problemen te ontkennen, zag ze ze meteen onder ogen. Zijn gezicht betrok, hij keek nog een laatste keer naar de oven. De vlammen laaiden hoog op en alles zag eruit zoals altijd. Hij zou gelukkig moeten zijn, maar hij voelde zich triest en leeg. Zeno had haar niet verlaten, hij stond op het punt haar dat te vertellen, maar kon het niet. Wat had die jongen hem in een lastig parket gebracht. 'Kom mee, lieverd, dan laat ik het je zien.' Hij legde een arm om haar schouder en zij liep gewillig en vol vertrouwen met hem mee.

Het huis was niet ver, ze hoefden alleen een steegje door en een pleintje over. Zachtjes slopen ze naar binnen, want Agata zou in alle staten zijn als ze merkte dat ze al aan het werk waren. Giorgio stak een hand in zijn zak en haalde er een sleutel uit. Hij schoof een paneel opzij en daarmee kwam een kast tevoorschijn die de hele muur bedekte. Met de sleutel opende hij deze geheime bergplaats. Het was niet de eerste keer dat Marina de plek zag waar hij al zijn geld en documenten bewaarde, want hij vertrouwde haar blind.

'Wat ga je pakken, papa?'

'Nog even geduld, dan zul je het zien.' Hij legde een etui opzij, waar hij even aandachtig naar keek, en trok toen een lange, platte metalen doos tevoorschijn en legde die op tafel.

Terwijl Marina dichterbij kwam om het beter te kunnen zien, deed hij hem open.

Er zaten een paar papieren in, gewikkeld in zijdepapier. Aan de randen waren ze al helemaal vergeeld en het dunne papier was beschreven met een ouderwets handschrift. Het schrift was nog goed leesbaar en zag er prachtig uit. De geur van salie die met het openen van de doos de kamer in was gekomen, herinnerde Giorgio aan de eerste keer dat hij het had gezien. Hij was toen nog jong, misschien iets ouder dan Marina. Hij keek naar zijn dochter, die zowel verbaasd als geïnteresseerd leek.

'Geheimen, Marina... Deze bladzijden komen uit het dagboek van Marietta Barovier. Zij heeft hier al haar formules opgeschreven.'

'Dus ze bestaan echt...' mompelde ze. Nog steeds verbaasd boog ze zich over het fragiele papier. Giorgio was blij dat ze er zo voorzichtig mee omging. 'Ik heb ze van mijn oom geërfd en hij heeft ze weer van zijn grootvader. Ze zijn al eeuwen in de familie en hebben altijd toebehoord aan degene die de glasblazerij leidde.'

'Ik dacht dat wij niet verwant waren aan Marietta Barovier, dat dat een verzinsel was.'

Hij haalde zijn schouders op. 'Ik weet ook niet precies hoe het zit. Het had iets te maken met Ballarin, met de dienstknecht daar...' Giorgio wist niet precies van wie zijn voorouders de pagina's hadden gekregen. Hij wilde er niet aan denken dat ze misschien nep konden zijn.

Er werd wel gezegd dat Marietta Barovier was bedrogen door haar dienstknecht. Dat hij haar eerst had verleid en haar vervolgens door list en bedrog de pagina's uit haar dagboek afhandig had gemaakt. Haar oudere broer, Giovanni Barovier, had hem vervolgens aangegeven. Maar Giorgio had in het glasmuseum van Murano eens een patent gezien, dat was toegekend aan Zorzi Ballarin door de Raad van Tien. Het viel niet mee om die voor de gek te houden. De Raad had een heel leger van spionnen dat iedereen in de gaten hield; niets ontging de bestuurders van *la Serenissima*. Bovendien bestond de familie Ballarin uit bekwame glasblazers en waren het eerlijke mensen. Hijzelf dacht dat het anders gegaan was: misschien hadden Zorzi en Marietta samengewerkt en waren de verleiding en de diefstal verzinsels geweest van haar jaloerse broers.

'Wie weet wat er echt is gebeurd.' Giorgio had al zoveel verschillende versies van het verhaal gehoord. 'Het maakt niet uit. Deze pagina's zijn nu van jou.' Hij schoof ze naar haar toe en voelde iets in zich breken. Het leek op de pijn die hij had gevoeld toen hij een keer 's nachts op straat was gevallen en het gevoel had gehad dat hij doodging. Toen had hij zich gerealiseerd wat echt belangrijk voor hem was: zijn kinderen, zijn vrouw, zijn glasblazerij en zijn kennis, die niet verloren mocht gaan. Het was een soort openbaring geweest.

'Ik zal alles overschrijven in mijn dagboek.'

Hij schudde zijn hoofd, nog steeds bezorgd. 'Dat hoeft niet, houd ze maar gewoon bij je en zorg ervoor dat ze gebruikt worden.' Het was tijd om op te houden met de geheimzinnigheid, in elk geval wat hun werk betrof. Aan dat andere zou hij te zijner tijd wel denken. Misschien had Agata wel gelijk: Zeno kon nog van gedachten veranderen, dat deden mannen immers vaak, vooral als ze jong waren en in hun eentje ergens ver weg woonden. Marina kon ook nog op iemand anders verliefd worden, het leven zat altijd vol verrassingen. Ze was ook nog jong genoeg om gevormd te worden, net als glas. Het enige wat nodig was, waren de juiste temperatuur en de juiste werktuigen. 'Ze zijn van jou, lieverd, ze behoren je toe. Maak er goed gebruik van.' Hij hoopte dat ze haar net zo zouden helpen als ze hem vele jaren eerder hadden gedaan. Dankzij die aantekeningen had hij zijn eigen productie kunnen beginnen.

'Bedankt, papa, ik zal er voorzichtig mee omgaan.'

Hij glimlachte. 'Welterusten. Probeer wat uit te rusten.'

'Jij ook.'

Hij keek nog eens naar haar. Hij betwijfelde dat zijn dochter een oog dicht zou doen, waarschijnlijk zou ze meteen naar glasblazerij sluipen om de formules uit te proberen. Gelaten schudde hij zijn hoofd, om zijn lippen speelde een lachje. Nu zou hij zich beter moeten voelen, dacht hij, maar in plaats daarvan voelde hij zich nog neerslachtiger. Hij ging naar de voorkamer, daar sliep hij altijd als hij laat klaar was met werk en zijn vrouw niet wilde storen. Hij was heel moe en het voelde alsof er een zwaar gewicht op zijn schouders en zijn hart lag. Toen hij naar binnen ging, wachtte zijn vrouw hem op. Haar lange haar viel op haar rug en ze had een trieste blik in haar ogen. Agata stortte zich in zijn armen en hij sloot even zijn ogen.

'We laten haar lijden.'

'Dacht je dat ik dat niet wist? Maar we redden haar ook. Ze is nog zo jong, ze weet niets van de wereld. Het gaat vast voorbij, laat het maar aan mij over.'

Giorgio wist hoe koppig zijn vrouw kon zijn. Hij liet haar los en doopte een washandje in de schaal water die ze voor hem had klaargezet.

'Ik zal een nieuwe verloofde voor haar zoeken, eentje die gewoon hier op Murano woont. Ze zullen samen een paar kinderen krijgen, die wij ook zullen zien opgroeien, zoals het hoort.'

Terwijl hij het stof van zich af waste, keek Giorgio even steels naar zijn vrouw. 'Hij zei dat hij haar zou schrijven.'

Ze zuchtte. 'Zou dat nog problemen kunnen opleveren?'

'En dat hij haar zou bellen!'

'Laat me niet lachen,' zei Agata. 'De man die mij te slim af is, moet nog geboren worden. En nu ga je naar bed, denk aan wat de dokter heeft gezegd. Ik zorg ervoor dat alles in orde komt.'

8

Aventurijn is een doorzichtige glassoort, waar piepkleine stukjes koper in zijn verwerkt. Zo schittert het je tegemoet. Eeuwenlang bleef het geheim van aventurijn maken bewaard tussen een klein aantal glasblazers. Het is een ingewikkelde techniek, het materiaal moet tweemaal bewerkt worden en er moeten ingrediënten met elkaar vermengd worden die moeilijk samengaan. Aventurijn maken was dus echt een avontuur.

De gevleugelde leeuw, het symbool van evangelist Marcus en van de stad Venetië, keek trots uit over zee. Onderaan de zuil waar hij op troonde, stond Juliet omhoog te kijken en zich af te vragen hoe het zou voelen om die vleugels aan te raken. Ze had zoveel zin om haar vingers langs de groeven in het metaal te laten gaan, die daar waren aangebracht door een mysterieuze kunstenaar. Hoe bekend dit beeld ook was, niemand wist wie het gemaakt had. Het beroemde San Marcoplein was een tijdlang het centrum van de stad geweest.

'Wat ben je stil.'

Dat was zo, ze had al een hele tijd niets gezegd. 'Het is zo mooi hier...'

'Te mooi?'

Ze lachte. 'Dat klinkt raar, hè?'

'Laat me raden: je hebt rillingen, je hart gaat tekeer en je voelt je tegelijkertijd uitgeput en gelukkig. Een beetje zoals wanneer je verliefd bent.'

Ze was verbaasd dat hij het zo lichthartig zei. De paar keer dat ze verliefd was geweest, had ze zich helemaal niet zo gevoeld als nu. 'Volgens mij voelt dit veel beter.'

'Volgens mij moet jij nieuwe vrienden zoeken, Juliet.'

Om hen heen werd de stad wakker, de eerste toeristen verschenen op de terrasjes om te ontbijten. De geur van zoete broodjes vermengde zich met die van zout en algen die al in de lucht hing. Vanaf het water klonken de stemmen van de gondeliers die al aan het werk waren. Opeens bleef Juliet staan en keek naar de basiliek.

Het mozaïek boven de ingang, achter de bronzen beelden van de vier paarden, was oogverblindend. 'Het lijkt net alsof het beweegt, vind je niet?' Het kwam door het ochtendlicht dat erop viel, wist ze. En toch voelde Juliet iets wat ze niet helemaal kon bevatten, dat buiten haar eigen beleving en buiten de werkelijkheid leek te vallen. Maar daar werd het gevoel niet minder echt van, integendeel.

'Misschien is dat ook wel zo.'

Ze keken elkaar veelbetekenend aan, toen stak hij zijn hand uit. Ze pakte hem als vanzelfsprekend vast en toen Marcus zijn vingers met de hare vervlocht, hield ze haar adem in. Wat doe je? vroeg ze zich af. Niets, ze deed helemaal niets verkeerd. Ze besloot te genieten van het moment, van het gezelschap van Marcus, met zijn warme glimlach en van de mooie dag die voor haar lag.

Marcus had al de hele week voor gids gespeeld. Hij had haar ook meegenomen naar plaatsen waar toeristen normaal gesproken nooit komen, zoals het Borgeslabyrint op het eiland San Giorgio, een fantastische plek. Ze hadden samen gedoold tussen de heggen die naar fris groen roken en waar alleen het geritsel van de bladeren en het gezoem van insecten te horen was. Juliet had uiteindelijk als eerste de uitgang gevonden en had daarmee een boottripje van hem gewonnen. Al die tijd had ze niet één keer gedacht aan het verleden, aan Seattle en aan alles wat ze achter zich had gelaten. Voor haar telde alleen het heden. Marcus was lief, zonder neerbuigend te zijn, en ironisch zonder gemeen te worden. Hij had voor iedereen een vriendelijk woord. Ze voelde zich op haar gemak bij hem, ze hoefde niets te bewijzen, want hij had haar al op haar slechtst gezien en was toch gebleven.

Hij deed haar ergens aan Daniel denken.

Ze keek omhoog, maar het gevoel van onrust en boosheid bleef. Haar broer leek verdwenen te zijn en het was haar niet gelukt om hem te bellen. Ze had al tientallen keren geprobeerd hem een berichtje te schrijven, maar elke keer had ze dat weer verwijderd.

'Alles goed?'

'Hè, wat? Ja, ik moest alleen ergens aan denken.'

'Aan iets vervelends?'

Wat het dat? 'Ja, een beetje.'

Marcus lachte. 'Kun je het oplossen?'

Dat was het probleem niet: wilde ze dat wel? Ze dacht erover na en zuchtte. 'Misschien, maar ik weet niet hoe.'

'Dan is het nog niet het goede moment.'

'Hoe weet je dat? Ik bedoel, je weet niet eens waar het over gaat en toch lijk je zo zeker van je zaak.'

Hij haalde zijn schouders op. 'Omdat je een intelligente vrouw bent.'

Een vrouw... niemand had ooit zoveel vertrouwen in haar gehad. Ze voelde zich goed bij Marcus. Hij was zo anders dan de andere mannen die ze kende. Ze had altijd gedacht dat er iets mis met haar was, had zichzelf altijd bekeken met de kritische blik van haar familie. De laatste dagen had ze daar veel over nagedacht. Het leek wel alsof ze tot nu toe altijd in een hoekje had gezeten en iedereen in de gaten had gehouden: hun gezichtsuitdrukkingen en hun gebaren, in de hoop dat ze een eventuele vervelende reactie kon zien aankomen.

'Kom, we gaan daarheen.' Marcus wees naar een doorgang tussen de straatjes, daarachter blonk de zee hun tegemoet. 'Vanaf daar zijn we zo bij de Rialtobrug.'

Inmiddels wist ze wat hij verstond onder 'zo' en het was iets heel anders dan zij. Juliet had het gevoel dat ze de hele lagune al meerdere keren te voet had doorkruist de afgelopen dagen. Maar ze protesteerde niet, ze had zin om nieuwe dingen te ontdekken en ze kon altijd aan het einde van de wandeling haar pijnlijke voeten in het water houden.

Er was een warme wind opgestoken. Ze bond haar haar in een hoge staart op haar hoofd en keek weer naar de kunstwerken. Ze voelde zich echt overdonderd, het was allemaal zo mooi dat het bijna pijn deed, een gevoel dat ze als kind ook al eens gehad had. 'Wat zouden die gebouwen allemaal al gezien hebben?' vroeg ze zich af. Er was hier zoveel bloedvergieten geweest en hoewel dat nu allemaal lang geleden en vergeten was, het was wel gebeurd. Maar niemand dacht er meer aan. 'Wat zou dat gekost hebben?' zei ze bij zichzelf.

Marcus keek nu aandachtig naar haar, zijn ogen een beetje toegeknepen. 'De meeste mensen vinden iets gewoon mooi en dat is het.'

Daar dacht ze even over na. 'Thuis zeggen ze ook altijd dat ik te nieuwsgierig ben.'

'Ouders zijn er altijd heel goed in om eigenschappen in hun kinderen te zien die hen zelf in het verleden in de problemen hebben gebracht en die ze daarom willen uitwissen.'

Overwinnen, dacht Juliet, dat was het woord dat bij haar was opgekomen. Maar ze had ook zelf iets kunnen doen, in plaats van zich stil te houden.

'Waar denk je aan?' hij lachte.

'O, aan niets interessants.'

'Weet je wel dat ik nog nooit iemand heb ontmoet die zo streng is voor zichzelf als jij? Je moet wat aardiger voor jezelf zijn, Juliet.'

Aardiger voor jezelf zijn...

Ze waren nu voorbij de basiliek en liepen langs het Dogepaleis, met zijn witte versierde boogjes die wel van suikerwerk gemaakt leken. Aan beide kanten strekten zich de lange *Procuraties* uit, met hun elegante ramen en zuilen. Ernaast stond de klokkentoren.

Ze dacht aan die laatste woorden van Marcus en besefte dat hij gelijk had: het was net alsof het haar plicht was zichzelf constant te bekritiseren, alsof ze inferieur was en zichzelf altijd moest afkatten tegenover anderen, en dat was een trieste realisatie. Nee, dacht ze toen, dat is verkeerd.

'Wanneer wist je dat je glasblazer wilde worden?'

Hij hield haar hand vast, zoals hij zo vaak had gedaan tijdens hun wandelingen. Ze voelde de warmte van zijn grote hand en de littekens die erop waren achtergelaten door de ovens. Haar hart ging sneller kloppen, want zij had dezelfde littekens. Hij wachtte nog steeds op antwoord.

Juliet dacht er nog even over na. 'Wat me altijd het meest heeft aangetrokken is de doorzichtigheid en breekbaarheid van glas. Als ik het aanraak, krijg ik een heel apart gevoel, een mengeling van verdriet en blijdschap. Nu ik er goed over nadenk, is het eigenlijk op geen enkele manier goed te beschrijven.' Ze zuchtte. 'Mijn familie vond het maar niks dat ik me bezighield met glasblazen. Daardoor had ik eigenlijk mijn interesse erin moeten kwijtraken, maar die is juist alleen maar verder aangewakkerd.' Het was niet uit opstandigheid dat ze zich in het glasblazen had verloren, dat probeerde ze ook uit te leggen. 'Ik weet alleen dat ik er altijd van gehouden heb, zelfs van de geur van het hele proces. En jij?'

Hij haalde zijn schouders op. 'Ik ben ermee opgegroeid. De familie Quintavalle doet al generaties lang aan glasbewerking, maar deze glasblazerij is de eerste die echt van ons is.'

Juliet voelde dat hij geen zin had om er verder over te praten en dat verraste haar. Voor het eerst sinds ze hem had ontmoet, had ze het gevoel dat er nog iets anders zat onder zijn rustige uiterlijk en kalme glimlach. Marcus liep nog steeds naast haar, maar hij voelde heel ver weg. Ze wist niet waar hij met zijn gedachten zat, maar ze begreep dat het iets was wat van hemzelf was en dat hij niet zou delen.

Ze liet zijn hand los en bleef voor een etalage staan. Droevig liet ze haar armen langs haar lichaam hangen.

Wat haar in hem had aangetrokken was het gevoel van veiligheid dat hij uitstraalde. Hij pakte dingen gewoon aan en lachte om het leven. Ze had de hele tijd gedacht dat Marcus een van die mensen was die nooit tegenslagen hadden meegemaakt en daarom alles positief inzagen. Maar dat was niet zo, er was nog een kant van hem die ze niet kende. Ze voelde de warmte van de glazen parelketting op haar huid en streek er zachtjes over. 'Ben ik echt de enige vrouw hier?' vroeg ze in een poging de sfeer te verbeteren. Hij betekende veel voor haar en ze wilde niet dat hij zich ongemakkelijk voelde. Hoewel ze ook echt benieuwd was naar het antwoord.

'Ja. Ik hoop dat het gerucht zich snel verspreidt en dat er dan een grotere toeloop van vrouwen komt. Je klasgenoten komen vandaag aan, het zijn leuke, jonge mensen. Je zult een leuke tijd hier hebben.'

Ze deed haar mond open, haar hart begon sneller te kloppen. 'Hoe weet je dat?'

Hij lachte weer en ze voelde hoe de angst van de afgelopen minuten langzaam wegebde. 'Jullie zijn het neusje van de zalm, de selectie is heel streng, dat weet jij ook.'

Hoe deed hij dat toch telkens, vroeg ze zich af, altijd de goede woorden vinden om haar gerust te stellen.

Aan de rand van de werf bleef ze staan. Het kanaal was onrustig, bruisend sloeg het water tegen de kant. Marcus was achter haar blijven staan, ze voelde zijn aanwezigheid en meende zijn adem te horen. Ze draaide zich om, maar hij lachte nu niet. Nog steeds onder de indruk vroeg ze: 'Hoe doe je dat toch?' Ze had altijd een groot voorstellingsvermogen gehad, en nu zag ze hem voor zich terwijl hij met gespreide armen over het water voortgleed, een grote glimlach op zijn gezicht. 'Hoe komt het dat jij alles aankunt en nooit valt?'

'Misschien kunnen we het een keer samen proberen.'

Hij ontweek haar vraag. 'Dat is geen antwoord.'

Hij zuchtte, sloeg zijn ogen ten hemel en keek weer naar haar. 'Oké dan, nieuwsgierig Aagje. Het komt allemaal neer op de keuzes die je maakt.'

'Hoe bedoel je?'

'Ik plan elke stap die ik moet zetten om bij mijn doel te komen. Mijn moeder zegt altijd dat ik een buldog ben, want als ik eenmaal mijn zinnen ergens op heb gezet, laat ik niet meer los.'

'Zo klinkt het wel heel makkelijk.'

'Dat is het ook, als je je tenminste alleen concentreert op de volgende stap die je moet zetten en niet denkt aan de duizenden stappen die daarna nog komen.'

Ze had veel zin om hem aan te raken, een vreemd gevoel, want normaal gesproken hield ze niet zo van lichamelijk contact. Maar hij bleef haar aankijken en lachen, dus raapte ze al haar moed bij elkaar en legde haar hand op zijn gezicht. Hij kwam dichterbij en boog zich naar haar toe. Hij was al bijna bij haar. Ze had nog nooit spontaan iemand gezoend, zelf het initiatief genomen, ze was tot dusver alleen door mannen gekust. En ze had er nooit iets bij gevoeld. Ze vroeg zich af of het dit keer anders zou zijn.

Het was bijna zover. Ze lachte en toen Marcus teruglachte, voelde ze zich gelukkig. Een beetje raar ook.

Ze schrok op van een plotseling geluid. Ze stapten van elkaar weg en na even verdwaasd te hebben gekeken, begonnen ze te lachen. Hij haalde zijn telefoon uit zijn zak en zijn glimlach verdween. 'Sorry, het is mijn vader, ik moet even opnemen.'

Hij liep weg en zij bleef alleen naar de zee staren. Even later kwam hij terug. 'Sorry Juliet, ik moet gaan.'

'Zal ik meegaan?'

'Nee, ga jij maar iets leuks doen.'

Ze bleef hem nakijken tot ze hem niet meer zag. Ze was teleurgesteld, maar vond het vooral vervelend voor Marcus. Waar het gesprek ook over gegaan was, het was duidelijk dat hij niet blij was.

Palazzo Zenobio was een van die oude Venetiaanse herenhuizen dat in de loop der tijd zijn oorspronkelijke uiterlijk had behouden. Maar elke eigenaar had er wel iets aan veranderd en door al deze details had het gebouw een heel eigen karakter gekregen. Ook de tuin met zijn marmeren fontein en eeuwenoude bomen getuigde van het illustere verleden van dit gebouw.

Marcus kende de legendes gedeeltelijk.

Er werd gezegd dat een Griekse slavin hier een schat had verborgen die ze aan haar domme, rijke baas had ontfutseld. Ze was gevangengenomen en op de markt verkocht door een piraat, die haar later bevrijdde. Als kind had hij dit verhaal geloofd, maar bij het graven vonden hij en zijn vriendjes niets anders dan scherven en botten, die daar waarschijnlijk door een hond begraven waren. Maar elke keer dat hij de moed opgaf, zei zijn vader hem dat hij ergens anders moest gaan zoeken, dat hij dan zeker iets zou vinden. Dat gebeurde nooit. Toch geloofde hij hem en bleef hij doorgaan met graven.

Sindsdien was er veel tijd verstreken, maar er was eigenlijk niets veranderd: hij bleef geloven in dingen die er niet waren, zijn vader bleef valse beloftes doen. En er was nog iets, iets wat te maken had met zijn dromen.

'En, wat denk je ervan?'

Het was niet moeilijk de vraag van Jacopo te beantwoorden, maar Marcus wachtte toch even, want hij was in een slecht humeur en wilde niet geprikkeld overkomen. Hij negeerde hem en las het document door en toen hij klaar was, las hij het nog een keer. Toen legde hij het boven op de stapel papieren op zijn bureau. 'Het is een mooi aanbod.'

'Je klinkt niet enthousiast.'

Marcus wist dat de stichting waarmee ze samenwerkten de school wilde opkopen. Hij wist ook dat het uitgesloten was zijn vader ervan te doordringen dat het gekkenwerk was om te verkopen. Bovendien had hij daar het recht niet toe. Niemand had hem gedwongen om naar Murano te komen toen Jacopo hem wanhopig had opgebeld. En het was zijn keuze om dag en nacht te werken om het familiebedrijf te redden, omdat hij zoveel hield van deze plek en van alle verhalen die ermee verbonden waren. Hij hield van alles wat met Palazzo Zenobio te maken had. Het voelde als zijn eigen plek, hij vond het geweldig om de cursussen te organiseren, projecten te lanceren en studenten te ondersteunen. Hij wist dat hij geen groot talent voor glasblazen had, dat had hij niet van Jacopo geërfd. Zijn kracht lag elders.

Hij haalde een hand door zijn haar en keek in het rond. Ongelooflijk dat zijn vader zich uiteindelijk toch had overgegeven.

'Moet ik dat dan zijn?'

'Het is veel geld, jongen.'

'Dat heb ik gezien, ja.'

Jacopo stond op en wees hem op een passage in het document. 'Ze willen dat we allebei aanblijven en bieden ons een uitstekend salaris. Er verandert eigenlijk niets.'

Zou hij die onzin zelf echt geloven? Alles zou veranderen!

'Je maakt een grapje zeker?'

'Lees het zelf maar.'

Hij wist niet of hij zijn poging hem te overtuigen vleiend of vervelend moest vinden. 'Dat heb ik al gedaan.' Het ging hem niet om de voorwaarden die geboden werden, het was het idee van de verkoop an sich dat hem woedend maakte. Ondanks alles was hij altijd in de school en alles wat daarbij hoorde blijven geloven. Elke zomer had hij in de glasblazerij gewerkt, vanaf het moment dat hij groot genoeg was om een blaaspijp vast te houden en zijn vader hem had gevraagd mee te doen. Hij was gek op die plek, hij was er opgegroeid en wilde er zo vaak mogelijk zijn. Deze gedachte duwde hij weg, hij moest zich concentreren en zich op de toekomst richten. Hij dacht aan de school en aan alle redenen waarom het waanzin was om hem te verkopen. Was het doorgeven van de kunst niet veel belangrijker dan geld?

Hij had eigenlijk tot een uur geleden gedacht dat zijn vader zich koest zou houden zolang alles gebeurde zoals hij het wilde.

'De kosten voor het onderhoud stijgen elke maand. De gasprijzen rijzen de pan uit en het kan niemand iets schelen wat we hier maken. Een handgemaakt object of massaproduct, ze zien het verschil niet eens.'

Dat was onzin, en hij stond op het punt dat te zeggen, maar het had geen zin, dus hij liet hem maar verdergaan. Marcus wist dat wat hij nu zei niet de echte reden voor de verkoop was, dat er nog iets anders speelde.

'Ik ben ook niet meer de jongste.'

Nu zijn energie op was, was zijn vader zo slap als een lappenpop geworden. Het irriteerde hem, die overgave die alleen voortkwam uit moeheid en verder nergens op gebaseerd was.

'Dat weet ik.'

'Zit me dan niet zo aan te kijken.'

'Ik heb je al gezegd dat je moet doen wat je wilt. Het is jouw bedrijf, je kunt het verkopen of er iets anders mee doen, wat je maar wilt.'

'Waarom schreeuw je dan zo?'

Hij wilde antwoorden, maar het had geen zin. De blik van zijn vader sprak boekdelen, hij zag er afstandelijk uit. Uiteindelijk vertrouwde Jacopo hem niet genoeg. 'Ik hou er niet van om mijn tijd te verdoen.' Hij haalde zijn schouders op en probeerde te glimlachen, maar dat lukte nauwelijks.

'Het gaat niet om jou. Jouw plan heeft fantastisch gewerkt en ondanks alle tegenslagen hebben we zelfs wat winst gemaakt. Maar dat is niet genoeg. Begrijp je dat?'

Natuurlijk begreep hij dat. Ondanks alles wat ze samen hadden gedaan, zou zijn vader hoe dan ook het gebouw, de ovens en alles wat erbij hoorde, verkocht hebben. Marcus voelde zich weer even als een kind, met zijn rug tegen de muur en tranen in zijn ogen en Jacopo die buiten op hem wachtte om hem naar het vliegveld terug te brengen, ondanks zijn belofte dat hij het hele jaar mocht blijven. Hoewel hij nu volwassen was, was die woede van toen er nog steeds, en die zou ook niet meer zo makkelijk weggaan. 'Wanneer komt de taxateur?'

'Morgenochtend.'

Hij stond dus voor een *fait accompli*, wie weet hoelang geleden zijn vader die aanbieding al had gekregen... Hij masseerde zijn voorhoofd, het maakte ook niet meer uit. 'Ik ga mijn koffers pakken.'

'Het spijt me dat ik het je niet eerder heb laten weten. Ik zou hem anders hebben voorgesteld een hotel te boeken, maar het is handiger voor iedereen als hij hier verblijft.'

Het was een mager excuus, Jacopo wist dat hij het appartement van Marcus altijd kon gebruiken. Het was niet de eerste keer dat hij het voor zaken gebruikte. Zijn vader wilde hem natuurlijk weg hebben, zodat hij de verkoop eenvoudiger kon afhandelen. 'Ik ga al weg, papa, je hoeft geen smoesjes te verzinnen.'

Jacopo liep hem achterna. 'Je bent veel te veel met werk bezig, het zal je goeddoen om hier weg te zijn.'

Waar had hij het over? Hij keek over zijn schouder. 'Hoe bedoel je?' Hij kende die schuldige blik. Hij had vast iets uitgespookt.

'Dat meisje... het is niet goed dat je zoveel tijd met een studente van je doorbrengt.'

'Wat?' Waarom was zijn vader toch zo geobsedeerd door Juliet? Als hij niet zo boos was, zou hij het hem op de man af gevraagd hebben. 'Ze doet geen examen bij mij, er is geen belangenverstrengeling en ze is alleen maar een vriendin.'

'En wat denk je dat de mensen zeggen als ze jullie hand in hand door Murano zien lopen?'

'Dat het hun zaken niet zijn?'

'Zij zal degene zijn die eronder lijdt, dat kan ik je alvast vertellen.'

Hij had geen zin om het gesprek voort te zetten en wilde alleen nog maar weg. 'Vind je niet dat je je wat te veel met haar bezighoudt? Zeker omdat je haar eerst niet eens wilde toelaten?' Hij stak zijn hand op. 'Nee papa, ik heb jou laten uitpraten, nu ben ik aan de beurt. Ik doe wat ik wil, niet wat ik moet doen. Dat is het verschil tussen jou en mij.'

Jacopo zag bleek. 'Je bent jong, je hebt je hele leven nog voor je. Je kunt niet begrijpen wat ik doormaak.'

'Onzin.'

'Zo praat je niet tegen me.'

'Hou dan op met al die smoesjes. Ik ben jou niet, Juliet is mama niet, los je eigen problemen op en probeer ze niet op mij af te schuiven, want ik heb al genoeg aan mijn hoofd.' Opeens hield hij op. Waar was hij nou eigenlijk mee bezig? Ruziemaken had geen zin, dat bracht hem niet verder. Hij verzamelde zijn laatste beetje geduld en het lukte hem zowaar te glimlachen. 'Dit alles hoort bij jou. Jij bent dit bedrijf. Alles wat je al die jaren gedaan hebt, het bloed, het zweet en de tranen waren altijd voor het bedrijf. En dat heeft je de liefde van je leven gekost.' Hij stopte even om op adem te komen. Weer voelde hij het verdriet dat hij als kind had gevoeld en hij vroeg zich af hoe zijn leven zou zijn gelopen als hij was opgegroeid met twee ouders die van elkaar hielden, in plaats van een vader en moeder die alleen maar ruziemaakten. Dat was het eigenlijk: de verkoop betekende dat het allemaal voor niets was geweest. Zijn verdriet en dat van zijn moeder. Zelfs dat van zijn vader, die alles voor zijn werk had opgeofferd.

'Ben je echt bereid om alles wat ooit iets voor je betekend heeft, op te geven voor geld?'

'Ik ben oud!'

'Nu schreeuw jij.'

Marcus kende zijn vader, hij wist dat hij tijd nodig had om na te denken. En hij had geen zin om langer te wachten.

'Wacht. Vertrouw dat meisje niet. Ze is niet wie je denkt, ze verbergt iets.'

Verbijsterd keek hij hem aan. 'Ik hoop toch dat je een grapje maakt.'

Hij draaide zich om en liep weg, voordat hij iets zou zeggen waar hij spijt van kreeg. Hij liep door de tuin en bleef onder de oude cederboom staan, zijn ogen dicht en zo boos dat hij het liefst iets kapot zou slaan. Langzaam kalmeerde hij. Hij zou wel een oplossing vinden, dacht hij, maar eerst moest hij nadenken over zijn volgende stap. Wat er ook gebeurde, hij zou er wel uitkomen. Hij streek over de ruwe bast, ademde diep in en lachte.

In de keuken maakte hij een broodje klaar. Hij kreeg altijd honger als hij boos was. Terwijl hij dat opat, dacht hij aan Juliet.

Ze had iets kwetsbaars, alles wat ze zei of voelde leek heel fragiel. Ze was ook heel mooi. Hij dacht terug aan die ochtend, toen ze op het punt hadden gestaan te zoenen, wie weet waar dat toe geleid zou hebben. Toen sloeg de twijfel toe: wat nu als andere studenten hen samen hadden gezien en dachten dat zij voorgetrokken werd? Ergens had zijn vader wel gelijk, ook al gaf hij dat niet graag toe. Maar het echte probleem was iets anders: een ander meisje zou het misschien niet uitmaken wat er over hen gezegd werd, maar Juliet was veel gevoeliger.

Zijn gezicht betrok. Dit werd lastig.

Hij nam een hap van zijn broodje, dat heerlijk smaakte. Toen hij het ophad, had hij nog steeds honger. Net toen hij overdacht wat hij nog meer kon maken, kwam zijn nicht binnen.

'Hoi, Marcus.'

Hij keek naar haar en vond dat ze er verdrietig uitzag. Wat zou er gebeurd zijn? 'Hoi, Silvia, wil je ook iets eten of drinken?' Hij gebaarde haar naast hem te komen zitten. Veel zin om te kletsen had hij niet, maar hij was wel benieuwd of zij al van de plannen van zijn vader af wist.

'Een kopje koffie graag.'

Hij stond op en pakte een kopje uit de kast. Terwijl hij het koffiezetapparaat aanzette, keek hij haar aan. 'Alles goed?'

'Hè? Ja, ik vroeg me gewoon af waarom je hier in je eentje bent... Is er iets mis?'

Marcus gaf haar het kopje en schoof de pot met honing haar kant op. Terwijl zij de honing in haar kopje lepelde, ging hij naast haar zitten. 'Waarom bemoeien jullie op Murano je nooit met je eigen zaken?'

'Omdat we midden in een economische crisis zitten, de stichting ons wil opdoeken, je vader onuitstaanbaar is en er zo meteen een groep studenten op de stoep staat. Ik heb wat afleiding nodig.'

Silvia nam een slokje en deed toen nog wat honing in haar kopje.

'Je zou je met je eigen leven bezig kunnen houden.'

Ze lachte. 'Het jouwe is interessanter.'

'Onzin, je bent gek op je werk!'

Zo praatten ze een tijdje over koetjes en kalfjes, tot Marcus verzuchtte: 'Ik moet mijn tas inpakken.'

'Ik weet het, je vader vertelde het me. Je moet weten dat ik het met jou eens ben, volgens mij maakt hij een grote fout.'

Hier was het laatste woord nog niet over gezegd. 'Ik spreek je later.' Hij stond al in de deuropening toen hij terugliep en een hand op de hare legde. 'Het lijkt erop dat ze al het personeel willen houden, maak je maar geen zorgen.'

Ze knikte, maar er stonden tranen in haar ogen. 'Dat weet ik, maar het zal niet meer zijn zoals nu.'

Daar had ze gelijk in, dacht Marcus.

Eenmaal in zijn kamer bleef hij een tijdje met zijn rug tegen de deur staan. Hij haalde diep adem, hij had gedacht dat het makkelijker zou zijn om te vertrekken. Er lagen niet veel spullen, zag hij toen hij om zich heen keek, het zou niet lang duren om in te pakken. Hij zette de stereo aan. Die was nog van zijn moeder geweest, ze had hem samen met het grootste deel van haar bezittingen achtergelaten toen ze naar Venetië was vertrokken. Ze had zijn vader een ultimatum gegeven en was er zeker van geweest dat hij er gehoor aan zou geven. Maar de liefde, die er tussen die twee zeker geweest was en misschien op een bepaalde manier nog steeds wel was, was niet genoeg geweest. Niemand wist dat beter dan hij. Zijn ouders hadden veel ruziegemaakt, maar zodra er iets was, ook al was het maar een klein probleem, kwamen ze elkaar te hulp. Dit ging zo door tot ze het allebei zat waren en zwoeren nooit meer met elkaar te praten. Hij merkte dat hij zijn moeder nu beter begreep dan ooit. Zelfs een heilige zou gek worden van zijn vader!

Vertrouw dat meisje niet.

Belachelijk! Die man werd echt paranoïde.

Marcus rommelde door zijn cassettebandjes. Van sommige was het lint naar buiten gekomen, die repareerde hij door een potlood in een van de gaten te steken en zo het lint weer op te rollen. Hij zou ook gewoon op zijn telefoon naar muziek kunnen luisteren, maar dat was niet hetzelfde. Hij deed een bandje in de stereo en drukte op het knopje PLAY. Meteen klonk de karakteristieke stem van Freddie Mercury en voelde hij zich iets beter. 'Don't Stop Me Now' was een van zijn lievelingsliedjes. Door de muziek voelde hij zich rustiger en hij begon zijn spullen bij elkaar te zoeken. Hij pakte zijn rugzak uit de kast en vulde die met spullen. Hij besefte nu pas hoe fijn hij het in die kamer had gehad.

Toen hij naar buiten liep, keek hij om naar de bovenste verdieping, naar één venster in het bijzonder. Het was ongelooflijk hoe snel alles kon veranderen. Hij pakte zijn tas op en gooide hem over zijn schouder. Toen hij bij zijn boot aankwam, vroeg hij zich af of het nog zin had om in Venetië te blijven. Misschien moest hij even overal afstand van nemen, ook van Juliet. Haar lessen begonnen binnenkort en daarvoor zou ze al haar tijd en aandacht nodig hebben. Ze kon beter niet in de problemen komen en bij hem uit de buurt blijven. Ze was niet op zoek naar een serieuze relatie, ze had er zelfs nog nooit aan gedacht. En ze was zeker geen meisje dat voor een onenightstand ging.

Het was dus beter zo.

De klokken luidden allemaal en gaven het middaguur aan, toen Marcus het kanaal uit en de zee op voer.

9

Venetiaanse parels, oftewel glazen kralen, worden genoemd naar hun vorm of de manier waarop ze bewerkt zijn: conteria, *madelief, gebedskraal,* murrina, *rozet. Dit glaswerk is al beroemd sinds de dertiende eeuw en behoort tot de producten van Venetië die al het langst gemaakt worden. Sinds 2020 staan ze op de* UNESCO *Werelderfgoedlijst.*

Het San Marcoplein was enorm en prachtig.

De stad bruiste van leven. Er waren overal kleuren en geluiden die Juliets aandacht trokken en ze kon niet wachten om het netwerk van steegjes om haar heen in te duiken.

Af en toe keek ze op de kaart, omdat ze naar de Brug der Zuchten wilde lopen. Ze kon nog steeds niet geloven dat die zijn naam had gekregen door het afzien van de veroordeelden die vanuit het dogepaleis naar de gevangenis gingen. Ze had altijd gedacht dat het om de verliefde zuchten van jonge stelletjes ging. Daar moest ze nu om lachen. Zo maakte iedereen een eigen werkelijkheid gebaseerd op wat hij of zij zelf belangrijk vond.

Ze vond een leuk restaurantje dat nog een tafel op het terras vrij had en bestelde een paar lokale gerechten: rijst met erwten, *baccalà mantecato* en tiramisù. Het toetje was romig, zoet en tegelijk ook een beetje bitter. Terwijl ze het laatste hapje nam, dacht ze aan die blik van Marcus voordat hij wegging.

Hij leek verward en ook verdrietig. Zijn vader moest wel een moeilijk iemand zijn.

Ze rilde toen ze terugdacht aan hoe hij naar haar keek toen ze hem voor het eerst ontmoette.

Als vanzelf gingen haar vingers naar de ketting om haar hals. Ze pakte de hanger vast. Toen betaalde ze en liep verder. Ze had nog een paar uur voor ze terug naar Murano moest. Ze vroeg zich af wie ze naar de haan kon vragen. Hij stond op de brief die ze van de school had gekregen en hij stond daar ook op de voordeur en in het logo. Hij leek erg op de haan aan haar hanger, zou het dezelfde zijn? Eigenlijk had ze het die morgen aan Marcus willen vragen, maar hij was zo snel weggegaan dat ze de kans niet had gehad. Het kon gewoon toeval zijn dat de afbeeldingen zo op elkaar leken, maar alles wat met haar ketting te maken had, leek omgeven door mysterie. Toen ze haar oppas had gebeld om ernaar te vragen, had die een onbegrijpelijk antwoord gegeven over dat het met het lot te maken had en met een belofte die moest worden nagekomen. Dat de ketting aan *haar* moest worden teruggegeven, zonder te vertellen wie die vrouw dan wel mocht zijn. Juliet zocht de dichtstbijzijnde halte van de watertaxi en nam een boot die haar naar Palazzo Zenobio bracht. Eenmaal aan boord, gaf ze zich over aan de indrukken van de lagune en de stemmen om haar heen. Bijna alle passagiers waren druk bezig met foto's maken. Ze keek naar de gebouwen aan weerskanten van het kanaal. Enkele daarvan stonden in het water en waren al vervallen, en toch was het mooi, die vergane glorie. Ze begon te fantaseren over hoe het moest zijn geweest toen de gondels daar nog mensen kwamen ophalen. Levendig zag ze voor zich hoe vrouwen met korsetten en wijd uitstaande rokken instapten, terwijl heren hun hand vasthielden.

Toen haar halte werd omgeroepen, ging ze in de rij staan. Eenmaal van boord voelde ze zich nog steeds wat overweldigd dat ze hier echt was, maar ze herpakte zich snel en ging richting school. Het was al middag en ze bedacht dat de anderen er al allemaal moesten zijn. Hoe zouden de andere studenten zijn? Zou ze het met hen kunnen vinden? In Seattle was ze de jongste van haar groep en daarom was iedereen daar aardig voor haar geweest. De groep glasblazers waar ze mee omging, bestond uit aparte types, die soms wat ontoegankelijk waren, maar alles voor een ander overhadden. Zouden de mensen hier net zo vriendelijk zijn?

Ze liep Fondamenta dei Vetrai af tot aan de school.

Ze stak haar hand uit naar de deur, maar voelde zich opeens duizelig worden. Deze plek was zo fijn, overal was telkens weer een nieuw detail te ontdekken. Misschien kwam het ook wel door de sfeer die er hing. Ze voelde zich er goed, ze was gelukkig.

Ze liep de lange gang door en keek even nieuwsgierig naar de binnenplaats. Die stond vol met koffers en mensen: de andere studenten waren aangekomen. Ze wist dat het leuk zou zijn als ze zich even voorstelde, maar ze voelde zich opeens verlegen, daarom liep ze door en ging naar de expositieruimte. Daarbinnen zat Silvia achter haar bureau.

'Hoi, heb je zin in een croissantje? Je ziet eruit alsof je wel iets lekkers kunt gebruiken.' Ze was dol op Silvia en ze was haar ook dankbaar en niet alleen omdat ze ervoor had gezorgd dat Marcus haar die eerste avond voor de school kwam helpen, maar ook omdat ze altijd zo makkelijk met haar kon praten en altijd goede raad kreeg.

'Je bent een engel,' zei ze met een glimlach. Ze pakte het croissantje aan, nam een hap en sloot haar ogen. 'Wat heerlijk!'

Juliet lachte. 'Ik heb er ook een voor Marcus, is hij hier in de buurt?'

'Nee, ik heb hem nog niet gezien. Maar maak je geen zorgen, die duikt vroeg of laat wel weer op.'

Dat was een gek antwoord. Ze wilde net vragen wat Silvia bedoelde toen een lange, brede jongen in de deuropening verscheen.

'Hallo, alles goed? Ik ben Carlos Diaz.'

'Aangenaam, Juliet Meriwether.' Ze was meteen van het Italiaans overgeschakeld naar het Engels. Het was een internationale school, dacht ze, dus van nu af aan zou ze waarschijnlijk alleen maar Engels spreken. Waarschijnlijk was zij de enige van de studenten die überhaupt Italiaans kende en dat maakte haar trots. Ze gaf hem een hand en keek naar Silvia, die nog bezig was aantekeningen uit te typen. 'Ik zie dat je het druk hebt, ik kom later wel langs,' zei ze een beetje onzeker.

'Wacht, ik maak dit snel af en dan heb ik tijd voor je. Blijf nog even.'

'Oké.' Juliet liep naar de andere kant van het bureau en ging naast haar zitten. Silvia gaf de jongen de sleutel van zijn kamer, waarschijnlijk was hij de laatste die aangekomen was. Terwijl ze hem het een en ander over het gebouw uitlegde, keek Juliet naar de groep mensen in de gang en telde ze. Iedereen was er nu. Ze leken allemaal ouder dan zij. Sommige mensen praatten met elkaar, andere keken om zich heen. Hun gezichten stonden zowel gespannen als nieuwsgierig en overal om hen heen lagen koffers en tassen. Ze begreep goed hoe ze zich moesten voelen, dacht ze, ook zij was zowel opgewonden als nerveus van het idee dat de cursus echt zou gaan beginnen.

De telefoon ging en Silvia nam op. Carlos bleef staan kijken, om de een of andere reden had hij geen zin om bij de anderen te gaan staan. Juliet zuchtte. Ze wilde Silvia graag vragen waar Marcus was, maar ze had geen zin om dat te doen met een vreemde erbij. 'Ik kom later terug, goed?'

'Oké, tot straks.'

Ze stond al op de drempel toen ze zich bedacht. Ze had geen zin om te kletsen, maar het was wel erg onaardig tegenover die jongen om hem helemaal te negeren. Daarom lachte ze naar hem. Hij greep meteen zijn kans.

'Doe jij ook mee aan de cursus?'

'Ja.' Ze was ook de enige vrouwelijke deelnemer, maar dat zei ze niet.

In de gang tegenover hen stonden de anderen. 'Ben je vanochtend aangekomen?' Juliet keek hem aan. 'Nee, ik ben al langer op Murano.'

Hij keek haar verbaasd aan en gebaarde toen naar de groep

mensen. 'Zullen we bij de anderen gaan staan?'

De groep had zich inmiddels verplaatst naar een van de zalen op de begane grond, sommige deelnemers hadden hun bagage al naar hun kamer gebracht en leken meer ontspannen.

'Wat een fantastische plek, hè? Ik had de foto's in de brochure al gezien, maar ik had niet gedacht dat het er echt zo uit zou zien.'

'Ja, dit gebouw is prachtig en de rest van de stad al net zo.'

Carlos wiebelde heen en weer en bleef om zich heen kijken. 'Ik had nooit gedacht dat ze me zouden aannemen, en nu ben ik hier.'

Hij zei het zo luchtig, dat ze ervan stond te kijken. Ze wist heel goed hoe dat voelde. Ze herinnerde zich nog precies hoe verbijsterd en opgewonden ze was geweest en kreeg zin om dat te delen. 'Ik heb er een week niet van geslapen.'

Ze moesten er allebei om lachen. Net op dat moment kwam Marcus binnen, gevolgd door zijn vader en een andere man. Ze lachte naar hem, maar hij knikte alleen even in haar richting.

'Kom even allemaal bij elkaar, alsjeblieft. Er zijn wat dingen die jullie moeten weten. Omdat jullie nu allemaal hier zijn, kunnen we dat meteen bespreken.'

Verbaasd ging Juliet zijn kant op, het zakje met de croissant nog in haar handen. Hij had haar niet eens aangekeken.

'Jullie verblijven allemaal in dit gebouw. Er zijn gemeenschappelijke ruimtes die jullie mogen gebruiken, zoals de bibliotheek en de tuin. Maar geef de katten daar alsjeblieft niets te eten, ze zijn op dieet.'

Iedereen begon te lachen en Marcus liep met een glimlach rond en overhandigde iedereen een tas. 'Hierin vinden jullie alles wat jullie nodig hebben.' Toen hij bij haar stond, reikte hij haar de tas aan en liep meteen verder.

Wat was er toch met hem aan de hand? Juliet begreep er niets van.

Hij ging verder. 'Verderop is de keuken. Als iemand bepaalde dieeteisen heeft, kan hij dat doorgeven aan de directie. Verder eten we allemaal samen, want het is bekend dat de beste gesprekken aan tafel ontstaan. Dit is geen gewone school, we gaan de komende drie maanden echt samenleven, het hoort er allemaal bij. Ik hoop dat jullie een onvergetelijke tijd zullen hebben.'

Er klonk geroezemoes, dat door Jacopo Quintavalle, die naast zijn zoon was komen staan, de kop werd ingedrukt. 'Ik raad jullie aan om alles wat jullie weten of denken te weten te vergeten. Hier op Murano is het glas anders dan dat wat jullie kennen. We beginnen 's ochtends om acht uur en we gaan door totdat jullie werk af is. Ontbijt dus goed en neem water mee. Ja, jullie zullen allemaal wel experts zijn,' zei hij, zich tot Juliet wendend, 'maar iedereen kan door de warmte bevangen raken.'

Hij keek naar haar en Juliet rilde. Verbouwereerd vroeg ze zich weer af wat die man toch tegen haar had.

'Volg mij.'

Jacopo liep de gang in en ging een aantal deuren door. Via de laatste deur kwamen ze in een gebouw met bakstenen muren. Daarachter was een ruimte, die licht was, doordat er flinke ramen in het plafond zaten. Dat was de grootste werkplaats die Juliet ooit had gezien. De ovens stonden op een rij in het midden, langs de wanden stonden pompen en brandblussers. De ijzeren buitenkanten van de ovens waren verbonden aan allerlei slangen en buizen en er lag overal een laagje stof op. Aan de andere kant van de zaal lag een hoop zand. Hoewel Marcus haar dit allemaal al had laten zien, keek Juliet enthousiast om zich heen, alsof ze het voor het eerst zag. Ze was op Murano en ze stond op het punt een nieuw hoofdstuk van haar leven te beginnen. Het was lastig om bij haar groepsgenoten te blijven en niet om de ovens heen te lopen en alles te bekijken. Ze keek naar de grondstoffen, de basisstoffen voor het maken van glas: zand, soda en kalium. Wat zouden ze eerst gaan gebruiken? Ze had weleens gehoord dat de meesterglasblazers van Murano ook as van verbrande planten of een bepaald type alg door hun glas mengden. Ze zou er gauw genoeg achter komen, dacht ze. Door de hoge ramen kwam frisse lucht binnen. Zo was er genoeg zuurstof in de ruimte, zonder dat het tochtte. In het zachte licht leek alles vriendelijker en minder scherp. Er stonden blikken emmers vol water en lege om de scherven in te doen. Haar vingers jeukten om te beginnen.

'Jullie kunnen allemaal rekenen op de hulp van een *serventino*. Ik raad jullie aan om de betekenis van alle termen in het Italiaans te leren, want jullie zullen je moeten aanpassen aan deze omgeving en niet andersom.' Jacopo bleef doorpraten, alles wat hij zei, klonk als een standje.

Een *serventino* was een hulpje. Juliet bedacht welke andere termen ze al kende: een *borsella* was een soort tang die gebruikt werd om het glas te knippen, maar er was ook een *tagliante*, een soort schaar. En natuurlijk de blaasbalgen en de klemmen. Ze wreef over haar broek, ze moest nog achter de rest van de namen komen. Die leken helemaal niet op de termen die ze in Seattle had gebruikt.

'Jullie krijgen allemaal een oven en een *scagno*.'

Ze kon wel raden wat dat moest zijn. Het was het krukje waar de glasblazers op zaten. Hoewel het er niet comfortabel uitzag, was het dat wel, met ruime armleuningen om de blaaspijp op te laten ronddraaien. Het andere gereedschap was binnen handbereik.

'Jullie zijn zelf verantwoordelijk voor het gereedschap, dus doe voorzichtig, want hoe je ermee omgaat telt mee voor je eindbeoordeling. We delen de koelovens. Zorg ervoor dat jullie het werk van je klasgenoten niet beschadigen, want ook dat levert minpunten op, we doen alles eerlijk hier. Is dat duidelijk?'

Naast Marcus, die met zijn armen over elkaar stond te luisteren, was er nog iemand in de glasblazerij. Lorenzo Venier was de meester die hen alle geheimen van het glasblazen zou bijbrengen. De begeleider zou de volgende dag pas komen, dat was de man van de stichting die ook het concours in Seattle had georganiseerd.

'Morgen zullen jullie eerst een test afleggen, om te kijken wat jullie niveau is en waar we nog aan moeten werken. Jullie moeten ook een kunstwerk maken en dat kan maar beter heel goed zijn.'

Toen Jacopo eindelijk klaar was met praten, werden er van alle kanten vragen gesteld. Juliet stak haar vinger op en wachtte op haar beurt.

'Nou, laten we maar beginnen.' Jacopo draaide haar de rug toe, liep naar een gereedschapskist en begon de meesterglasblazer gereedschap aan te reiken.

Hij had haar gewoon genegeerd. Juliet begreep het niet.

'Let op allemaal.'

Lorenzo liep naar de oven, stroopte zijn mouwen op en pakte een blaaspijp. Zijn armen zaten onder de littekens, maar zijn gezicht verraadde dat hij zijn beroep het mooiste ter wereld vond.

Juliet mocht hem meteen en lachte naar hem. Die man, wiens leeftijd niet in te schatten was, met zijn huid die door de ovens en de zon was getekend, wist hoe hij met mensen moest omgaan. Toen Jacopo aan het woord was, werd er telkens gefluisterd en gemompeld, nu drong iedereen naar voren om niets te missen van wat meester Venier deed. 'We beginnen met een demonstratie, want alles draait om de praktijk. Kijk goed en let op, want jullie moeten deze techniek ook gebruiken om jullie eigen glaswerk te maken.'

De bijeenkomst eindigde met wat dooddoeners. Sommige studenten bleven bij de ovens rondhangen, andere gingen al naar hun kamer. Juliet wist niet wat ze moest doen en keek naar Marcus. Ze was in de war en begreep niet waarom hij opeens zo afstandelijk was. Ze probeerde zijn aandacht te trekken, maar hij praatte alleen even met zijn vader en liep toen weg.

'Ik had het me anders voorgesteld, jij?'

'Hè?' de vraag van Carlos verraste haar.

'Deze school. Ik had gedacht dat ze aardig zouden zijn, maar in plaats daarvan krijg ik telkens het gevoel dat ik iets verkeerd heb gedaan en ik heb geen idee wat.'

Het leek wel alsof Carlos haar gedachten had gelezen. Ze deed haar best te lachen. 'Volgens mij hoort dat bij hun gedachtegoed. Ze zijn streng, maar ik heb erger meegemaakt.' Dat was niet helemaal waar, maar deze cursus gaf wel veel kans op een toekomst in de glasblaaskunst. Juliet was het gewend om af te zien. Een onvriendelijke manier van praten en boze blikken waren niet genoeg om haar af te schrikken. Zo'n manier van met elkaar omgaan was ze al gewend en ze was er immuun voor geworden. En de mensen die haar eerder onheus hadden bejegend waren belangrijker geweest dan deze mensen in Venetië.

'Waar kwam jij ook alweer vandaan?'

Dat had ze nog helemaal niet verteld. 'Uit Seattle, en jij?'

'Uit Santa Monica. Mijn ouders hebben een restaurant, maar ik ben niet geïnteresseerd in koken. Wel in borden en glazen maken.'

Ze stond op het punt te vragen wat zijn ouders van zijn carrièrepad vonden, maar deed dat toch niet. Dat lag misschien gevoelig en ze wilde niet opdringerig zijn. Maar Carlos was een kletskous, dus toen ze even later de eetzaal in gingen, wist ze alles al over zijn leven, zijn familie en zijn plannen. En ze wist ook dat zijn ouders, anders dan die van haar, blij voor hem waren.

'Ben jij ook bang?' vroeg hij opeens.

Was hij altijd zo direct? Juliet wilde ontkennen, maar toen zuchtte ze. 'Heel erg.'

'Fijn, want ik besterf het ook.'

Juliet barstte in lachen uit en terwijl iedereen zich omdraaide en nieuwsgierig naar hen keek, begreep ze dat ze een vriend had gevonden, al had ze eigenlijk gedacht de avond met iemand anders door te brengen. Marcus had zich niet meer laten zien. Na het eten maakte ze een wandeling. De avond was zwoel en de maan werd weerspiegeld in het donkere water van het kanaal. Haar handen gingen naar haar ketting. Ze had zoveel vragen, ze kon niet wachten er met iemand over te praten, daarom besloot ze Silvia weer op te zoeken. Ze liep terug naar het gebouw en zag dat er nog licht brandde. 'Nog steeds aan het werk?' riep ze het kantoor binnen.

Silvia keek op van de lijst waar ze mee bezig was. 'Kom binnen, Juliet, ik ben bijna klaar.'

Het was al laat en de lessen zouden de volgende ochtend vroeg beginnen. Maar ze moest het weten. 'Zal ik je helpen?'

'Nee hoor, dat hoeft niet. Ik ben alleen een paar dingen aan het nakijken.' Ze gaapte en lachte. 'Het was een lange dag. Hoe gaat het met jou? Heb je je medecursisten al ontmoet?'

Ze ging naast haar zitten. 'Ja, maar ze lijken me niet zo toegankelijk.'

'Dat is altijd zo in het begin, maar uiteindelijk komt iedereen los.'

Behalve Jacopo, dacht Juliet. Ze wilde naar hem vragen, maar bedacht zich toen dat hij Silvia's oom was. Ongemakkelijk keek ze om zich heen. Door de hele kamer, op de kastjes en tafeltjes, stond glaswerk: vazen met een smalle hals, dierenfiguurtjes, zowel sprookjesdieren als bestaande, die zo levensecht waren dat ze elk moment weg leken te kunnen vliegen. Ook stonden er spiegels en hingen er kroonluchters die het licht in hun kraaltjes verstrooiden.

'Alles goed?'

Juliet knikte snel. 'Ik geloof dat meneer Quintavalle en ik niet zo'n goede start hebben gemaakt.'

Silvia sperde haar ogen open. 'Mijn oom?' Ze lachte. 'Dat is gewoon een spel, dat gaat wel over als jullie elkaar beter kennen.'

Ze knikte, maar was niet overtuigd. Silvia's vrolijkheid was besmettelijk. Juliet raapte haar moed bijeen om haar wat vragen te stellen. 'Ik vroeg me af waar de haan in jullie logo vandaan komt.'

Ze keek opzij en lachte. 'Die haan is, zoals je misschien al hebt begrepen, het symbool van de school. Maar het is ook een belangrijk symbool in de geschiedenis van Venetië. Het staat voor moed, durf en kracht en brengt geluk. Er zijn verschillende versies in omloop, er is er ook een met een vos erbij, daarbij kun je ervan uitgaan dat het sluwheid symboliseert. Ook is er een waar de haan een slang in zijn snavel heeft, dat staat voor voorzichtigheid. Maar er zijn nog veel andere symbolen, bijvoorbeeld een leeuw die een boek in zijn klauw heeft, dat staat voor wijsheid, en in zijn andere klauw heeft hij een zwaard, een masker, of een gondel. Venetië houdt van symboliek. Je zult het overal zien. Elk symbool vertelt een verhaal.'

Voorzichtig haalde Juliet haar ketting van onder haar kleren tevoorschijn en liet hem aan haar zien.

'Wat mooi! Die moet wel heel oud zijn!'

'Ja, dat denk ik ook. En kijk eens?' Ze liet de hanger zien. 'Je kunt hier het silhouet van een haan zien.' Ze wees hem hoopvol aan. 'Wat denk je dat dat betekent?'

Silvia haalde haar schouders op. 'Misschien heeft het te maken met een van de families van Murano. Of het is de handtekening van een meesterglasblazer, veel van hen lieten een teken achter op hun werk.'

Juliet stopte de ketting weer onder haar shirt. 'Ah...' mompelde ze, 'het kan dus van alles betekenen.'

10

Halverwege de zeventiende eeuw brak er een conflict uit tussen Frankrijk en Venetië. Dit conflict wordt ook wel de Spiegeloorlog genoemd. We zouden het vandaag de dag zien als grootschalige bedrijfsspionage: meesterglasblazers vluchtten op spectaculaire wijze naar Parijs, er werd met harde hand opgetreden door de Republiek Venetië, mensen kwamen op onverklaarbare manier om het leven en er werden publiekelijk excuses aangeboden.

Juliet had die nacht niet geslapen. Ze had alleen maar liggen denken aan wat er met Marcus was gebeurd… of eigenlijk juist niet was gebeurd. Ze had lang gepeinsd over Jacopo, Carlos en de andere cursisten, en over de ketting.

Ze treurde niet om het feit dat ze niet had geslapen, dat hoorde bij haar. Als er iets belangrijks stond te gebeuren, kon ze niet slapen. Het was alsof haar gedachten van de ene naar de andere kant schoten, het te druk was in haar hoofd en ze geen tijd had om te slapen. Uiteindelijk was ze opgestaan en had ze uren naar de hemel getuurd en gemijmerd over hoe het had kunnen zijn, totdat ze honger kreeg en besloot te gaan douchen en ergens te gaan ontbijten. Een cappuccino en een brioche. Zo lekker als in Venetië had ze die nog nooit gegeten. Dat was echter niet de reden dat ze naar een bar was gegaan. Ze had de mensa expres vermeden. Misschien had Marcus besloten afstand te houden omdat de andere studenten er nu bij waren… Dat kon ze wel begrijpen, hij was ten slotte de directeur en zij een leerling op zijn school, maar waarom had hij dat niet gewoon gezegd?

Een beetje verdrietig zat ze op haar lievelingsbankje voor de school en staarde ze naar een streep in de lucht. Wat een prachtige kleuren, dacht ze, die zou ze graag namaken. Wie weet, misschien zou haar dat nog lukken ook. Daarvoor zou ze kobaltblauw moeten verdunnen, misschien wat metaaloxide moeten toevoegen, maar welke? Dat zou ze wel gaan vragen, dacht ze. Ze had zoveel vragen voor de docenten, en niet alleen over de technieken. Ze wilde kijken, begrijpen wanneer glas zijn ware potentie liet zien. Ze wilde alles weten.

Ze keek op haar horloge. Het was bijna tijd. 'Daar gaan we,' zei ze tegen zichzelf. Ze stond op en ademde de vochtige lucht van die morgen in. 'Dit wordt mijn dag,' fluisterde ze, terwijl ze de deur van het gebouw door liep.

Terwijl ze door de gang wandelde, vroeg ze zich af waarom deze leeg was. Ze was geen van haar medecursisten tegengekomen en dat was vreemd. Ze stopte even, omdat ze wilde controleren of alles perfect en netjes was: haar schoenveters gestrikt, haar blouse recht en haar tas over haar schouder, met de flessen water erin, want veel drinken was fundamenteel. En toen stapte ze eindelijk, met een glimlach op haar gezicht, de drempel over.

Stilte, verbazing, mensen die haar fronsend met hun ogen volgden.

'We vroegen ons al af waar je bleef, Juliet Meriwether,' riep Jacopo uit.

'Goedemorgen,' stamelde ze.

'Misschien wist je dit niet, maar punctualiteit is van groot belang als je aan deze cursus wilt deelnemen. Ik weet niet wat ze je hebben wijsgemaakt, maar hier krijgt niemand een voorkeursbehandeling. Je had hier al een half uur geleden moeten zijn.'

Verbijsterd opende ze haar mond. 'Pardon?' Nee, het was geen fout van haar, ze hadden om acht uur afgesproken. Ze wilde tegen hem ingaan, maar Jacopo's gezichtsuitdrukking weerhield haar daarvan. Die man mocht haar niet. Het was niet de eerste keer dat ze publiekelijk een standje van iemand kreeg en ze had geleerd mensen te negeren die haar uitlachten, maar het deed haar toch pijn. Ze dwong zichzelf met opgeheven hoofd naar de plek te lopen die haar was toegewezen en die buitengewoon afgezonderd was van de andere. Op dat moment zwaaide en lachte Carlos naar haar. Juliet greep zich vast aan dat vriendelijke gebaar, wierp een blik op haar horloge, dat aangaf dat het vijf voor acht was, en keek toen weer naar Jacopo. Ze hadden de les duidelijk een half uur eerder laten beginnen en waren vergeten om haar daarover te informeren. Het was vast een foutje, dacht ze.

'Het spijt me, het zal niet meer gebeuren.'

'Dat geloof ik meteen.' Zijn woorden klonken sarcastisch. 'Zoals ik net zei, voordat jullie medecursiste mij onderbrak, gaat de maestro een demonstratie geven. Ik raad jullie aan om heel goed op te letten, want straks zijn jullie aan de beurt. Voor deze ene keer zit het glas al in de smeltkroes,' zei hij, terwijl hij naar de smeltovens wees. 'Jullie mogen pigmenten toevoegen, alles wat jullie willen, als jullie je werk maar over vijf uur in de oven hebben staan.'

Juliet bond haar haar samen in een hoge staart. Ze probeerde de vernedering te vergeten en haar gêne opzij te zetten. Ze had niets verkeerd gedaan, geen fouten gemaakt. Ze had gewoon pech gehad. Het gaf niet, dacht ze. Het enige wat ertoe deed was de plek waar ze nu was. Ze concentreerde zich op de stem van de meester, vastbesloten zich niet te laten ontmoedigen.

'Vandaag gaan we kijken hoe je diepte creëert bij een inerte massa.'

Lorenzo pakte een glasblaaspijp, haalde daarmee het smeltglas uit de smeltkroes en draaide hem daarna rond. Vervolgens begon hij door de pijp te blazen, waardoor er een peervorm ontstond, een bel. Vanaf dat moment veranderde zijn werkmethode. De meester ging zitten en begon met een stuk ijzer tegen de gloeiende bol te tikken.

De streep die er ontstond had het formaat van een touwtje. Dat was het overschot, wist Juliet, die gefascineerd toekeek hoe de man dat met een soepele beweging wegsneed, waardoor het in de emmer bij zijn voeten viel.

'Onthoud dat het belangrijk is om de massa kleiner te maken, want zo komt het voorwerp tevoorschijn dat jullie willen maken. Wat dat ook is, het moet al in jullie hoofd zitten voordat jullie beginnen. Jullie hoeven het er alleen maar uit te halen.'

Dat wist ze al. Dat was een van de belangrijkste dingen bij het glasblazen. Misschien leek dat niet zo, maar het was noodzakelijk om een goed uitgewerkt plan te hebben voordat je aan de slag ging.

Het glas siste in het water. De meester liep nu naar een andere oven en stak daar vervolgens de pijp in. Toen hij hem weer tevoorschijn haalde, zag Juliet dat de hete massa een andere kleur had gekregen.

Geholpen door Jacopo, herhaalde Lorenzo deze handeling een aantal keer.

Hij blies, modelleerde, haalde het overschot eraf en stak het glas weer in de oven, waardoor er verschillende lagen ontstonden, die zo subtiel waren, dat de onderste lagen erdoorheen schenen.

Ze had al eens van die techniek gehoord. Die heette *bepleisteren*.

Plotseling pakte Lorenzo een tang en stak die in de massa. Zodra hij de holte goed genoeg vond, wreef hij erover met een stuk nat papier. Terwijl het glas vorm kreeg, pakte hij een andere tang en ging weer verder. Voor elke handeling was een ander stuk gereedschap nodig, bewegingen die Juliet voor het eerst zag.

Langzaam kreeg het voorwerp dat steeds de oven in- en uitging, stevig vastzat aan de pijp en de meester voortdurend bleef ronddraaien, de vorm van een vaas. Hij was bol en had een smalle, lange opening. De welvingen leken de ondefinieerbare, opvallende kleur te benadrukken.

Jacopo haalde de vaas van de glasblaaspijp en legde hem in de koeloven.

Niemand durfde adem te halen en alleen de geluiden van de glasschool waren hoorbaar: het gerinkel van het gereedschap, het geknetter van de vlammen en het gesis van de massa in de emmers.

'Zoals jullie hebben kunnen zien, doe je bij deze techniek het glas dat al deels bewerkt is in een smeltkroes met een andere kleur. Het geheim ligt echter in het creëren van verschillende laagjes glas, die heel dun moeten zijn. De diepte speelt hierbij een grote rol.' Lorenzo was nog steeds verhit en veegde zijn gezicht af met een natte doek. Vervolgens nam hij een paar grote slokken water en ging hij weer verder. 'Jullie opdracht voor vandaag is het maken van een voorwerp met de techniek die ik jullie zojuist heb laten zien.'

'Mogen we het thema zelf kiezen?'

Juliet kende de jongen die de vraag had gesteld niet, maar was hem dankbaar. Hoewel ze de demonstratie aandachtig had gevolgd, was er van haar goede stemming en vertrouwen weinig over, daarom was elk beetje informatie welkom.

Jacopo was degene die antwoord gaf. 'Jullie moeten iets interessants maken, iets creatiefs, wat iets voor jullie betekent. En die betekenis moeten jullie later toelichten. Bedenk een plan aan de hand van jullie gevoel. Jullie werk moet een belangrijk verhaal vertellen, waarin jullie geloven. Bedenk voordat jullie beginnen eerst goed wat jullie willen maken. Het plan is fundamenteel. Heb jij dat ook begrepen, Juliet Meriwether?'

Juliet knikte. Het kostte haar moeite om te blijven zitten waar ze zat, terwijl hij haar met een vijandige blik aankeek. Misschien was het toch geen foutje geweest, dat niemand haar op de hoogte had gebracht van het nieuwe tijdstip, dacht ze. Maar meteen daarna schaamde ze zich. Het was niets voor haar om in complottheorieen te geloven. Ze had zich alles gewoon anders voorgesteld.

Terneergeslagen keek ze naar haar witte blaadje. Ze had het gevoel dat ze niet meer na kon denken. Wat nu? Ze had gezien dat haar medecursisten allemaal al over hun papier heen gebogen zaten of zelfs al op de vloer ontwerpen aan het maken waren.

En zij? Wat moest zij maken?

Ze voelde zich enorm onzeker op dat moment.

Ze wachtte nog even, maar kon niets voor zich zien, had geen inspiratie. Ze schaamde zich en was bedroefd. In de tussentijd was er leven in de glasblazerij gekomen. De cursisten waren aan het werk gegaan. Ook Carlos had zijn glasblaaspijp gepakt en in de smeltkroes gezet.

Het leek alsof ze alles vanuit de verte observeerde, alsof ze overal opeens onverschillig voor was geworden.

Wat deed ze daar, met die andere mensen? Was het soms toeval geweest dat ze haar hadden uitgekozen? Ze had beter in Seattle kunnen blijven, zoals haar moeder haar had gezegd. Dat had ze moeten inzien en ze had blij moeten zijn dat ze geselecteerd was, maar niet naar Venetië moeten gaan. Met haar schouders hoog opgetrokken keek ze naar de deur. Ze hoefde er alleen maar doorheen te lopen, haar koffer te pakken en terug te gaan naar huis. Haar hart ging tekeer en even lonkte dat idee. Daar zou ze iedereen vast dolblij mee maken. Ze dacht terug aan wat Paul tegen haar had gezegd, en Daniel, die ze niet meer had gesproken en die ze erg miste, aan de adviezen van haar ouders. Ze was te breekbaar, te jong, te alles.

Het feit was dat ze geen huis had.

Ze had zich nooit ergens op haar gemak gevoeld en altijd het gevoel gehad tijdelijk ergens te wonen, dat haar huis niet echt bij haar hoorde. Alsof ze de kleren van iemand anders droeg. Te lang, te strak, een kleur die haar niet stond.

Het geluid van brekend glas bracht haar uit de soort trance waarin ze zat.

Terwijl haar medecursist de scherven opraapte en een hele reeks scheldwoorden inslikte, verfrommelde Juliet het papier. Ze sloot haar ogen en drukte met haar vingers op haar slapen.

En toen hervond ze haar rust een beetje en kon ze zich afsluiten voor haar omgeving.

De blaaspijp die ze in haar handen had, was licht en ze pakte het glas: niet te veel en niet te weinig. De hoeveelheid kon tijdens het proces nog veranderen. Terwijl ze in de hete massa blies, dwong ze zichzelf nog meer te kalmeren. Ze was nog steeds gespannen, maar vooral onzeker, alsof ze opeens een speelbal van het lot was geworden, een blaadje in de wind.

Ineens kreeg ze een idee.

Soms was het handig om inspiratie op te doen in vanzelfsprekendheden, zeker als je weinig andere dingen tot je beschikking had. Dat gold ook voor haar. Ze had haar keuze gemaakt. Ze zag heel duidelijk voor zich hoe het moest worden. Ze kon haar idee toelichten en omzetten in glas, het concreet maken.

Ze creëerde een bol, maakte deze langwerpig en vervolgens plat aan één kant. Daarna maakte ze touwen en een mand. Ze werkte onafgebroken en stopte alleen om wat te drinken.

Doornat en doodmoe legde ze alles wat ze had gemaakt in de koeloven. Het was fijn dat die dicht bij de plek was waar zij zat, maar daardoor was het ook voortdurend een komen en gaan van mensen op wie ze moest letten, die voor afleiding zorgden. Iets wat ze nu juist niet goed kon gebruiken.

'Nog tien minuten te gaan.'

Geschrokken keek ze naar haar werk. Er was geen tijd meer. In één beweging haalde ze de blaaspijp van de stalen staf waaraan het glas vastzat. Ze trok snel dikke handschoenen aan en pakte het glas met beide handen vast. De hitte drong door de wanten heen, maar ze zette haar tanden op elkaar en rende naar de oven. Carlos hield hem voor haar open. Ze legde alles erin en zuchtte.

'Net op tijd.'

Haar hart ging als een razende tekeer. Ze veegde met haar arm langs haar voorhoofd, groette haar vriend en liep terug naar haar plaats. Daar ging ze, met haar ellebogen op haar knieën en haar hoofd naar beneden, zitten uitpuffen. Het zweet stond op haar rug. Ze had het net aan gered. Ze trok de wanten uit en vertrok haar gezicht. Ze stak haar handen in het water en kreunde.

De eerste dag was vreselijk geweest. Ze ademde diep in en uit, totdat haar keel en borst geen pijn meer deden. Haar angst was eindelijk verdwenen.

Ze wachtte totdat iedereen weg was en stond toen pas op. Ze ruimde het gereedschap op dat ze had gebruikt, verzamelde met een schepje alle stukken glas die waren overgebleven en gooide die in de emmer. Waarschijnlijk zou ze een deel daarvan een andere keer gebruiken. Ze besefte dat ze een crème op de brandwonden moest smeren en vroeg zich af of Silvia haar het adres van een apotheek kon geven. Weer dacht ze aan Marcus. Hij had zich ook die dag niet laten zien. Snel verjoeg ze die gedachte. Ze had geen zin om zich druk over hem te maken. Ze wilde douchen, eten en even flink uithuilen. Toen ze de trap op liep naar haar kamer voelde ze zich alleen. Ze opende de deur, sloot hem en leunde ertegen met haar schouder. Er was nog nooit iets makkelijk gegaan in haar leven, dat was dus niets nieuws. 'Je kunt dit,' fluisterde ze tegen zichzelf. 'Je hebt het gewoon even zwaar, maar dat gaat over.' Die gedachte zorgde ervoor dat ze zich beter voelde. Ze veegde haar tranen weg en dwong zichzelf naar de badkamer te gaan. Het warme water hielp haar ontspannen, dus toen ze na de douche op bed ging liggen, viel ze vrijwel meteen in slaap.

Juliet was iemand die snel leerde en goed kon plannen. De volgende morgen liep ze om precies zeven uur naar beneden om te ontbijten. Op een van de studenten na, een zekere Morgan, was de mensa nog leeg. Hij negeerde haar en zij deed hetzelfde. Ze schonk zichzelf een kopje zwarte koffie in en nipte ervan, terwijl hij nog kokendheet was. Ze at haar ontbijt en bleef toen nog even in de tuin spelen met een van de zwarte katten die in de tuin leefden. Ze had hem Artù genoemd, omdat hij net zo dapper was als de kat in Seattle, die zich door haar had laten aaien. Hij was al net zo lelijk als hij, maar dat maakte hem misschien juist alleen maar leuker. 'Je bent een lieverd,' zei ze, toen ze hem nog een laatste keer aanhaalde.

Ze pakte haar tas en wandelde naar de glasblazerij, naar haar plek. Daar aangekomen, zette ze de flessen water in de kleine koelkast, bond haar haar vast en legde het gereedschap vast op tafel. Tot slot keek ze naar het vuur. De vlammen omringden de smeltkroes, waarin het gesmolten glas kookte. 'Ik ben hier voor jou,' zei ze, geëmotioneerd, met tranen in de ogen en bonzend hart.

Ze had er 's nachts lang over nagedacht. Ze was naar Murano gegaan om te leren, om te begrijpen. Dat was de eerste stap die ze moest zetten naar de toekomst die ze voor zich zag. De rest deed er niet toe. Zo simpel was het.

Toen haar medecursisten binnenkwamen, groette Juliet een aantal terug. Iedereen was gespannen, zij ook. De meesters zouden vandaag hun eerste werk beoordelen.

Ze durfde wel te erkennen dat ze beter had kunnen doen, veel beter zelfs... maar het was alsof haar hoofd niet meewerkte tijdens de opdracht, alsof ze niet de juiste concentratie kon vinden en daarom had ze zich gericht op wat ze al wist, op de techniek, om wat 'vakmanschap' genoemd werd. Maar tevreden was ze niet.

Voor haar was het belangrijk dat ze haar hart ergens in legde. Een van haar leraren had ooit gezegd dat kunst het resultaat is van een perfect evenwicht tussen techniek en talent. Dat vond zij ook. Ze moest haar talent alleen nog verder ontwikkelen.

'Goedemorgen. Ik ben blij dat iedereen er is,' zei Jacopo, nadat hij iedereen even had aangekeken. 'Ik wil dat jullie je vanaf nu meer inzetten. Jullie moeten het glas laten gehoorzamen. Jullie beslissen wat het wordt, jullie geven het vorm.' Hij liep heen en weer. Af en toe stopte hij, maar daarna ging hij weer verder. 'Jullie werk is best aardig, niet altijd even origineel, en moet beter worden.' Hij wachtte een paar tellen en keek toen naar Juliet. 'Ik wil even jullie aandacht voor de luchtballon van Juliet. Kom maar naar voren.'

Juliet deed wat haar gevraagd werd. Iedereen om haar heen was stil. Jacopo leek niet enthousiast over Juliets werk, maar niemand lachte.

'Ik moet toegeven dat je ons enigszins hebt verrast. Je hebt alles onberispelijk uitgevoerd. Ik zie verschillende dimensies, techniek, zelfs beweging bij de luchtballon. Alsof de wind er kracht op uitoefent.'

Even was ze opgelucht. Maar toen ze Jacopo beter observeerde, wist ze dat ze op haar hoede moest zijn. De kleine glimlach van de meester gaf haar een ongemakkelijk gevoel. Hij keek niet blij. Sterker nog, zijn gezichtsuitdrukking was hard, minachtend.

'Ik... dank u.'

'Ik geef je geen complimenten,' onderbrak hij haar.

Ze opende haar mond. 'Ik begrijp het niet.'

'Ik denk juist dat je het heel goed begrijpt. Dit werk is gewoon een omgedraaide vaas en zoals we hebben gezegd tijdens de demonstratie, had je iets anders moeten maken.' Jacopo wachtte even en keek haar toen met een ijzige blik aan. 'Dit werk is opportunistisch. Je stijl is duidelijk nog niet ver ontwikkeld. Ik hoop dat je nog meer te zeggen hebt, meisje.'

Het kostte haar moeite om stil te blijven staan, maar het lukte Juliet toch. Ze kneep haar handen tot vuisten om de vernederende woorden te kunnen verdragen.

'Het is echter normaal dat jullie gespannen en onzeker zijn,' merkte Lorenzo op. 'Het duurt jaren voordat jullie spieren, armen en hoofd concepten aankunnen die eigenlijk alleen te leren zijn van iemand die het voordoet. Daarom wil ik vandaag de stappen herhalen die ik jullie gisteren heb laten zien. Sommige van jullie hebben ze nog niet helemaal begrepen.' Hij glimlachte naar Juliet. 'Dat geldt niet voor jou, Juliet. Niet zo droevig kijken, hoor, de volgende keer gaat het vast beter.'

Ze wist niet wat ze moest zeggen of doen. Ze had geen vaas gemaakt... maar ze snapte dat de vorm van de ballon hen daaraan deed denken. Ze probeerde zichzelf te herpakken en Lorenzo's handelingen te observeren, naar hem te luisteren en vooruit te kijken. Elke keer als Jacopo in haar buurt kwam, moest ze zich inhouden om niet achteruit te deinzen.

Later, bij het eten, ging Juliet apart zitten. Ze had geen honger, maar wilde zich nog niet terugtrekken in haar kamer.

'Mag ik bij je komen zitten?'

Ze lachte naar Carlos en maakte wat ruimte. 'Natuurlijk, ga zitten.'

Hij keek naar haar dienblad. 'Ga je dat opeten?'

Juliet schudde haar hoofd en schoof haar bord naar hem toe.

Carlos haalde een flesje water uit zijn tas, leegde daar een zakje suiker in en roerde. 'Ik voel me slap,' legde hij uit, voordat hij twee grote slokken nam. 'Dat gebeurt altijd als ik me druk maak.'

'Het was voor iedereen een vervelende dag.' Juliet knabbelde op een frietje. 'Ik had een molentje moeten maken, zo eentje als kinderen gebruiken om mee te spelen in de wind,' mompelde ze. 'Met alle kleuren van de regenboog en misschien wat aventurijn.' Ze had zich laten leiden door de onzekerheid die ze voelde, door het gevoel dat ze werd meegevoerd door de wind.

'Kun je dat soort dingen maken?'

Ze keek hem verbaasd aan. 'Natuurlijk.'

Carlos bestudeerde haar vanuit zijn ooghoek. 'Er gaan geruchten.'

'Wat voor geruchten?' Juliet haatte roddels, maar had de indruk dat deze over haar gingen.

'Dat jij eerder op de school was dan wij.'

'Ik begrijp niet dat iemand dat wat aangaat.' Ze was in de war.

'Ik hou me erbuiten, maar ik ben wel graag op de hoogte van dingen. Ik probeer je te zeggen, Juliet, dat we meedoen aan een belangrijke competitie. Er kan er maar één van ons de beste zijn en die krijgt niet alleen een getuigschrift, dat alle deuren voor hem opent, maar mag ook zijn werk in grote galerieën tentoonstellen, dus het gaat hard tegen hard.'

Ze kreeg een naar gevoel in haar buik en het kostte haar moeite om Carlos aan te blijven kijken in plaats van de gezichten van haar medestudenten te bestuderen. Plotseling werd ze overvallen door een gevoel van afschuw. 'Dit is geen oorlog,' zei ze langzaam. 'Als dat is wat jullie denken, vergissen jullie je. Dat is het in elk geval niet voor mij. Wat jullie doen is verder niet mijn zaak.' Glas was iets heel anders voor haar. Het stond voor emoties en schoonheid, het was het mooiste in haar leven en gaf haar een doel. Over veel dingen was ze in de war, maar andere zaken waren juist weer heel helder. Ze zou haar best doen, voor zichzelf en voor datgene waar ze in geloofde. Ze was van plan om koste wat kost te winnen en haar overtuigingen te laten voor wat ze waren. Dat was alles wat ze had. Haar kunst, haar integriteit en haar hart.

De jongen zuchtte en lachte toen naar haar. 'Ik wist wel dat je niet was zoals ze zeiden en dat heb ik hun ook proberen duidelijk te maken, maar je weet hoe dat gaat.'

Ze stond op en pakte haar jas. 'Nee, dat weet ik niet. Ik ben net als jullie hierheen gekomen om beter te leren glasblazen en ik heb geen aanbevelingen en krijg, zoals jullie hebben kunnen zien, ook geen voorkeursbehandeling van de meester, integendeel. Ik denk dat hij mij meer haat dan jullie allemaal bij elkaar.'

Juliet reageerde niet op het geroep van Carlos en verliet het gebouw. Ze ging de brug over en liep in de richting van de steiger, waar Marcus haar de eerste keer dat ze waren uitgegaan op had gewezen. Ze liep de Fondamenta dei Vetrai helemaal uit. Ze ging op de rand van de steiger zitten, haar keel zat dicht en de tranen stonden haar in de ogen. Haar sandalen raakten het water. Ze was moe, dus legde ze haar hoofd tegen een meerpaal, die de wind en het water door de jaren heen gepolijst hadden.

'Een protegé...' Ze kon niet geloven dat ze zoiets van haar dachten. 'Wat hebben die mensen een fantasie.' Het nare gevoel was nog steeds niet verdwenen. Het was sterk, intens en sloeg haar zelfs om de keel. Ze had zichzelf voor de gek gehouden. Ze dacht dat Carlos haar vriend was, maar vrienden deden zoiets niet. Toen dacht ze aan Marcus. Hem begreep ze echt niet. Ze hadden zo'n sterke band gekregen en toen had hij opeens afstand genomen en daar kon zij niets aan veranderen. Als ze achter hem aan zou lopen, zou dat alleen maar voor een grote teleurstelling zorgen, dat wist ze uit eigen ervaring.

'Wat moet ik nu doen?' fluisterde ze tegen de zee.

Ze stond op en zag toen het symbool, de haan. Het stond op een deurtje vlak bij de plek waar ze stond. Ze liep erheen en gluurde naar binnen. Tegen een muur aan stond een zeer schattig huisje dat uitkeek op het Canal Grande. Ze bleef er even naar staan kijken, met haar hand om de hanger, die om haar nek hing. 'Dat betekent vast niks.' Van Silvia had ze gehoord dat er overal op Murano wel symbolen te vinden waren. Ze kon niet zomaar aankloppen en vragen waarom ze hadden besloten de haan op hun deur te zetten. Dan zouden ze haar vast voor gek verklaren en terecht ook. Ze liep terug naar Palazzo Zenobio, zonder onderweg iemand tegen te komen. Op haar kamer aangekomen trok ze de deur achter zich dicht, ging op haar bed liggen en pakte haar telefoon. Ze beantwoordde een paar berichtjes, legde hem toen weg en staarde naar het plafond. Ze moest een oplossing zoeken voor de volgende opdracht, ze wilde zich voorbereiden en inspiratie opdoen.

Ze ging rechtop zitten en zette haar laptop aan, daar had ze haar werk op opgeslagen. Ze bestudeerde haar kunstwerken een voor een, maar zag niets wat haar beviel. Ze zuchtte en ging weer languit op bed liggen. 'Hebben jullie geen advies voor me?' vroeg ze aan de engeltjes die op het plafond geschilderd waren. Dat kon er ook nog wel bij, ze begon tegen het plafond te praten. Ze gaapte en draaide zich op haar zij, kijkend naar de boekenkast. 'Waarom staan die boeken allemaal zo scheef?' Ze stond op, vastbesloten om ze weer recht te zetten, en pakte er een aantal uit. Op dat moment ontdekte ze een opening tussen de houten planken. Ze stak haar hand erin en voelde iets. Meteen legde ze de boeken neer en duwde de plank een beetje omhoog. Er zat een schrift tussen, daarom stonden de boeken niet recht. Ze haalde het ertussenuit en legde het op het bureau. 'Wat is dit?' vroeg ze zich hardop af. De teksten die erin stonden leken wel heel oude aantekeningen. Het handschrift was sierlijk en ouderwets.

'Het lijkt wel een dagboek...'

Nee, dacht ze, het was veel meer dan dat. Ze bestudeerde het aandachtig. Er stond in uitgelegd hoe je robijnkleurig en doorschijnend glas creëerde en hoe je de glasmassa stil kon houden tijdens het bewerken en blazen. De beschrijving was wat ouderwets maar zeer fascinerend.

De rest van het schrift was echter recenter beschreven: de data gingen terug naar de jaren zestig. Ze las gretig alle informatie, zoog de woorden op als een spons. Dat was het dagboek van een glasblazer, daar stonden ook formules in, hoeveelheden van gebruikte materialen. Ze vond zelfs een bewijs van een levering zand, waarin stond dat die vertraagd was. Maar wat pas echt Juliets aandacht trok, was de beschrijving van de creatie van filigraan glas. Wie de schrijver ook was, hij had de techniek aangepast en daarbij elke stap vastgelegd. Ze bladerde terug naar de oudere bladzijden. De glasblazer had de formule in die aantekeningen als basis genomen en had de stappen daarna naar eigen inzicht veranderd. Misschien om het werk moderner te maken, dacht Juliet. Ze was ontroerd. Ze wist zeker dat ze iets heel bijzonders in handen had, een schakel tussen het heden en het verleden. Iets wat in een ander tijdperk was begonnen en nu nog steeds gebruikt werd. De kennis op die paar kostbare pagina's was overgenomen en aangepast en kon zij nu gebruiken. Ze ging verder met lezen en raakte dolenthousiast.

Op die bladzijden ontdekte Juliet dromen die uitkwamen, ideeen en vormen uit haar eigen hoofd die tot leven kwamen. En ze vond ze mooi, prachtig zelfs. Het was alles waar zij zelf van had gedroomd en wat ze zichzelf had voorgesteld, met het verschil dat het daar netjes geordend op papier stond. Haar gedachten, haar handelingen, alles wat zij altijd al hoopte te kunnen creëren met glasblazen.

Glas was een grenzeloze wereld en het dagboek was als een kaart waarmee ze die kon ontdekken.

11

Een rozet is een speciaal soort parel die bestaat uit zes lagen wit, rood en blauw glas op elkaar, zodat het een roos lijkt. Het is een ovale kraal met een gaatje in het midden waar een dunne draad doorheen kan. Er wordt gezegd dat dit type parel ontworpen is door Marietta Barovier, de getalenteerde dochter van de beroemde glasblazer Angelo uit de vijftiende eeuw. Deze parel is wereldwijd bekend onder de naam chevron.

Marina – Venetië, jaren vijftig

Giorgio had de glasblazerij van boven tot beneden gerenoveerd en twee plekken gecreëerd om glas te blazen boven een brander. Zijn dochter had bewezen dat ze daar een bijzonder talent voor had.

Zoals Marina al had voorspeld met haar tabellen, waar een economiedocent nog een puntje aan kon zuigen, bleken de miniatuurbeeldjes een gat in de markt. En dan waren er nog de sieraden: rozetparels, met verschillende kleuren, bloemen en *murrine*, de veelkleurige mozaïeksteentjes. Marina's werk was echt uniek. Ze nam de door mevrouw Barovier uitgevonden rozet als uitgangspunt, met verschillende lagen rood en blauw glas, maar experimenteerde daar vervolgens mee, waardoor er een nieuw soort glazen parel ontstond, die beter paste bij de modernere trends en origineler was.

Giorgio kon niet geloven dat die parels, die er zo ogenschijnlijk eenvoudig uitzagen en een lust voor het oog waren, vroeger bepaalden of mannen en slaven bleven leven of stierven en het lot van hele volken hadden veranderd en dat ze werden gebruikt voor het bekrachtigen van een pact of het afsluiten van een contract. Maar dat was wel waarvoor ze werden ingezet. Mensen waren gefascineerd door hun kleuren, ze waren het symbool van rijkdom.

Op dat moment keek Giorgio naar iets wat hij jaren geleden van zijn oom had gekregen. Voordat hij het kreeg, hadden andere Chiaramontes het sieraad zorgvuldig bewaard. Hij wist zeker dat Marina dat ook zou doen en het ooit weer aan iemand zou doorgeven, die het prachtige voorwerp net zo zou koesteren. Hij sprak het nooit echt uit, maar hij was ervan overtuigd dat het voor positieve gedachten kon zorgen en geluk bracht. En dat verdiende zijn dochter. Hij zocht haar met zijn ogen, zag haar aan de andere kant van de glasblazerij een parel maken. Giorgio was nieuwsgierig en liep naar haar toe.

'Wat vind je ervan?

Giorgio schrok op door Marina's vraag. 'Hij is prachtig.' Door het opaalachtige glas was te zien dat ze tijdens het creëren van de parel bladzilver had toegevoegd. De buitenkant had ze subtiel versierd, waardoor hij wel van kant leek. Het resultaat was meer dan een gewone parel, hij was bijzonder en oogverblindend. Degene die hem later zou dragen, zou zeker opvallen. 'Hoe is je dat gelukt?'

'Dat is een geheim, papa.' Ze wees naar het schrift dat op een plank lag en lachte naar hem.

Giorgio nam even de tijd om haar te observeren. Zijn dochter was goed, heel vaardig. Opeens herinnerde hij zich weer wat hij haar wilde zeggen. 'Volgens mij ben je weer te laat.'

Marina keek op. Haar ogen waren dof. Hij wist heel goed hoe dat kwam. Ze was eerst in een soort trance en keerde nu terug naar de realiteit. Ze wachtte nog een paar seconden en vroeg toen hoe laat het was. Ze was haar besef van tijd verloren.

'Heb je geen les vanmiddag?'

'O, jeetje, ja, en het is al heel laat.' Marina doofde de vlam en legde de parel in de as.

Hoewel er inmiddels modernere manieren waren om te controleren of de parel was afgekoeld, had hij liever de oudere en daar kon zijn dochter zich ook beter in vinden. 'Je moeder heeft Ruben Morelli uitgenodigd voor zaterdagavond. Probeer er deze keer alsjeblieft bij te zijn.'

Ze rolde met haar ogen. 'Zeg haar alsjeblieft dat ze daarmee stopt, papa. Het wordt te gek. Straks word ik nog uitgelachen.'

'Dat is niet aan mij.' Als Marina nu op de avances van een geïnteresseerde jongen inging... Maar dat deed ze niet. Voor zover hij wist had ze met niemand contact en Agata's koppelpogingen hadden nog niets opgeleverd. Elke keer als Giorgio aan Zeno dacht, kreeg hij een vervelend gevoel van binnen. Het was niet zo gegaan als hij gehoopt had, want zijn dochter was die jongen nog niet vergeten, ook al beweerde zijn vrouw dat dat wel het geval was.

'Dat is iets wat vrouwen, wat moeders doen. Misschien doe jij dat later ook wel voor je dochter.'

Ze verstijfde en Giorgio hield zijn adem in. Dat had hij niet moeten zeggen, maar hij was niet van plan om zijn excuses aan te bieden. Toen zijn dochter uiteindelijk weer naar hem lachte, zoals ze altijd deed, slaakte hij een zucht van verlichting.

'Ik zie je bij het avondeten, papa.'

'Tot later.'

Hij keek haar na en keerde toen, in gedachten verzonken, terug naar de oven. Plotseling voelde het alsof hij flauwviel. Hij bleef staan, ademde een paar keer diep in en toen de pijn op zijn borst minder werd, strompelde hij naar een stoel. Hij plofte daarop neer, stopte een van de vieze kauwtabletten in zijn mond die de dokter hem had gegeven en wachtte tot die begon te werken. 'Verdraaide ouderdom,' bromde hij. Waarom moest de tijd die God de mens op aarde had gegeven zo treurig eindigen? Hij kneep in het pillendoosje en wilde het weggooien, maar deed het niet. Hij zuchtte en stopte het toen langzaam terug op zijn plek, in zijn zak. Het duurde even voordat hij weer op adem was. Langzaam begon hij weer scherp te zien. Hij bleef nog een tijdje zitten, joeg zijn assistenten weg, die hem af en toe kwamen vragen of hij iets nodig had, maar nam wel een glas water aan. Hij nam net een slok toen hij hem zag. Hij zette het glas neer en opende zijn mond.

'Luigi, wat doe jij nou hier? Wanneer ben je aangekomen?'

'Hoi, papa, hoe gaat het met je?'

Sinds wanneer had zijn zoon zo'n verlegen, berouwvolle houding? Wat had hij deze keer uitgespookt? vroeg hij zich af. 'Het kon beter, maar misschien ook slechter. Kortom, ik mag niet klagen. En jij? Ik had niet verwacht je alweer zo snel te zien.'

'Wat ben je veel afgevallen, papa.'

'Dat is niet waar.' Hij ontkende het, maar wist dat het waar was. Hij was tot een aantal jaren geleden altijd vrij robuust geweest, net als zijn zoon, maar van dat postuur was nog maar weinig over. Naast Luigi zag hij er uit als een oude man. Hij pakte Luigi's arm en leunde op hem.

'Hier is het te warm, kom, we gaan naar buiten.'

Hij deed wat zijn zoon zei, maar eerst gaf hij zijn werknemers nog instructies. Die waren bezorgd en waren hem niet uit het oog verloren.

Buiten scheen de zon fel en moest hij een hand voor zijn gezicht houden om zijn ogen te beschermen. Het windje was fijn op zijn bezwete huid en bracht de zilte geur van de zee mee. Hij sloot zijn ogen even. Luigi wees naar een plein.

'Laten we daar even gaan zitten. Hou mij maar vast.'

'Zo slecht gaat het ook weer niet met me, hoor,' antwoordde hij, vastbesloten het alleen te doen.

Ineens kreeg hij een soort euforisch gevoel. Wie weet, misschien was Luigi zijn huidige leventje wel zat. Ja, dat moest het zijn. Hij stelde zich voor hoe leuk het zou zijn als hij eindelijk begreep waar hij hoorde, wat zijn plaats was. Giorgio was dolblij dat Marina in zijn voetsporen wilde treden, maar zij zou vroeg of laat gaan trouwen. Dan zou ze thuisblijven, bij haar gezin. Hij wist dat Luigi de enige was die de glasblazerij een toekomst kon geven en over kon nemen.

Ze waren in de schaduw gaan zitten. De bladeren van de populier wapperden als vlaggenslingers in de wind. Giorgio wierp nogmaals een blik op zijn zoon. Hij vond hem ongewoon stil. 'Wat is er aan de hand, jongen?'

Hij keek op en toen pas merkte Giorgio de donkere plek onder zijn oog op. Verbaasd pakt hij zijn kin vast. 'Wie heeft dat gedaan?'

'Ik zit in de problemen, papa. Ik heb je hulp nodig.'

Verandering, in welke vorm dan ook, had haar altijd gefascineerd. Die veroorzaakte beweging, actie en dus een transformatie. Het resultaat daarvan kon weleens het antwoord zijn op een vraag waar je mee zat of juist een ontdekking. En toch voelde het voor Marina, terwijl ze door de steegjes in de richting van de universiteit liep, alsof ze in een soort paradox was beland.

Hoe hard ze ook probeerde vooruit te gaan, het verleden had haar in zijn greep en liet haar niet los. Ze vroeg zich af waarom ze niet naar de toekomst wilde kijken, zoals iedereen. Zelfs de oude stad veranderde. Ze bekeek de gebouwen die veelal in de steigers stonden.

In de toekomst zou Venetië gered worden, zei iedereen. Uit de dikke laag as die was achtergebleven na de oorlog, waren nieuwe behoeftes ontstaan. Om die nieuwe doelen te bereiken, moest een deel van dat verleden worden opgeofferd, dat wat de lagune zo wereldberoemd had gemaakt.

Voor haar was het alsof de stad werd gegijzeld door een spin, een reusachtig insect dat gek was geworden en spinnenwebben over de huizen en gebouwen maakte en stiekem hun vorm veranderde. Geen handdoeken meer, die droogden in de zon, of geklets tot in de late uurtjes; zelfs de kinderen die rondrenden onder het toeziend oog van de glasbewerkers, de vrouwen die kralenkettingen maakten in hun deuropening waren verleden tijd. Hun plaats was ingenomen door de zwermen toeristen. Die legden alles vast met hun grote, zwarte fotocamera's. Die stonden voor rijkdom, geld, leven voor de economie die de mensen koste wat kost wilden aanpakken.

Marina begreep de stad, wist wat hij nodig had. Ze begreep de mensen en oordeelde niet. Er was een groot verschil tussen wat iemand verlangde en wat hij daadwerkelijk moest doen om te overleven.

Soms moest je vechten voor je bestaan.

De universiteit zetelde al bijna een eeuw in Ca'Foscari.

Het gotische gebouw dat uitkeek op het Canal Grande had onderdak geboden aan edelen en aristocraten die de *Serenissima*, zoals de stad ook wel werd genoemd, kwamen bezoeken. Er werd gezegd dat zelfs tsaar Peter de Grote er in het geheim minstens één nacht had doorgebracht. Een aantal grote kunstenaars had inspiratie opgedaan toen ze door de ramen keken op de tweede verdieping en een adembenemend uitzicht op de stad hadden.

Marina hield van de sfeer, het komen en gaan van mensen, de debatten en de studentenbijeenkomsten. Zij ging net als haar broer naar de faculteit Economie. Ze hield van de vervallen schoonheid van het oude gebouw, van de ietwat beschadigde muren, waar ze soms stiekem haar hand tegenaan hield, alsof ze op die manier de verhalen kon horen van de mensen die daar gewoond hadden. Ze besefte dat ze laat was, dus beende ze snel naar binnen en voelde zich plotseling beter. Dat gebeurde vaak. De ontvangsthal was verbazingwekkend en stond symbool voor grootsheid en macht. Voorbij de zuilengalerij kon je de binnenplaats vol studenten zien. Aan de andere kant stond een groepje meisjes wat te kletsen bij de fontein. Marina groette hen, maakte hier en daar een praatje en zag toen dat Gemma, haar studiegenootje, haar riep. Ze zwaaide en liep naar haar toe. Van alle studiegenoten, vond ze haar het leukste. Ze keek vriendelijk en had een hart van goud. Ze kon met haar over alles praten, omdat haar vriendin veel begreep, omdat ze háár echt begreep.

'Hoi.'

'Hé, alles goed?'

Marina schudde haar hoofd. 'Ik heb de watertaxi gemist, zo vervelend.' Ze legde haar tas neer en keek naar het papiertje dat Gemma haar voorhield. 'Wat is dat?' Ze las het vlug door. In bioscoop Italia draaide een oude film: *The Phantom of the Opera*.

'Ga je ook mee?' Haar ogen schitterden en ze lachte.

Ze keek nu al uit naar die avond, zag Marina. Even liet ze zich meeslepen door haar enthousiasme, maar toen herinnerde ze zich iets. 'Misschien.' Ze zuchtte. 'Mijn moeder krijgt gasten.' Eigenlijk kwamen ze voor haar. Ruben Morelli... Ze dwong zichzelf aan de jongen te denken, aan zijn gezicht, maar zag toen dat van Zeno voor zich en verstijfde.

'Je moet toegeven dat je moeder zeer vastberaden is.'

'Koppig past beter bij haar.' Marina lachte. Ze was niet echt boos op haar moeder. Ze moest zelfs toegeven dat een paar door haar moeder georganiseerde avonden, die vastbesloten was een vriend voor haar te vinden, zelfs best leuk waren.

'Wie is deze keer de gelukkige?'

'Ruben Morelli.'

Ze sperde haar ogen wijd open. 'Die Morelli?' vroeg ze verbaasd.

'Kijk niet zo. Ik heb er niets mee te maken.'

Ze snoof. 'Mijn moeder doet nooit zulke dingen voor mij. Haar vrienden zijn allemaal saai.'

Marina had geen zin om erop in te gaan. Ze begon haar vermoeidheid te voelen. 'Mag ik even zitten?'

Gemma schoof op en Marina plofte op het stenen bankje. Opeens werd ze verdrietig. Ze wreef in haar gezicht en streek door haar lange haar.

'Wat is er met je?' vroeg haar vriendin.

'Ik weet het niet...'

'O, natuurlijk weet je het wel.' Gemma pakte haar hand vast. 'Zeno is jouw alles, je maan, je zon, de lucht die je inademt en je horizon. Maar hij is naar de andere kant van de wereld gegaan en je moet stoppen met aan hem te denken, je moet hem vergeten.' Ze wachtte even en legde toen een arm om haar schouders.

'Sorry, ik zal het niet meer doen.'

Het was waar, wist Marina. Ze moest stoppen met zich illusies te maken. Hij zou niet meer terugkomen. Ze moest vooruitkijken, naar de toekomst. Ze slikte en veegde haar tranen weg. Het deed haar veel pijn, ze voelde zich leeg vanbinnen, had de fysieke behoefte om bij hem te zijn. Het was alsof ze een ledemaat miste, een deel van haar ziel.

Het bankje was ijskoud en die kou drong door haar rok haar lichaam binnen, waardoor ze huiverde. Ze streek met tranen in de ogen haar rok glad. 'Denk je dat ik nog een keer verliefd word?' Dat was haar grootste angst. Ze was dolgelukkig geweest en was die blijdschap kwijt, die alles in het leven zo mooi maakte. Ze herinnerde zich die momenten, die zo speciaal voor haar waren. Nu was alles gewoon, monotoon en saai. Alles had dezelfde kleur, of dat was tenminste haar indruk. Alleen als ze werkte, had ze geen sombere gedachten. Alleen als ze creëerde, als ze haar vingers langs de vlam liet bewegen, lukte het haar die mooie tijd even te vergeten.

Gemma ademde diep in en keek toen omhoog naar het stukje lucht dat tussen de daken door te zien was. 'Er is een gezegde: *nieuwe zorgen doen oude zorgen vergeten*. Ik weet het, het is wat banaal, maar oude wijsheden kunnen je soms op de simpelste oplossing wijzen.' Ze haalde haar schouders op. 'Je zou het kunnen proberen.'

'Met hem wordt het nooit hetzelfde.'

'Waarom wil je dat het hetzelfde wordt? Iedereen is anders. Iemand anders zou jou ook gelukkig kunnen maken. Dat is uiteindelijk toch wat je wilt?'

Gemma's woorden brachten een herinnering bij haar naar boven, een zin die ze nooit had kunnen vergeten. Woorden die een vrouw, bijna vijf eeuwen terug, in haar dagboek had geschreven. 'De vrouw is allereerst zichzelf iets verschuldigd. Zij is de enige die verantwoordelijk is voor haar eigen geluk.' Dat had haar voorouder op de pagina's geschreven die haar vader haar had gegeven.

Er stond geen handtekening onder de woorden, maar zij vond het leuk om te denken dat ze van een geniale glasblazer waren. Daarom had ze ze zorgvuldig opgeborgen in haar eigen dagboek.

Gemma opende haar mond. 'Zachtjes praten, anders zetten ze je straks nog buiten.'

Ze grinnikte. Dat gebeurde natuurlijk niet, maar het was wel overduidelijk, dat alles wat haar omringde haar probeerde te overtuigen zich aan de regels houden van een zeer vrouwonvriendelijke maatschappij. Ze wist dat veel mensen haar vreemd vonden, omdat ze in een glasblazerij werkte en nog geen vriend had. Wat was er nou echt veranderd, sinds de tijd van Marietta Barovier? Misschien was Marietta wel vrijer geweest dan zij en Gemma samen, als het waar was wat ze over haar vertelden en ze echt een relatie had gehad met een man die volgens haar omgeving ongeschikt voor haar was. Pas toen hij zijn glasblaascertificaat behaalde, kwam daar verandering in en opende hij zijn eigen glasblazerij. Maar ook toen waren ze niet getrouwd. Marina hoopte dat ze ondanks alles toch bij elkaar waren gebleven.

'Denk je echt dat we kunnen doen wat we zo graag willen?'

Gemma haalde haar schouders op. 'We kunnen het in elk geval proberen.'

Haar antwoord bood weinig troost. Misschien had ze Gemma's advies ter harte genomen als ze niet zo'n ijzige leegte ervaarde, zo'n grote afwezigheid. Dan had ze ook naar haar moeder geluisterd. Agata had heel duidelijke ideeën. Ze wilde een mooie bruiloft voor haar, en kinderen. Skivakanties in de winter en zomervakanties aan zee. Een man van goede komaf, die zijn financiën goed op orde had en zo gul was dat hij haar alles zou geven wat haar hartje begeerde. Ze kon niet wachten tot het zover was en ze haar vriendinnen erover kon vertellen. Onderling was een soort absurde strijd gaande, om wie de beste man voor haar dochter kon vinden. Daarom wilde Agata dat ze doorleerde, afstudeerde en de vrouw werd van een belangrijke man, iemand die ze kon steunen en gelukkig kon maken.

Het was allemaal heel eenvoudig.

En tegelijkertijd verre van dat.

Marina betwijfelde namelijk of iemands geluk kon afhangen van anderen en dacht dat je daar alleen zelf voor kon zorgen.

Ze bekeek de voorgevel van het gebouw. Iemand had de deur opengezet om een verdwaalde duif naar buiten te laten.

'Zullen we gaan? De les begint zo.'

'Ik kom er zo aan.' Ze maakte haar tas open, haalde er een van haar boeken uit en bladerde het door. De brief zat nog precies op de plek waar ze hem die ochtend had gestopt. Een nieuwe poging om het te kunnen begrijpen, te weten wat er speelde.

Stom en al net zo nutteloos.

Terwijl ze het papier verfrommelde, dwong ze zichzelf naar haar vriendin te luisteren, naar de geluiden die haar omringden, het gekrijs van de meeuwen, om maar niet te hoeven denken aan de brief die ze had geschreven. Aan de brief waarin ze in alle eerlijkheid had opgebiecht aan haar jeugdliefde, de liefde van haar leven, hoe verdrietig ze was, zonder hem.

Het was niet de eerste keer dat ze hem schreef, hoewel ze van hem nog nooit een brief terug had gehad.

Hij had haar brieven nooit beantwoord.

En de laatste die ze had geschreven waren teruggekomen. Zeno was naar een andere plek verhuisd en had Hongkong verlaten. Ze had nu geen adres meer om haar brieven naartoe te sturen, omdat hij haar dat niet had gegeven.

Plotseling maakte de leegte die ze ervaarde plaats voor een gevoel van vernedering. Ze was er klaar mee. Ze had zichzelf nu lang genoeg belachelijk gemaakt. Als Venetië veranderde, zich aanpaste aan nieuwe regels, waarom zou zij dat dan zelf ook niet doen? Plotseling ontvlamde er een gevoel van trots in haar. Marina rechtte haar rug en keek vooruit, naar haar toekomst.

Ze dacht terug aan het verhaal van *The Phantom of the Opera*. Zeno was ook een spook. Hij maakte niet langer deel uit van haar leven.

Marina en Gemma voegden zich bij de groep studenten die naar de zaal liepen. Hun geroezemoes klonk vrolijk, het licht viel op hun kleding, hun haar, hun glimlach. Voor één keer wilde ze net zo zijn als zij. Voor één keer wilde ze alles vergeten.

Toen ze de volgende ochtend naar beneden ging om te ontbijten, hoorde ze haar moeder vrolijk neuriën. Er was maar één ding dat Agata zo blij maakte. Ze keek om zich heen en zag toen zijn koffer staan.

'Luigi?' riep ze.

De deur naar het balkon stond open. Het gordijn wapperde in de frisse ochtendbries.

'Hé, daar is mijn mooie zusje.'

Haar gezicht lichtte op, toen ze zag dat hij zijn armen naar haar uitstak. Ze rende op hem af en vloog hem om zijn nek. 'Eindelijk ben je terug.'

Agata kwam binnen met een blad vol beignets. Ze straalde helemaal. 'Eet ze maar snel op, nu ze nog warm zijn.'

Marina gaf haar moeder een kus op haar wang en nam het blad toen snel van haar over. 'Geef maar aan mij.'

'Ik heb je gisteren niet horen thuiskomen.'

'Ik moest nog wat werk afmaken.'

'Je weet dat ik niet wil dat je 's nachts alleen in de glasblazerij werkt.' Ze schonk een kop koffie in en gaf die aan haar zoon.

'Dat weet ik, mam.' Het had geen zin om haar uit te leggen dat ze de sieraden nog moest afwerken, voordat ze ze kon overhandigen aan de koper. Ze draaide zich om naar Luigi. Haar broer leek afwezig. Hij staarde naar zijn stomend hete koffie. Ze nam hem eens goed op. 'Ik wist niet dat je terug zou komen.'

Hij schrok op. 'Sorry? O, ja. Het was ook een last-minute besluit. Ik wilde jullie verrassen.'

Marina lachte naar hem. 'Hoelang blijf je deze keer?'

Hij kneep zijn ogen tot spleetjes. 'Wie zegt dat ik weer wegga?'

'Bedoel je dat je blijft?' riep ze uit, terwijl ze hem omhelsde.

'Papa is moe, jullie hebben hulp nodig met de glasblazerij. O, kijk niet zo naar me, ik weet dat je je werk goed doet, daar twijfelt niemand aan, Marina. Maar er zijn dingen die op een bepaalde manier moeten worden aangepakt. En daar is mannenkracht voor nodig.'

Ze knipperde met haar ogen. Haar broer was al jaren niet in de glasblazerij geweest. Wat wist hij daar nu van af?

Opeens schaamde ze zich voor die gedachte. Zo zat hij nu eenmaal in elkaar en ze moest niet vergeten dat ze van hem hield. Ze ging weer zitten. 'Heb je ideeën?' vroeg ze. Hij deed vreemd. Ze wilde hem vragen naar de blauwe plek onder zijn oog, maar bedacht zich toen. Ze wilde hem niet lastigvallen.

'Sorry?' Luigi keek haar verbaasd aan. Hij was veel te afwezig. Waar zou hij met zijn gedachten zijn? 'Ideeën voor de glasblazerij... Als jij je daar mee bezig gaat houden, heb je vast een plan van aanpak bedacht.'

Zijn gezicht betrok. Hij begon met een pen te spelen. Marina was op haar hoede.

'Heb je papa er al over gesproken?' Ze was erg benieuwd wat haar vader van Luigi's komst vond.

Hij schudde zijn hoofd. 'Hij vindt het lastig om met zijn tijd mee te gaan.'

Verbijsterd vroeg ze zich af waar hij op doelde. 'Volgens mij is hij best blij met hoe alles nu gaat.'

Hij snoof en maakte een handgebaar. 'Je vergist je, hij is moe. De zaken gaan veel minder goed dan jij denkt.' Hij wachtte even. 'Ik had je toch gezegd dat dat glas-in-lood geen succes zou worden?'

Even dacht Marina dat ze het niet goed had verstaan. Luigi had destijds gedaan alsof het zijn idee was om daarmee te beginnen en toen ze hem daarop wees, was hij zelfs beledigd geweest. 'Dat heeft ons door moeilijke tijden heen geholpen. Sindsdien gaat het veel beter.'

'Ja, dat weet ik, maar nu is het moment aangebroken dat we een heel andere strategie gaan kiezen.'

Wat betekende dat, wilde ze hem vragen. Maar toen hoorde ze de voordeur al.

'Ik zie je later.' Luigi gaf haar een kus op haar wang en stond op. Giorgio stond in de deuropening en observeerde hen. Marina lachte naar hem, maar haar vader bleef naar haar broer staren. Ze vroeg zich af waarom hij er zo netjes uitzag en, wat nog belangrijker was, waar ze heen gingen. Toen ze weg waren, nipte Marina in gedachten verzonken van haar koffie. Zodra die op was, ruimde ze op en bracht ze de kopjes naar de keuken. Daar stond haar moeder de gootsteen te poetsen. 'Mama, waar gaan papa en Luigi heen?'

Agata slaakte een kreetje. 'Je laat me schrikken.'

Zij was ook geschrokken. 'Waarom is iedereen toch zo nerveus?'

Haar moeder deed haar schort af en hing dat aan het haakje achter de deur. 'Kom even mee. Ik moet boodschappen doen.'

Alweer? Dat hadden ze de dag ervoor al gedaan. Dit was niet de eerste keer dat ze haar niet op de hoogte bracht van wat er speelde, dacht Marina, en meestal drong ze dan niet aan, maar nu had ze een naar voorgevoel. 'Hoe moet ik je helpen, als je me niet vertelt wat er aan de hand is?'

Agata verstijfde en Marina zag dat haar lip even trilde. Ze herpakte zich echter meteen en lachte geforceerd naar haar. 'Ruben is echt een knappe jongen. Beloof me dat je hem een kans geeft.'

Wat had dat nu weer met Luigi te maken?

'Je moet je gaan settelen, meisje. Wij zullen hier niet voor altijd zijn. En niet zo droevig kijken, je hebt een lieve, goede man nodig, die voor je zorgt, met wie je een gezin kunt stichten. Zo, nu moeten we gaan, anders wordt het al laat en is er nergens meer een redelijke goudbrasem te vinden voor zaterdag.'

Ze negeerde de opmerkingen over een echtgenoot. Daar wilde ze helemaal niet aan denken, dus concentreerde ze zich op andere dingen. Waarom kochten ze de vis niet vers, op de dag dat hij moest worden bereid, wilde ze haar moeder vragen. Maar toen bedacht ze zich. Agata leek bezorgd. Ze moest met Luigi praten. Deze keer wilde ze echt weten wat er aan de hand was.

De volgende ochtend, toen Marina wegging, was Luigi nog in zijn kamer. Even dacht ze erover om aan te kloppen, maar toen bedacht ze zich. Ze zou hem wel spreken als ze weer terug was. Ze zocht haar vader, maar in de glasblazerij zeiden ze dat ze hem nog niet hadden gezien, daarom keerde ze weer terug. Er was niemand thuis. Haar ouders waren samen weg. Ze las het briefje dat op tafel lag. Haar moeder vroeg haar het niet te laat te maken. Ze at in stilte haar ontbijt en probeerde Luigi niet te storen. Na haar aantekeningen nog eens te hebben gecheckt, ging ze weg. Ze was vergeten hoe het was om haar broer in huis te hebben, besefte ze, terwijl ze naar de boot liep. Ze hield van hem, maar wist ook dat wanneer hij iets in zijn hoofd had, de rest op de tweede plaats kwam. Of ze dat nu leuk vond of niet, hij bekommerde zich nauwelijks om anderen. Bovendien hield hij zich erg bezig met zijn uiterlijk. Hij vond het erg belangrijk om zich op een bepaalde manier te kleden. Toen hij haar een keer in Milaan aan zijn vrienden voorstelde, ontdekte ze tot haar verbazing dat hij had gelogen over hun economische situatie en over het bedrijf.

'De Chiaramontes zijn glasblazers, waarom heb je gezegd dat we een industrieel bedrijf hebben?'

'Word eens wakker, Marina, mensen vinden het niet belangrijk wat je werkelijk doet. Alles draait om uiterlijke schijn. Ik heb het gewoon een beetje interessanter gemaakt.'

In de paar dagen die ze met hem had doorgebracht, realiseerde ze zich dat haar broer zich had omringd met oppervlakkige mensen. Zijn vrienden hadden een flauwe glimlach om hun mond, zagen er netjes uit en hadden torenhoge schulden, maar dat maakte niet uit, want op een dag zouden zij aan het hoofd staan van een bedrijf en grote opdrachten binnenslepen. Marina vroeg zich af hoe oneerlijkheid tot iets goeds kon leiden.

Ze was naar Murano teruggegaan met het gevoel Luigi niet te kennen en had na die keer al zijn uitnodigingen om met hem vakantie te vieren op kosten van hun ouders afgeslagen.

Ze was onrustig, stapte in de watertaxi en ging apart zitten, met haar hand onder haar hoofd. Ze keek naar de schuimstrepen achter de boot. Kijken naar de zee hielp haar van haar slechte humeur af te komen, na te denken, waardoor ze zich uiteindelijk beter voelde.

Ze vroeg zich af hoe het vroeger was, toen er alleen maar roeiboten over de kanalen voeren. Er moesten toen talloze gondels hebben rondgevaren. Elke welgestelde familie had er toen minstens één. Venetië was vroeger een rijke stad, de hoofdstad van een rijk... Het leek nu wel alsof ze in een spel met perspectief zat, waardoor de gebouwen in de verte, die eerst klein en onbelangrijk leken, nu zo groot waren dat ze er niet langs kon kijken. Ze stapte uit bij haar halte en wandelde naar de universiteit.

Ruben Morelli was wat Agata noemde 'een keurige jongen die weet hoe het hoort'. Marina wist wat dat betekende: dat hij uit een heel goede familie kwam en zeer vermogend was. Hij zat in het laatste jaar van de ingenieursopleiding en woonde weliswaar in Venetië, maar kwam eigenlijk uit Murano. Zijn voorouders waren allemaal glasblazers, totdat ze, vlak voor de oorlog, andere, nuttigere bezigheden hadden gevonden. Ze hadden elkaar de laatste maanden een aantal keer ontmoet. Dat had Marina natuurlijk niet tegen haar moeder gezegd. Alleen Gemma en een paar andere vriendinnen waren op de hoogte van het feit dat hij haar het hof probeerde te maken. Geïrriteerd, maar tegelijkertijd ook wat geamuseerd, vroeg ze zich af hoe het haar moeder was gelukt om een diner te organiseren. Moeders gingen heel ver in hun zoektocht naar een man voor hun dochter, zeker als ze zo vastberaden waren als de hare... Ze huiverde. Ze was afgeleid door wat er speelde en kon daardoor nauwelijks het debat in de grote aula volgen. Zodra de spreker afgerond had, slaakte ze een zucht van verlichting. Ze liep naar de binnenplaats, omdat ze wat frisse lucht nodig had. Te veel gedachten, te veel dingen om over na te denken en dan was er ook nog dat diepe verdriet, die leegte, die maar niet verdween. Ze zou er alles aan doen om daarvan af te komen, besloot ze. Die was er nog, als een knoop in haar maag. Ze dacht er niet meer de hele tijd aan, dat niet. Maar als ze dat wel deed, leek haar verdriet alleen maar groter te worden.

Ze ging zitten en keek op. Er stond een groep studenten op het plein te kletsen. Een van hen maakte zich los van de groep en kwam op haar af. Alle andere keren waarop dat gebeurde, was Marina weggelopen, maar nu bleef ze zitten waar ze zat. Het gaf haar altijd een ongemakkelijk gevoel, als hij zo bewonderend en stiekem naar haar keek en zijn mooie gezicht rood aanliep, wat aangaf dat hij verlegen was.

'Je ziet er goed uit, Marina. Je bent prachtig.'

'Dank je, Ruben.' Hij gaf haar talloze complimenten en dat maakte haar nerveus. Ze wist niet hoe ze daarop moest reageren, wat de juiste woorden waren. Het was alsof ze de choreografie van een dans kende, maar geen zin had om te dansen.

'Mag ik even bij je komen zitten?'

'Natuurlijk.' Ze schoof een beetje voor hem op en realiseerde zich dat ze het niet heel erg vond om even met hem te kletsen voor het grote diner van dat weekend. Zo zouden ze tenminste vast het ijs kunnen breken.

'Heb je morgen iets te doen na je lessen?' vroeg hij haar met een glimlach. 'Ik geef een feest. Niets groots, wat muziek, een beetje kletsen. Ik zou het erg leuk vinden als jij ook kon komen.'

'Bij jou thuis?' vroeg ze nauwelijks hoorbaar.

'Ja, mijn ouders zijn er dan niet.'

Hij smeekte. Marina hoorde het aan zijn stem. De angst, de onzekerheid, het verlangen. Hij bloosde en keek naar haar alsof ze de maan en de sterren voor hem was.

'Dat lijkt me leuk, maar... ik moet even kijken of ik kan.'

'Natuurlijk. Ik begrijp het.'

Marina keek weg. Ze wist niet goed wat er deze keer anders was en waarom ze nu wel op het punt stond om op zijn uitnodiging in te gaan. Misschien kwam het doordat ze gewoon moe was en ze zin had om zich te vermaken. Ruben was natuurlijk geen Zeno. Hij bracht haar hart niet op hol zoals Zeno dat deed, hij zorgde er niet voor dat ze al haar controle verloor en niet meer na kon denken, maar ze vond het wel fijn dat hij haar waardeerde. Ze voelde zich door hem bewonderd.

Er kwamen een paar studenten bij hen staan, wat Marina de ruimte gaf om zijn uitnodiging in overweging te nemen. Ze was ongedurig, nerveus. Ze wist wat Ruben van haar wilde en had in het verleden geen aandacht geschonken aan zijn avances, maar nu wist ze niet wat ze moest doen. Ze wilde niet dat hij verdrietig was, dat hij leed, ook al wist ze niet of zij daar de oorzaak van was. En daarom wilde ze hem graag omhelzen. Ze sloot haar ogen en probeerde die vervelende brok in haar keel weg te slikken. Vanuit haar ooghoek observeerde ze hem. Hij was lang, had bruin haar, kleedde zich netjes en had altijd iets droevigs over zich. Dat brak haar hart. Zij wist hoeveel pijn het deed om van iemand te houden die die gevoelens niet beantwoordde. Ze leefde meer met hem mee dan ze ooit had gedaan. Ze hadden namelijk iets gemeen. Hij leunde nu met zijn hoofd tegen de muur en tuurde in de verte, met een sigaret tussen zijn vingers. Verdrietig.

Het zou zoveel makkelijker zijn als je zelf kon kiezen op wie je verliefd werd…

Gemma was dol op hem. Haar vriendin had haar aangespoord op zijn uitnodigingen in te gaan. Ze zei dat ze bofte dat hij voor haar viel en misschien had ze daar ook wel gelijk in… Ze kreeg steeds meer de neiging om Gemma's advies op te volgen. Ze was al wekenlang in de war en was het zat om wanhopig te zijn. Ze verlangde naar een nieuw doel. Ruben was hier, vlakbij, en van Zeno wist ze niet waar hij was, of met wie. Bovendien was ze altijd gek op dansen geweest. Ze hield van muziek, liet zich graag meevoeren door het geluid, het ritme. Ruben was inderdaad geen Zeno, maar dat wilde ze ook niet. Ze wilde… dat wist ze niet, maar ze was het zat om zich zo verward en verdrietig te voelen.

'Tot later.'

Zijn vrienden liepen weg, dus waren ze nog maar met z'n tweeën. Ruben lachte naar haar en zij schaamde zich. Ze verdiende het niet om door hem aanbeden te worden. 'Ik ga proberen mijn plannen aan te passen. Dan kan ik morgen naar je feest komen,' zei ze, zonder na te denken. En daarna besloot ze dat dat het juiste was om te doen. Ze maakte een staart van haar haar en keek hem aan, tussen haar lange wimpers door. 'Ben ik nog op tijd?'

'Natuurlijk!'

Ze lachte terug. Ze voelde dat hij naar de kleine moedervlek vlak boven haar lip keek. Daar was Zeno weg van. Maar niet zo erg dat hij ervoor gebleven was.

'Ik ben wel afhankelijk van de tijden van de watertaxi.'

'O, geen zorgen, ik breng je wel naar huis. Ik heb een boot. Dat komt goed.'

Ze verjoeg haar gedachten, omdat ze meteen een vergelijking wilde maken, en concentreerde zich op zijn stem. Die was aangenaam, vriendelijk, helder. Net als zijn gezichtsuitdrukking en zijn blik.

'Oké. Nou, tot morgen dan.'

'Tot dan!'

Ze vond dat hij lekker rook. Zijn hand was glad, zacht en warm. In een impuls besloot ze op haar tenen te gaan staan en hem een kus op zijn wang te geven. Dat viel niet tegen. Ze liep terug naar de les en lachte. 'Het is maar een feest,' zei ze tegen zichzelf. Zij had de touwtjes in handen en besloot wat ze wel en niet deed en dat was het belangrijkste voor haar.

Toen ze 's avonds thuiskwam, was het stil in huis. Marina vroeg zich af waar iedereen was, knabbelde op een appel en ging zich boven omkleden. Ze klopte op de deur van de kamer van haar broer, maar hoorde niks. Verbaasd ging ze weer naar beneden. Ze keek uit het raam en zag haar moeder staan kletsen met de buren. Die zou vast dolblij zijn als ze hoorde dat ze de volgende dag naar een feest zou gaan met de jongen die zij zo leuk vond. Ze vulde een fles met koud water voor haar vader en wandelde naar de glasblazerij. Ze wist zeker dat hij daar op dat tijdstip alleen zou zijn. Ze ging naar binnen en lachte. Aan hem kon ze wel vertellen dat ze met Ruben had afgesproken. Ze wist niet waarom, maar ze vond het makkelijker om dingen met haar vader te delen dan met haar moeder. Agata was haar moeder, en ze hield veel van haar, maar haar vader was altijd haar rots in de branding geweest.

Het was doodstil in de werkplaats. Marina bekeek de ovens. Ze stonden open. Ze liep erheen, terwijl ze zich afvroeg wie was vergeten ze dicht te doen. Toen zag ze hem. Ze liet de fles uit haar handen vallen.

'Papa, papa, wat is er met je aan de hand?' Ze liet zich naast de roerloze schim vallen die op de grond lag, draaide haar vader om en voelde op zijn borst of hij nog een hartslag had. Zodra ze merkte dat dat niet het geval was, begon ze te schreeuwen. 'Help, help! Kom helpen!'

'Papa, hoor je me?' Ze tilde zijn hoofd op en legde het op haar benen en streelde zijn bleke gezicht. 'Papa, ik ben het. Blijf alsjeblieft bij me.' Wanhopig begon ze hem heen en weer te schudden. 'Word nou wakker.' Ze herinnerde zich de medicijnen. Ze grabbelde in zijn zakken, vond de pillen en legde er één onder zijn tong. Toen ze zag dat zijn oogleden trilden, slaakte ze een zucht van verlichting.

Hij was niet dood, hij was nog bij haar. Hij was er nog.

'Ik ben zo terug, papa, ik ga hulp halen.'

Ze rende naar buiten en een paar minuten later werd Giorgio op een provisorische brancard in een boot gelegd. Terwijl ze vlug in de richting van Venetië voeren, klampten Agata en Marina zich aan elkaar vast.

12

De productie van glazen parels in Venetië was een niche en zorgde voor veel inkomsten in de staatskas. De Republiek Venetië had al in de dertiende eeuw richtlijnen opgesteld voor de makers. De glasblazers die zich bezighielden met het maken van kralen en parels werden ook wel 'onzevaders' genoemd, omdat ze vooral veel rozenkransen produceerden. Ze werden ook wel aangeduid als kralenmakers of margaritieri.

Marina

Marina had nooit eerder aan de dood hoeven denken. Toen zij geboren was, waren haar grootouders er al lang niet meer en de rest van de familie was altijd gezond geweest. Ze was er bang voor, maar het was voor haar altijd abstract en ver weg geweest, iets waaraan ze heel af en toe dacht, zonder het echt goed te begrijpen. Maar nadat ze haar vader op de vloer van de werkplaats had aangetroffen, was dat helemaal veranderd. Zij was veranderd. En er was niemand met wie ze kon praten over de angst die haar soms plotseling bekroop, vooral in de vroege morgen. Luigi was onbereikbaar. Zodra hun vader ontslagen was uit de kliniek, was hij vertrokken en had hij niets meer van zich laten horen. En met haar moeder kon ze ook niet praten, want die was kapot door wat er gebeurd was en hield zich alleen maar bezig met de verzorging van haar man. Daarom had ze zich maar aan de situatie aangepast, als een plant die overal kan overleven, als hij maar af en toe een streepje zon en een druppel water krijgt.

Ze zat nu in de donkere gang verstopt en zich af te vragen hoe ze de problemen kon oplossen die zich elke dag bleven opstapelen. Wat was alles veranderd! Opeens was ze niet meer het meisje dat van iedereen aandacht kreeg, maar een jonge vrouw die haar familie moest onderhouden. Er was namelijk niemand anders meer die dat kon doen.

Ze herpakte zich, besloot zich volledig voor haar familie in te zetten en zette haar vrolijkste gezicht op toen ze de eetkamer binnenliep, die was aangepast aan de behoeftes van Giorgio.

'Goedemorgen, papa. Je ziet er beter uit, je hebt weer wat kleur in je gezicht.'

Hij keek op en Marina gaf hem een kus op zijn zachte, geurende wang. Haar moeder had hem geschoren en netjes aangekleed voordat ze wegging. Voor haar was het belangrijk dat hij er altijd verzorgd uitzag.

Ze verplaatste de rolstoel, zodat haar vader geen last kreeg van de zon, die door het raam naar binnen scheen. Ze haalde de deken van zijn benen, omdat het warm was en zij wist dat hij daar niet van hield. Daarna ging ze naast hem zitten en pakte de krant. Ze las vlug de koppen en koos toen een bericht. 'Het schijnt dat er dit jaar grote namen naar het filmfestival komen. Ze noemen zelfs Brigitte Bardot. Geweldig, hè, papa?' Ze veegde zijn mondhoek droog met een zakdoekje en stopte dat toen weer terug in de zak van zijn jasje. Vervolgens probeerde ze te doen alsof er niets aan de hand was en las ze weer verder, terwijl ze eigenlijk alleen maar wilde huilen. 'Het lijkt erop dat de nieuwe coöperatie voor Marghera er komt.' De economische crisis hield de stad in zijn greep, dus elk nieuw initiatief om die te bestrijden was welkom. 'Het gaat vast snel beter.' Het was belangrijk dat haar vader zich nergens druk om maakte. Door de beroerte was hij fysiek flink achteruitgegaan, maar ze wist dat hij nog wel helder was en alles begreep. Dat zag ze in zijn ogen, in zijn verwarde blik. Daarom deed ze wat ze kon om hem op te vrolijken. 'We hebben een nieuwe klant, iemand die lampen wil hebben voor zijn hotels.' Dat was niet helemaal waar, maar ze was optimistisch. Ze moest en zou een manier vinden om die bestelling te krijgen. Dan kon ze het verdiende geld gebruiken om de financiële problemen op te lossen waarin ze terecht waren gekomen nadat Giorgio een nieuwe hypotheek had afgesloten om Luigi's schulden af te betalen. Ze had eindelijk ontdekt waarom haar broer met een blauw oog was teruggekomen naar Venetië. Hij was met louche mensen in aanraking gekomen. Marina begreep dat haar ouders geen andere keus hadden dan hem het geld te geven om zijn schulden af te betalen, omdat je je eigen zoon altijd uit de problemen wilt halen, maar had gewild dat ze dat eerder met haar besproken hadden. Ze had gewild dat... wat wist ze zelf niet eens precies. Ze schaamde zich soms voor haar gevoelens.

Ze hoorde de deur en stond op. 'Ik ga mama even helpen, ik zie je straks weer.' Ze streek met haar hand langs zijn wang en beende toen weg, voordat hij in de gaten had dat ze zich zorgen maakte. Haar moeder was die ochtend gevraagd naar de bank te komen. Ze zag haar zitten in de gang. Ze zag bleek en wist zichzelf geen houding te geven. Haar rug was krom en ze staarde in de leegte. 'Rustig maar, mama. Vertel me wat er aan de hand is.' Ze pakte haar handen vast, maakte de verstrengelde vingers los en nam ze in de hare. 'Rustig maar. Stop daar maar mee. We vinden wel een oplossing.'

Agata wachtte nog even voordat ze haar dochter aankeek. 'Ze willen dat we de hele schuld meteen aflossen. Ik heb uitstel gevraagd, maar ze wilden niet eens naar me luisteren.'

'Maak je geen zorgen. Dat gaat ons lukken.'

'Daar is een wonder voor nodig.' Ze zuchtte, stond op, trok haar jas uit en hing die op. Ze keek steeds somberder. Ze ging haar slaapkamer binnen en Marina volgde haar. Ze begreep niet waarom haar moeder zo neerslachtig was. 'Wat is er met je?'

Haar moeder keek haar boos aan. 'Jouw optimisme verandert niks aan de situatie, waarom word je niet eens wat realistischer? Je broer heeft gelijk, we moeten de zaak verkopen.'

Nee, dat zou ze nooit laten gebeuren. 'Ik heb geld...'

'Nee, dat geld is voor je opleiding.'

Marina schudde haar hoofd. 'Er zijn nu belangrijkere dingen. Ik ga wel weer verder studeren als papa weer beter is.'

Agata trok woedend haar blouse uit en smeet die op het bed. 'Dat gebeurt niet, Marina, hij wordt nooit meer de man die hij was. Wanneer dringt dat nou eens tot je door?'

Marina liep naar haar toe en voordat haar moeder in huilen uit kon barsten, trok ze haar stevig tegen zich aan. Ze streelde haar haar en vroeg zich af hoe ze haar kon troosten. Haar moeder was altijd een energieke vrouw geweest, maar daar leek nu weinig van over. Marina schrok toen ze besefte dat ze zwak was geworden en dat ze haar botten kon voelen. 'We moeten vertrouwen hebben, mama.' Ze bleef lieve zinnetjes tegen haar fluisteren om haar op te beuren. Agata hield haar vast. Haar schouders schokten door haar gesnik. 'Ze zijn allemaal weggegaan, Marina, ze hebben ons in de steek gelaten. Wat kunnen wij nou doen? We zijn maar met z'n tweeën.'

'Volhouden, mama. We kunnen volhouden en ons best doen. Droog je tranen. Je weet dat papa ons goed hoort en zelfs nog beter ziet. Laten we een ding tegelijk aanpakken, oké?'

Het lukte haar om haar moeder te overtuigen. Agata knikte, haalde haar neus op en ademde toen diep in. Toen ze wat meer gekalmeerd was, lachte ze naar haar en streek door haar haar. 'Je had mee moeten gaan met die knappe jongen. Dan had je nu ergens in een restaurant gezeten aan een aperitief, als een echte dame. Zoals ik altijd voor mijn dochter heb gewild.'

Ruben verdiende beter. Hij verdiende een vrouw die van hem hield en meer voor hem had dan wat vriendschappelijke gevoelens, zoals zij. De beroerte van haar vader had ervoor gezorgd dat ze anders naar dingen was gaan kijken. 'Ik heb het nooit erg gevonden om hard te werken, dat weet je.' Ze gaf haar een kus, pakte haar tas en ging toen naar haar kamer.

Het geld lag nog waar ze het al die jaren had bewaard. En het was veel meer dan Agata dacht. Het was genoeg om het even mee uit te zingen. Het was al haar spaargeld. Giorgio had haar altijd geld toegestopt. 'Koop iets moois voor jezelf, lieverd,' zei hij dan. Zij had echter maar weinig spullen nodig. Haar moeder zorgde altijd overal voor. Voor kleding, parfum, zelfs voor crèmes en make-up. Agata kocht graag mooie dingen voor haar dochter, dus voor elke verjaardag en elk groot feest kreeg ze een ring of een paar gouden oorbellen. Zij vond dat vrouwen daar niet genoeg van konden hebben. Marina wist dat haar moeder die dingen als jong meisje zelf graag had gehad, dus nam ze alles beleefd aan. En nu kon ze al die cadeaus goed gebruiken om haar ouders te helpen. Ze pakte haar mooiste jurk uit de kast, een wit met roze van Chanel, die Agata voor haar had gekocht toen ze had besloten een verloofde voor haar te zoeken. Ze bracht wat lichte make-up aan om haar lichte huid beter uit te laten komen, kamde haar koperkleurige haar tot het glansde en besloot het los te dragen, terwijl dat niet in de mode was. Vlak voordat ze wegging, zette ze haar zonnebril op, een van de weinige cadeaus van Ruben die ze had gehouden. Die had hij voor haar gekocht omdat hij vond dat ze daarmee op een actrice leek, op een van die mooie vrouwen die door de stad liepen tijdens grote evenementen. Marina dacht even aan die lieve jongen. Ze had het fijn met hem gehad en hoopte dat hij gelukkig was, of in elk geval rust had in zijn hoofd.

De eerste stop was de bank. Toen de bankmedewerker haar zag, verstijfde hij.

'Goedemorgen, hoe gaat het met u? Mag ik de directeur even spreken?'

Ze kende de man al jaren. Ze was weleens met haar vader meegegaan naar een gesprek bij de bank en toen had hij steeds naar haar gelachen, haar persoonlijk een verfrissend drankje gegeven en zelfs een keer de meest comfortabele stoel gebracht. Hij leek haar deze keer echter liever de deur te willen wijzen. Marina bleef naar hem lachen alsof hij de aardigste persoon ter wereld was. 'Ik kom onze hypotheek aflossen.'

'Pardon?'

Ze keek hem aan, zonder haar gezichtsuitdrukking te veranderen en bleef naar hem lachen.

'Natuurlijk. Ik zal hem meteen halen.'

In slechte tijden kwam je er pas achter wie echt je vrienden waren. Haar moeder had daar gelijk in en dat wist ze, maar zij had zo haar eigen methodes om dingen op te lossen. Ze woonde op het water en kende zijn kracht. Water kwam overal waar het wilde gaan, had geen muren nodig, want liep zelfs over de hardste rotsen, en zij was van plan net zo sterk en krachtig te zijn als water. Dat móést ze wel zijn. Ze bleef vriendelijk toen hij dat plotseling ook werd, deed alsof haar neus bloedde en deed hetzelfde bij de directeur, die haar eerst een verbaasde blik toewierp, maar toen uitnodigde om hem te volgen.

Ze was nog nooit eerder in de ontvangstruimte geweest. Die was chic en erg mooi. Er stonden weinig meubels in, maar wat er stond was zeer kostbaar. Er hing een enorme kroonluchter met twee rijen lampen, met glasgeblazen bloemen en bladeren. Een Rezzonico, als ze zich niet vergiste. Prachtig en heel kwetsbaar vanwege zijn complexiteit. De schaduw van de lamp was op het blauwe Perzische tapijt te zien. Dat voelde als een warm welkom. Iets wat Marina niet had verwacht en erg prettig vond.

'Gaat u zitten, mevrouw.'

'Dank u.' Ze lachte naar hem en gaf hem een hand.

'Ik heb gehoord wat er met uw vader is gebeurd en vind het vreselijk voor u.'

'Hij vond het vanmorgen ook vreselijk om te horen dat u ons... hoe moet ik het zeggen, met spoed wilde zien vanwege de hypotheek.' Dat was niet waar, dat had ze hem natuurlijk niet verteld, maar dat hoefde de directeur niet te weten. Ze zag dat de man nerveus was en merkte dat haar dat een gevoel van voldoening gaf.

'Zoals ik al tegen uw moeder heb gezegd, kunnen we geen uitstel meer geven. Ik heb helaas te maken met voorschriften, die ik zelfs niet met mensen die al lang klant bij ons zijn, zoals jullie, kan bespreken. Die kan ik jammer genoeg niet aanpassen.'

'Dat begrijp ik en dat is ook niet nodig.' Ze was vastbesloten zelfverzekerd en bovenal kalm over te komen. 'Ik heb het hele bedrag, dat we u verschuldigd zijn, bij me. Ik had het liever overgemaakt, zoals we hadden afgesproken, maar aangezien de bank het zo snel mogelijk wilde, ben ik meteen gekomen.' Marina deed net alsof ze de verbaasde uitdrukking op het gezicht van de directeur niet zag, haalde de bankbiljetten uit haar tas en telde ze. 'Vanaf nu zullen onze klanten natuurlijk geen geld meer bij u komen storten.'

'Wat bedoelt u?'

'Ik heb het over de nieuwe contracten.' Hun klanten stortten een voorschot op hun rekening en betaalden als het werk af was de rest. 'Mijn vader had uw bank gekozen omdat hij u vertrouwde, maar dat wist u al. Maar nu zal ik een andere bank moeten zoeken die aan onze voorwaarden voldoet.'

De directeur nam haar nu aandachtig op. 'Ik dacht dat uw broer nu de leiding over het bedrijf had.'

Marina rechtte haar rug. 'Luigi's interesses liggen heel ergens anders, buiten Venetië.'

'Ik begrijp het.' De man bekeek het geld dat op tafel lag. Hij leek even na te denken. Toen pakte hij het bedrag dat ze jaarlijks dienden af te lossen en gaf haar de rest terug. 'Ik denk dat we ons gewoon aan de eerder afgesproken termijnen kunnen houden.'

'Goed, in dat geval wil ik graag iets storten.'

'Wilt u een rekening openen?'

'Nee, dat is niet nodig, we hebben er al een op naam van het bedrijf.'

De directeur gaf haar een formulier waarop Marina de initialen van haar vader zette. Daarna gaf hij haar lachend de kwitantie. 'Mag ik u een kop koffie aanbieden?'

'Een andere keer misschien. Ik moet nu gaan.'

Hij stond op, liep om zijn bureau heen en gaf Marina een hand. 'Vanaf nu wil ik graag dat u alleen nog met mij over ons bedrijf communiceert. Mijn moeder heeft het erg druk en ik heb de volmacht.' Dat was niet helemaal gelogen, want ze was van plan dat zo snel mogelijk te regelen.

'Natuurlijk, mevrouw Chiaramonte.'

Voordat ze de bank verliet, lachte de bankmedewerker nog naar haar en zij lachte terug. Toen ze het plein overstak, begon ze te trillen. Ze viel bijna flauw, maar moest sterk zijn. Het was beter gegaan dan ze gehoopt had. Het geld dat ze had gestort, zou ze gebruiken om materialen te kopen en de glasblazerij weer rendabel te maken. In de tussentijd moest ze alles verkopen wat ze in het magazijn had staan en daar zoveel mogelijk geld voor vragen. En ze moest personeel zien te vinden.

De hele terugreis naar Murano werkte ze aan een plan van aanpak. Ze moest nu stoppen met huilen. Haar vader was er nog. Haar moeder vergiste zich, hij was sterk en zou er weer bovenop komen. Hij had zorg nodig, natuurlijk. De beste zorg! En zij zou de beste specialisten voor hem zoeken. Daarom moest ze geld verdienen. Ze wilde eerst het huis binnengaan, maar liep er toen langs, naar de glasblazerij.

Ze bleef even bij de deur staan, ademde diep in en ging toen naar binnen. De sfeer was hetzelfde als altijd, alleen rook het er niet naar vuur en hoorde ze geen schallende geluiden van het gereedschap dat ze gebruikten, of het gesis van de brander. Alles stond uit sinds de werknemers hadden begrepen hoe slecht het ging met Giorgio's gezondheid en ze ander werk waren gaan zoeken. Misschien had Marina hen nog tegen kunnen houden als ze niet zo van streek was geweest.

Ze ging op de plek van haar vader zitten, trok haar handschoenen uit en legde ze op haar been. Het was er zo stil, zo leeg zonder de werknemers en met de ovens die uit stonden. Veel van de mannen had ze de glasblazerij zelfs zien betreden zonder schoenen aan, zonder een dak boven hun hoofd. Haar vader had hen binnengelaten, een baan gegeven en gezorgd voor eten en hulp. Maar dat was voor hen geen reden geweest om te blijven.

Een zucht. Nog een. Ze moest zich niet laten meevoeren door

de teleurstelling en het verdriet dat ze voelde, anders zou ze net zo worden als haar moeder: woedend en vol wrok. Nee, zij was anders. Marina keek naar de toekomst. Ze dacht aan de mooie dingen die ze zou creëren.

Ze wilde net naar binnen gaan, toen ze een geluid hoorde. Het was een soort dof gepiep en het kwam uit het deel van de glasblazerij dat niet meer gebruikt werd sinds Zeno was vertrokken. Uit een klein appartement dat haar vader beschikbaar stelde aan werklui die onderdak nodig hadden. Marina kende elk hoekje en gaatje van het oude gebouw. Elke spleet in de muur. Ze liep de binnenplaats op. De ramen van de bovenverdieping stonden open. Zou Luigi weer terug zijn? Maar als hij inderdaad had besloten zich niet langer te verschuilen, zou hij zich dan echt terugtrekken in de glasblazerij? Dat leek haar zeer onwaarschijnlijk, omdat hij meende dat die de oorzaak was van hun vaders beroerte. Een ongezonde plek, die volgens Luigi alle energie uit Giorgio had gezogen. Haar broer haatte de glasblazerij minstens zo erg als Marina er dol op was. Zijn gedrag was irrationeel en zij begreep hem niet, daarom sprak ze er liever niet over. De familie Chiaramonte had zich door de glasblazerij kunnen onderhouden. Dat was hen eeuwenlang gelukt. Marina voelde het vuur, waar zij mee werkten, in zich branden. Het gaf haar kracht.

Ze boog voorover, ging op haar tenen staan en probeerde naar binnen te kijken. 'Doe niet zo gek,' mompelde ze. Het huis was van haar, dus klom ze het trappetje op dat achter de takken van de dikke boom stond en uitkwam bij de deur. Daar hoorde ze stemmen. Ze fronste haar voorhoofd. Wie kon dat zijn? Het konden geen dieven zijn, want daar viel niets te stelen, op wat oude meubels, lakens en dekens na, die betere tijden hadden gekend. Ze vatte moed en duwde de deur open.

Binnen, in een klein beetje licht zaten drie vrouwen haar met grote ogen aan te kijken. Eén was nog maar een kind, de andere twee leken zoveel op elkaar dat ze vast familie waren, of misschien zelfs zussen. Wat deden ze daar?

'Kan ik jullie helpen?'

Ze hielden elkaar stevig vast, als bange vogeltjes. 'We hebben niets gestolen.'

'Natuurlijk niet.' Ze durfde bijna niet te ademen, omdat ze bang was dat ze uit het raam zouden springen.

'Haal er alstublieft geen politie bij.'

Politie? 'Waarom zou ik dat doen?' vroeg ze met een glimlach.

De meisjes leken haar niet te geloven. De langste moest ongeveer haar leeftijd hebben, dacht Marina. De andere zat voorover gebogen en durfde haar niet eens aan te kijken. Wat zou er met dat arme kind gebeurd zijn? Het jongste meisje kwam op haar afgerend met uitgestoken hand. Ze had een bleek gezicht met enorm grote ogen. Ze was vies, droeg een stel lompen en had geen schoenen aan. Ze bleef op een paar stappen bij haar vandaan staan, niet wetend of ze verder moest gaan of moest wegrennen. Ze was zo mager, dat Marina's hart brak. 'Heb je honger?'

Ze knikte.

'Dat is niet uw probleem.' De grootste jonge vrouw pakte het kleintje vast en trok haar achter haar rok.

Marina zag dat ze wanhopig waren. Waarschijnlijk waren ze uit de krotten weggejaagd die werden gesloopt om plaats te maken voor nieuwe gebouwen. De bouw was op zich een goed idee, maar jammer dat er daardoor zoveel families uit hun huis waren gezet en nu niet wisten waar ze heen moesten. Ze bekeek hen nog eens en besefte dat zijzelf eigenlijk best veel geluk had. Er waren mensen, vrouwen, kinderen nog, die niets hadden.

'Jullie mogen blijven, als jullie willen, en jij,' beval ze de oudste, 'komt even met mij mee.'

Ze imiteerde de toon waarop haar moeder sprak als ze geen tegenspraak duldde. Terwijl ze de trap afklom vroeg ze zich af wat ze had om de arme meisjes te helpen. Ze gingen de glasblazerij binnen. 'Hier is een kraantje met warm water. Daar vind je een tobbe die groot genoeg is om als bad te dienen.' Ze observeerde het meisje, dat met open mond om zich heen keek. 'Ben je nog nooit in een glasblazerij geweest?' vroeg Marina verbaasd.

'Ik... mijn moeder maakte parels. Ada en ik waren *impiraresse*, wij regen kralen, voordat de fabriek besloot dicht te gaan. Dus, ja, mevrouw, ik weet wel hoe een glasblazerij eruitziet.'

Ze vertrouwde haar nog niet, realiseerde Marina zich. 'En het kleine meisje?' vroeg ze.

De jonge vrouw had de kraan geopend en waste haar gezicht. 'We hebben haar gevonden.'

Wat was dat nu voor verhaal? Kinderen vond je toch niet? Marina zou later wel nadenken over wat die opmerking kon betekenen. 'Daar achter,' zei ze, terwijl ze naar een berghok wees, 'zijn matrassen. Ik weet niet of ze in goede conditie zijn, maar dat is alles wat ik op dit moment heb.' Ze wilde net naar het huis van haar ouders gaan, toen de vrouw haar riep.

'Wacht even.'

'Ik ben zo terug. Ik haal even wat te eten voor jullie.'

'Niet weggaan, mevrouw,' drong ze aan. 'U vergeet uw tas.'

Ze draaide zich om, haar hand op de deurpost. 'Mijn naam is Marina.' Niemand had haar ooit eerder mevrouw genoemd en dat vond ze niet prettig. 'En jij?'

'Rosa. Ik heet Rosanna Usai.' Ze droogde haar handen aan haar rok, pakte voorzichtig de tas en gaf die aan Marina.

Zij keek haar lang aan, voordat ze de tas aanpakte. 'Dank je.' Ze lachte naar haar. 'Kom met me mee, ik heb je hulp nodig.'

Het duurde iets meer dan een half uur om al het eten dat ze in huis had te verzamelen en nog een uur om de meubels te verplaatsen en het appartement schoon te maken. Ada dreutelde om hen heen met een gezichtsuitdrukking alsof ze niet wist wat ze moest doen, en toch berispte Rosanna haar niet één keer, zelfs niet toen ze over haar struikelde. Het kleine meisje was veilig bij Agata in huis.

Toen ze het kleine appartement helemaal klaar hadden gemaakt was het al diep in de nacht en waren ze moe en vies, maar blij.

Ze gingen op de traptreden zitten en keken naar het licht van de maan, die reusachtig aan de hemel stond, iets wat niet heel vaak gebeurde. De weerkaatsing van het maanlicht op het Canal Grande moest prachtig zijn.

'Waarom?'

Ze wist wat Rosa bedoelde met haar vraag. Marina nam even de tijd om over een antwoord na te denken. Toen haalde ze haar schouders op. 'Omdat ik het kan en het een kleine moeite is.'

Rosa klemde haar lippen samen. 'Ik zal u deze vraag later nog een keer stellen en dan hoop ik dat u me de waarheid vertelt, mevrouw.'

Wat was er met haar gebeurd waardoor ze zo wantrouwig was? 'Ik ben gewoon Marina.'

Ze stond op, een gespannen uitdrukking op haar gezicht. 'Nee, u vergist zich. U bent een dame en ik ben gewoon Rosanna.'

Rosanna keek haar na en toen Marina de deur achter zich dichttrok, slaakte ze een zucht.

Er was niets wat meer vreugde en leven in een droevig gezin bracht dan een kind. De Chiaramontes en de twee zussen, die in de woning boven de glasblazerij waren getrokken, ontfermden zich om de beurt over het meisje. Een zonnestraaltje in hun donkere leven. Zelfs Giorgio's gezicht lichtte op als Ginetta, zo heette ze, op zijn schoot ging zitten en een van haar vrolijke monologen afstak.

Agata had gehuiverd toen ze haar voor het eerst zag, mager als ze was. Na haar grondig in bad te hebben gedaan, had ze haar zo volgestopt met eten, dan Marina bang was dat ze er buikpijn van zou krijgen. Maar dat gebeurde niet. Het meisje at net zoveel als een volwassene. Agata had op zolder oude jurken van Marina gevonden. Die had ze gewassen, gestreken en aangepast aan het smalle lijfje van Ginetta. Ze had zelfs een kamertje naast dat van haar leeggemaakt, zodat ze daar kon uitrusten op lange zomermiddagen. De zussen Usai hadden er opgestaan dat ze bij hen bleef wonen, maar Marina durfde wel te wedden dat Agata uiteindelijk haar zin zou krijgen.

In de weken die volgden, had haar moeder discreet wat rondgevraagd.

'Het klopt wat die twee zeggen.'

'Rosanna en Ada, mama. Ze hebben een naam.' Marina zat bij het raam naast Giorgio de offertes van de materialen te bestuderen en liet die af en toe aan haar vader zien. Ze was van plan zo snel mogelijk weer open te gaan, was in onderhandeling over een kroonluchterbestelling, maar had nog niemand gevonden die met haar in de glasblazerij wilde werken. Het was geen kwestie van geld, maar van trots. Niemand wilde luisteren naar de bevelen van een vrouw. Ze hadden haar duidelijk gemaakt dat ze nog maar een meisje was, dat net van school kwam, en niet de juiste kwalificaties had om ervoor te zorgen dat er voortdurend werk voor hen was.

Ze was nog steeds woedend vanwege de absurde dingen die ze tegen haar hadden gezegd.

'Ze is wees,' ging Agata verder. 'Ze had eerst een tante die voor haar zorgde, maar die is een paar jaar geleden op de rijstvelden gaan werken.'

Verbijsterd beet Marina op de achterkant van een potlood. 'Denk je dat er iets met haar is gebeurd?'

'Volgens haar buren heeft zij haar achtergelaten. Dat was haar enige kans op overleven. Die tante kon maar nauwelijks voor zichzelf zorgen.' Ze stak haar handen in de bloem en ging aan het werk. 'Het leven is zwaar voor een vrouw zonder familie, laat staan voor een alleenstaande vrouw die voor een klein kind moet zorgen. Ze heeft haar een paar keer naar een weeshuis gebracht, maar heeft haar daar ook steeds weer opgehaald.' Ze wachtte even, keek om zich heen en ging toen met zachte stem verder. 'De vrouw die voor Ginetta zorgde tijdens het oogstseizoen moest de kleine woning verlaten waarin ze met haar gezin woonde, toen het de laatste keer hoog water was.' Niemand heeft hen meer gezien sinds de avond waarop ze in een boot zijn gestapt met evacuees. Het meisje is helemaal alleen achtergebleven. Hoe kun je zo'n kleintje nou achterlaten?'

Ze was net zo verontwaardigd als haar moeder, maar wilde toch niemand veroordelen, nadat ze had gezien hoe slecht Rosanna en Ada eraan toe waren: ze waren uitgehongerd, hadden lompen aan en droegen geen schoenen. Ze dacht aan de twee jonge vrouwen, die ondanks hun eigen slechte situatie voor het meisje zorgden. Ze dacht aan het moment waarop Rosanna haar terugriep, om haar tas aan haar te geven. Dat hadden maar weinig mensen gedaan, besefte ze.

'Zoals je vast wel kunt begrijpen, heb ik de pastoor van de kerk verteld dat het meisje bij ons woont.' Dat was niet helemaal juist, aangezien Rosa erop stond dat Ginetta bij haar en haar zus in het appartement boven de glasblazerij zou wonen, maar Marina zei daar niets over. 'Voor het geval de tante terugkomt, snap je? Dan weten ze waar ze is.'

'Natuurlijk,' mompelde ze terug. Ze vond het leuk om naar haar moeder te kijken als ze verse pasta maakte. Naast haar moeder lagen hele stapels tagliatelle, lasagne en zelfs wat tortellini. Iedereen ging anders met nieuwe situaties en problemen om en haar moeder, die uit Emilia-Romagna kwam, deed dat met bloem, water, zout en eieren.

'Ik moet gaan.' Ze stond op, gaf haar een kus en ging naar buiten. Het was een redelijk warme avond en Marina wandelde naar Fondamenta dei Vetrai. Ze had een afspraak en hoopte op goed nieuws. Onderweg voelde ze de energie van die plek, de stemmen en de geluiden van haar stad. Ze was gek op de wat onbehouwen en grappige manier waarop de oude mannen vertelden over vroeger, over toen zij zelf jong waren. Dat waren nog eens mooie tijden, niets vergeleken met nu, een tijd waarin iedereen het zwaar had. Ze groette een paar mensen en stopte bij de voordeur van een huis. Toen ze aanklopte, ging haar hart tekeer. Ze glimlachte naar de oude man die opendeed en omhelsde hem, nadat hij zijn handen aan zijn hemd had afgeveegd. 'Marinetta, wat leuk je weer te zien, meisje.'

'Dag, Nando.'

De oude man was zijn carrière als glasblazer bij haar vader begonnen. Hij was zijn eerste werknemer en zij kende hem al haar hele leven. Hij was degene die een glasblaaspijp voor haar had gemaakt die precies in haar kinderhand paste, terwijl de andere werknemers bang waren om haar zelfs maar in de buurt van de ovens te laten komen. 'Kom binnen. Dit is ook jouw huis, dat weet je.'

'Dank je,' zei ze lachend, terwijl ze hem losliet, ook al wilde ze liever nog wat langer dat veilige gevoel houden dat hij haar gaf.

Ze had zo vaak met Zeno problemen veroorzaakt of iets gebroken en was dan samen met haar vriend dat huis in gevlucht, wachtend tot haar vader, of de voorman, niet meer boos op hen was. Een bitterzoete herinnering, waar ze toch om moest glimlachen. Marina ging in de hoek zitten waar ze vroeger als kind ook altijd zat. 'Ik weet dat het vroeg is, maar ik heb haast en kan niet langer wachten.'

Hij knikte, draaide zich om, vulde een roze glas, mooi en delicaat als een bloemblad, en gaf dat aan haar. 'Hier, drink wat, dat is goed voor je.'

Ze had aan één blik genoeg om te zien dat de oude vriend van haar vader geen geluk had gehad. Dat zij geen geluk had gehad, corrigeerde ze zichzelf. 'Niemand, hè?'

'Het spijt me.'

Ze dronk de anijslikeur op. Hoe moest ze zich nu uit die situatie redden? 'Als jij de basis van het glasblazen aan iemand moest leren, hoelang zou je daar dan voor nodig hebben?'

Nando barstte in lachen uit. 'Jij geeft ook nooit op, hè, meisje?'

'Dat kan ik me niet veroorloven.'

Hij knikte. 'Dat begrijp ik.' Hij krabde aan zijn korte baard. 'Als het iemand is die jong is en snel leert, lukt me dat wel in een jaar of tien, als God me niet eerder tot zich roept.'

Marina schudde haar hoofd. 'Perlere, ze zijn dus bekend met glas.'

'Vrouwen?'

Ze stond op. 'Niet jij ook, hè?'

Nog een schaterlach. 'In dat geval duurt het een paar maanden. Ik hoef hun alleen het verschil te laten zien tussen de werkmethodes. Maar ze moeten wel in staat zijn om het gewicht van glas te dragen. Ze moeten wel sterk zijn.'

Marina gaf hem een hand. 'Morgenochtend steek ik het vuur in de ovens aan en al moeten wij tweeën samen die lamp maken, de klant krijgt wat ik hem beloofd heb.'

'Jij en ik, Marinetta?'

'Je weet dat we het kunnen.'

'Nou en of, meisje.'

Ze verliet het huis vrolijker dan ze was toen ze het binnenliep en dat was gek, aangezien Nando niemand had gevonden die bereid was voor haar te gaan werken. Maar ze had een idee gekregen. *Perlere* waren ook glasblazers, alleen beschikten ze niet over de juiste kennis, maar daar zou Nando wel voor zorgen. Zij moest voor werknemers zorgen. Ze had er genoeg van om de regels te volgen en zou vanaf dat moment haar eigen boontjes doppen.

Toen ze thuiskwam, probeerde Rosanna Ginetta te overtuigen dat ze met haar mee moest komen, maar dat wilde het meisje niet. Marina wenkte de vrouw bij haar te komen en dat deed ze ook, na Ginetta nog even boos te hebben aangekeken. Het was donker in de glasblazerij, maar alles was blinkend schoon. De twee zussen hadden besloten hun kost en inwoning te verdienen, op hun eigen manier. Het onkruid in de binnentuin was weg en daarvoor in de plaats waren tomaten, courgettes en aubergines gekomen. De citroenboom stond in bloei en de kruiden verspreidden hun geur. Na een paar weken was alles al anders. Marina durfde te wedden dat die plek, die eerst vooral mannelijk domein was geweest, ondanks haar aanwezigheid, er over een paar maanden uit zou zien als een bloemenzee. Vrouwen waren natuurlijk heel anders dan mannen. En dat was precies wat ze nodig had, waar ze naar op zoek was. Een heel andere visie op het leven zou ook voor een nieuw product zorgen. En mensen waren altijd geïnteresseerd in nieuwe dingen.

'Morgenochtend ga ik het vuur in de ovens aansteken.'

Rosanna keek haar aandachtig aan. 'Heb je hulp nodig?'

'Wil je me helpen?'

'Mijn moeder zei altijd dat je een vraag nooit met een wedervraag moet beantwoorden.'

Marina grinnikte. 'Je moeder had gelijk.' Ze wachtte even, haar armen over elkaar en een strak gezicht. 'Wil je leren hoe je glas moet maken?'

'Dat kan ik al.'

Wat was ze trots, dacht Marina. Er verscheen een glimlach op haar gezicht. 'Lijkt het je leuk om voor mij te werken?'

Rosanna keek om zich heen, pakte een tang en hing die vervolgens weer terug. Daarna deed ze hetzelfde met een glasblaaspijp. 'Wij tweeën?'

'Voor nu zijn we met z'n drieën, jij, je zus en ik, want we moeten een lamp maken. Maar we krijgen hulp van een meesterglasblazer. Hij is wel erg oud, dus het vermoeiende deel moeten wij doen.'

'Ik.'

Marina schudde haar hoofd en liet haar, voor het eerst, haar handen zien. Rosanna staarde er verbijsterd naar en hield toen de hare ernaast. De littekens van de hitte zagen er hetzelfde uit, ook waren hun handen even ruw. 'Hoe kan dat...?'

Marina onderbrak haar. 'Denk je dat je nog een vrouw kunt vinden die bereid is om in de glasblazerij te komen werken?'

Rosanna's gezicht betrok. Marina had de indruk dat ze geïrriteerd was, omdat ze nooit eerder had gezien wie ze werkelijk was. 'De eerste keer dat ik iets van glas maakte, was ik tien jaar. Mijn vader stond dat toe omdat ik had laten zien dat ik de vaardigheden had.'

'Maar jij bent een dame.'

Ze schudde haar hoofd. 'Dat ben jij ook.'

'En je bent gek, meisje, gekker dan een verliefde meeuw.'

Marina had nog nooit zoiets gehoord, maar zag dat Rosanna nu kalmer was, vrolijk bijna. Ze besloot niet door te vragen over de meeuw. Ze had al genoeg aan haar hoofd. 'Ik zoek vrouwen die snel leren, die al basiskennis hebben en goed kunnen luisteren. En ze moeten gemotiveerd zijn.' Dat was in haar ogen de belangrijkste eigenschap die iemand moest hebben. Iemand met een droom, een plan, was taaier, moediger, creatiever, omdat hij daar kracht uit haalde.

'Vind je het erg als ze in de gevangenis hebben gezeten?'

Die vraag had ze niet verwacht. 'Ik laat het aannemen van de vrouwen aan jou over en hoef daar verder niets over te weten.'

Rosanna was verbaasd en nam haar oude houding weer aan. 'Aan mij?'

'Ja. Ik moet de productie en de verkoop in de gaten houden. Zou je zus voor de bevoorrading kunnen zorgen?'

'Natuurlijk. Dat deed ze ook voor onze moeder.'

Marina lachte naar haar en gaf haar een hand. Rosanna's handdruk was stevig. 'Hebben we een afspraak?' vroeg ze lachend.

'Jazeker.'

13

Glazen parels, ook wel commerciële parels genoemd, werden vaak gebruikt als ruilmiddel. Zo zijn ze over de hele wereld verspreid geraakt: door Azië, Afrika en Amerika. Ze waren onderdeel van bruidsschatten, werden als grafgift gegeven of als statussymbool gebruikt. Soms werden er zelfs magische krachten aan toegeschreven. Er wordt gezegd dat de Nederlander Peter Minuit begin zeventiende eeuw het eiland Manhattan kocht van de Lenape-indianen voor een geldbedrag, aangevuld met gebruiksvoorwerpen en de beroemde parels.

Juliet had het mysterieuze boekje koortsachtig doorgelezen bij het maanlicht. Die eerste dagen hield ze het steeds bij zich. Eerst had ze erover willen praten met Silvia en haar toestemming willen vragen om het te gebruiken, maar ze was bang dat haar vriendin zou weigeren en haar zou vragen het boekje terug te geven.

Er stond geen enkele aanwijzing in over wie het geschreven had, ze had goed gekeken. Waarschijnlijk was het een boekje dat door de familie zelf was uitgegeven. Dat was ook logisch, want ze had het op de boekenplank van haar kamer in Palazzo Zenobio gevonden. Telkens als haar geweten opspeelde, had ze een serie smoesjes klaar. 'Ik leen het alleen even, dan zet ik het weer terug in de kast. Beloofd!' Ze had het boekje echt nodig.

Nadat ze het die eerste les zo verpest had, had ze er aanwijzingen in gevonden die ze had gebruikt en waardoor ze weer op hetzelfde niveau als de anderen zat. Hoewel Jacopo haar bleef dwarsbomen, hield ze vol. En ze bleef daar. Stilletjes volgde ze de lessen, en ging alleen aan het werk. Behalve Carlos, met wie ze af en toe even praatte, had ze geen contact met haar medecursisten.

Na wat hij haar had verteld, vond ze het lastig om onderdeel van de groep te zijn.

En niemand had de moed om sorry te zeggen, daarom had ze besloten hen verder te negeren.

Elke week lieten de docenten de studenten een nieuwe techniek zien. Het waren vaak werkwijzen die al eeuwenlang gebruikt werden, die iedereen kon aanpassen aan zijn of haar eigen wensen. Alles stond in het teken van de geschiedenis. Zoals Jacopo altijd zo graag zei: het glas was anders op Murano. De eeuwenoude oven zag er niet heel anders uit dan die waar ze de kunst van het glasblazen leerden. Juliet raakte er steeds meer van overtuigd: hoewel de werkwijze hier bijna hetzelfde was als op welke andere plaats ter wereld ook, kreeg je juist door bij de meesters hier te zijn de kleine handelingen en rituelen mee waardoor alles net iets anders werd. Dit werd al generaties lang zo doorgegeven.

Elke test die ze moesten afleggen deed Juliet zowel met angst als opwinding. Daarvoor zocht ze elke keer tips in het boekje. Ze wist zeker dat daarin alle oplossingen te vinden waren en daardoor was ze er langzamerhand helemaal afhankelijk van geworden. Door de woorden van die onbekende glasblazer kon ze beter nadenken, kreeg ze inspiratie en durfde ze meer. Ze paste de beschreven technieken toe in haar werk, dat daardoor een extra dimensie kreeg.

Haar mannelijke medecursisten gingen voor grote, indrukwekkende werken met sterke vormen. Zij richtte zich liever op kleinere, meer gedetailleerde stukken, waarbij kleur en transparantie meespeelden. Soms dacht ze dat het boekje door een vrouw geschreven was; het leek iemand te zijn die gevoeliger was dan de meeste mensen. Ze wist dat dit onwaarschijnlijk was, gezien de leeftijd van het boekje. In een van de lessen die ze hadden gehad over de geschiedenis van de glasbewerking in Venetië, had Lorenzo verteld dat het vroeger, op een paar uitzonderingen na, ten strengste verboden was voor vrouwen om glas te bewerken. Toen had hij het verhaal van Marietta Barovier verteld. Zij had niet alleen uitgevonden hoe je glazen parels maakt, maar ze had ook een eigen atelier gerund en had als een van de zeer weinige vrouwen toestemming van de Raad van Tien gekregen om haar beroep uit te oefenen.

Juliet was nieuwsgierig geworden door dit verhaal en had zich herinnerd dat ze op haar eerste ochtend in Palazzo Zenobio een boek over haar had zien liggen. Ze had het gepakt en gelezen. Het was een roman, ongeveer honderd jaar geleden geschreven door een Amerikaan die gefascineerd was geraakt door de verhalen rondom deze beroemde glasbewerkster. Het ging over de liefde tussen Marietta en de huisknecht van haar familie, een buitenlander. Hij heette Zorzi Ballarin. Het was allemaal erg romantisch: het atelier van Marietta kwam uit op een tuin en daar had hij een roos voor haar geplant, onder een jonge boom. Daar ontmoetten ze elkaar, zodat niemand hen kon zien, en ze bleven urenlang praten. Het was een erg fijn boek. Soms liet ze zich meeslepen door haar verbeelding en dacht dan aan haar ketting. Misschien was die wel door een vrouw gemaakt, en misschien had die het ambacht wel van Marietta zelf geleerd.

Zodra ze zich rustiger voelde, zou ze doorgaan met haar onderzoek.

Ze wilde meer weten over haar familie. En ze wilde erachter komen wie de mysterieuze *zij* was.

Het was al laat en de volgende ochtend had ze weer les, dus ze probeerde weer in slaap te vallen. Ze deed erg haar best, maar het lukte niet. Uiteindelijk besloot ze op te staan. Ze kleedde zich aan en ging de stille gang op. Op haar tenen liep ze de trap af en de tuin door. Ze zag dat Artù, de kat die ook op het complex woonde, haar in de gaten hield.

'Houd jij de wacht?' fluisterde ze. Het was zo rustig om haar heen... Ze bukte zich om hem te aaien en terwijl haar handen over zijn zachte vacht gingen, dacht ze aan een andere kat op een andere plek. Ze was nog niet eens zo lang weg uit Seattle, maar het leek al jaren geleden dat ze daar was. Een heel leven geleden, dacht ze. Ze ging de keuken in, waste haar handen en zette koffie, dat had ze thuis geleerd. Toen ze nog klein was, kwam ze vaak in de keuken zitten om naar haar oppas te kijken. Ze bedacht hoeveel je kon leren door alleen maar te kijken. De handelingen hadden zich in haar geheugen genesteld en waren op het juiste moment weer tevoorschijn gekomen. Ze vroeg zich af of bepaalde kennis ook van generatie op generatie kon worden doorgegeven of dat een bepaalde handigheid soms ineens opdook na een aantal generaties weg te zijn geweest. Maar als dat echt zo was, hoe kwam dat dan? Was er wel een verbinding tussen het verleden en het heden?

Ze dacht weer aan haar ketting, waar ze eigenlijk helemaal niets over wist. De dingen die haar oppas erover had gezegd waren zowel onbegrijpelijk als absurd.

Wat moest ze hier alleen op Murano uitvinden? Ze nam een hap van een koekje, dronk haar koffie op en deed de ijskast open om iets voor de kat te zoeken. Ze bleef nog even met hem spelen.

'De zon komt al bijna op, wat kan me hier op Murano nu overkomen?' zei ze tegen zichzelf om de plotselinge angst die was opgekomen te verjagen, een angst die haar vertelde dat ze naar een veilige plek moest, het liefst op haar kamer met de deur op slot. Doordat ze nu al haar eigen beslissingen nam, moest ze telkens uit haar comfortzone stappen, dat hielp haar erg. Ze verliet de keuken en trok de deur achter zich dicht. Verbaasd zag ze dat er op dit vroege uur al iemand buiten liep. Met de handen diep in haar zakken liep ze langs het kanaal, in de verte klonk het gerommel van de donder. Ze bleef aan de rand van het water staan en keek naar de donkere wolken. Ze was altijd bang geweest voor onweer, maar nu gaven de trillingen van de donder haar een fijn gevoel. Haar zintuigen waren erg belangrijk voor haar, zo wist ze bijvoorbeeld door de temperatuur van de pijp te voelen wanneer het tijd was om het glas weer in het vuur te steken. Ook was het voor haar genoeg om in het vuur te kijken om te weten of het glas al gesmolten was. Het was alsof ze het geheugen van iemand uit een vorige generatie had geërfd, sommige dingen wist ze gewoon. Ze had nu ook een aanwijzing over haar familiegeschiedenis: een ketting met glazen parels en een stad die over de hele wereld beroemd was om zijn glaskunst. Hoe paste zijzelf in dit alles? Ze zou er graag met iemand over praten. Of nee, niet met zomaar iemand, met Marcus.

Maar hij was verdwenen.

Ze zuchtte.

Vroeger had ze nooit veel gedeeld, ze had haar gedachten en gevoelens altijd voor zich gehouden, omdat ze wist dat ze een beetje raar waren. Ze vertelde alleen het hoognodige, de gewone dingen waar ze niet onderuit kwam. Toen ze had gemerkt dat ze hem zomaar van alles vertelde, voelde ze zich bevrijd, gelukkig zelfs.

'Waar ben je toch?' prevelde ze.

Ze had het Silvia niet meer durven vragen, ze had begrepen dat hij vertrokken was en hij had haar om de een of andere reden niet eens gedag gezegd. Keer op keer had ze teruggedacht aan wat er tussen hen gebeurd was en ze kon niets bedenken wat ze had gezegd of gedaan waar hij boos over zou kunnen zijn. Maar, zoals Paul haar al meer dan eens had verteld, ze begreep de gevoelens van andere mensen niet. Het feit dat zij niet doorhad dat ze iemand beledigde, betekende niet dat het niet gebeurd was. Ze dacht aan Daniel, ze had zoveel zin om hem te bellen. Ze had haar ouders al aan de telefoon gehad en Rebecca belde haar af en toe, dan wist ze dat Paul erbij zat. Haar andere broer had ze niet meer gesproken.

Ze ging weer naar binnen, waar iedereen net uit bed kwam. Het was nu te laat om nog iets te doen, daarom maakte ze zich klaar voor een nieuwe dag in de glasblazerij. Ze liep stilletjes naar haar werkplek en bekeek haar gereedschap. Steeds stond ze er weer versteld van hoe lomp dat eruitzag. Het waren gewoon zwartmetalen pijpen, die, mits goed gehanteerd, konden helpen bij het maken van de meest gedetailleerde stukken. Het was alsof ze extra vingers had, die in staat waren het glas de vorm te geven die zij wilde. Ze keek naar de oven die haar was toegewezen en maakte zich klaar om te beginnen. Jacopo kwam binnen, praatte met een paar cursisten, wierp haar een kille blik toe en liep toen naar de meester. Juliet keek naar hoe ze met elkaar praatten en draaide zich om. Ze moest er niet op letten. Lorenzo glimlachte naar haar en zij lachte terug.

'Goedemorgen allemaal, vandaag wil ik jullie graag een verhaal vertellen. Er was eens een glasblazer die veel haast had. Daardoor hield hij geen rekening met zijn kameraden, die daar erg kwaad om werden. Hij probeerde het goed te maken door de vaas waar hij mee bezig was weer in de oven te zetten. Toen hij die uiteindelijk aan zijn meester liet zien, was die erg onder de indruk. Willen jullie net zo worden als deze glasblazer?'

Iedereen moest lachen, behalve Jacopo. Hij rolde met zijn ogen en trommelde met zijn vingers op tafel. 'Dit was dus bedoeld om jullie uit te leggen dat je van fouten, of liever gezegd van het proberen fouten te voorkomen, nieuwe werkwijzen kunt leren. Kijk maar eens.' Hij pakte een pijp en stak die in de smeltkroes. Van de massa aan het uiteinde maakte hij met behulp van Jacopo snel een glazen bol, terwijl de studenten ademloos toekeken. 'En nu dompelen we hem in het koude water, zo!'

Juliet kon het niet goed zien, ze hoorde het wel sissen. Snel haalde Lorenzo de bol weer uit het water. Gefascineerd door de snelle bewegingen van de meester kwam ze dichterbij. Iedereen stond om hem heen. Lorenzo was bezig de bol te bewerken, die gebarsten leek, maar niet echt kapot was. Hij deed de bol weer in de oven en toen hij hem eruit haalde, waren de barsten veranderd in een prachtig patroon. Het was een meesterwerk! 'Wat jullie net gezien hebben is de techniek met koud water. Nu is het jullie beurt. Ik zeg verder niets, ik wil dat jullie het zelf proberen. Elke fout die jullie maken, helpt bij het leerproces.'

Juliet beet op haar lip. Wat moest ze doen? Ze wist niet of ze deze techniek op alle soorten werk kon toepassen, ze wist eigenlijk wel zeker van niet. Snel pakte ze het boekje uit haar tas. Er stond iets in over deze techniek, dat herinnerde ze zich. Ze bladerde erdoorheen totdat ze het vond. 'De massa moet nog kneedbaar zijn, het onderdompelen in het koude water moet vlug gebeuren en daarna moet het glas meteen weer opgewarmd worden, zodat de barsten herstellen,' mompelde ze.

Kortom, dacht Juliet, het ging allemaal om de temperatuur, het moment van onderdompelen en de keuze van de vorm. Dit keer mocht ze geen fouten maken. Ze had een mal nodig en keek welke vormen er waren. Ze was niet van plan een fles te maken, ze zou iets heel bijzonders proberen. De vorm had ze alleen voor het begin nodig, daarna zou ze het verder zelf doen. Snel borg ze het boekje op en begon haar project op papier uit te werken. Stap voor stap besloot Juliet wat ze ging doen.

Lorenzo kwam naar haar toe om te zien hoe het ging. Hij bekeek haar tekening aandachtig, dacht even na en lachte toen breed. 'Goed zo, meisje.' Hij liep verder over de *piazza*, zo noemde hij hun werkruimte. Dat was aardig van hem, want zo werd de glasblazerij waar een meester met zijn leerlingen werkte ook genoemd. Als Jacopo niet keek, hielp hij cursisten, fluisterde hij hun snel wat aanwijzingen toe of verhielp foutjes. Hij moedigde de studenten aan en herinnerde ze eraan waarom ze aan de cursus waren begonnen.

Juliet begon hem steeds aardiger te vinden. Glimlachend ging ze verder met haar werk. Af en toe stopte ze even om wat te drinken, dan keek ze om zich heen. De techniek leek de meeste van haar medecursisten niet zo best af te gaan. Ze dompelden het glas onder in het koude water en hielden het er dan te lang in. Als ze het dan weer terug in de oven deden, barstte het uit elkaar. Overal klonken zuchten, zacht gevloek en het vallen van scherven. Al snel merkte ze dat ze de enige was bij wie het goed ging. Ze had haar werk al in het koude water ondergedompeld, net lang genoeg zodat er subtiele barsten in de buitenkant verschenen, maar deze wel stabiel bleef. Toen ze voor de zoveelste keer glas hoorde breken, bleef ze stilstaan. Ze had net haar werk op de pijp in het vuur rondgedraaid, iets waar ze al haar kracht voor nodig had. Eigenlijk zou ze niet op de problemen van de anderen moeten letten, zij letten immers ook niet op haar. Uiteindelijk gaf ze op: ze vond het niet eerlijk. Ze zou zich toch niet kunnen concentreren voor ze de anderen geholpen had. Ze slikte haar verdriet en verontwaardiging om de geruchten die ze over haar hadden verspreid in en keek naar Carlos. Hij keek terug en gooide met een hulpeloos gebaar zijn handen in de lucht. Ze wenkte hem en gebaarde naar Lorenzo. Die pakte Jacopo, die net met zijn rug naar hen toe stond, bij de arm en nam hem mee naar buiten. Juliet wachtte nog even en nam toen een beslissing. 'Luister goed,' zei ze tegen haar vriend.

Carlos voelde zich duidelijk niet op zijn gemak. 'Sorry voor alles wat er gebeurd is. Je bent echt goed,' zei hij.

Ze had geen tijd voor excuses. 'Eerst pak je de massa met de pijp en blaas je heel kort en zacht. Dan doe je het glas in de vorm, het maakt niet echt uit welke je kiest, want het is alleen om jezelf op weg te helpen. Die dompel je onder in het koude water, maar heel kort! Hoe langer je hem erin houdt, hoe groter de kans dat het glas barst. Dus je haalt hem er meteen uit en steekt het glas dan weer in het vuur, zodat de barsten weer helen. Begrijp je het?'

Hij kneep zijn ogen dicht en knikte. 'Ja, dank je.' Hij keek om zich heen en zuchtte. 'Het is al laat, ik krijg het vast niet meer af.'

Juliet schudde haar hoofd. 'Maak gewoon iets eenvoudigs. Hup, aan het werk en vertel de anderen wat ik gezegd heb,' zei ze, met haar hoofd gebarend naar de anderen.

Carlos liep achteruit terwijl hij haar bleef aankijken. Ze lachte hem bemoedigend toe en hij lachte terug. Er was iets nieuws in zijn blik, maar Juliet had geen tijd om daar verder over na te denken, haar opdracht was nog lang niet af. Ze verhitte het beeldje waar ze aan werkte en drukte er vormen in met de metalen pijp. Langzaam vergat ze de anderen om zich heen. Ze voelde zich opeens heel rustig en daardoor kregen haar ideeën alle ruimte en konden haar vingers precies doen wat ze wilde. Stukje voor stukje, dacht ze, stapje voor stapje.

'Jullie hebben nog een half uur voordat het ingeleverd moet worden. Hoever zijn jullie? Of is het te moeilijk voor jullie groentjes?'

Jacopo keek haar kant op en zag dat ze een glazen beeldje aan het uiteinde van haar pijp had. Hij sperde zijn ogen verwonderd open. Ook voor hem had Juliet geen tijd. Ze liep voor hem langs, terwijl het zweet over haar gezicht stroomde. Ze lette niet op haar omgeving en toen hij haar opeens de weg versperde, schrok ze en liet ze bijna alles vallen. Jacopo leek niet in het minst van plan te zijn om een stap opzij te doen.

'Meester, kunt u even komen?'

Hij kwam weer in beweging, ging opzij en liep naar Carlos toe. Juliet kon bijna niet meer. De hitte van de hete pijp die ze zo lang in haar hand had moeten houden was door de handschoen heen gegaan. Ze wist zeker dat haar hele handpalm verbrand was. Hoewel het ontzettend veel pijn deed, stopte ze niet.

Lorenzo hield de deur van de koeloven voor haar open. 'Zet het daar maar neer, jongedame.'

Juliet knikte. 'Dank u wel, meester.'

Voorzichtig zette ze haar werk in de koeloven. Ze was zenuwachtig, maar was wel tevreden over haar werk.

Met kloppend hart ging ze terug naar haar plek. Het was vast een ongeluk geweest, ze geloofde niet dat Jacopo haar met opzet gedwarsboomd had. Ze probeerde aan iets anders te denken. Ze had geen idee of ze haar werk mooi zouden vinden. Wel had ze de techniek goed uitgevoerd en erg haar best gedaan. Haar geheim voor dit alles waren de tips uit het mysterieuze boekje. Ze dacht aan haar beeldje en aan hoe ze alle uitstulpingen had gemaakt, die vervolgens in de oven waren uitgehard. Ze voelde iets wat haast liefde leek voor haar kunstwerk, ze had er alles van zichzelf in gelegd. Ze keek om zich heen. Veel van haar klasgenoten keken naar haar. Carlos lachte haar openlijk toe en Gordon, een andere klasgenoot, ook. Ze lachte terug en voor ze het doorhad, had ze haar hand naar hen opgestoken en kwamen ze naar haar toe.

'Zien we je zo voor het eten?'

Een beetje beduusd door deze uitnodiging knikte ze. In Seattle was het hun gewoonte geweest om na intensieve werksessies naar een kroeg te gaan en samen te praten en wat te drinken, maar daar had ze het goed kunnen vinden met haar medecursisten.

'Zullen we ergens naartoe gaan?'

'Zeker weten, *chica*. Wij hebben wat goed te maken.'

Juliet barstte in lachen uit.

Al vanaf de eerste avond werd het diner in de grote keuken gehouden. Midden in het vertrek stond een lange tafel, die groot genoeg was voor twintig mensen. Het eten was altijd uitstekend, want de school had een goede kok in dienst. Toch zaten er zelden meer dan drie of vier mensen aan voor het diner. Dus toen de hele klas, inclusief Juliet, binnenkwam, keek Marcus, die in een hoekje zat, meteen op. Hij lachte naar haar, maar zij was druk in gesprek met die Spaanse jongen, Carlos of zo.

Hij stond op en liep naar Silvia, die net bezig was haar specialiteit te bereiden en druk heen en weer manoeuvreerde tussen de kastjes en het fornuis. 'Gaat het?' vroeg hij.

Ze knikte. 'Kun jij kijken of de pasta al gaar is?'

Marcus zoog een sliert spaghetti op en schudde zijn hoofd. 'Nog een minuutje.' Hij pakte de borden uit de kast en begon de tafel te dekken. Al snel kwamen er nog twee mensen aan. De een zette de glazen neer, de ander legde het bestek op tafel. Hij sneed het brood en legde het in mandjes en keek weer naar Juliet. Waar waren die twee zo druk over in gesprek? Ze zat met haar rug naar hem toe, toch kon hij zien dat ze het naar haar zin had. Haar haar hing los op haar rug, hij zag nu pas hoe lang het was. Het was prachtig en glansde in het licht. Voordat Silvia het kon doen, pakte hij de pan en goot de pasta af. Hij gooide die in een grote kom en deed er de pesto bij die Silvia zelf had gemaakt met de aloude ingrediënten basilicum, pijnboompitten, knoflook, olijfolie en Parmezaanse kaas. 'Het eten is klaar!' riep hij. Eindelijk draaide Juliet zich om. Marcus' hart begon sneller te kloppen, al draaide ze meteen weer terug om verder te praten met haar medecursist.

Ze leek hem niet eens opgemerkt te hebben.

Marcus glimlachte bitter, eigenlijk had hij dit wel verdiend. Hij was gewoon verdwenen zonder haar zelfs maar gedag te zeggen, en hoewel hij zichzelf wijsgemaakt had dat hij het had gedaan om haar leven niet nog ingewikkelder te maken, wist hij dat hij een fout had gemaakt. Hij had moeten weten dat Juliet niet lang alleen zou blijven. Ze was zo leuk en zo slim. En ook nog eens heel mooi, ze zag er betoverend uit. Nu hij haar weer terugzag, merkte hij dat hij haar had gemist en dat verraste hem.

'Hoe was je reis?'

Hij was naast Silvia gaan zitten. Ook zijn nicht keek naar Juliet en Carlos, er zat nu nog een man bij hen. Marcus vroeg zich weer af wat ze nu eigenlijk bespraken. Al snel waren de drie klaar met eten, pakten hun borden en bestek, zetten die in de vaatwasser en namen met een korte groet afscheid. Even later volgden alle anderen.

Marcus en Silvia bleven alleen achter.

'Mag ik je vertellen dat je een idioot bent?'

Marcus lachte. 'Wat ben je toch eerlijk.'

Silvia keek hem geïrriteerd aan. 'Weet je wel wat Juliet heeft doorgemaakt sinds jij zogenaamd vertrokken bent voor een vakantie?'

Het was helemaal geen vakantie geweest, eerder een wanhopige poging om nog te redden wat er te redden viel van zijn droom. Hij wilde die niet opgeven. Hij was met zijn moeder gaan praten om uit te vinden of de beslissing van zijn vader iets te maken had met wat er tussen hen was voorgevallen. Daarna was hij in Wenen gebleven om zijn gedachten op orde te krijgen en ook om Jacopo te laten voelen wat hij te verliezen had. Hij droogde de pan af en zette die op zijn plek. 'Waar heb je het over?'

Ze bekeek hem even van opzij. 'Oom is op oorlogspad.' Ze zuchtte. 'Hij zorgt voor een hoop gedoe. Je weet hoe hij is, hij is niet gemeen. Hij heeft het op het moment erg moeilijk, hij gedraagt zich als een beer met een splinter in zijn poot. Hij bedoelt het niet slecht, maar hij wordt wel een dagje ouder, dat is gewoon zo.'

'Ja, dat weet ik allemaal net zo goed als jij en alle anderen die hem goed kennen. Andere mensen denken dat hij gek is. En daar hebben ze alle reden toe. Hij heeft zich bijvoorbeeld verschrikkelijk gedragen tegenover Juliet, echt niet te geloven. Hij heeft zichzelf ervan overtuigd dat ze hier helemaal niet voor de cursus is, dat dat een dekmantel is.'

'Hoe bedoel je?'

Ze haalde haar schouders op. 'Hij heeft het me niet met zoveel woorden gezegd en volgens mij zijn het alleen hersenspinsels van hem. Maar Juliet eet elke avond op haar eigen kamer, ze komt nergens en ze gaat met niemand om als ik haar niet uit haar kamer sleur. Haar medecursisten blijven bij haar uit de buurt, alsof ze bang zijn dat ze door met haar om te gaan Jacopo ook tegen zich in het harnas zullen jagen. Volgens mij is dit de eerste keer dat ik haar met de anderen samen zie.' Ze wachtte even. Marcus voelde dat zijn nicht erg geïrriteerd was.

'Eindelijk komt er eens een vrouw door de selectie. Ze komt op onze school en biedt een heel nieuwe manier van naar dingen kijken, en wat gebeurt er? De hel breekt los. Dit is toch niet wat we willen? We vormen mensen hier en we zorgen ervoor dat ze heel goed in hun vak worden. Ik begin me voor iedereen hier te schamen, Marcus. Jij bent toch de directeur?'

Het was erger dan hij verwacht had. 'Ik kan jullie dus niet eens even alleen laten, zonder dat alles misgaat.'

Het was zonder meer beter geweest om pas te vertrekken als de cursus al in volle gang was. Maar hij had zich laten meeslepen door zijn boosheid.

'Even! Je was twee weken weg, malloot!'

Hij verdiende het om op zijn kop te krijgen. Hij wilde haar alles vertellen, in plaats daarvan glimlachte hij alleen. Silvia was als een zus voor hem. En ze had gelijk dat ze boos was. 'Ik dacht dat Juliet wel genoeg gezelschap had hier...'

Ze keek hem eerst woedend aan, al snel daarna moest ze lachen en klaarde haar gezicht op. 'Ze zijn naar Neno gegaan, waarom ga je daar niet kijken?'

Hij vouwde de theedoek op en legde hem op de rand van de gootsteen, die blinkend schoon was. 'Ik zal met papa praten.'

'En zorg ervoor dat je alles bespreekt.' Silvia zette de stoelen weer op hun plek, zodat de tafel klaar was voor het ontbijt. 'Volgens mij doet ze hem aan je moeder denken. Telkens als hij naar haar kijkt lijkt hij zenuwachtig te worden en zich niet op zijn gemak te voelen. Hij gedraagt zich beslist vijandig. Misschien komt het door de kleur van haar haar en haar ogen. Ze lijkt wel een beetje op haar, toch?'

Daar had hij ook al over nagedacht. 'Ja. Trouwens, mijn moeder komt eind van de maand. Ze wil hier de hele zomer blijven.'

Silvia sperde haar ogen open. 'O jee, redde wie zich redden kan! Komt ze hier?'

'Nee, ze heeft geen zin in mijn vader. Ze gaat naar haar huis in Venetië.'

Marcus deed zijn schort af en hing het aan de muur. Terwijl hij naar buiten liep, bedacht hij dat het fijn was geweest om Juliet weer te zien. Het voelde vreemd en onbekend, maar hij voelde een diepe genegenheid voor haar. In het verleden waren zijn relaties vooral gebaseerd geweest op lust. Hij voelde zich ook onrustig en hij wist niet waarom. Hij liep de tuin door en bleef even staan, zelfs de geur van deze plek had hij gemist. Hij ging de tuindeur uit en begon aan een wandeling, in gedachten verzonken. Bij de kade sprong hij in zijn boot. Hij was moe, de reis had hem uitgeput. Het gesprek met zijn moeder had hem nieuwe hoop gegeven over de verkoop van Palazzo Zenobio: Jacopo kon het juridisch gezien niet maken. Of tenminste niet alleen. Er was één iemand die hem kon tegenhouden, iemand die een gedeelte van het gebouw bezat. Hij kon zijn moeder beter niet vragen om tussenbeide te komen. Als wat zij zei klopte, kon Jacopo de koop sowieso niet afronden. Maar zo wilde hij de zaken niet oplossen, als hij zijn vader onder druk zou zetten, zou die überhaupt niet meer willen meewerken.

Hij kon er niet tegen. Hij wilde dat zijn vader begreep hoe belangrijk hun taak hier was. En dat ze eigenlijk allebei hetzelfde wilden.

Hij reikte naar de motor om die aan te zetten, toen hij vrolijke muziek hoorde uit een café vlak bij de waterkant. Langzaam verscheen er een glimlach op zijn gezicht. Hij deed de sleutel terug in zijn zak en keerde op zijn schreden terug.

Het café was onlangs verbouwd door iemand met veel fantasie. In de chaos van stijlen leek toch een zekere gedachtegang te vinden. Er stonden lange tafels, zodat mensen die elkaar nog niet kenden bij elkaar kwamen te zitten en elkaar konden leren kennen. Achterin stonden pooltafels en een klein podium. Het was al gezellig druk en rumoerig, zeker voor een maandagavond. Hij bestelde een biertje, groette een paar vrienden en keek om zich heen. Waar waren ze? Hij hoorde gelach en met het glas in zijn hand probeerde hij door de massa heen op het geluid af te gaan. Achter een houten schot waar een plant tegenop groeide, stond een groep mensen zich uit te sloven. Marcus keek toe hoe ze een voor een hun kunstje opvoerden. Het haar van Juliet leek te stralen. Zijzelf leek ook te stralen. Hij nam nog een slok, kon zijn ogen niet van haar afhouden. Hij zag hoe ze aarzelde of zij ook iets zou doen. Het leek haast alsof hij haar gedachten kon horen en hij wist zeker dat als hij een hand op haar borst had gelegd, hij haar hart heel snel had voelen kloppen. Snel bedacht hij dat hij er helemaal niet aan moest denken haar aan te raken.

Hoewel, misschien had hij het allemaal mis. Misschien had hij haar juist moeten aanraken, als zij dat tenminste ook wilde. De blik die ze hem eerder aan de eettafel had toegeworpen deed hem daaraan twijfelen.

'Toe maar, meisje,' fluisterde hij. Ze liep de paar treden naar het podium op, pakte de microfoon met beide handen vast en begon te zingen. Marcus lachte. Hoewel ze wat bibberig was begonnen, ging het al snel beter. 'Tjonge!' Dat kon ze dus ook al. Hij had het nooit gedacht, eigenlijk kende hij haar ook niet goed. Hij wist dat ze lief was en gevoelig en creatief. En heel mooi. Terwijl hij naar haar keek, heen en weer wiegend met de microfoon in haar handen met haar rok die zachtjes om haar benen bewoog, was hij helemaal verkocht. Ze werd steeds raadselachtiger voor hem en daarmee aantrekkelijker. Toen ze klaar was met het lied werd er geklapt, hij klapte mee. Hij ging niet bij de anderen staan, hij bleef liever van een afstandje toekijken. Hij was nooit bezitterig geweest, hij had alles altijd op zich af laten komen in voorgaande relaties. Wat hij nu voelde was anders dan wat hij voorheen had gevoeld. Hij dronk zijn biertje op en keek weer naar Juliet, die nu met haar groepje stond te dansen. Ze hadden het naar hun zin, dacht hij. Ze waren jong, onbevangen en gelukkig. Hij vond het fijn om naar haar te kijken, hij voelde zich rustig. Opeens draaide ze zich om en zag hem. Ze bleef hem aankijken en hij keek terug. Ze zei iets tegen de anderen, klom van het podium af en liep naar hem toe.

'Wat kun je goed zingen, dat wist ik niet.'

Juliet zei niets, Marcus wist niet zeker of ze hem wel verstaan had, het was erg lawaaiig. Hij wees naar de deur en zij liep naar buiten. Snel legde hij wat geld op de bar, zwaaide naar de barman en liep haar achterna. Buiten was het stil en nog warm. Het was niet druk op straat en het water leek niet te bewegen. Met haar armen over elkaar liep Juliet langs de kade en keek naar de straattegels.

'Ben je ze aan het tellen?' vroeg hij geamuseerd.

'Hè?' Ze draaide zich naar hem toe.

Hij voelde hoe zijn hart een sprongetje maakte.

'Ik was gewoon aan het nadenken.'

'Waar dacht je aan?' Hij hoopte dat ze weer net zo open tegen hem zou zijn als voorheen, dat ze haar gekke gedachtenspinsels met hem zou delen. Ze was eerlijker tegen hem geweest dan welke andere vrouw dan ook. Op het pleintje bleven ze staan. Hier stond het glazen beeld dat ze op een van hun eerste wandelingen op Murano samen hadden bewonderd. Ze leek niet op haar gemak en dat vond hij erg jammer. Hij deed een stap naar achteren. 'Sorry, daar moet ik me niet mee bemoeien.'

Ze pakte haar haar en maakte een knot. Dat deed ze altijd als ze zenuwachtig was. 'Heb ik iets gedaan om je boos te maken?' Ze stond voor hem met trillende lippen en vochtige ogen. 'Dat gebeurt soms, dat ik per ongeluk mensen pijn doe. Ik doe het niet expres, echt niet. Ben je daarom weggegaan?'

Hij keek alsof hij het in Keulen hoorde donderen.

'Hè, waar heb je het over?' Wat was dit voor geks? Zij bood haar verontschuldigingen aan omdat hij als een idioot was verdwenen zonder iets uit te leggen? 'Juliet, begrijp je wel wat je zegt?' antwoordde hij zachtjes en lief.

Wie had haar zo gek gekregen dat ze bij alles aan zichzelf twijfelde? In vergelijking met haar familie was de zijne een droom. 'Ik heb een paar problemen, die hebben niets met jou te maken. Ik heb erover gedacht het je te vertellen en ik had moeten zeggen dat ik een tijdje weg moest. Maar ik dacht eigenlijk dat je het niet eens zou merken.' Dat was zo, daar had hij nog over nagedacht, hij was te druk bezig geweest met zijn eigen sores.

'Wat?' vroeg ze met wijd opengesperde ogen. Haar houding en gezicht veranderden opeens. Haar mond ging dicht en vormde een dunne lijn. Het was duidelijk dat dit antwoord haar niet beviel. Ze was woest. 'Je dacht dat ik het niet zou merken? Waar heb je het over?' Toen begreep Marcus het. Voor haar waren de dagen die ze samen hadden doorgebracht heel belangrijk geweest. Meer nog dan dat. Opeens herinnerde hij zich alles weer, wat ze hadden gezegd, hoe ze zich hadden gedragen, hoe hun handen elkaar telkens gezocht hadden... Ze hadden hun diepste gevoelens met elkaar gedeeld en elkaar alles verteld. Ze hadden niet gezoend, maar waren toch heel intiem geweest. Geschokt realiseerde hij zich wat er tussen hen was geweest.

Zij had dat eerder begrepen dan hij en daarom was ze nu boos.

Hij begreep nu hoe kwetsbaar ze zich moest voelen en zag in dat hij misschien eigenlijk wel was weggevlucht van haar.

Daardoor dacht hij ook aan de beschuldigingen die zijn vader had geuit, de zorgen die hij had. Daar moest hij ook iets aan doen.

Hij stak zijn hand naar haar uit, maar zij deinsde terug.

'Nee, het maakt niet uit. Ik heb het verkeerd begrepen, het is goed zo, Marcus. Sorry, ik ben echt heel moe, het was een lange dag en ik wil graag even uitrusten. Tot ziens.'

Hij had zich zelden zo geschaamd als op dat moment. Hij had altijd gedacht dat hij slim was, dat hij dingen niet uit de weg ging en alles tot op de bodem uitzocht. Maar was hij met haar niet alles uit de weg gegaan? Hij voelde zich een idioot. Hij keek haar na en besloot er iets van te leren. Geen enkel meisje had hem tot nu toe afgewezen, hij had zich nog nooit zo beledigd gevoeld. Maar hij was ook verdrietig, omdat hij haar pijn had gedaan. Met zijn handen in zijn zakken en gebogen hoofd liep hij in dezelfde richting als waarin zij verdwenen was. Bij de school aangekomen, wachtte hij buiten totdat zij naar binnen was gegaan en ging bij hun steen zitten, een grimas om zijn lippen. Hij had het verpest en wist niet wat hij moest doen om het goed te maken.

Hij wist alleen dat hij haar hoe dan ook terug moest zien te winnen.

14

In Alaska werden tien blauwe glazen kralen gevonden bij een opgraving. Koolstofdatering wees uit dat ze nog stamden uit de tijd voordat Christoffel Columbus voor het eerst voet aan wal zette in Amerika. Nadat de kralen waren uitgevoerd uit Venetië, hebben ze meer dan zestienduizend kilometer afgelegd op schepen, paarden en sleeën om uiteindelijk in een Inuitkamp terecht te komen.

Ze was het niet gewend om boos te zijn. Na een aanvaring voelde ze zich meestal alleen maar schuldig en vond ze zichzelf stom. Er was een tijd geweest dat ze wel boos kon worden, dat ze had geschreeuwd en zelfs gestampvoet, daar had ze nog wat vage herinneringen aan. Wat ze nog wel heel goed wist was wat er daarna gebeurde: dan gingen ze haar nadoen en belachelijk maken. Al snel had ze geleerd haar impulsen te onderdrukken en een verklaring te zoeken voor de manier waarop de mensen zich soms tegenover haar gedroegen. Vaak gaf ze zichzelf dan de schuld van hun slechte gedrag.

Ze hadden haar vaak uitgelegd dat bepaald gedrag altijd consequenties heeft.

Als zij zich onbehoorlijk gedroeg of de sociale regels niet volgde, dan moest ze de gevolgen accepteren van de problemen die ze zelf had veroorzaakt. Dat was wat ze geleerd had.

Nou, ze had er genoeg van, en van al het andere ook.

Na haar gesprek met Marcus had ze de deur achter zich dichtgesmeten, was gaan douchen en had woest borstelend haar haar geföhnd. Aangezien er geen sprake van was dat ze in slaap zou vallen, begon ze boos in haar kussen te stompen.

'"Ik dacht dat je het niet eens zou merken"! Wat is dat voor een onzinnige uitspraak, jij domme…' Ze zweeg, omdat er zoveel was wat ze tegen Marcus wilde zeggen, maar door haar woede liep alles door elkaar en kon ze geen samenhangende zinnen meer maken. Ze sprong uit bed, waste haar gezicht, ademde diep in en deed het raam open om naar buiten te kijken, over het kanaal.

Het was ook een leuke avond geweest. En ze had gezongen, in het openbaar nog wel! Ze kon het niet geloven… Ze had zich in tijden niet zo goed vermaakt en had zich nergens zorgen over gemaakt. Het was fijn dat haar medecursisten zich verontschuldigd hadden. Hun gedrag had haar veel pijn gedaan. Hun lieve woorden en hun oprechte spijt hadden haar dat helemaal doen vergeten. Ze hadden zelfs met zijn allen gedanst in dat café, dat was ook erg leuk. Niemand had zelfs gemerkt dat ze uit de maat danste. Hun gesprekken waren makkelijk verlopen, blijkbaar vonden ze haar werk ook erg mooi. Door terug te denken aan het café voelde ze zich wat beter. Ze was weer rustig en dat was maar goed ook, want ze moest zich richten op de opdracht van morgen, die heel belangrijk was.

Ze pakte het boekje en begon het door te bladeren. Ze stopte bij de ontwerpen. Ze bestudeerde de adviezen die de auteur gaf over afwerkingstechnieken. Het ging vooral over details, Juliet wist uit ervaring dat die veel verschil konden maken.

Haar blik dwaalde af, ze hield het potlood nog in haar mond.

Van wie was deze kamer geweest?

Ze zou het aan Silvia moeten vragen, want ze had absoluut geen zin om met Marcus te praten. Haar vriendin wist veel, misschien kon ze haar ook wel meer vertellen over de geschiedenis van dit gebouw. Wie had er in deze prachtige kamer gewoond?

Ze richtte zich weer op het boekje. Terwijl ze las over de manier waarop bepaalde ingrediënten gebruikt dienden te worden, dwaalden haar gedachten weer af naar de mysterieuze auteur. Ze zag duidelijk een vrouw voor zich die in dit boekje schreef, zittend naast een inwarmoven. Af en toe stopte ze met schrijven en draaide de blaaspijp rond, die in de vlammen hing. Dan haalde ze hem eruit, vormde het glas en stak de pijp weer terug in de oven om vervolgens door te gaan met schrijven. Zo nu en dan stopte ze even, alleen om na te denken, en dan vloog de pen weer over het papier.

Dat beeld beviel Juliet wel.

Ze ging op bed liggen en keek naar de fresco's op het plafond. Wie zou die vrouw kunnen zijn? Ze vroeg zich af waarom ze het notitieboekje had bijgehouden, wat ze in haar hoofd had toen ze al haar gedachten daar neerschreef. Wilde ze haar kennis overdragen op anderen of was het meer een gesprek met zichzelf, wilde ze zichzelf beter leren begrijpen? Of was ze bang dat ze dingen zou vergeten? Ze deed haar ketting af, keek naar de hanger en legde hem naast haar op het kussen.

Langzaam werden haar oogleden zwaar en viel ze in slaap.

Juliet droomde over de mysterieuze vrouw, ze liep naast haar en vertelde haar een verhaal, dat ze zich niet meer kon herinneren toen ze wakker werd. De rest van de dag voelde ze zich blij en gelukkig.

De dagen daarna verliepen de lessen vrij rustig. Lorenzo legde technieken uit en Juliet zocht die dan telkens in haar boekje op. Tot haar grote vreugde was er altijd wel iets nuttigs over te vinden. Eerst probeerde ze dat dan zelf uit en dan vertelde ze het aan Carlos, die het weer doorgaf aan de anderen. Zo af en toe kwamen de anderen bij haar staan en dan bespraken ze temperaturen, de samenstelling van het glas, het aanbrengen van een merkteken en de juiste manier om de pijp te hanteren bij het maken van een *murrina*. Ook hadden ze het erover hoe moeilijk het was om een dun laagje metaal, zilver of zelfs goud, in het glas te verwerken. Beetje bij beetje hadden ze een band gekregen. Zo was Juliet erachter gekomen dat Carlos tot over zijn oren verliefd was op Silvia. Zij keurde hem echter geen blik waardig. En Gordon, met zijn dromerige voorkomen, had zijn vrouw en pasgeboren zoon verlaten om zijn droom om glasblazer te worden te verwezenlijken. Ze hadden ruzie gekregen en wanneer hij terugkwam moest hij waarschijnlijk een nieuwe plek zoeken om te wonen. Hij miste hen allebei, maar hij kon niet anders. Hij had al allerlei andere beroepen geprobeerd, maar dat had niet goed uitgepakt. In al het andere was hij slecht geweest, had hij met gebogen hoofd bekend. Hij wist dat zijn toekomst in het glasblazen lag en hoopte dat ooit te bewijzen. Juliet begreep zijn wens wel. Dan was Robert er nog. Hij had samen met zijn broer een glasblazerij geopend. Ze konden niet allebei meedoen aan deze cursus, daarom hadden ze getost en hij had gewonnen. Elke ochtend videobelde hij met zijn broer voor de lessen begonnen. James dronk alleen citroenthee, omdat hij ervan overtuigd was dat water alleen niet genoeg hydrateerde. Hij woonde bij zijn opa en stuurde hem elke week een kaartje. Het was lastig om postzegels te vinden, bijna niemand verstuurde meer post.

Allemaal hadden ze een droom of een doel. En tot haar grote verrassing had Juliet ontdekt dat de vrienden en familie van bijna iedereen het niet begrepen en nooit begrepen hadden. Dat waren mensen die een overzichtelijk leven wilden, een goede baan, 's avonds uitgaan, iemand vinden om van te houden en samen oud worden. Meer verlangden ze niet. Dit inzicht gaf haar veel troost, of zoals haar oppas zou hebben gezegd: 'Gedeelde smart is halve smart.' In plaats van zich extra af te zetten tegen haar familie, begon ze hen te begrijpen en voelde ze genegenheid. Alsof ze ze opeens zag zoals ze echt waren: bezorgd, aangepast en in zekere zin erg begrensd. *Degenen die dansen worden voor gek versleten door mensen die de muziek niet horen.* Dat was een zinnetje dat ze onthouden had, ook dat had haar oppas haar geleerd. Pas toen ze volwassen was, had Juliet ontdekt dat het een beroemde uitspraak van Nietzsche was. Nu begreep ze pas wat het betekende. Ze was in gezelschap van allemaal gekken, mensen zoals zij met dezelfde dromen, plannen en ambities. Ze waren gezellig, gevoelig, venijnig en ze waren net zo raar als zij, haar nieuwe vrienden. Tijdens het eten gingen de gesprekken vaak nog door. Meestal gingen ze daarna samen uit, maar die avond voelde Juliet zich een beetje droevig. Misschien kwam het doordat ze, ondanks het feit dat het nu zo goed ging, Marcus nog steeds miste. Hij had weliswaar geprobeerd met haar te praten, maar daar had ze toen geen zin in. Zijn woorden deden nog steeds pijn.

Die avond ging Juliet nadat ze haar vrienden goedenacht had gewenst de tuin in om met Artù te spelen. Ze gaf hem een stukje vlees dat ze speciaal voor hem had bewaard en ging op een bankje zitten. In gedachten verzonken keek ze hoe de avond in de nacht veranderde. De lucht werd steeds donkerder en de eerste sterren verschenen al. De kat zat naast haar en kneedde met zijn pootjes haar rok. Op dat moment kwam Silvia de gang op, deed het licht uit en de deur dicht. Juliet keek naar haar, verborgen in het donker van de tuin. Ze zag er moe uit, ze had dan ook tot laat gewerkt en was niet eens aangeschoven voor het avondeten. Ze bleef stil zitten terwijl Silvia in haar tas rommelde. Het liefst was ze naar haar toe gegaan om met haar te praten, maar ze wilde haar niet storen. Eindelijk vond Silvia wat ze zocht, ze haalde een hand door haar haar en liep naar de uitgang. Juliet sprong op en rende haar achterna. 'Hé, alles goed?'

Ze draaide zich om. 'Ik had je helemaal niet gezien!'

'Ik zat in de tuin.'

Silvia fronste. 'In je eentje?'

Juliet knikte. 'Ik was aan het nadenken.'

'Over een nieuw liedje soms? Ik heb gehoord dat je de ster van de karaoketent hier bent.'

Ze bloosde tot over haar oren. 'Welnee, ik vind het gewoon leuk om te zingen.' Haar vader was een echt goede zanger, hij had haar de beginselen geleerd.

'Ik ben kapot. Heb je zin om even bij me te blijven? Ik kan wel wat gezelschap gebruiken.'

'Natuurlijk. Waarom was je eigenlijk niet bij het avondeten?'

'Marcus heeft me een broodje gebracht. Ik had wat problemen, werkdingen en zo. Ze hadden bepaalde documenten nodig die ik moest gaan zoeken in het archief.' Ze wees naar de grond.

'Ondergronds?' Ze was verbaasd.

'Ja, alles wordt in de kelders bewaard.'

'Gaan ze daar beneden niet kapot dan?' vroeg Juliet.

'Welnee, dit gebouw is al honderden jaren oud, die kelders zijn goed gebouwd. En ze zijn uitstekend geïsoleerd. Bovendien is alles altijd zorgvuldig verbouwd. Degenen die dit gebouw kochten van een aristocratische familie hebben kosten noch moeite gespaard om het in zijn oude glorie te herstellen.'

'Een aristocratische familie?'

'Ja, alle adellijke families bezaten meerdere gebouwen. Het was een kwestie van prestige en macht.'

Juliet luisterde ademloos toe. Misschien kon ze nu iets ontdekken over de vroegere bewoonster van haar kamer.

'En wat gebeurde er daarna?'

Silvia zuchtte. 'De adel raakte zijn privileges kwijt. Door de Franse bezetting veranderde alles, veel families vervielen in armoede, andere konden ternauwernood het hoofd boven water houden. Daar is dit gebouw een voorbeeld van.'

'Heeft meneer Quintavalle het gekocht?'

'Hè? Nee, dit gaat over heel lang geleden, toen was hij nog niet eens geboren.'

'Zijn ouders dan?' vroeg ze voorzichtig. Ze wilde niet opdringerig lijken, maar was ontzettend nieuwsgierig.

Silvia wees naar een laag muurtje dat uitkeek op zee. 'Laten we daar even gaan zitten.'

'Oké.' Gelukkig stak er net een koel briesje op. Het was een heel warme avond. Silvia deed haar jas uit en knoopte haar blouse open. Ze haalde diep adem. 'Mijn oudoom heeft dit gebouw gekocht. Het lag min of meer in puin, hij heeft het laten restaureren. Hij wilde er een gezin stichten. Hij was heel verliefd en op het moment dat zijn geliefde er eindelijk mee instemde met hem te trouwen, besloot hij het haar als huwelijkscadeau te geven.' Ze glimlachte. 'Het is een mooi verhaal. Hij was eerst een armoedzaaier en begon in de glasblazerij van haar ouders. Later emigreerde hij en werd hij opeens heel rijk.'

'Tjonge,' zei Juliet. Het leek het verhaal van Marietta en Zorzi wel, wat een toeval.

'Zij is een ongelooflijke vrouw, negentig inmiddels, maar ze heeft nog steeds een jaloersmakende levenslust en energie. Het was haar idee om de school te stichten, ze heeft hem aan oom Jacopo nagelaten. Hij is gek op haar. Ze heeft hem in huis genomen toen hij nog heel klein was en zij heeft hem opgevoed.'

Was zij vroeger misschien ook glasblazer? Ze moest het weten. 'Werkte zij ook in de glasblazerij toen ze jong was?'

Er verscheen een glimlach op Silvia's gezicht. 'Ja, ze was heel goed, beroemd zelfs. Ik zal je een keer aan haar voorstellen. Ze heeft prachtige dingen in huis staan, allemaal zelfgemaakt.'

'Wilde ze hier niet wonen?'

Silvia begon te lachen. 'Ze is dol op Palazzo Zenobio, maar heeft zo haar eigen ideeën. Ze woont in een klein huisje en heeft niet zoveel behoefte aan spullen, alleen aan dingen die haar ergens aan herinneren.'

Juliet bedacht iets: misschien was zij wel de schrijfster van het boekje. Het zou kunnen dat zij vroeger in die kamer had geslapen en het in de boekenkast had laten liggen. In dat geval moest ze het zeker teruggeven. Ze wilde het boekje uit haar tas pakken om het aan Silvia te laten zien, maar herinnerde zich toen dat ze het in haar kamer op tafel had laten liggen.

'Je kunt beter terug naar school gaan, anders dwalen we te ver af. Bedankt voor je gezelschap. O, verdorie!'

'Wat is er?'

Silvia schudde haar hoofd. 'Ik kan me niet herinneren of ik het kantoor heb afgesloten. Ik moet terug.' Ze zuchtte.

'Dat kan ik wel doen.'

'Echt?'

'Ja, hoor, dat is geen probleem.'

'Dank je wel. Hier heb je de sleutels. Tot morgen.'

Ze namen afscheid en terwijl ze terugliep, overdacht Juliet alles nog eens. Silvia had geen idee hoezeer ze haar had geholpen met het verhaal dat ze had verteld.

Het hanensymbool was overal in het gebouw te zien: op de balken langs het plafond, tussen de fresco's en zelfs op de voordeur. Hetzelfde symbool stond op haar ketting. Die was gemaakt van glas uit Venetië, waar haar familie ook vandaan kwam. Aan de andere kant was die haan sowieso een veelgebruikt symbool in en rond Venetië. Wel had er een glasblazer in het gebouw gewoond. Ze bleef er de rest van de weg over piekeren. In gedachten verzonken bleef ze voor de deur van het kantoor staan. Ze keek of die op slot was, en dat bleek niet zo te zijn. Net toen ze hem op slot wilde draaien, zag ze Jacopo.

'Ha, ik wist het wel!'

Ze schrok. 'Goedenavond, meneer Quintavalle.'

'Wat doe jij in het kantoor?'

Het duurde even voor ze de woorden vond, geschokt als ze was door zijn vijandige houding. 'Ik moest kijken of de... Ik ga nu weg.'

'Wat heb je gepakt?'

Gepakt? Waar had hij het over?

'Probeer me maar niet voor de gek te houden. Ik wil weten wat je daar in het kantoor zocht.'

Hij beschuldigde haar dus. 'Waar heeft u het over? Ik was alleen...'

'Laat zien!' Jacopo rukte haar rugzak van haar schouders en begon erin te rommelen.

Juliet bleef sprakeloos staan. Al snel herpakte ze zichzelf. 'Geeft u mij onmiddellijk mijn rugzak terug, u heeft het bij het verkeerde eind,' riep ze.

'Ja hoor, dat zal wel. Ik wist meteen dat je een van hen was. Jullie waren nog niet tevreden met wat jullie al hadden aangericht en nu komen jullie terug op Murano om het af te maken. Ik zal niet toelaten dat jullie nog meer kapotmaken. Dit keer krijgen jullie met mij te maken.'

Geschrokken liep ze naar achteren, ze wist niet meer wat ze moest zeggen.

Hij keek op en wees naar haar ketting. 'Die kun je wel de hele tijd dragen, maar hij is niet van jou. Jullie hebben hem gestolen.'

De ketting? Instinctief legde ze haar hand erop, ze was even bang dat hij hem van haar hals zou rukken. Ze deed nog een paar stappen naar achteren. 'U heeft het mis.'

Jacopo kneep zijn ogen samen, toen stak hij haar de rugzak toe. Juliet was niet in staat om hem aan te pakken, ze trilde, haar mond was droog en haar hart klopte in haar keel.

'U zit ernaast. Niemand heeft mij gestuurd. Ik heb meegedaan aan de wedstrijd en ik heb gewonnen. Ik ben hier om beter te leren glasblazen.' Ze zei het zacht en langzaam.

Jacopo bleef haar aankijken, ze wist niet of ze hem overtuigd had. Ze wist niet wat ze nog meer kon doen.

'Wat is hier aan de hand?'

Ze draaiden zich allebei naar Marcus toe. Hij kwam met een ernstig gezicht op hen af lopen.

'Ze was in het kantoor aan het rondsnuffelen,' zei Jacopo. In zijn ene hand hield hij nog steeds de rugzak, met de andere wees hij naar Juliet.

Marcus keek haar aan en ze voelde hoe haar hart nog sneller ging kloppen. Ze wilde het wel uitleggen, maar ze begon ook genoeg te krijgen van deze hele toestand.

'Ze deed het voor Silvia, die kon zich niet herinneren of ze de deur op slot had gedaan en toen heeft ze Juliet gevraagd het te controleren. Ze belde net. Nou, vertel, wat is er gebeurd en waarom heb je haar rugzak vast?'

'Wat?' Jacopo sperde zijn ogen open en keek eerst naar haar en toen naar de rugzak. 'Hier... misschien ben ik te ver gegaan.'

Juliet rukte de tas uit zijn hand. 'Dat bent u zeker!'

Tot haar schrik hoorde ze dat haar stem oversloeg. Ze wilde niet huilen, dat gunde ze hem niet. Ze draaide zich om en rende naar de trap. Met twee treden tegelijk holde ze naar boven, haar kamer in, en daar deed ze de deur op slot.

Marcus wilde haar achterna, bedacht zich toen. 'Ben je gek geworden, papa?' Hij was woedend en tegelijkertijd bezorgd.

Jacopo deed zijn mond open en weer dicht. Hij wees naar de trap. 'Ze was in het kantoor… Ik dacht…' Hij zweeg. 'Ik dacht dat ze… Ik heb het je al gezegd. Ze is niet wie ze zegt te zijn. Ze is met een doel naar Murano gekomen.'

'Ja, en dat doel is deelnemen aan deze cursus, net als dat van alle anderen.'

'Ze spreekt perfect Italiaans en ze heeft die ketting.'

Marcus kon zijn oren niet geloven. 'Haar familie heeft Italiaanse wortels, net als duizenden andere. Haar oppas heeft altijd Italiaans met haar gesproken. En wat die ketting betreft, weet je wel hoeveel daarvan er in omloop zijn?'

Jacopo keek naar de trap, alsof hij haar zo kon laten terugkomen. Toen draaide hij zich weer naar Marcus.

'Er is veel wat jij niet weet,' zei hij, terwijl zijn ogen vonkten. 'Je hebt geen idee voor hoeveel ellende die mensen hebben gezorgd.'

Die mensen? Marcus had even nodig om de verwarrende woorden van zijn vader tot zich te laten doordringen. 'Waar heb je het over?'

'Die ketting is echt, probeer me niet voor de gek te houden! Ik zeg je dat zij een van hen is. Zij hoort bij die vreselijke familie.'

Marcus dacht bezorgd dat zijn vader nu echt gek geworden was. Vaag herinnerde hij zich een verhaal over iets verschrikkelijks dat in het verleden was gebeurd. 'En al is dat zo, dan gaat het toch over een ongeval van minstens zestig jaar geleden?'

'Het was geen ongeval!'

'Jij weet daar niets vanaf, jij was nog niet eens geboren!' Hij ademde diep in om rustig te worden. 'Je hebt het over mensen die al tientallen jaren dood zijn, papa!' Hij had genoeg van deze waanzin. 'Je hebt dat arme meisje zonder enige reden getreiterd.

En dat doe je al vanaf het moment dat ze hier is aangekomen. Ik wil dat je daar nu mee ophoudt. Als je je niet kunt gedragen, ga dan weg. Neem vakantie op, ga op reis, ga met een dokter praten.'

'Maar zij is niet wie ze zegt dat ze is.'

'En als jij het nu eens bij het verkeerde eind hebt? Vertel eens, papa, als we nu eens aannemen dat jij het fout hebt, hoe moet Juliet zich dan voelen? Je hebt haar heel erg bang gemaakt.'

Jacopo antwoordde. 'Maar die ketting is niet van haar, zij hebben hem gestolen...'

Ongelooflijk. Het feit dat zijn vader zo dol was op zijn tante en haar altijd wilde verdedigen, rechtvaardigde zijn gedrag niet. 'Denk je eens in, papa, denk eens aan alle onaardige dingen die je tegen haar hebt gezegd en alle beschuldigingen die je hebt geuit. En stel je dan eens voor dat zij volkomen onschuldig is en nergens iets vanaf weet.' Hij wachtte niet op antwoord. Met gebalde vuisten rende hij de trap op. Net toen hij wilde aankloppen, hoorde hij gesnik. Hij bleef met zijn rug tegen de deur staan en sloeg zijn ogen op. 'Verdorie!'

15

De kunst van het glasblazen stond in hoog aanzien in Venetië. De meesterglasblazers genoten zoveel prestige, dat hun dochters mochten trouwen met de zonen van patriciërs. Volgens de wetgeving van de Republiek zouden kinderen uit zulke huwelijken dezelfde voorrechten hebben als hun vaders, daaronder viel ook de inschrijving in het gouden boek van de Venetiaanse adel.

Toen ze de volgende ochtend wakker werd, vond Juliet een briefje op de grond in haar kamer.

Lieve Juliet, vergeef mijn vader alsjeblieft voor zijn gedrag. Ik verzeker je dat het niet weer zal gebeuren. Ik hoop dat je alles kunt vergeten, bel me als je iets nodig hebt. Ik ben er voor je.
Marcus

Ze keek naar de koffer die open naast het bed stond. De vorige avond had ze hem ingepakt omdat ze overwoog te stoppen met de cursus. Maar toen had ze zich bedacht: ze wilde niet opgeven, net nu alles beter ging.

Ze dacht aan Jacopo Quintavalle.

Hij leek iets over haar ketting te weten. Ze zou graag weten wat en willen vragen waarom hij haar beschuldigde. Jammer dat van het idee alleen al haar knieën begonnen te knikken. Ze zuchtte en ging naar beneden.

In de keuken lachten al haar medecursisten haar toe en drongen meteen om haar heen.

'Heb je het al gehoord? Meneer Quintavalle is vertrokken, hij blijft wel even weg. Zijn zoon vervangt hem.'

Juliet zei niets, ze was in gedachten verzonken. Toen begon de les en stortte ze zich op het glasblazen.

In de dagen daarop veranderde er van alles.

Nu Marcus de plaats van zijn vader in de glasblazerij innam, was de sfeer luchtiger en vrolijker en was iedereen meer gemotiveerd. Morgan, die uit een familie van Boheemse glasblazers stamde, was de beste van de klas, hij maakte prachtige dingen. Juliet was erg onder de indruk van zijn werk, ze vroeg zich af hoe het hem lukte om zijn ideeën zo mooi vorm te geven.

Wanneer de anderen iets moeilijk vonden of er lang over na moesten denken, had hij maar heel even nodig om iets uit te voeren. Hij blaakte van het zelfvertrouwen, het lag tegen arrogantie aan. Hij was lang en breed en had een hoekig gezicht en treurige, donkere ogen. Glas was alles voor hem. En hij kwam bij elke opdracht als beste uit de bus.

Ook met Juliet ging het goed. Alles wat ze maakte zag er goed uit en zowel Marcus als Lorenzo had haar al vaak complimenten gegeven. Steeds als dat gebeurde voelde ze zich gloeien van trots, maar vroeg ze zich vervolgens af of ze die lof wel echt verdiende. Al haar ideeën kwamen eigenlijk uit het boekje. Soms voelde ze zich ellendig en dacht ze dat ze de cursus zonder de hulp van het notitieboekje nooit zou kunnen volbrengen. Ze wist dat de adviezen van de geheimzinnige glasblazer haar overal doorheen hielpen, daarom bleef ze het uitstellen om Silvia erover te vertellen. Ze kon er nog geen afstand van doen.

Marcus gedroeg zich weer net zoals toen ze elkaar net kenden. Hij was altijd in Juliets buurt en greep elke gelegenheid aan om met haar te praten of naar haar te lachen. Hij vertelde haar verhalen en nodigde haar zelfs uit voor een feest dat voor de hele school gehouden zou worden, een soort eindfeest om de cursus mee af te sluiten. Het zou al over een paar weken zijn.

Juliet had nee gezegd.

Ze wist nog niet of ze naar het feest wilde gaan, daar dacht ze nog over na. Ze zou in elk geval niet samen met hem gaan. Dat wilde ze wel, ze had er zelfs al over gefantaseerd. Een feest in zo'n mooie zaal in Venetië, daar zouden de feesten die haar ouders thuis gegeven hadden bij verbleken. Ze zou een mooie jurk aantrekken, met glitters, en het zeker naar haar zin hebben met Marcus.

Toch wilde ze niet met hem gaan.

Hij had haar weliswaar verdedigd tegenover Jacopo, maar ze was nog steeds boos over de nonchalante manier waarop hij haar aan de kant had gezet. Hoe had hij kunnen denken dat ze zijn vertrek niet erg zou vinden, dat ze het niet eens zou merken? Waarschijnlijk had hij zoveel vrienden dat die momenten samen voor hem niet heel bijzonder waren. Voor haar was het anders. Elk moment was waardevol voor haar geweest, onvergetelijk zelfs. En wat Marcus niet kon weten, en wat voor haar van het grootste belang was: door hem had ze geleerd zichzelf anders te zien. Op de een of andere manier was hij erin geslaagd om de regels die ze voor haar eigen leven had opgesteld te doorbreken. Door hem was ze gaan inzien dat de manier waarop ze zichzelf en de wereld zag niet de enige juiste was. Daar dacht ze aan, terwijl ze stilstond op de stoep en naar een etalage keek.

Ze dacht er al een tijdje over om dit te doen. Ze ademde diep in, glimlachte en liep toen de kapsalon binnen.

Terwijl ze de kapster vertelde wat ze wilde, voelde ze zich steeds zekerder van haar besluit. Ze had altijd al gedroomd van dit kapsel, ze had het alleen nooit gedurfd. Nu was ze er klaar voor.

'Weet u het zeker? Uw haar heeft een heel bijzondere kleur, anderen zouden daar veel voor overhebben. Venetiaans blond.'

'Venetiaans blond?' vroeg ze verbaasd.

'Ja. Vroeger stonden de dames hier uit de buurt bekend om die haarkleur. Ik zal een kleurspoeling doen, dan blijft uw haar mooi, goed?'

Juliet knikte. 'Dat is prima.'

Terwijl het meisje in de weer ging met mengbakjes en stukjes folie, vertelde ze dat ze vijf jaar geleden naar Venetië was gekomen. Het was niet eenvoudig geweest om een eigen salon te openen, zeker niet op Murano, maar het was haar uiteindelijk gelukt en nu liepen de zaken goed. 'Je moet altijd in je dromen blijven geloven.'

Dat was waar, je kon je leven enigszins naar je eigen hand zetten. Juliet besloot haar in vertrouwen te nemen en vertelde over de school en hoeveel ze van glasbewerking hield. Dat had ze thuis in Seattle nooit gedaan, maar hier was alles anders. Kwam het door de school? Terwijl de kapster doorpraatte, dacht ze aan wat er gebeurd was. Aan de eerste dag, toen ze Marcus had leren kennen, aan de gesprekken met Carlos, de vriendschap met Silvia, aan alle proeven die ze in de glasblazerij had doorstaan. Ze had zoveel geleerd. En voor het eerst was ze tevreden over zichzelf.

De kapster zei dat ze beslist naar het *Festa del Redentore* moest gaan. Dat was een belangrijk feest voor de stad. 'Het Canal Grande ligt dan vol met boten, die vormen een soort brug waarover je naar de kerk kunt lopen. Echt heel bijzonder.' Ze bleef verder vertellen over het feest en toen Juliet later die middag de salon uitstapte, voelde ze zich gelukkig. Overal in haar haar zaten gekleurde plukjes.

Ze wist dat veel mensen zouden vinden dat het er belachelijk uitzag, maar dat maakte haar niet uit. Ze was tevreden met haar besluit. Omdat ze nog geen zin had om terug te gaan, maakte ze een ommetje. Het liefst liep ze naar de plek waar ze de eerste avond met Marcus naar de zonsondergang had gekeken. Als ze meer tijd had, ging ze ook vaak naar een andere plek. Ze liep het Canal Grande af tot aan het einde. Daar stond een huisje, met op de deur een symbool dat haar aandacht had getrokken, die avond dat ze ruzie had gemaakt met Carlos. Het was een klein huis met blauwe luiken, dezelfde kleur als de luiken die ze zo vaak op Burano had gezien. De muren waren felroze, net als de gekleurde plukjes in haar haar. Op het dak lagen donkerrode dakpannen en voor de ramen hingen bakken met bloemen. Aan de achterkant grensde het huisje direct aan het kanaal. Daar lag vast ook een bootje, dat wist Juliet zeker. Vlak voor het hek stopte ze. Ze raakte het symbool met de haan aan en dacht aan haar ketting.

'Hallo, kan ik u ergens mee helpen?'

Ze schrok en keek om zich heen om te zien waar de stem vandaan kwam. 'O, sorry, ik had u niet gezien.' Juliet kon net het silhouet van een vrouw zien, die onder een boom in de schaduw zat.

'Kom binnen, meisje, ik krijg kramp in mijn nek als ik zo naar je moet kijken.'

'Oké.' Juliet duwde het hek open en ging snel naar binnen. 'Sorry, mevrouw, ik stond uw mooie tuin te bewonderen.' Nu ze dichterbij stond, zag ze hoe oud de vrouw was: haar gezicht zat vol diepe rimpels en haar grijze haar viel los over haar schouders. Maar haar ogen en haar glimlach straalden als die van een jong meisje.

'Mooi hè? In deze tijd van het jaar is alles zo prachtig smaragdgroen en opaalkleurig.' Ze grinnikte even. 'Daarmee bedoel ik die bijzondere kleur roze, die verandert al naar gelang de zon erop schijnt. Heeft u een momentje? Mijn kleindochter komt ook zo.'

'Nou, graag!'

De oude vrouw had een blauw met gele jurk aan, een zonnebril met een dik, oranje montuur en een paar elegante schoenen met glimmende steentjes erop. Het geheel deed Juliet aan een exotische vogel denken. Ze zag er een beetje excentriek, maar wel erg mooi uit. Haar ouders zouden geschokt zijn als ze deze bijzondere oude dame zagen. De vrouw glimlachte en streek met haar lange, dunne vingers langs de kralen van de kettingen die om haar hals hingen. Wat een prachtige glimlach had ze, vrolijk en vol energie.

'Op Murano gebruiken we andere woorden voor de kleuren,' zei ze. 'Ook al zijn er niet meer zoveel glasblazers als vroeger, we gebruiken hun woorden nog wel. We duiden kleuren aan met de naam van edelstenen, ik houd daar wel van.' Ze zweeg even en Juliet vroeg zich af waar ze aan dacht.

'Ja, dat is een leuk gebruik. Bij het woord robijn of amethist zie je meteen de juiste kleur voor je.'

'Ik had het niet beter kunnen zeggen.'

Snel gleed de blik van de dame over haar heen. Ze leek haar aandachtig op te nemen. Net als haar oppas vroeger deed. 'Ik kom hier weleens langs, ik vind uw huis erg mooi. Door al die kleuren ga ik me meteen beter voelen.'

De vrouw grinnikte geamuseerd en wees naar een kan. 'Schenk wat te drinken in, het is koude limonade.'

Juliet bewonderde de kan en de glazen, ze zagen er heel mooi uit. Die vrouw had een uitstekende smaak. Ze vroeg zich af wie die dingen gemaakt kon hebben.

'Hoe kwam het dat je behoefte had aan... een wandeling?'

Juliet wachtte even met antwoorden. Ze gaf de vrouw een glas limonade aan en toen ze zag dat die haar geïnteresseerd aankeek, giechelde ze zenuwachtig. Meteen lachte de vrouw mee.

'Je moet weten dat ik erg nieuwsgierig ben, lieverd, en ook heel oud. Een gevaarlijke combinatie.'

Juliet nam een slok en keek naar de horizon die achter de vrouw te zien was. 'Ik heb mijn haar laten verven.'

Ze knikte. 'Ik zie het, het ziet er goed uit. Denk je dat het mij ook zou staan?'

Nam ze haar nu in de maling? Juliet sloot haar mond. De vrouw keek haar nog steeds verwachtingsvol aan. Verrast bedacht ze dat ze het misschien meende. 'Ik denk het wel.'

'Goed, ik zal er eens over nadenken. Dan moet ik wel een kleur kiezen waar ik niet snel op uitgekeken raak. Ik ben nogal wispelturig, weet je. Maar ga door! Je vertelde me dat je vandaag het lumineuze idee kreeg om je haar te laten verven en ik moet zeggen dat het je fantastisch staat. Je lijkt wel een vlinder. Houd jij van vlinders, schat? Ik ben gek op ze.'

Een vlinder... dat deed haar ergens aan denken. Als kind was ze ook helemaal weg van vlinders geweest, zozeer dat ze zelf een stel vleugels in elkaar had geknutseld van karton. Onrustig schoof ze heen en weer op haar stoel en nam nog een slok. 'Ik wilde het al een tijd, maar ik durfde nooit.'

Het oudje sperde haar ogen wijd open. 'Hoezo niet? Je bent een prachtige meid. Waarom zou je je eigen wensen negeren? Dat moet je niet meer doen, neem dat van mij aan. Dat is fout en nooit de moeite waard. Bovendien raak je er een hoop tijd en energie aan kwijt. Je bent wie je bent en daarmee uit. Als je je bezig gaat houden met wat anderen vinden van wat je doet en je eigen gevoelens negeert, loopt het niet goed af. Ja, laat me even uitpraten, schat. Ik geef eigenlijk geen adviezen, zeker niet als iemand daar niet om vraagt, maar bij jou... hebben we elkaar niet eerder ontmoet? Ach, let niet op mij, je lijkt gewoon op iemand die ik ooit gezien heb... Goed, waar waren we? O ja, ik zei dat als iemand zichzelf wegcijfert, die daar altijd iets voor terug verwacht. Dat weet diegene dan zelf niet, hè? Ik zeg niet dat je met niemand rekening moet houden, het gaat zoals het gaat. En als diegene dan niets terugkrijgt, en dat is vrijwel altijd het geval, want waarom zou je iets krijgen zonder erom te vragen, dan raakt hij teleurgesteld. En daar komt zo'n hoop ellende van, dat wil je niet weten.' Ze pauzeerde even en keek haar aan.

Ze stak haar hand uit en wachtte tot Juliet hem pakte.

'Vandaag ben je blij omdat je hebt gedaan wat je wilde, toch?'

'Ja.'

Ze lachte weer. 'Dat is een fijn gevoel, hè? Nou, wat zeg je er dan van om daar een gewoonte van te maken? Ik weet zeker dat het je zal bevallen om jezelf op de eerste plaats te zetten. Probeer het eens twintig dagen te doen, daarna wordt het een gewoonte. Kijk me niet zo aan, ik verzin het niet, hoor. Het schijnt dat je twintig dagen nodig hebt om een nieuwe gewoonte aan te leren. En mensen houden van hun gewoontes. Dat heb ik trouwens ook niet zelf verzonnen, ik lees gewoon veel. En aangezien ik mijn leven al grotendeels achter de rug heb, weet ik of wat er staat de waarheid is of quatsch.'

Quatsch? Juliet proestte. 'Ik heb niet eens gevraagd hoe u heet.'

'Wat maakt dat nou uit? Weet je soms niet dat je altijd de beste gesprekken hebt met onbekenden?'

Ze praatten nog even door, tot Juliet voelde dat het kouder begon te worden. 'Hoe dan ook, ik heet Juliet.'

Ze zuchtte. 'En ik heet Nina, meisje.'

Ze liep met de vrouw mee naar de deur en beloofde snel weer langs te komen.

Het avondeten met Carlos en de anderen verliep vlot, daarna had ze er behoefte aan om alleen te zijn. Ze ging naar haar kamer, kleedde zich uit en ging naar bed. Ze moest lachen, toen ze terugdacht aan de ontmoeting met de oude dame.

'Is het allemaal echt zo simpel?'

Dat was het natuurlijk niet, maar het was wel een frisse kijk op dingen. Ze zuchtte en sloot haar ogen.

Een paar uur later werd ze met een schok wakker. Gelukkig was het nog vroeg, dacht ze.

Toen ze haar kamerdeur opendeed, kwam er net een medecursist langs. 'Hoi, Morgan.'

'Goedemorgen. Jij bent er vroeg bij.'

'Ik slaap altijd slecht als ik ergens aan moet denken.' Ze wist zelf niet waarom ze dat zei, ze praatte bijna nooit over haar slaapproblemen, die hield ze liever voor zich.

'Ik weet hoe dat is.'

Ze kon zich niet voorstellen dat Morgan zich druk maakte. Hij was een modelstudent.

'Heb je iets te doen?'

Geamuseerd keek ze hem aan. 'Ja, om zes uur 's ochtends. Altijd.' Waar zou ze op dit uur heen moeten?

Hij schudde zijn hoofd. 'Het is geen zes uur, het is vijf uur.'

Juliet zag iets in zijn gezicht, het leek alsof hij ergens over nadacht.

'Ik ga samen met een paar anderen het glas klaarmaken, heb je zin om mee te gaan?'

'Ja!'

Samen gingen ze de glasblazerij in, waar ze vriendelijk begroet werden.

'Hoi, Juliet, welkom. Wat zie je er kleurrijk uit.'

Marcus? Dus hij was er ook. Gegeneerd streek ze door haar haar. Ook al had ze het in een staart gedaan, de gekleurde plukjes waren nog steeds te zien. 'Dank je wel,' mompelde ze, terwijl ze bij de anderen ging staan.

Het glasmengsel was snel klaar en werd in een smeltkroes te rusten gelegd. Al snel begon het te smelten en na een paar uur begon het al ergens op te lijken. Het verwarmde glas produceerde eerst grote bubbels. Juliet keek bewonderend in de oven en bedacht wat ze er allemaal mee zou kunnen doen. Halverwege de ochtend nam ze een kleine pauze.

'Juliet, er is iemand voor je.'

Ze draaide zich om en zag Silvia in de deuropening staan wenken. Ze liep naar buiten en zag hem.

'Dat meen je niet!' zei ze en ze sloeg een hand voor haar mond.

Ze deed uit verwarring eerst een stap naar achteren, maar meteen daarna rende ze naar hem toe. 'Daniel!'

Hij liep haar met open armen tegemoet. 'Juliet, ik dacht dat ik gek werd. Waarom neem je je telefoon nooit op?'

Ze wierp zich in zijn armen en hij tilde haar op en draaide haar in het rond. Zo bleven ze staan, met hun armen om elkaar heen, en ze keken elkaar aan.

Ze begon te lachen, omdat ze begreep waarom Silvia zo onder de indruk had geleken. Haar broer was ontzettend knap. Hij droeg een pak met stropdas en leek wel een acteur. 'Wanneer ben je aangekomen?'

'Net, ik kom direct van het vliegveld. Ik kon niet langer wachten, ik moest weten hoe het met je was.' Hij streelde haar haar. 'Wat mooi, heel... kleurrijk.'

'Mam zal het wel verschrikkelijk vinden. En Paul laat me zo waarschijnlijk niet eens op zijn bruiloft komen.'

Ze lachten allebei en pakten elkaar weer vast, al snel werden ze serieus. Er waren dingen die besproken en uitgelegd moesten worden. 'Sorry, ik wilde je geen pijn doen.'

Daniel schudde zijn hoofd. 'Nee Juliet, het is mijn schuld. Het is allemaal mijn schuld en het spijt me zo. Echt, kleintje, het spijt me verschrikkelijk, ik wilde je alleen maar beschermen, ik wilde...'

'Dat begrijp ik, maar er zijn dingen die ik zelf moet doen, alleen.' Ze maakte zich los en zag dat al haar klasgenoten, inclusief Marcus, in de deuropening stonden.

Ze bloosde en wees naar Daniel. 'Dit, nieuwsgierige aagjes, is mijn broer.' Ze moest bijna weer lachen toen ze zag hoe opgelucht Marcus keek. Alsof hij bijkwam van een grote schok.

Hij liep met uitgestoken hand naar hem toe. 'Aangenaam, ik ben Marcus. Dus jij bent de broer van Juliet... geweldig!'

Daniel keek haar verbaasd aan en wendde zich tot Marcus. 'Aangenaam.'

'Leuk je te ontmoeten.' Hij lachte en de anderen lachten mee.

'Echt?' Nog voordat Daniel om uitleg kon vragen, stak Carlos zijn hand al uit en daarna volgden Morgan, Robert en alle anderen.

Daniel verdroeg het eerst allemaal geduldig, maar toen opeens pakte hij Juliet bij haar arm en zei. 'Ik moet met je praten.'

Ze knikte. 'Ik kom later terug, goed?' vroeg ze de anderen.

'Ja hoor,' zei Marcus. 'Ga maar, als je iets nodig hebt, weet je me te vinden.'

Ze lachte. 'Oké.'

'Kom,' zei ze tegen Daniel. 'Ik douche even en dan gaan we. Ik zal je Venetië laten zien.' Ze liepen de trappen af terwijl ze hem vertelde over de geschiedenis van het gebouw en de aristocratische families die er hadden gewoond voordat het een school werd. Hij keek bewonderend om zich heen. 'Het is prachtig en de lucht is hier ook zo zuiver. Hoe zal ik het zeggen... je zou hier voor altijd kunnen blijven.'

Dat had zij precies zo gevoeld toen ze hier voor het eerst kwam, dacht ze blij. Ze liet haar kamer zien en genoot van de uitdrukking op zijn gezicht. 'Mooi hè?'

'Prachtig!'

Opeens betrok Daniels gezicht. Hij ging op een van de stoelen zitten en schoof zenuwachtig heen en weer.

Hij stond weer op, deed zijn jasje uit en maakte zijn das los. Hij rolde hem op en stak hem in zijn zak. 'Hè, verdorie.' Nerveus begon hij te ijsberen, tot Juliet hem stopte.

'Wat is er toch?' vroeg ze.

Daniel keek haar aan. 'Ik heb het ze verteld.'

'Wat bedoel je precies?'

'Ik heb George aan pap en mam voorgesteld.'

Vanaf het moment dat ze hem had leren kennen was er slechts één mogelijke verklaring voor hun innige band. Ze pakte zijn hand.

'Weten ze het?'

'Ja.'

Ze trilde. 'Sorry Daniel, ik wilde niet dat ze er zo achter kwamen.' Ze schaamde zich, ze had zich verschrikkelijk gedragen. 'Kon ik maar terug in de tijd en het anders doen, ik had niet het recht. Het spijt me zo.'

Hij lachte en zijn ogen begonnen te glimmen. 'Nee hoor, het is allemaal in orde en dat heb ik aan jou te danken. Als jij me niet tot een bekentenis had gedwongen, was ik wat blijven aanklooien en dan was ik hem kwijtgeraakt. Dat zou ik niet kunnen verdragen. Dus dank je wel.'

Juliet viel bijna van haar stoel van verbazing. 'Ik begrijp het niet.'

Ze zaten op het bed met hun handen in elkaar, zoals ze al zo vaak samen gezeten hadden. Meestal vertelde Juliet dan haar problemen aan haar broer, maar nu waren de rollen omgedraaid. Ze voelde zich vreemd en wist niet wat ze van de situatie moest denken.

'Ondanks alle moeilijkheden heb jij toch je eigen pad gekozen, ook al moest je het alleen doen, dapper zusje van me.'

Juliet keek hem aan en begon te huilen. 'Zo is het niet gegaan. Ik ging bijna dood van angst. Er is van alles gebeurd. En mijn telefoon deed het niet… ik kon niet terecht in het hotel. En ik heb de eerste opdrachten allemaal verprutst. Ik heb de ene fout na de andere gemaakt, zelfs mijn klasgenoten meden me.' Ze probeerde rustig te praten, maar het kwam er allemaal snikkend uit. Ze vertelde over die eerste dag, toen ze haar tas was kwijtgeraakt en hoe Marcus haar had geholpen. Hoe ze bijna verliefd op hem was geworden en wat een slecht idee dat was, omdat hij haar had bedrogen. Na dit alles moest ze op adem komen. Daniel lachte en kuste haar handen.

'Je bent een bijzondere vrouw, Juliet, en ik ben trots dat ik je broer ben.'

Ze schudde haar hoofd. 'Heb je dan niet geluisterd naar wat ik allemaal gezegd heb? Als je zo lief tegen me blijft doen, ga ik weer huilen en dan krijg ik hoofdpijn en dat kan niet, want morgen heb ik mijn eerste examen.'

Daniel bleef lachen. 'Laat toch zitten, lieverd. Ga met me mee naar huis, alles is nu opgelost. Je hoeft hier niet te blijven.'

'Ik wil hier op Murano blijven en doorgaan, ik houd van wat ik doe. Ik ben gelukkig hier.'

Op het moment dat ze het zei, voelde Juliet hoezeer ze het meende. 'Ik ben voorlopig niet van plan naar huis te gaan, ik wil hier blijven. Eerst maak ik deze cursus af en wie weet open ik hier dan wel een boetiek met mijn eigen creaties.'

Daniel keek sceptisch. 'Iedereen mist je, pap en mam hebben het heel zwaar. Ze maken zich grote zorgen en Paul is ook stiller dan ik hem ooit heb gezien. Hij heeft heel veel spijt. Alles wordt anders, je zult het zien. Hij is gek op je. Die dag dat het ongeluk gebeurde, toen je jezelf uit het raam stortte, werd hij bijna gek van verdriet, hij dacht dat het zijn schuld was.'

Hield hij daarom altijd afstand? En was hij daarom altijd zo kritisch? 'Dat wist ik niet.' Verder wist ze even niet wat te zeggen.

'Je was nog te klein om het je te herinneren, maar hij heeft het er erg moeilijk mee gehad. Paul houdt van je. Wij allemaal.'

Het idee dat haar hele familie zorgen om haar had, maakte dat ze zich erg verdrietig voelde. Ze bleef stil zitten en overdacht Daniels voorstel, het was erg aantrekkelijk. *Kom mee terug naar huis, alles zal anders zijn…* Ze keek hem weer aan. 'Nee, Daniel, ik blijf hier op Murano om af te maken waar ik aan begonnen ben.'

Hij zweeg en zuchtte. 'Oké, als dat is wat je wilt, dan sta ik aan jouw kant.'

Ze wist dat hij het er niet mee eens was en haar desondanks toch zou steunen. Hij had respect voor haar keuze en had die geaccepteerd. Ze voelde zich opeens heel gelukkig en tevreden.

'Ik ga even douchen, dan kunnen we daarna gaan eten.'

Eenmaal onder de warme straal spoelden de vermoeidheid en de zorgen al snel van haar af. Ze voelde zich rustig en opgelucht. Ze begreep niet waarom haar broer zo bang was geweest voor het oordeel van hun ouders. Als ze ergens zeker van was geweest, dan was het wel dat ze geen bezwaar zouden hebben tegen zijn geaardheid en hem er ook niet om veroordeeld zouden hebben. Juliet dacht dat ze het ergens altijd wel geweten hadden. Ook al wist hij dat iedereen verliefd mocht worden op wie hij wilde, Daniel had toch altijd zijn best gedaan zijn privéleven af te schermen, net zoals zij altijd had gedaan. 'Iedereen bouwt zijn eigen gevangenis,' zei ze tegen de spiegel. Ze keek aandachtig in de spiegel. Haar gekleurde haar glansde in de warme julizon. Ook zijzelf straalde, want ze wist dat ze op Murano zou blijven.

Toen ze de badkamer uit kwam, stond Daniel naar haar ketting te kijken. 'Mooi hoor, heb je die zelf gemaakt?'

Ze schudde haar hoofd. 'Hij is van een ver familielid geweest. Volgens mij heeft zij hem destijds zelf gemaakt, maar dat weet ik niet zeker.'

'Hoe bedoel je?'

Ze pakte haar tasje. 'Kom mee, dan vertel ik het je onderweg.' Terwijl ze de Fondamenta dei Vetrai af liepen, vertelde Juliet over de ketting: dat ze hem van haar oppas had gekregen en wat ze er voor mysterieuze woorden bij had gezegd. En over het symbool van de haan, dat ook op de deur van de school stond en verbonden was met de glasblazers. 'Ik ben er nog niet uit hoe het verhaal precies in elkaar zit en ook niet of het iets met mij te maken heeft.'

'Misschien woont er ergens in Venetië nog wel een familielid van ons,' zei Daniel.

Dat kon, daar had zij ook weleens over nagedacht. 'Weet jij meer over opa Luigi?'

Intussen waren ze aan een tafeltje gaan zitten en had Juliet voor hen allebei besteld. 'Hij overleed toen papa pas een paar jaar oud was.'

'Ja, dat weet ik ook. Maar waarom wordt er zo weinig over hem gesproken? Ik weet niet eens waarom hij zijn achternaam veranderd heeft.'

Daniel haalde zijn schouders op. 'Heel veel mensen deden dat destijds, dat maakte het makkelijker om te integreren. Het gaf ook meer vertrouwen en dat was natuurlijk belangrijk voor een ondernemer als opa.' Hij trommelde met zijn vingers op tafel. 'Ik heb er nooit echt over nagedacht.'

Zij ook niet, ze had alles gewoon aangenomen. Maar met alles wat er onlangs gebeurd was, werden de vragen nu dringender, ook over de ketting.

Ze zwegen even terwijl ze allebei nadachten. 'Denk je dat Gina weet hoe het zit?' vroeg Daniel.

'Ze wil het er niet over hebben.'

'Waarom vraag je het niet aan papa?'

Ze zuchtte. 'Als het een erfstuk uit onze familie was, hoe kwam Gina er dan aan? Ik wil haar geen problemen bezorgen, dus totdat ik precies weet hoe zij eraan gekomen is, praat ik er met niemand over.' Ze wachtte even. 'Hoe heette onze opa eigenlijk van zijn achternaam? Het zou al veel helpen om dat te weten.'

Daniel nam even de tijd. 'Ik zal het eens onderzoeken. In het uiterste geval vraag ik het gewoon aan pap, zonder uit te leggen waarom ik het wil weten.'

Juliet wist dat dat niet makkelijk zou zijn, haar vader kennende. Desondanks wist ze dat ze op haar broer kon rekenen, hij was nog altijd haar Daniel.

Hij ving haar blik en lachte. Hij pakte haar hand stevig vast in de zijne. 'Je ziet er geweldig uit, zusje. Ik moet toegeven dat het een goede beslissing van je was om naar Venetië te gaan.'

Ze was zo blij hem te zien en te spreken dat ze besloot hem meer te vertellen. 'Wanneer ik terug kom naar Seattle, zal alles anders zijn. Ik ben veranderd. Ik ga dingen nu op mijn manier aanpakken en leven zoals ik dat wil en ik wil niet dat iemand zich daarmee bemoeit. Daarvoor heb ik jouw steun nodig, zul je me die geven?'

'Natuurlijk.' Hij drukte haar hand nog een keer. 'Bovendien ben je mijn kleine zusje, ik wil je altijd beschermen.'

'Dat begrijp ik en natuurlijk mag jij me altijd oprapen als ik val.'

Ze wisten allebei wat ze bedoelde. Daniel zuchtte. 'Alsjeblieft, laten we het daar niet over hebben. Ik ben duizend doden gestorven die dag dat ik je in de tuin vond en moest helpen.'

Juliet giechelde. 'Zie je? En ik heb het overleefd. Ik zal altijd willen blijven vliegen, Daniel, begrijp je dat?'

Hij keek haar aan. 'En ik zal er altijd voor je zijn.'

Ze lachte ontroerd, dat was alles wat ze wilde.

De rest van de avond wandelden ze door de straatjes met glasblazerijen en winkeltjes. Daniel kocht een pen voor George, oorbellen voor hun moeder en Rebecca en een presse-papier voor hun vader en Paul. Hij vloog die avond verder. Hij zou George in Rome ontmoeten, waar ze samen nog een paar dagen zouden doorbrengen. Op een dag zou zij daar ook heen gaan, dacht Juliet.

'Ik ga met je mee naar het vliegveld.'

'Geen sprake van, jij blijft rustig hier bij je vrienden. Ik heb al een taxi geregeld, ik had nog nooit in een watertaxi gezeten, dat is fantastisch. Kijk, hierachter ligt hij al klaar.'

Juliet wist wat hij bedoelde, zij had het ook leuk gevonden in de watertaxi. Terwijl ze het laatste stukje naar de kade liepen, voelde ze zich opeens een beetje verdrietig. 'Ik hou van je, Daniel, je bent mijn grote held en dat zul je altijd zijn.'

Hij nam haar in zijn armen. 'En jij zult altijd mijn kleine aapje zijn. Hoewel ik het gevoel heb dat je dat niet zult blijven. Is die Marcus wat? Hij lijkt me nogal... ondernemend en zelfverzekerd.'

Ze legde haar wang tegen zijn borst. 'Ik weet het niet.'

Hij kuste haar haar. 'Vind je hem leuk?'

Ze knikte. 'Heel leuk.'

'Heb je hem dat al verteld?'

Ze schudde haar hoofd. 'Hij is weggegaan zonder me zelfs maar gedag te zeggen.'

'Maar hij is weer teruggekomen.'

'Ja.'

'Dan moet je hem wel laten weten wat je voelt, toch?'

'Ja. Jammer dat ik niet weet hoe dat moet.' Bovendien wist ze niet of hij wel geïnteresseerd was. Of eigenlijk was dat niet waar: ze wist dat hij geïnteresseerd was, dat had ze die ochtend aan zijn gezicht gezien. Maar wat kon ze doen?

'Ik weet zeker dat je het kunt.'

Met tegenzin maakte ze zich los uit zijn omhelzing. Ze keek toe hoe hij in de taxi stapte en met grote golven en opspattend schuim wegvoer. Ze bleef zwaaien zolang ze nog iets van hem zag. Ook toen hij al uit het gezicht was verdwenen, bleef ze daar staan. Er was zoveel gebeurd in zo'n korte tijd! Ze draaide zich om en zag hem. Marcus stond vlakbij en keek naar haar. Was hij haar gevolgd, had hij daar al die tijd gestaan?

Ze liep naar hem toe. Hij spreidde zijn armen uit en ze liet zich tegen hem aan vallen, veilig in zijn warme omhelzing.

'Gaat het wel?'

Ze knikte. Ze had zijn geur gemist.

'Zullen we ergens iets gaan drinken?'

Juliet keek hem aan. 'Waarom?'

Hij fronste.

'Heb je een speciale reden?' vroeg ze langzaam.

Hij streelde haar gezicht met zijn vingers. 'Omdat ik het fijn vind om bij je in de buurt te zijn, ik hou van je lach en van hoe je praat en zelfs van hoe je zinnen zo verhaspelt dat ik er niets meer van begrijp.'

Hij zweeg. Juliet richtte zich op, legde haar handen om zijn gezicht en kuste hem zoals ze dat die eerste avond al had willen doen, toen hij naar haar had gekeken en haar echt had willen kennen.

16

Vaselineglas is een term voor een bepaalde tint geel glas. Deze kleur kon verkregen worden door een heel zeldzaam bestanddeel toe te voegen aan het glasmengsel: uranium. Hoewel er altijd weinig van gebruikt werd, bestaan er toch objecten die er een behoorlijke, maar nog steeds onschadelijke hoeveelheid van bevatten. Deze objecten zijn gemaakt voordat men ontdekte dat uranium een radioactieve stof was. Tegenwoordig zijn voorwerpen gemaakt van dit soort glas erg geliefd bij verzamelaars.

Marina

De glasblazerij van de familie Chiaramonte kende een lange geschiedenis en stond in de volksmond nog steeds bekend als de *fornaza dele siòre,* de glasblazerij van de heren. Het was niet makkelijk geweest om te gaan met diegenen die er erg traditionele opvattingen op na hielden, soms had dat geleid tot openlijke vijandigheid. Marina had besloten zich daar niets van aan te trekken. Als Marietta Barovier het in haar tijd kon, toen het voor vrouwen nog lastiger was om iets voor zichzelf te doen, kon zij het ook. Zo moest ze het zien, dacht ze steeds als het moeilijk werd en ze bleef enthousiast doorwerken. Ze had haar mantra en de glasblazerij die door haar vader zelf was opgezet en waar ze gek op was. Het was er altijd erg schoon en opgeruimd, omdat Ada voor elk stuk gereedschap een eigen plek had bedacht en er aan het einde van de dag persoonlijk op toezag dat alles weer op de goede plek lag. Het was een kleurrijke ruimte: de muren waren in vrolijke kleuren geverfd en voor elk raam hingen bloembakken. Marina's lievelingsbloemen waren rozen, omdat ze zo lekker roken en mooi en welgevormd waren, maar wel doorns hadden.

Ze deden haar denken aan de meisjes die ze in dienst had, of eigenlijk vrouwen van alle leeftijden: zij waren ook een soort rozen, die door het lot verwond waren als door doorns. Ondanks het feit dat ze het zwaar hadden gehad in hun leven, hadden ze zich herpakt, hun littekens waren genezen en ze waren opnieuw begonnen. Ze werkten stug door in een stad die hen nooit echt had geaccepteerd en deden er alles aan hun situatie te verbeteren.

De sfeer in de glasblazerij deed haar denken aan haar gelukkige jeugd. Iedereen ging vriendelijk met elkaar om en als er al discussies ontstonden, was één woord van Rosanna genoeg om de gemoederen te bedaren. Marina wilde dat er in de keuken altijd warm eten te vinden was. Er was ook een kamer die uitkwam op de binnentuin, daar mochten de dames die voor haar werkten soms hun kinderen of kleine broertjes en zusjes laten spelen. Vaak paste Agata op de kleintjes, daarbij geholpen door Ginetta. Die was net acht jaar geworden en al helemaal onderdeel van het gezin. De pastoor was een paar keer langsgekomen om haar mee te vragen naar een gezin waar ze nog op zoek waren naar een hulp in de huishouding. Zij had dat telkens hartgrondig geweigerd, totdat Agata had ingegrepen en de pastoor te kennen had gegeven dat hij elders op zoek moest gaan naar dienstmeisjes, want zij zou haar lieve Ginetta nooit laten gaan.

Toen zij het familiebedrijf had overgenomen, had Marina het ingericht volgens de adviezen van Rosanna en haar eigen ideeen. Ze had de oude doorgangen naar het kanaal opgeknapt. Daar kwamen de grondstoffen aan die binnen gemengd werden. Ze was geïnspireerd geraakt door de recepten van Marietta Barovier, daarom voegde ze altijd een geheim element toe aan haar verder moderne bereidingswijze. Het mengsel werd als het klaar was in een smeltkroes gedaan om vervolgens in de glasblazerij verder bewerkt te worden. De dames hadden de techniek van de oude

Nando al snel onder de knie. Terwijl ze het glas bewerkten, zorgden ze ervoor dat het warm bleef om te voorkomen dat het tijdens het proces zou barsten. Dat deden ze niet met gewone pijpen, maar met een blaaspijp. Achter hen stonden de koelovens, waarin de objecten gingen die klaar waren. Marina bleef ook glazen parels produceren, daarom was er ook een plek voor de glasblazers die zich daarmee bezighielden. Zij werkten in het lichtste gedeelte van het gebouw, bij de grote ramen die uitkeken op het kanaal. De glazen stukken werden uiteindelijk geslepen, goed gecontroleerd op oneffenheden en ingepakt in kratten met hooi.

Die middag stond Marina net met Rosanna de laatste lamp te controleren. Het was een vermoeiende ochtend geweest. De lamp was echter goed gelukt, vond ze, terwijl ze hem kritisch bekeek. Ze had er bloemen in verwerkt met dezelfde techniek als die ze gebruikte voor de kralen. De contrasten tussen de lichte en donkere kleuren en het doorzichtige en ondoorzichtige glas was bijzonder. Ook liepen er dunne draadjes goud en zilver door het glas, die met elkaar vervlochten waren. Het was een groot werk geworden, net zo groot als zijzelf. Er was een middenstuk, waar een aantal gekrulde armen uit ontsproot met aan het eind van elk daarvan een soort kommetje. Het licht werd zo door de hele kamer verspreid en dat gaf een leuk effect.

'Hoe vind je hem?'

Rosanna bekeek de lamp goed en knikte. 'Goed werk, hij is heel groot, maar weegt bijna niets.'

Dat was natuurlijk overdreven, toch lachte Marina tevreden. De lampen die zij produceerden stonden vooral bekend om hun lichte gewicht. Elke lamp werd samengesteld uit verschillende stukken geblazen glas en speciaal ontworpen volgens de wensen van de klant die hem besteld had. Dat was ook kenmerkend voor Marina's manier van zakendoen. De glasblazerij maakte alleen unieke objecten die gemaakt waren om indruk te maken. Zo moest het ook zijn. Glazen voorwerpen hadden iets magisch, en in handgemaakte objecten moest de maker al zijn creativiteit kwijt kunnen. Marina was trots op alles wat ze bereikt had. Achter haar stond een stapel kratten te wachten om verzonden te worden. Rosanna had de adressen erop geschreven en aan het einde van de dag zou zij er persoonlijk op toezien dat ze goed verscheept werden. Ze kon het bijna niet geloven, maar eindelijk gingen de dingen zoals zij dat wilde. Dat gold alleen niet voor Giorgio. Ondanks alle goede zorgen en de vasthoudendheid van Agata, gleed haar vader elke dag verder weg in een andere wereld, waar geen plek was voor iets of iemand anders.

'Gaat het wat beter vandaag?'

Had Rosanna haar gedachten gelezen? Ze schudde haar hoofd. 'Nog steeds hetzelfde, ik heb gisteren een hele tijd tegen hem gepraat, maar ik geloof niet dat hij er iets van heeft meegekregen.'

'Dat weet je niet, misschien dacht hij aan iets anders.'

'Ja, dat zal het wel geweest zijn.' Hoe zou ze het ooit redden zonder haar? vroeg Marina zich af. Rosanna had niet alleen bewezen een goede glasbewerkster te zijn, ze was ook goed in organiseren, kleine problemen oplossen en oplossingen bedenken voor grote problemen. En ze kon goed luisteren. Dat deed ze op haar eigen manier, een beetje lomp en direct. Maar dat hielp haar vaak juist. Af en toe dacht ze eraan hoe al dat talent verloren had kunnen gaan. Wat jammer toch dat mensen zoveel vooroordelen hadden. Door al die zelfopgelegde beperkingen kon men de dingen niet gewoon zien zoals ze waren. Haar collega was een heel bijzondere vrouw, maar niemand had haar ooit een kans gegeven.

'Marina, er is iemand voor je.'

'Het is mevrouw Marina, hoe vaak moet ik je dat nog zeggen, stijfkop?' voer Rosanna uit tegen het meisje dat net was binnengekomen. Marina reageerde er niet op en begon te stralen. Achter het meisje stond haar broer. 'Luigi!' Hij was goedgekleed als altijd en keek bewonderend om zich heen, wat zij leuk vond om te zien.

'Daar is mijn zusje!'

Ze sloeg haar armen om zijn nek en hij drukte haar tegen zich aan. 'Ben je nou alweer gegroeid?' Hij kuste haar op de wang en

Marina legde haar hand op zijn borst, sloot haar ogen en luisterde naar zijn hartslag. Opeens voelde ze een brok in haar keel, ze had hem zo gemist. Ze had geen idee waarom haar broer zomaar was weggegaan, al ging iedereen nu eenmaal anders om met verdriet. Vanaf het moment dat hun vader ziek was geworden was hij er amper nog geweest. Hij was naar Milaan verhuisd en belde hooguit één keer in de maand.

'Ik kom eens kijken wat jij hier zoal doet.'

Wat jij zoal doet? Dat had ze niet verwacht. Ze maakte zich los uit zijn omhelzing en deed een paar stappen achteruit. Ze keek naar Rosanna, die verder was gegaan met het inpakken van de lamp. 'Zoals je ziet gaat het uitstekend.'

'Ja, Nando heeft het goed gedaan.'

Verbijsterd keek ze hem aan. 'Ja, het was een fijne samenwerking, hij heeft de meisjes opgeleid.'

'Jij hebt het ook goed gedaan. Kunnen we even praten?' Hij wees naar het gebouw waar vroeger het kantoor van hun vader was en waar zij een zitkamer had ingericht om uit te rusten van het werk.

'Ja hoor.' Marina vroeg zich af of dat de beste plek was om het gesprek dat ze al twee jaar met haar broer wilde voeren te houden. Hij was hier nodig, waarom begreep hij dat niet? Ze bekeek hem aandachtig terwijl hij de deur achter zich dichtdeed en tegenover haar ging zitten.

'Je ziet er goed uit,' zei ze. Hij was echt in topvorm, knapper en charismatischer dan ooit, iedereen lag aan zijn voeten. Ze hoopte dat zijn voorkomen ook iets met zijn nieuwe baan te maken had. Haar moeder had daar iets over gezegd. Ze had ook gezegd dat Luigi hun hulp niet meer nodig had.

Marina hoopte dat dat waar was.

Op dat moment herinnerde ze zich dat haar broer altijd had benadrukt hoe belangrijk uiterlijk vertoon was.

Het leek heel lang geleden dat hij haar dat had uitgelegd, hun vader was toen nog gezond en het hoofd van het gezin. Agata zong elke ochtend en zijzelf ging nog naar de universiteit. Alles was toen zo eenvoudig, dat het haast onwerkelijk leek.

'Jij ziet er prachtig uit.'

Ze lachte. 'Vertel eens over jezelf, hoe gaat het met je?' Ze wilde de waarheid weten. 'Heb je nog problemen?'

Hij zuchtte. 'Papa had je niet over mijn moeilijkheden moeten vertellen.'

'Dat heeft hij ook niet gedaan.'

Hij keek verbaasd. 'Wie dan?'

'De bankdirecteur heeft het me verteld.'

'Die verdraaide bemoeial.'

Voordat hij zich door zijn woede kon laten meeslepen, pakte Marina zijn hand vast. 'Ze hebben ons krediet ingetrokken, we waren bijna alles kwijtgeraakt.'

Hij keek haar gekweld aan. Toen brak er een glimlach door op zijn gezicht. 'Maar dat is dus uiteindelijk niet gebeurd en dat is toch het belangrijkste.' Hij pakte zijn portemonnee uit zijn zak. 'Hoeveel heb je nodig? Daarvoor ben ik hier, zusje. De zaken gaan goed, heel goed zelfs. Ik ben zaken gaan doen samen met een paar vrienden, goede mensen, ze waarderen mijn ideeën en we kunnen het uitstekend vinden.'

Ze was blij dat het goed met hem ging, maar wat ze hadden doorgemaakt was te pijnlijk geweest om zo te worden weggewuifd. Ze vond het zorgelijk dat Luigi zo laconiek over alles deed. Hij was er niet toen Giorgio op sterven lag, zij had zich over alles moeten ontfermen en ze zou de uitdrukking van wanhoop op haar moeders gezicht in die periode niet snel vergeten. Ze hield van hem, al kon ze niet ontkennen dat haar broer in een andere werkelijkheid leefde. Begreep hij dan echt niet hoezeer zijn aanwezigheid en zijn kracht hier nodig waren? 'Blijf, kom met me in de glasblazerij werken. We bouwen onze productie weer op naar het niveau van vroeger.'

Hij bleef haar een tijd lang aankijken en barstte toen in lachen uit. 'Heb je wel gehoord wat ik zei? Ik ben met een grote zaak bezig. Prisma's, kabels, geleiders voor condensatoren, lenzen, dat is de toekomst. Onderdelen van televisies, dat is belangrijk. Elk gezin zal er een willen, Marina, we leven in het tijdperk van de technologie. Met de inkoop van consumentengoederen valt pas echt geld te verdienen, niet dat beetje dat je met glas krijgt. Dit is het verleden. Iedereen investeert nu in de toekomst, de wereld verandert. En ik wil de kans daaraan mee te doen niet laten schieten.' Marina had moeite haar Luigi nog te herkennen in de jonge, goedgeklede man die nu tegenover haar zat.

'Jij weet het nog niet, maar in Amerika gebruiken ze tegenwoordig een machine om berekeningen te maken die vroeger maanden geduurd zouden hebben. Over een paar jaar komen die machines ook naar Europa, ze zullen de wereld veroveren. Dat is pas vooruitgang, word toch wakker, Marina, en blijf niet zo klein denken.'

Ze deed haar best om zijn logica te volgen en luisterde belangstellend. Behalve de dingen die ze al wist, voegde hij niets toe. Hun uitgangspunten stonden lijnrecht tegenover elkaar.

Zij hield van kunst en schoonheid, hield zich graag bezig met details en kon genieten van dingen als een glimlach, een lekker koekje of de zon en de frisse lucht die haar kamer binnenkwamen als ze 's ochtends het raam opendeed. Luigi hield juist van grote dingen, van industrie, mogelijkheden en van macht. 'Ik ben blij dat het goed met je gaat.' Dat was ook zo en ze lachte naar hem. Zijzelf wilde niet per se veel succes hebben, maar haar eigen weg volgen. Ze veroordeelde hem niet om zijn denkbeelden, ze deelde die alleen niet.

Haar broer keek bevreemd naar haar en zuchtte. 'We zoeken nog investeerders.'

Hij had zijn portemonnee nog steeds in zijn had. Marina vroeg zich af wat hij zou doen als ze hem echt om geld zou vragen. Meteen schaamde ze zich voor die gedachte. 'Ik denk niet dat je hier op het eiland iemand vindt.'

Hij wachtte even. 'Mama heeft gezegd dat jij zeggenschap over het bedrijf hebt.'

Dat verraste haar, want het was niet helemaal waar, dat wist haar moeder ook heel goed. Giorgio was nooit meer beter geworden en was niet in staat geweest het bedrijf over te dragen. Er waren alleen door hem ondertekende documenten van voor zijn ziekte, alle latere documenten waren door zijn vrouw ondertekend. Maar dat was iets wat alleen zij tweeën wisten. 'Ik zal doen wat ik kan.' Ze besloot Agata's lijn te volgen, want ze ging ervan uit dat haar moeder een goede reden had om de dingen zo voor te spiegelen. 'Ik heb het tegen haar gezegd en ik zeg het ook tegen jou, Marina. We moeten de glasblazerij ombouwen tot een plek om op industriële schaal te produceren.'

Wat een belachelijk idee! Wat was er met haar broer gebeurd? Het leek wel alsof Luigi uit de stad kwam en niet hier met haar was opgegroeid en alle verhalen die hun ouders hun verteld hadden op de winteravonden bij het vuur vergeten was. Hun familie was al generaties lang glasblazer. Giorgio was er trots op dat voorwerpen uit hun glasblazerij nu te pronk stonden op de tafels van de adel. Sommige van hun bokalen stonden zelfs in een museum, zodat iedereen ze kon bewonderen. Ze haalde een hand door haar haar. 'Wij zijn een familie van kunstenaars en de kunst van het glas bewerken zit in ons bloed.' Ze dacht aan mevrouw Barovier en aan het boekje dat ze volgens haar vader van haar geërfd hadden. 'We hebben niet veel geld nodig, we moeten gewoon mooie dingen maken en doen wat ons gevoel ons ingeeft.' Ze vond het fijn om te weten dat ze de omgeving wat mooier maakte.

Hij keek haar met een schuin oog aan. Marina wist dat hij teleurgesteld was, zo was het nu eenmaal. Ze had al haar spaargeld in de werkplaats gestoken. Daar wist hij niets van. Binnenkort zouden er nieuwe ovens bezorgd worden, ze had de modernste apparatuur besteld op beurzen in Rome, Milaan en zelfs het buitenland.

Hij stond op. 'Ja, een familie van kunstenaars...' Hij zei het met zoveel minachting dat het haar onaangenaam trof.

'Is daar iets mis mee? Jouw studie is daar anders ook van betaald en nu je bent afgestudeerd voel je je ineens een hele pief.'

Hij kneep zijn ogen tot spleetjes. 'Wat bedoel je precies?'

'Helemaal niets!' Waarom ging hij meteen in de aanval? 'Je bent mijn broer en ik houd van je.' Ze staarden elkaar aan en pas op het moment dat Luigi zijn blik losmaakte, kon Marina weer ademhalen.

'Sorry hoor, ik heb een beetje genoeg van dat oude riedeltje. Dat geld was trouwens al van mij, ik had daar recht op als oudste kind. Maar papa was altijd zo gierig.'

Zou hij dat echt vinden? Nee, dat kon toch niet? Hij drukte zich waarschijnlijk verkeerd uit. Dus toen hij naar haar lachte, lachte ze terug.

'Ik houd ook van jou, Marinaatje. Daarom hoop ik dat mama en jij naar me zullen luisteren. Laten we nu naar huis gaan, morgenochtend vertrek ik weer en ik wil de avond graag doorbrengen met mijn familie. Trouwens, dat meisje, die Ginetta, waar heb je die nou weer vandaan?'

Marina nam hem bij de arm. 'Dat is een lang verhaal.' Terwijl ze met hem naar buiten liep, wisselde ze een blik met Rosanna. Die knikte om aan te geven dat ze weg kon gaan. Ze dacht aan de avond die voor haar lag en realiseerde zich dat ze liever in de glasblazerij was gebleven.

De maanden daarop gingen in relatieve rust voorbij. Op de werkplaats liep alles goed en Marina had samen met Rosanna besloten de productie op te voeren. De vrouwen die ze in dienst hadden, werkten telkens drie dagen achter elkaar bij de ovens, de rest van de tijd waren ze thuis bezig, vooral met glazen parels en kralen rijgen. Hoewel het al jaren minder lucratief werd, verschafte de export van kralen en parels de Venetiaanse vrouwen nog steeds werk. Er werden altijd orders geplaatst, vooral uit Afrika en Azië, met name India. Doordat ze nu in ploegen gingen werken, waren er meer werknemers nodig, maar de werktijden bleven flexibel, zoals Marina het wilde. De ovens waren continu in gebruik. Nando hield zich op de achtergrond en observeerde 'zijn' glasblaasters alleen nog. Hij was ook begonnen Ada, op wie hij erg gesteld was geraakt, op te leiden zodat zij zijn plaats zou kunnen innemen. Ze volgde hem overal, zwijgend als een schaduw, en zoog elk woord dat hij zei op. De ogen van de oude meester straalden weer en hij zag het werk weer zitten. Marina was tevreden over de opbrengst en ook al hield ze vast aan de traditionele manier van werken, soms moest ze gebruikmaken van nieuwe technologie, vooral als er grote orders waren. Overal werd het maakproces geautomatiseerd en vond massaproductie plaats. Marina hield graag vast aan het maken van unieke stukken: sieraden die precies volgens de wensen van de draagster gemaakt waren. Deze sieraden betekenden veel voor de eigenaresses. In de tijd van Marietta Barovier geloofden de vrouwen zelfs dat ze magische krachten hadden: ze deden ze in hun drinkbekers voor een heilzaam effect.

Marina was niet bijgelovig, al vond ze elke parel die ze maakte wel bijzonder. Ze was net bezig een stuk voor een belangrijke klant in te pakken, toen ze zag dat Rosanna stilletjes in de deuropening naar haar stond te kijken.

Wat is er toch met haar aan de hand? vroeg ze zich af.

Het was al de derde keer dat ze in haar buurt rondhing zonder naar haar toe te komen. Ze deed het krat dicht, maakte het deksel goed vast en veegde met een zakdoek het zweet van haar voorhoofd. Buiten was het nog koud, maar ze was zo verhit geraakt dat ze zin had in een lang bad. Ze liep naar Rosanna toe, deed ze haar handschoenen uit en stopte ze in haar zak. 'Wat is er?'

Ze verstijfde, het was duidelijk dat ze dit moeilijk vond. Marina wist niet wat ze ervan moest denken.

'Ach, wat zou het ook! Niet boos worden op mij, ik heb er niets mee te maken. Ik heb hun gezegd dat je er niet mee akkoord zou gaan, maar ze bleven aandringen.'

Nu vond Marina het grappig worden, ze had Rosanna nog nooit zo opgewonden gezien. 'Vertel me wat er aan de hand is, dan kunnen we verder. In het ergste geval zeg ik nee.'

Ze haalde diep adem. 'Oké. Het gaat over morgen.'

De volgende dag was een donderdag. Ze had haar agenda niet

bij de hand, ze geloofde niet dat er belangrijke orders waren voor die dag. Sterker nog, het leek een rustige dag te worden.

'Op het San Marcoplein is dan het grote carnavalsbal.'

Ze was verbaasd, ze had nooit gedacht dat Rosanna iets gaf om *Giovedì Grasso*, het bal of de optredens. 'Ja, ik geloof dat ik daar iets over gelezen heb.' Dat was een paar dagen eerder geweest, toen had ze haar vader erover verteld. De organisatie wilde terug naar het verleden van Venetië en het groots aanpakken met maskers, acrobaten en jongleurs. Er zouden wedstrijden worden gehouden voor het mooiste masker en het beste kostuum.

'Ga je met ons mee?'

Marina was sprakeloos. Ze hadden vaak nachtenlang naast elkaar gewerkt en Rosanna had bij alle moeilijkheden die ze had moeten doorstaan naast haar gestaan en gesteund. Maar dit was de eerste keer dat zij en de andere vrouwen lieten zien dat zij haar als een van hen beschouwden.

Ze knikte, ze zei niets omdat ze bang was dat haar stem van ontroering zou breken. Rosanna slaakte een zucht van verlichting, waarna Marina breeduit lachte. 'Dank je wel.' Ze wist zelf niet eens waarom ze zo blij was. Ze was sinds haar vader ziek geworden was niet meer op een bal geweest en had daar ook geen behoefte aan gehad. Nu leek het haar echter een fantastisch idee.

'Het is morgen al, dus je moet snel een kostuum regelen, Marina. Ik ga verkleed, dus moet jij ook!'

Rosanna verkleed? Het moest niet gekker worden! Ze lachte weer. Rosanna deed net alsof ze haar een gunst verleende, hoewel ze zag dat ook zij blij was.

'Kun je de dames vertellen dat we morgen een halve dag werken?' Dan hadden ze de tijd om even uit te rusten en zich te verkleden.

'Weet je het zeker?'

Marina knikte, controleerde of alle urgente orders al verwerkt werden en maakte een lijst voor Ada. Ze was moe. Ze wreef in haar ogen en gaapte.

‘Waarom ga je niet naar huis? Ik kan wel afsluiten hoor.’

Ze knikte. ‘Dank je wel, je bent een engel.’

Rosanna lachte schamper. ‘Laat me niet lachen, als ik een kerk binnenstap, brandt die meteen af.’

Het was niet de eerste keer dat ze zoiets zei, wie weet waarom ze zo reageerde. Marina had weleens overwogen om haar naar haar verleden te vragen, maar had dat uiteindelijk toch niet gedaan. Ze vertrouwde Rosanna. Als ze eraan toe was om meer te vertellen, zou ze dat wel uit zichzelf doen. Ze dacht aan Gemma, ook zij was een vriendin geweest, een vertrouwelinge zelfs, maar ze waren elkaar uit het oog verloren toen zij van de universiteit af ging. Het laatste wat ze gehoord had, was dat ze zich met Ruben verloofd had. Ze was blij voor hen, al voelde ze ook een gemis en een beetje teleurstelling. De wereld waar ze bij had gehoord had haar buitengesloten en in de steek gelaten. Het was niet belangrijk meer, ze was niet langer dat meisje dat bleef verlangen naar een man die haar vergeten was. Ze was vooral naar de universiteit gegaan om haar ouders een plezier te doen, dat begreep ze nu.

Terwijl ze naar huis liep, overdacht ze hoe de tijd echt hielp om dingen makkelijker te maken. De tijd maakte verdriet lichter, hoe groot het ook was. Daarom moest ze verdergaan, het verleden deed er niet meer toe. De toekomst hing van haar eigen daden af. Haar vader zou niet meer beter worden, ook niet als zij telkens aan zijn bed zat. Daar moest ze mee leren omgaan.

‘Het leven gaat door.’

De volgende dag ging Marina tegen de schemering de stad in met Rosanna, Ada en de anderen. Onderweg vanaf Murano waren ze de hele tijd bang geweest hun enorme jurken nat te maken. Ze had een comfortabel en snel bootje gehuurd voor de overtocht, dat een spoor van wit schuim achterliet. Toen ze uitstapten, waren ze allemaal uitgelaten en vrolijk. Deze avond waren ze vrij en ze hadden er zin in. Ze liepen naar het San Marcoplein en bleven onderweg af en toe staan voor een van de kleine podia waar acteurs stukjes opvoerden over belangrijke historische figuren. Een

Casanova met een witte pruik op probeerde Rosanna een kus te ontfutselen, zij sloeg hem met haar tas, wat gelach van alle omstanders opleverde. Hij gaf niet op en bleef haar achtervolgen, al hield hij wel afstand. Marina kon zich niet herinneren wanneer ze voor het laatst zoveel plezier had gehad. Alles voelde bijzonder. De volgende dag moesten ze allemaal weer aan het werk, maar vandaag konden ze zijn wie ze wilden: koninginnen, engelen, elfjes. Af en toe kwam er iemand langs die, overmoedig door zijn masker, een kus of een dans vroeg en hun een roos gaf.

'Een dans, mooie prinses, of een kus.'

'Wat dacht je van geen van beide? Ik ken jou niet eens!' riepen ze, terwijl ze zich losrukten en wegrenden in hun fraaie kostuums. Marina voelde zich mooi en jong en dacht even nergens aan.

Eerder die dag had Agata haar haar opgestoken: ze had een aantal kleinere vlechten gemaakt en die tot een ingewikkelde wrong in elkaar gedraaid. Ze had ook een aantal grote kralen in het kapsel verwerkt, zodat haar haar schitterde in het licht. Terwijl ze om zich heen keken naar het feestgedruis dat nog steeds leek aan te zwellen, dacht Marina terug aan de middag met haar moeder. Agata was altijd liefdevol, streng en rechtvaardig geweest. Maar die avond, toen ze haar hielp zich klaar te maken voor het feest, was er iets gebeurd. Het voelde alsof ze haar opeens niet meer op afstand hield. Misschien kwam het door het optutten of misschien wel doordat ze niet alleen moeder en dochter meer waren, maar twee vrouwen die samenwoonden en voor elkaar zorgden.

'Je ziet er prachtig uit, meisje.'

'Moet je daarom huilen?'

Agata schudde haar hoofd. 'Nee, dit doet me aan vroeger denken.'

Marina zei niets, ze keken elkaar in de spiegel aan terwijl haar moeder verderging met haar haar.

'Hij vroeg me ten dans en ik zei ja. Je vader was nog jong, sterk en gevat, hij trapte niet één keer op mijn tenen. Toen hij zijn masker afdeed, vond ik hem de knapste man ooit. Dat was hij ook voor mij. Hij was vastberaden, niet zoals die mannen van tegenwoordig, die niet weten wat ze willen.'

'Hoe wist je dat hij de ware was?'

'Dat voelde ik meteen.' Er stonden tranen in haar moeders ogen, al keek ze gelukkig. Marina maakte zich zorgen over het gewaagde decolleté van haar jurk. Ze knipoogde alleen en zei: 'Het is carnaval, dit kan best, meisje.'

Het San Marcoplein was verlicht, het schitterde in de inmiddels ingevallen duisternis. Er was een stevige wind opgestoken, waardoor de vlaggen met droge knallen in de wind wapperden. De lichtsnoeren, die stevig aan palen waren vastgemaakt, gaven de route aan naar de plek waar om middernacht vuurwerk zou worden afgestoken. Er hingen guirlandes en standaarden met bloemen langs de route. Al die versieringen symboliseerden de adellijke families van de stad. Ook alle doges werden gerepresenteerd. Een orkest speelde een meeslepende melodie, op een open plek zwierden elegant geklede stelletjes rond. De wijde rokken van de dames wedijverden met hun pruiken, die zo enorm waren, dat het er wat komisch uitzag.

'Kleedden de mensen zich vroeger echt zo?' Rosanna leek het te betwijfelen. Marina moest lachen om het gezicht dat ze erbij trok. 'Stel je voor dat jij in die tijd geleefd had.'

Ze hoorde haar reactie niet meer. Een heer vroeg haar ten dans en ze zei ja. Na de dans bracht hij haar terug naar haar vriendinnen, opgewekt lachend. Haar masker was echter wel kapot gegaan, ze probeerde het nog een tijdje vast te houden met haar hand, maar uiteindelijk gaf ze het op. Er waren zoveel mensen, het maakte niet uit als iemand haar herkende.

'Mag ik deze dans van u, schone dame?'

Ze had de man al eerder gezien. Elke keer als ze om zich heen keek, leek hij daar te zijn. Hij droeg een *bauta* – een masker dat zijn hele gezicht bedekte –, had een uitbundig versierde mantel om zijn brede schouders en had geen pruik op: zijn lange haar was in zijn nek met een lint bijeengebonden.

Hij leek niet te merken dat ze hem nauwkeurig bekeek, of anders vond hij het niet erg. 'Zal ik voor u knielen?' Zijn stem klonk minder vrolijk dan ze verwacht had. Ze schrok er zelfs van hoe droevig hij klonk. Wie was hij? En wat wilde hij van haar?

'Wat zou u doen als ik ja zei?' Het werd gênant toen hij aanstalten maakte om echt te knielen. 'Doet u niet zo gek! Ik maakte maar een grapje.'

'Voor u zou ik alles doen.'

'U kent me niet eens!'

'Weet u dat zeker? Misschien vergist u zich...'

Voordat Marina hier verder over na kon denken, had hij haar hand al gepakt en trok hij haar mee de dansende menigte in.

'Wat ben je mooi,' zei hij zachtjes.

'Dat komt alleen maar door mijn jurk,' antwoordde ze lachend. De sjaal die ze had omgeslagen was van een schouder afgezakt, waardoor haar decolleté te zien was. Hij keek er niet naar en bleef haar blik vasthouden. De man leidde haar goed, zijn warme hand op haar rug gaf haar huiveringen van genot. Opeens begon ze zich ongemakkelijk te voelen onder zijn niet-afnemende aandacht en probeerde ze van hem weg te bewegen. Maar hij kwam meteen weer dichterbij. 'Dit keer kom je niet van me af.'

De manier waarop hij het zei kwam haar bekend voor. Ze bleven samen rondjes draaien, totdat Marina met haar voet bleef haken in haar rok, geduwd werd en bijna voorover viel. Hij hield haar stevig vast, zodat ze niet omviel. Ze greep zich aan hem vast en voelde opeens dat ze naar hem verlangde. Ze wilde dat hij haar omhelsde en kuste. Wat gebeurde er toch met haar? Hij tilde haar op en zette haar weer neer, waarbij hij haar langs zijn lichaam liet glijden. Ze trilde, ze kende dit gevoel en ze kende hem. Ze stonden stil tegenover elkaar en keken elkaar aan. Toen rukte Marina zijn masker af. Hij bleef staan en keek naar haar zoals hij dat ook de laatste keer dat ze elkaar zagen had gedaan. Geschokt slaakte ze een kreet.

'Hallo, Nina.'

Ze wist niet wat ze moest zeggen of doen. Gek, want ze had zich dit moment wel duizend keer voorgesteld. 'Zeno.' Hij streelde zacht en liefdevol haar gezicht.

'Nee.' Ze zette een stap naar achteren, draaide zich om en rende weg. Tranen van woede en wanhoop stroomden over haar wangen terwijl ze probeerde uit de menigte weg te komen. Ze wist niet of hij achter haar aan kwam, ze hoopte van niet, want op het moment dat ze hem in de ogen had gekeken en begreep wie hij was, had ze zich gerealiseerd dat in dit geval de tijd de wonden niet had geheeld.

Ze hield nog evenveel van hem als toen. Alleen was ze nu geen meisje meer, maar een volwassen vrouw die beslissingen had genomen over haar eigen leven en hij, Zeno Venier, was daar geen onderdeel meer van.

Op de Rialtobrug wemelde het van de mensen, daar kon ze niet langs, dus nam ze een zijstraat. Ze had de schipper gevraagd hen om middernacht weer terug naar Murano te brengen. Het was nu nog geen elf uur, misschien zou hij haar alvast willen overzetten en later terug kunnen komen om de anderen op te halen. Ze bleef stevig doorlopen, al werd ze wel moe en bleven de tranen over haar gezicht rollen, dat door haar moeder zo zorgvuldig was opgemaakt. Ze was een paar haarspelden verloren en haar kapsel begon te verzakken, losse lokken hingen voor haar gezicht. Om haar heen feestte iedereen door, niet wetend wat zij doorstond. Ze was alleen, zoals altijd. De man van wie ze had gehouden en die haar jaren geleden in de steek had gelaten was terug in haar leven gekomen alsof er niets was gebeurd, hij had met haar gedanst en haar aangeraakt. 'Verdorie!' riep ze. Hij had het recht niet dit te doen, dat kon hij niet maken! Zij zou het niet toestaan. Ze moest weggaan. Thuis zou ze veilig zijn voor al dit gedoe. Voor haar stonden twee jongens tegen een muur geleund, ze zagen haar ook, stonden op en liepen op haar af. Even later weken ze opzij en lieten haar door. Ze luisterde niet naar hun geroep. Eindelijk kwam ze bij de kade aan. Ze bleef hijgend aan het water staan, haar haar was helemaal losgeraakt en ze was haar sjaal verloren. Het was koud en ze begon te rillen.

Toen ze voelde hoe een warme jas om haar heen werd geslagen, begon ze weer te huilen.

'Nina, niet doen.'

Ze draaide zich niet om, maar op het moment dat hij zijn armen om haar heen sloeg en haar op haar haar kuste, gaf ze zich over. Zeno kuste haar slapen en ging langzaam naar beneden terwijl hij lieve woordjes fluisterde, net als vroeger. Marina probeerde zich te verzetten tegen het verlangen zich om te draaien, tegen de lust die ze in zich voelde opwellen en die ze zo lang onderdrukt had. Ze had er de kracht niet meer voor. Want ze had dit met alles wat ze in zich had gewenst.

'Nina, wat heb ik je toch gemist!'

De stem van Zeno klonk dieper dan ze zich herinnerde. Het was inmiddels vijf jaar geleden dat hij vertrokken was om zijn geluk elders te beproeven. Ze vroeg zich af of het hem gelukt was. Of het de moeite waard was geweest haar hart te breken.

'Wat wil je van me?'

'Alles, je lach, je adem, je tijd, je liefde.'

Hij droogde haar tranen met zijn vingers. Toen kuste hij haar en zij kuste hem terug.

Terwijl ze zich verloor in de zoen en in de smaak van die jongen die ooit haar beste vriend was geweest en later haar enige minnaar, herinnerde Marina zich de woorden van haar moeder: je voelt het als het de juiste is.

De mensen op Murano gingen vroeg naar bed. Ze begonnen graag 's ochtends vroeg met werken, als het nog koud was en het prettig was om bij de warme ovens te zijn. De stad kwam bij zonsopgang tot leven, alle straten liepen vol. Zeno hield haar hand vast, samen liepen ze langs het kanaal waar ze als kinderen altijd hadden gelopen. 'Ik vond het zo erg om van je moeder te horen.' Ze had het hem nooit kunnen zeggen, hij was zo onverwacht vertrokken.

Hij keek haar steels aan. Ze stonden voor een poort. Vroeger was die de toegang geweest tot een belangrijk herenhuis. Hij stak zijn hand in zijn zak, haalde er een sleutel uit en deed de poort open.

'Ik zet koffie voor je en daarna breng ik je naar huis.'

Ze keek verwonderd om zich heen. Het gebouw moest weliswaar gerestaureerd worden, maar het was nog steeds prachtig. De tuin stond nog vol onkruid, al stond er tuingereedschap tegen een van de muren. Iemand was al begonnen met het opknapwerk. Ze voelde hoop in zich opwellen. 'Blijf je nu voor altijd?'

Hij leidde haar door een gang die uitkwam bij een grote kamer. Hij maakte het vuur aan en Marina vroeg zich af waarom hij niets zei. Hij leek opeens... boos.

'Heb je enig idee wat je me hebt aangedaan?'

Had ze hem verkeerd verstaan? 'Jij bent degene die is weggegaan zonder ook maar iets te zeggen, je wist wat ik voor je voelde en toch ben je ervandoor gegaan en heb je mij in de steek gelaten.'

Hij schudde zijn hoofd. 'Ik heb je honderdzesenvijftig brieven geschreven. Elke week een, drie jaar lang. Ik heb je alles verteld wat ik heb meegemaakt, hoe het voelde om in een wereld te zijn waar ik een kans kreeg, hoe raar hun eten was, hoe de herinnering aan onze tijd samen me de kracht gaf alle obstakels te overwinnen. Hoe ik, om met je vader te spreken, mijn best deed om je een leven te kunnen bieden dat je verdiende.'

'Wanneer heb je met mijn vader gesproken?'

Zeno was verbaasd. 'Heeft hij je dat niet verteld?'

'Wat had hij me moeten vertellen?' Ze schreeuwde nu en toen begreep hij alles opeens. Hij rende naar haar toe en omhelsde haar.

'Ik heb je geschreven op de dag dat ik mijn eerste kantoor opende, op de dag dat ik een huis zag dat je mooi zou vinden. Altijd als ik aan de toekomst dacht, was jij daar.'

De rest van de nacht brachten ze samen door. Het was te laat om de verloren tijd nog in te halen, maar ze deden hun best en toen hij haar de volgende ochtend thuisbracht, was ze vastbesloten te achterhalen waarom haar ouders haar zoiets vreselijks hadden aangedaan. Ze ging alleen, want hoewel ze woedend was, wilde ze Agata niet publiekelijk aanvallen. Bij binnenkomst voelde ze meteen dat er iets aan de hand was, er hing een doodse stilte. Meestal stond haar moeder rond deze tijd al achter het fornuis. Nu was alles stil. Ze ging naar haar kamer, waste zich en kleedde zich om. Ondertussen bleef ze zich afvragen waarom ze tegen haar over Zeno gelogen hadden. Omdat het stil bleef, klopte ze aan de deur van de slaapkamer van haar ouders.

'Kom, Marina, we zijn hier.'

De stem van haar moeder klonk zacht, het was bijna niet te horen. Misschien was ze ziek geworden? 'Gaat het wel goed, mama?' Het was donker in de kamer, ze liep naar het raam en gooide het open. Toen ze zich omdraaide, begreep ze het pas. Ze zakte door haar benen.

Marina zakte neer en keek met afschuw naar haar grootste angst, datgene wat haar 's nachts uit haar slaap had gehouden. Agata lag op bed, met het lichaam van haar man in haar armen.

Giorgio Chiaramonte was dood.

17

Glas is een heel bijzonder materiaal. Het wordt al duizenden jaren onafgebroken gebruikt en is zonder twijfel het beste materiaal om vloeistoffen, voedingsmiddelen, cosmetica of medicijnen in op te bergen. Een voorbeeld van waar het artistieke gebruik van glas samenkomt met het praktische, zijn de beroemde parfumflesjes die te zien zijn in het Musée International de la Parfumerie in Grasse in Frankrijk.

Marina

Luigi had genoeg van al dat aanstellerige gedoe. Begrafenissen waren nog erger dan bruiloften. Ze duurden dagenlang en er kwamen steeds mensen in- en uitlopen. Hij durfde te wedden dat sommigen alleen maar nieuwsgierig waren, omdat hij niet kon geloven dat zijn vader zoveel vrienden had. Gelukkig wilden ze vooral met zijn moeder praten. Hij kende maar de helft van de mensen die langskwamen. Hij was gebroken van verdriet en wanhopig. Zijn vader was dood en niemand had de moeite genomen om hem te waarschuwen dat hij hard achteruitging. Hij had niet eens afscheid van hem kunnen nemen. Hij wist natuurlijk dat Giorgio niet kon praten, maar zag ook dat zijn vader naar hem luisterde als hij hem kwam opzoeken. Dat deed hij niet vaak, en daar had hij nu spijt van, maar dat kwam doordat hij zich ongemakkelijk voelde. Hij kreeg altijd een onprettig gevoel als hij andere mensen zag lijden.

Hij sloeg de wijn achterover en vertrok zijn gezicht toen hij het glas op tafel zette. Hij pakte de fles en las het etiket. 'Dat spul is niet te drinken,' mompelde hij. Niet zo gek dat zijn vader dood was. Van dat vieze goedje zou iedereen het hoekje om gaan! Hij knabbelde op een stuk brood en keek af en toe even naar de stapel brieven die op het dressoir lag.

Waarom zijn zus er zo op gebrand was alles zelf te regelen, begreep hij niet. En hij kon het haar ook niet vragen, aangezien Zeno haar ergens mee naartoe had genomen. Hij kon zich niet herinneren dat die jongen vroeger zo vastberaden was. En ook niet zo lang en breed. Hij had hem verdorie nauwelijks herkend. Hij was geen vel over been meer, en dan die ogen! Die ogen herinnerde hij zich nog goed: groot, wild en hongerig. De meeste mensen worden beschaafder als ze meer geld verdienen, maar die man had nog steeds iets duisters, iets ondoorgrondelijks. Marina, aan de andere kant, was volwassen geworden en hij had haar gewaarschuwd en gezegd dat mensen het schandelijk zouden vinden als ze met een man weg zou gaan die niet haar echtgenoot was. Maar zijn zus had niet eens de moeite genomen om te reageren, dus had hij het opgegeven.

Toen is Rosanna, of hoe ze ook heette, zich er ook nog mee gaan bemoeien. Die was al net zo prikkelig als haar naam deed vermoeden. Ze leidde de glasblazerij met het vuur van een waakhond, alsof hij van haar was. Bovendien had ze de steun van zijn moeder, dus kon hij ook niet met haar praten.

De jonge vrouw had zijn vragen wel beantwoord, want vrouwen konden immers geen 'nee' zeggen. Maar toen hij haar had gezegd dat er dingen moesten veranderen, omdat het niet normaal was om kinderen mee naar het werk te nemen, of in het huis van de bazin te bivakkeren, had de furie geantwoord dat ze alleen bevelen van Marina opvolgde en dat hij, als hij wilde dat de glasblazerij bleef draaien, beter terug kon gaan naar waar hij vandaan kwam. Hij had geprobeerd haar te overtuigen, haar zelfs geprobeerd naar de mond te praten. En toen was hij gaan dreigen en had zij hem in zijn gezicht uitgelachen.

Zelfs de directeur van de bank had zich ermee bemoeid. Toen Luigi was gaan vragen of hij toegang kon krijgen tot de rekening, had hij gezegd dat hij het te druk had… dat iedereen het te druk had. Hij had een afspraak kunnen maken, maar had het uiteindelijk opgegeven. Wat een schande! Zo respectloos. Hij was de erfgenaam van Giorgio en had dezelfde rechten als zijn zus. Had zijn vader maar wat meer pit gehad… Hij was altijd veel te zachtaardig geweest, zei altijd dat Marina goed was in wat ze deed. Luigi was zo kwaad dat hij bleef knarsetanden, een slechte gewoonte. Hij probeerde te kalmeren, maar het feit dat zijn zus al die jaren een prinsesje was geweest en hij had moeten vechten om het te maken in het leven, kon hij niet verdragen.

Hij gooide de laatste brieven op tafel en stond op. Zijn rug deed pijn, hij was moe en hij kon niet wachten om terug te gaan naar Milaan. Hij schoof het gordijn open en keek naar het kanaal. Hij had altijd een hekel gehad aan dat stinkende water. Schommelende boten, oude mannetjes die aan de kant van de weg zaten, kinderen die wild in het rond renden. Hij dacht aan Ginetta. Zijn moeder had niet verteld waar het meisje vandaan kwam. Hij glimlachte. Hij moest toegeven: het was best een mooi meisje en ook nog eens heel lief. Ze hadden lang samen gekletst. Het was dankzij haar dat Luigi had begrepen dat zijn familie iemand nodig had die doortastend was en de juiste beslissingen nam. Hij zuchtte. Lieten zijn moeder en zus hem dat maar doen…

'Wil je wat eten?'

Hij draaide zich met een ruk om. 'Ik schrik me rot, mama.'

Ze bleef hem aankijken. Haar gezicht gerimpeld, haar uitdrukking neutraal en haar stem vlak.

Hij voelde zich ongemakkelijk door die blik. Zijn moeder was altijd blij als hij thuiskwam, maar nu negeerde ze hem al dagen. Sinds ze terug waren van de begrafenis, had ze zich afgezonderd. Dat kon hij wel begrijpen, dat was normaal. Maar waarom moest ze doen alsof elke ademhaling een kwelling was? Hadden ze echt liever gehad dat Giorgio zo bleef lijden? Absurd. Gelukkig bleef ze wel koken. Het zou er ook nog bij moeten komen dat hij in een restaurant moest gaan lunchen en dineren. Hij zat nu even krap bij kas. Hij moest namelijk een goede indruk maken op de ouders van Denise. Dat was een principekwestie. Zij was geweldig. Mooi vanbinnen en vanbuiten. Hij had haar ontmoet op een feest. Een man als hij verdiende een vrouw als Denise. Haar vader was alleen wat achterdochtig. Maar Luigi was optimistisch. Ze hadden samen gedanst en toen had hij haar kort gekust. Hij moest haar alleen nog overtuigen zich een beetje meer te laten gaan, dan zou alles verder vanzelf wel komen. Dat wist hij zeker. Vaders waren allemaal hetzelfde, of ze nu Amerikaans waren of niet. Als het eenmaal een bepaalde richting op ging, kon de man niet anders dan hem accepteren.

'Weet jij waar Marina is?' vroeg hij aan zijn moeder.

'Natuurlijk.'

'Mooi, ik heb het adres nodig.'

Agata kneep haar lippen op elkaar en keek hem grimmig aan.

Wat was er nu weer aan de hand, vroeg hij zich bezorgd af.

'Laat haar met rust, je zus heeft ruimte nodig om bij te komen.'

Verbaasd vroeg hij zich af hoe iemand in zo'n korte tijd zoveel kon veranderen.

'Ik ben ook mijn vader verloren!' brulde hij. 'Maar ik ben niet ingestort, ik heb me niet zo laten gaan als zij. Ik ben hier en probeer de dingen te regelen die zij hoort te doen, aangezien zij de volmacht heeft.'

Agata kneep haar ogen tot spleetjes en trok een grimas, waardoor er een kleine rij tanden verscheen.

Luigi moest zich inhouden om niet weg te lopen. Hij huiverde bij het zien van die grimas.

Zijn moeder kwam op hem af, met gebalde vuisten. 'Wat weet jij daar nou van? Jij was er nooit. Je bent er nooit geweest,' benadrukte ze. 'Marina heeft overal voor gezorgd. Ze is zelfs gestopt met haar studie om de glasblazerij te kunnen leiden. De beste studente van haar jaar. Dringt dat wel tot je door? Ze heeft geen seconde getwijfeld. Zij is degene die alles heeft opgelost, Luigi. Zij, niet jij. Jij was ergens druk mee.' Ze scandeerde elk woord, was woedend. Hij herkende haar bijna niet, die gekke vrouw met die starre blik. Dat was niet zijn lieve moeder. Haar toon beviel hem totaal niet en dat wilde hij haar ook laten merken, maar daarmee was hij te laat. Na een laatste ijzige blik, liep ze naar buiten en liet hem daar alleen achter.

Nerveus begon hij door de kamer te lopen. Dat was onzin, flauwekul. Vrouwen konden je heel makkelijk het gevoel geven dat je ergens schuldig aan was. Zijn zus had gewoon geen zin meer om naar de universiteit te gaan, daarom was ze gestopt met haar studie. Niks beste student van haar jaar. Agata had dat gewoon overdreven. Hij wist wel hoe dingen in elkaar staken, hoe hij iets moest aanpakken. En hij zou haar wel eens laten zien wat verantwoordelijkheid betekende.

Hij beantwoordde alle condoleanceberichten, stapelde alle te betalen facturen op voor Marina en kwam toen bij de laatste envelop. 'Wat is dit?' Hij draaide hem om, op zoek naar de afzender. Dat was een notariskantoor in Venetië. De envelop was dik en crèmekleurig. Hij was geadresseerd aan de Chiaramonte-erfgenamen. Even wist Luigi niet wat hij moest doen. Hij zou eigenlijk zijn moeder moeten roepen en moeten wachten totdat Marina terug was. Maar dat zou te veel tijd kosten. Hij pakte een opener en opende voorzichtig de brief.

'Geachte heer, mevrouw, beste Agata, Luigi en Marina...' Hij kende het kantoor dat de brief gestuurd had, dat was de notaris die zijn vaders belangen behartigde. 'Er is dus een testament,' mompelde hij. Hij bleef even in de leegte staren. Dat was interessant. En dan te bedenken dat hij minder dan een uur eerder geleden geneigd was om Murano te verlaten en nooit meer terug te keren. Er verscheen een kleine glimlach om zijn mond. Hij had geen idee wat de notaris te melden had, maar was benieuwd of zijn vader zich uiteindelijk had herinnerd dat hij twee kinderen had.

Marina hield van het water. Daarom had Zeno haar meegenomen naar Stresa. Er werd gezegd dat het Lago Maggiore in de herfst niet op zijn mooist was. Te stil, omdat de toeristen meer naar de bergen trokken, om te skiën. Bovendien hing er vaak dikke mist boven het meer, lag er sneeuw op de bergtoppen en waren huizen vaak onbewoond. Mensen gingen liever ergens anders heen. Marina was echter dol op die zachte kleuren, het geruis en het geklots van het water. Die namen haar pijn een beetje weg, hielpen haar haar mistroostige gedachten op een rijtje te zetten.

Als ze niet naar dat feest was gegaan, was ze Zeno nooit tegengekomen. Of toch wel? Hij had haar gezegd dat hij daar niet toevallig aanwezig was. Sinds zijn vertrek was hij haar in de gaten blijven houden. Nando had hem op de hoogte gehouden van wat ze deed en toen hij terug was op Murano, waren zijn eerste gedachten naar haar uitgegaan en wilde hij haar zien. Maar hij wist niet of zij nog in hem geïnteresseerd was, omdat ze geen enkele brief die hij had gestuurd, had beantwoord. Daarom was hij haar gevolgd en, toen ze haar masker af had gezet, op haar afgestapt.

Dat had hij de eerste keer dat ze samen waren in haar oor gefluisterd.

Marina wist bijna zeker dat haar ouders haar post onderschept hadden. Waarschijnlijk hadden ze gedacht dat ze op die manier Zeno wel zou vergeten. Wat absurd en wat een verdriet. Ze hadden zoveel tijd verloren.

Ze had echter niet de kracht om boos op hen te zijn. Het voelde alsof ze leeg was vanbinnen.

'Hou eens op.'

Ze keek op. Zeno liep naast haar, met zijn handen in zijn zakken. Hij keek bezorgd. 'Ik doe niks!' riep ze uit.

'Precies. Je bent sinds de begrafenis stuurloos en ik denk niet dat dat goed voor je is.'

Hij was als een stille schaduw aan haar zijde gebleven en was er altijd voor haar als ze hem nodig had. Hij had haar nooit gedwongen iets te doen en ook nooit naar de mond gepraat. Hij was gewoon bij haar gebleven. Marina wist dat het waar was wat hij zei, dat ze zwolg in zelfmedelijden. 'Dat komt niet alleen door papa.'

'Dat weet ik. Maar als jij me verder niets vertelt, kan ik je niet helpen.'

Ze kneep in zijn hand en toen hij haar tegen zich aantrok, liet ze zich omhelzen. 'Ik weet niet of ik het had gered zonder jou.'

Zeno lachte. 'Dat vind ik een fijne gedachte, die opmerking is goed voor mijn ego, Nina, maar we weten allebei dat je het prima zonder mij had gered. Jij bent net als die mythologische figuren. Een kleine prachtige feniks. Jij herrijst steeds weer. Omdat je een vechter bent en niet weet wat opgeven is. Dat is een van de redenen waarom ik van je hou.'

Ze vond het fijn als hij zo tegen haar praatte. Ze hield van de naam die hij haar had gegeven: Nina. Alleen Zeno noemde haar zo. Hij was nooit erg romantisch geweest. Hij was heel... nuchter. En hij strooide ook niet met complimenten. Hij was ook nooit goed geweest met woorden, maar dat vond zij niet erg. Elke nacht klampte ze zich aan hem vast, voelde ze zijn kracht, voelde ze weer dat ze van hem hield en daardoor voelde Marina dat ze leefde. Ze was kapot geweest door het verlies van haar vader. Het voelde alsof alles wat ze tot nu in haar leven had gedaan nutteloos was geweest. Ze voelde zich machteloos en had geen ideeën meer voor het heden of de toekomst. 'Nu zie ik hem nooit meer,' fluisterde ze.

Hij liet haar haar hart luchten en toen ze klaar was met huilen, liepen ze samen naar een kerk. Daar gingen ze zitten, in de kou.

'Toen mijn moeder overleed, was ik bijna blij. O, begrijp me niet verkeerd, ik heb wel gehuild, ze was een goede vrouw, maar het was alsof het leven al haar energie had opgeslokt. En toch was ze aan het einde kalm, gelukkig bijna. Ze lachte naar me en zei dat het mooi was aan de andere kant.' Hij wachtte even. 'Ik dacht dat dat kwam doordat ze ziek was, dat ze ijlde, maar het was alsof haar ogen fonkelden. En ik denk dat ze echt blij was, dat ze niet meer hoefde te lijden en haar weg kon vervolgen.'

Haar weg kon vervolgen. Wat een vreemde woordkeus. Ze keek hem aan. 'Denk je dat echt?'

Zeno haalde zijn schouders op. 'Ik weet het niet. Misschien houdt bij de dood alles op, zoals sommigen zeggen. Is het een definitief einde. Of het is anders. Daar hou ik me liever aan vast, want ik wil nog minimaal tien levens van jou genieten.'

Ze pakte hem stevig vast en zuchtte.

'Kom met me mee, Nina. Dan gaan we samen weg. Luigi kan wel voor je moeder zorgen, als ze iets nodig heeft. Nee, laat me uitpraten. Ik hou van je en jij bent de enige vrouw voor mij. Jij bent mijn toekomst, Marina. Trouw met me.'

Ze lachte en knikte. 'Ik heb altijd van je gehouden, Zeno, maar ik heb geen trouwring nodig. Wat ik wel nodig heb is jouw aanwezigheid, naast jou wakker worden, met je praten, je kussen.'

Hij tilde haar op en zette haar op zijn schoot. 'Pas op hoor, Nina, we zijn hier op een openbare plek en ik kan niet wachten om te doen waar jij aan denkt.'

Ze lachten samen. Marina veegde haar tranen weg en toen liepen ze hand in hand terug naar het hotel.

'Er is een telegram voor u gekomen, mevrouw.'

Zeno pakte het aan en gaf het aan Marina. Zij maakte het open en las het snel door. 'We moeten gaan.'

'Problemen?'

Ze gaf hem het papier. 'Dat weet ik niet. Maar mijn moeder is erg bezorgd.'

Het kantoor van de notaris was erg deftig.

Marina en Agata waren gaan zitten op de stoelen die de secretaresse had aangewezen. Luigi daarentegen was blijven staan. Hij was erg boos op zijn zus en toen ze terug was en Rosanna haar had verteld over zijn plannen, had Marina hem uitgelegd dat de glasblazerij de glasblazers iets verschuldigd was, omdat ze dankzij hen weer glas konden verkopen. Luigi stond echter nog steeds achter zijn idee en zei al dagen geen woord tegen haar.

'Hier ben ik. Sorry dat ik zo laat ben, maar het is erg druk vandaag.'

Agata knikte beleefd. Marina was te gespannen om het over koetjes en kalfjes te hebben. Ze moest nadenken over Zeno. Ze wilde dolgraag op zijn verzoek ingaan. Vertrekken zonder na te denken, nieuwe plekken bezoeken en samen zijn in de warme zon. Eindelijk vrij en gelukkig. En toch wilde ze de glasblazerij niet verlaten, hoe moeilijk ze het ook had. Natuurlijk, als ze mocht kiezen zou ze Rosanna de leiding geven over de glasblazerij. Dat zou zij uitstekend kunnen. Dan kon zij zelf wat tijd voor zichzelf nemen. Zeno had haar een andere wereld laten zien, waarin zij zichzelf niet hoefde te bewijzen. Hij hield van haar om wie ze was. En zij was gek op hem. Dat was ze altijd al geweest.

'De heer Chiaramonte was hier een jaar of vijf geleden,' zei de notaris, waardoor ze opschrok uit haar gedachten. 'Hij wilde een testament opstellen, omdat hij plotseling een beroerte had gehad. Hij wilde zijn wensen zwart-op-wit laten zetten.'

Agata wiebelde nerveus op haar stoel. 'Bedoelt u dat het testament, waar ik niets van afwist, in die periode is opgesteld?'

De notaris zette zijn bril af en keek haar aan. 'Ja. We moeten hier natuurlijk de wet volgen, dat is duidelijk. Als echtgenote in gemeenschap van goederen heeft u rechten. Maar een aantal bezittingen van uw overleden man zijn van voor uw huwelijk en die heeft de heer Chiaramonte laten opnemen in zijn testament.'

Marina begreep niet waarom haar moeder zo bezorgd keek en toen ze haar hand vastpakte, vroeg ze zich af wat haar ouders nog meer voor haar verborgen hadden gehouden.

'Laten we verdergaan, meneer Contarini.'

Luigi was gaan zitten, met zijn handen op zijn knieën. Hij staarde de notaris aan.

'Natuurlijk. Goed, er is een klein aantal belangrijke instructies.'

Hij begon te lezen. Er kwam een grote hoeveelheid aan juridische termen voorbij, die veel tijd kostten, maar toen kwam hij eindelijk bij het belangrijkste.

'Aan mijn lieve vrouw laat ik het huis na waarin we hebben gewoond en zo lang als ze leeft geld van de winst uit Glasblazerij Chiaramonte. Aan mijn dochter Marina laat ik de ketting van Marietta Barovier na, erop vertrouwend dat dit kostbare, antieke sieraad haar geluk zal brengen; ook laat ik haar een kwart van de winst uit het bedrijf na. Mijn zoon Luigi maak ik eigenaar van al mijn bezittingen. De glasblazerij. Alles wat hem kan helpen de activiteiten van onze familie voort te blijven zetten. Hij zal in ruil daarvoor voor zijn moeder en zus zorgen en hun allebei een deel van de winst geven. Dat is mijn wens.'

Marina was verstijfd en begreep er niets van. Ze wist niet wat ze van het testament moest denken. Terwijl Luigi jubelend de hand van de notaris schudde, vroeg zij zich af waarom ze uit het bedrijf was gezet. Meneer Contarini gaf haar een fluwelen doosje. Marina nam het aan, ademde diep in en maakte het toen open. De parels waren groot, met goud bewerkt. Ze hoefde er maar even naar te kijken om te weten dat het sieraad veel geld waard was. 'Het is prachtig.' Ze had pijn in haar buik en haar hoofd tolde. 'Dit zit er ook bij.' Hij gaf haar een brief. 'Uw vader wilde nog een aantal dingen met u delen.'

Marina staarde er even naar en stopte hem toen in haar tas.

'Die ketting is vast een fortuin waard,' merkte Luigi op. Hij omhelsde haar. 'Je hoeft je nergens zorgen om te maken, Marinetta. Vanaf nu zal ik voor mama en jou zorgen. Als voor echte dames. Jullie hoeven niet meer te werken, dat beloof ik. Kom, dan neem ik jullie mee naar een mooie plek!'

Marina liet hem praten, omdat het voelde alsof zij overal los van stond. Ze voelde zich vernederd, klein, dom. Als dat was wat haar vader had besloten, kon zij daar niets aan doen. Het bedrijf was van Giorgio Chiaramonte. Hij had het opgericht en kon ermee doen wat hij wilde. Zij had zich gewoon vergist. Haar vader wilde haar niet in de glasblazerij en had dat misschien wel nooit gewild. Hij zei ook altijd dat glasblazen mannenwerk was. Ze wist hoe belangrijk het voor Giorgio was dat het bedrijf door een familielid werd overgenomen, hoe trots hem dat zou maken. Ze keek naar Luigi. Haar broer was dolblij. Agata daarentegen, leek... Marina kon niet ontcijferen wat er door haar moeders hoofd ging. Zijzelf voelde zich steeds slechter. Ze was misselijk. Het was alsof ze onverwachts iets heel dierbaars was verloren. Alsof ze opeens niet meer wist wie ze eigenlijk was. Ze had altijd gedacht dat haar vader trots op haar was, op wat ze had bereikt. In de tijd dat hij ziek was geworden, had zij de glasblazerij met succes draaiende weten te houden, winst gemaakt en gezorgd voor modernere apparatuur. Ze had er al haar spaargeld in gestoken.

En ze had zich vergist.

Ze zette haar handtekening waar dat moest van de notaris, maar ging niet in op Luigi's uitnodiging. Er viel niets te vieren. En toen haar broer met haar mee naar huis liep en meteen weer wegging, omdat zoiets gevierd moest worden, beende zij gelijk door naar de glasblazerij, hoewel die op die dag altijd dicht was. Ze ging op de plek zitten waar haar vader altijd zat en vroeg zich nogmaals af waarom. Waarom hij haar niet zijn vertrouwen had geschonken. Toen zag ze Zeno. Hij was haar thuis komen opzoeken, zei hij. Haar moeder had hem verteld waar hij haar kon vinden.

'Wat doe je hier, in het donker?'

Marina keek hem aan, haar grote liefde. Ze wist zelf ook niet waar ze het vandaan haalde, maar het lukte haar nog om naar hem te lachen. Voor hem zou ze altijd een glimlach hebben. 'Het is allemaal voorbij,' fluisterde ze. 'Luigi is de baas, over alles.'

Zeno ging naast haar zitten en trok haar tegen zich aan. 'Dit is het einde van een tijdperk, Nina, maar kan ook weer een begin zijn. Kijk naar mij. Voor mij was er niets meer in Venetië, maar ik heb elders mijn weg gevonden. De wereld is immens groot. Het is aan ons om te beslissen of we onszelf hier opsluiten, of op ontdekkingstocht gaan.'

Ze leunde met haar voorhoofd tegen het zijne en ademde dezelfde lucht in.

'Laten we weggaan, samen. Als je wilt dat je moeder meegaat, vind ik dat goed.'

Ze lachte weer, omdat ze het zich nauwelijks kon voorstellen dat ze met z'n drieën onder één dak woonden. Marina streelde zijn gezicht. 'Dat is niet nodig.'

Zeno begreep het en ademde diep in. 'Je gaat niet mee.'

Ze schudde haar hoofd. 'Ik hoor hier.' Hij was teleurgesteld en ook een beetje boos. Marina wachtte tot hij zich weer omdraaide en gaf hem toen een kus. 'Als je terugkomt, ben ik hier.'

Zeno schudde zijn hoofd. 'Dat duurt minstens een jaar, weet je dat wel? Mijn bedrijf is flink aan het uitbreiden. Ik moet me aan contracten houden, Marina. Soms moet ik controles uitvoeren en dat betekent dat ik naar slecht bereikbaar terrein moet, met slechte verbinding. Dan weet ik niet hoe het met je gaat.'

'Je weet dat ik van je hou en dat ik hier ben als je terugkomt, wat er ook gebeurt.'

Hij schudde zijn hoofd. 'Waarom ben je toch zo verdraaid koppig? Voor een vrouw als jij zijn er oneindig veel mogelijkheden in Azië. Je kunt daar je eigen glasblazerij beginnen en werk importeren en exporteren. Ik zal je niet vragen met mij samen te werken, omdat ik weet dat je je eigen werk wilt blijven doen, maar hier op Murano kun je niets beginnen, Nina, hier kun je alleen overleven.'

Ze gaf hem nog een kus. 'Ik zal op je wachten. En deze keer zal ik antwoorden als je me een brief schrijft.'

'Ik gebruik liever de telefoon.'

Ze moesten allebei lachen. Daarna volgde Marina hem naar zijn gebouw, naar de plek waar hij hun huis zou maken, als zijn honger naar de wijde wereld en het onbekende gestild was. Dat had hij haar beloofd.

Die nacht bedreven Marina en Zeno de liefde, zonder zich in te houden. Dat zouden dan ook voorlopig hun laatste momenten samen zijn, het laatste wat ze zich van elkaar zouden herinneren. Ze hadden elkaar opnieuw gevonden en niets kon meer tussen hen in komen te staan, omdat ze wisten hoeveel ze voor elkaar betekenden. In de jaren dat ze niet samen waren geweest, was hun liefde alleen maar sterker geworden, ondanks alles wat er was gebeurd.

De rest deed er niet toe.

18

Volgens een oude legende besloot een adellijke familie die op de vlucht was voor de Hunnen zich te vestigen op Murano. Ze hadden hun wapen bij zich en gebruikten dat: het was een schild met een haan. Hier werden later een vos en een kruis aan toegevoegd. Dit stond symbool voor de trots, oplettendheid en sluwheid van een volk dat nog veel te verduren zou krijgen.

Marina

Er waren momenten waarop het persoonlijke belang opzijgezet moest worden voor een groter belang. Dat wist Marina. Ze wist ook dat verbittering iets was wat elke vorm van vreugde kon wegnemen. Daarom had ze zich, ondanks de pijn die ze voelde als ze dacht aan haar vaders testament, weer opengesteld voor de schoonheid in het leven en probeerde ze haar problemen op te lossen. Ze kon het niet vergeten, dat niet. De beslissingen van haar vader hadden ervoor gezorgd dat ze aan zichzelf was gaan twijfelen. Misschien had haar vader wel gelijk en was het goed dat ze niet meer de leiding had over de glasblazerij. Ze was dan misschien goed in haar werk en kon beter glasblazen dan de meeste mensen, maar ze miste de sluwheid. Ze was dom geweest, dat kon ze objectief zeggen. Het was dom van haar geweest dat ze was gestopt met haar studie en al haar spaargeld op haar vaders rekening had gestort, in plaats van er een te openen op haar eigen naam. Ze had alleen het geld opgenomen dat ze nodig had om voor haar familie te zorgen en niets voor zichzelf gehouden. Daar zag ze het nut niet van in. Ze had niet ingezien dat ze zich in een precaire situatie bevond, dat ze van anderen afhankelijk was, en daarom moest ze nu de consequenties van haar daden onder ogen zien.

Zij was de enige die verantwoordelijk was voor alles. Luigi… was gewoon Luigi. Hij had zo zijn eigen visie op de wereld en een brein vol stomme ideeën over zijn rol in de familie en over het bedrijf. Daarom kon Marina niemand anders de schuld geven dan zichzelf, van het feit dat haar broer op een dag, zonder dat ook maar even te overleggen, naar de bank was gegaan en al het geld had opgenomen, tot op de laatste cent.

De directeur had haar gebeld en gezegd dat Luigi een van de geldschieters van een bedrijf in Seattle was. Meer informatie had de man echter niet. Marina vroeg zich verbijsterd af wat hij in hemelsnaam van plan was, daar aan de andere kant van de wereld, dus besloot ze hem te bellen. Na lang wachten, kreeg ze hem eindelijk te pakken.

'Waarom heb je me niet gezegd dat je al het geld wilde opnemen?'

'Waarom zou ik dat doen? Ik ben de eigenaar van het bedrijf, dus ik regel alles. Het feit dat ik je heb gevraagd mij te vervangen als ik er niet ben, geeft je niet het recht mij te onderwerpen aan een kruisverhoor, Marina. Wat ik doe, zijn jouw zaken niet.'

Dat waren haar zaken wel. En ze kon wel degelijk iets doen om zijn macht wat in te dammen. Ze was niet naïef en wist dat het testament alleen geldig was als alle betrokkenen tevreden waren, want dat had de bankdirecteur haar gezegd. Maar Luigi had Murano vrijwel direct verlaten en haar de leiding over de glasblazerij gegeven. Hij had alleen de eerste paar maanden geld gestuurd, maar daarna niet meer. Ze had alle reden om het testament aan te vechten, maar was dat niet van plan. Dat zou ze Luigi nooit aandoen, maar ze was het zat. Het was alsof ze te maken had met iemand die de waarheid niet onder ogen kon zien, en ze wist niet meer wat ze kon doen om aan zijn verstand te peuteren dat ze het risico liepen te moeten sluiten.

‘Begrijp je wel dat we zonder geld geen basismateriaal kunnen kopen, dat we nodig hebben om de glasblazerij draaiende te houden? We moeten salarissen betalen, gereedschap. Ik heb dat geld nodig, Luigi!’

Hij grinnikte. ‘Doe gewoon wat iedereen doet en vraag om een lening. Maar wel op jouw naam, Marina, want ik ben niet van plan voor die zielige meisjes te zorgen die jij hebt aangenomen!’

‘Wat is er met jou gebeurd?’

‘Niets, hoor. Ik weet het gewoon even niet. Ik heb tijd nodig om een oplossing te bedenken.’

Door die opmerking was ze meteen op haar hoede, want die had ze eerder gehoord. Na het lezen van het testament was Luigi vrijwel meteen teruggegaan naar Milaan omdat hij een plan nodig had. Hij zou het bedrijf leiden en de adviezen opvolgen van een expert in de glasblaassector. Hij was het zat om naar amateurs als Rosanna en zij te luisteren. Luigi was twee maanden later met die expert teruggekomen. Marina had met de man te doen. Murano had een glasblaastraditie en -filosofie die alles oversteeg wat hij wist. De consulent had besloten dat Glasblazerij Chiaramonte niet te redden viel. Dat het beter was om hem helemaal plat te gooien en dan weer opnieuw op te bouwen. Het idee alleen al deed haar pijn. Zelfs Agata, die zich meestal buiten de discussies van haar kinderen hield, was tegen Luigi tekeergegaan. Ze zou niemand het harde werk van Giorgio kapot laten maken, ook hem niet. Gelukkig was de begroting voor de te maken kosten zo hoog dat Luigi de expert moest laten gaan. Hij was echter zo beledigd door het gedrag van zijn moeder, dat hij meteen was vertrokken.

Marina begreep zijn verlangen naar vooruitgang wel en probeerde ook open te staan voor zijn plannen, maar zijn initiatieven waren gewoon absurd, duur en bovenal nutteloos. In theorie klonken ze goed, dat moest ze hem nageven, maar op Murano was het glas… anders. Daar werkten de regels die in de rest van de wereld golden niet. Er waren geen wegen om zware machines te verplaatsen, kranen of steigers. Alles was in evenwicht, ook al was dat wankel. Het eiland was als een reus, die met zijn benen stevig in de modder stond en dat al duizenden jaren deed en daarom zou Marina ervoor strijden om hem overeind te houden.

'Onthoud dat ik degene ben die de beslissingen neemt. Papa heeft alles aan mij nagelaten omdat hij wist dat ik dat het beste kan, dat weet jij ook.'

Het was afschuwelijk om die woorden te horen, als zout in een open wond, maar Marina hield zich sterk. 'Misschien heb je gelijk. Maar als je niet meteen de salarissen en facturen betaalt, moet je terugkomen naar Murano en zelf in de glasblazerij komen werken. Het is een kleine wereld en zodra bekend wordt dat jij je werknemers niet betaalt, wil niemand meer voor je werken.'

Dat was niet waar. Rosanna had haar gegarandeerd dat de jonge vrouwen haar nooit zouden verlaten, maar het was niet eerlijk wat hij deed en Marina wilde dat Luigi zijn verantwoordelijkheid nam.

'Jij ook altijd met je gejammer!' Hij wachtte even. 'Goed, geef me de bedragen maar.'

'Kom je terug?' vroeg ze.

'Nee, dat kan niet. Ik heb dingen te doen in de stad. Waarom maak jij je niet nuttig en neem je wat beslissingen zonder mij steeds lastig te vallen? Doe wat je kan en laat Nando de rest regelen.'

Ze had hem eraan kunnen helpen herinneren dat hij een paar minuten geleden nog had beweerd voor haar en haar moeder te zorgen en dat altijd in gedachten hield bij zijn beslissingen. Het waren allemaal leugens. Ze geloofde best dat hij goede bedoelingen had, maar dat veranderde niets aan het resultaat van zijn daden. Ze zuchtte en ging zitten. Agata, die roerloos naast haar zat, had elk woord gehoord. 'Goed dan,' antwoordde ze.

'Rustig maar, je krijgt alles wat je nodig hebt. Ik heb alleen een tijdelijk geldprobleempje.' Dat was er altijd. Waarom hadden mensen niet genoeg aan de middelen die ze hadden? Waarom deden ze zich anders voor dan ze waren?

'Goed. Ik zal mijn best doen.'

'Nog één ding. Ik wil van elke bestelling op de hoogte worden gebracht. Ik ben degene die onderhandelt over de prijzen en met de klanten communiceert.'

Marina schudde haar hoofd. Er verscheen een glimlach om haar mond. 'Zoals je wilt.' Ze kon niet wachten.

Zoals ze al verwachtte, raakte Luigi's geduld in minder dan twee weken op en was hij vanaf dat moment alleen nog maar in de hoofdzaken geïnteresseerd. Hij wilde weten hoeveel geld er werd verdiend en wat de kosten waren, en de rest delegeerde hij aan Marina. Maar hij bleef elke maand bijna alle winst opnemen en daar kon zij niets tegen doen.

Marina was echter niet van plan zich gewonnen te geven. Het was natuurlijk niet zoals ze wilde en het was niet makkelijk om haar plan uit te voeren, maar het lukte haar toch.

's Avonds, als de glasblazerij dicht was, en tijdens feestdagen, werkten zij en de andere vrouwen voor zichzelf. Ze maakten glaswerk dat Rosanna vervolgens op de markt verkocht. Van de winst kon ze net haar moeder en haarzelf onderhouden en van wat haar werkneemsters verdienden, kon ze de glasblazerij draaiende houden.

Het werk dat werd verkocht onder de merknaam *Siòre* was erg geliefd onder toeristen. Klein en delicaat was het, vooral kopjes, schotels, kommen die dagelijks gebruikt konden worden. Ze waren stevig, kleurrijk en van zeer goede kwaliteit. Marina zocht een manier om het merk dat ze samen met haar vriendinnen had gecreëerd naar buiten te brengen. Dat had ze ook met Zeno besproken en die had geamuseerd naar haar geluisterd. Eén keer per week belde hij haar. Waar hij zich op dat moment ook bevond. Dat waren korte, maar kostbare momenten, waar Marina zeer naar uitkeek. Ze vroeg hem nooit om terug te komen, ook al miste ze hem zo erg dat ze ervan trilde. Ze begreep zijn behoeften, zijn drang naar succes, omdat zij die zelf ook had. Ze wilde de hoofdpersoon zijn, een belangrijke plek innemen, omdat ze goed was in wat ze deed. Soms vermoedde ze dat haar vader haar had onderschat omdat ze een vrouw was en dat hij haar daarom het bedrijf niet wilde laten leiden. Het verdriet dat ze daardoor had, was nog niet verdwenen. Daarom dacht ze er zo min mogelijk aan. De pijn herinnerde haar er echter ook aan dat ze beter, nauwkeuriger en sterker moest zijn. Haar vader was de belangrijkste man in haar leven geweest en ondanks alles had hij haar verkeerd ingeschat. Kon ze nog maar met hem praten, hem om uitleg vragen. Maar dat kon niet en zij kon zijn vernederende besluit niet accepteren. Ze wilde de brief die de notaris haar had gegeven dan ook niet lezen. Ze was bang voor de inhoud ervan, voor haar vaders uitleg. Die zou haar waarschijnlijk nog meer pijn gaan doen. De ketting van Barovier gaf echter goed weer hoe hij erover dacht. Dat was iets voor vrouwen. Marina had er vanwege de grote teleurstelling over haar vaders testament eerst weinig aandacht aan geschonken, maar zag het sieraad nu toch ook als een soort bemoedigende boodschap.

Het hielp haar eraan herinneren dat er voor haar een vrouw was geweest in een zeer vrouwonvriendelijke maatschappij, die het was gelukt om carrière te maken en te laten zien wat ze waard was. Ze wist dat de ketting kostbaar was, maar voor haar betekende hij nog veel meer. Ze had hem omgedaan voor Zeno. De ketting en niets anders. En hij had haar verteld over de legende. Men vertelde dat de beroemde glasblaaster daar op Murano samen was geweest met haar geliefde Ballarin en dat ze dus ook op dat eiland had gewoond.

Juist die ketting leek het tijd te keren voor de glasblazerij, of beter gezegd, voor Marina, Rosanna en de andere vrouwen die al die jaren hun moed en vaardigheden hadden laten zien. Marina kreeg het idee toen ze de grootste steen bestudeerde. Op de transparante hanger stond een haan. Dat was een sterk en trots dier, dat niet opgaf.

Dat zou zij ook niet doen. Ze legde de ketting terug in het doosje en liep naar de bank. Ze had geld nodig, omdat haar klanten net zo waren als haar broer en ze zich wilde laten gelden. De *vriendin-*

nen waren goed in hun werk en verdienden een kans.

Toen ze deze keer vroeg of ze de directeur kon spreken, werd ze naar zijn kantoor geleid, maar daarna ging hij haar voor naar een prettigere plek. Ze was lang niet in de ontvangstzaal van de bank geweest. Luigi handelde de officiële zaken nu af, hoewel zij eigenlijk degene was die de geldzaken regelde.

'Kom verder, Marina. Ga zitten.'

Ze wist zelf niet eens wanneer hun relatie zo informeel was geworden. Dat was op een dag gewoon gebeurd en dat vond zij prima. 'Ik heb geld nodig, Marcello.' Ze gaf hem het doosje. Hij keek er lang naar en opende het toen. Na de ketting goed te hebben bestudeerd, keek hij haar weer aan. 'Is dit wat ik denk dat het is?'

Ze glimlachte en knikte. Sinds ze de ketting had geërfd, werd er hier en daar over gesproken. Een mythe, een legende. Voor haar stond hij symbool voor de liefde van haar vader. 'Ik wil hem verpanden.'

De directeur knikte. 'Hoeveel heb je nodig?'

'Vijf miljoen lire moet genoeg zijn.'

Het was geen groot bedrag. De ketting was minstens tien keer zoveel waard, maar dat was wat ze nodig had.

'Mag ik vragen wat je van plan bent met het geld?'

'Ik wil ervoor zorgen dat ik een belangrijke plek krijg in een van de grootste kunstgalerieën.'

'Dat is zeker jouw initiatief?'

De directeur leek er even over na te denken en schreef toen iets op een papiertje. 'Geef dit aan de kassière. Dan regelt zij een lening voor je.'

Stralend pakte ze het papier aan en lachte naar hem. 'Bedankt, Marcello.'

De bankdirecteur was al op leeftijd, netjes gekleed en gedistingeerd. Hij draaide zich om, pakte een glas en schonk daar wat Sambuca in. 'Ik hoop dat je plan een groot succes wordt en dat je daarna een momentje vindt om bij me langs te komen en me er alles over te vertellen.'

Ze nam het glas aan. Ze vond de likeur heerlijk, zoet en sterk. 'Dat zal ik zeker doen.'

Ze stond al bij de deur toen hij haar terugriep. 'Je bent deze vergeten.' Hij liep naar haar toe en gaf haar het doosje terug. Marina keek hem verbijsterd aan.

'Ik geef je een lening, op jouw naam, een onderpand is niet nodig. Ik ben ervan overtuigd dat je me elke cent terugbetaalt. Jij bent tot grootse dingen in staat, Marina.' Hij kuste haar hand en knikte kort.

Ze was ontroerd. Ze ging op haar tenen staan en omhelsde hem. 'Jouw vriendschap betekent heel veel voor mij.'

Marina werkte non-stop aan haar project, met Rosanna aan haar zij. Met haar visie, praktisch en onopgesmukt, loste ze problemen op, vooral logistieke, die zich onverwacht voordeden. Ook maakte ze een einde aan woordenwisselingen en zorgde ze ervoor dat Luigi's humeur beter werd. Een tijd geleden was haar broer 's avonds naar huis gekomen en wilde hij met niemand praten. Na lang doorvragen, was Marina erachter gekomen dat zijn vriend en zakenpartner plotseling was overleden en dat daardoor hun bedrijf ten onder was gegaan. Ze had erg met hem te doen en maakte zich ook zorgen. Luigi strompelde van de ene naar de andere kamer, had een lange baard en droeg verkreukelde kleren. Zelfs Agata wist niet wat ze moest doen.

Op een ochtend trof ze hem liggend op de keukentafel aan, met zijn hoofd op zijn armen en zijn ogen dicht. Even dacht Marina dat het beter was hem met rust te laten, maar toen besefte ze dat haar moeder en zij hem verkeerd behandelden. Hij was immers geen klein, verloren jongetje meer.

Ze ademde diep in, raapte al haar moed bij elkaar en schudde aan zijn schouder. 'Luigi, wakker worden!'

Hij knipperde met zijn rooddoorlopen ogen. Hij had een lege blik en stonk naar alcohol. Marina schudde haar hoofd. 'Ik zal koffie voor je zetten, als jij gaat douchen. Vandaag ga je met mij mee naar de glasblazerij, al moet ik je erheen slepen. En als je niet meewerkt, roep ik Rosanna erbij.'

Even keek hij haar niet-begrijpend aan. Daarna schudde hij, tot grote verwarring van Marina, zijn hoofd, vertrok zijn gezicht en barstte in snikken uit. Hij huilde met lange uithalen. 'Jij weet er niets van, jij kunt het niet begrijpen. Het was allemaal perfect, precies zoals ik het altijd had gedroomd. Nu heb ik niets meer.'

Ontdaan legde Marina haar handen om zijn gezicht. 'Jawel, je bent hier, je leeft. Wij kunnen samen alles oplossen.' Ze vergat even het verleden, zijn gemene opmerkingen, zijn absurde eisen. Luigi was haar broer en hij had verdriet. De rest was niet belangrijk. Ondanks alles hield ze van hem.

'Al het geld dat ik heb geïnvesteerd ben ik kwijt. Snap je dat, Marina? Het maakt niet meer uit wat ik doe. Datgene waaraan ik de laatste jaren heb gewerkt, begon eindelijk winstgevend te worden. Dat had ik opgezet, daar had ik de hele erfenis van papa in gestopt, al het geld, en nu ben ik alles kwijt.'

Ze schudde haar hoofd. 'Dat is niet waar. De glasblazerij draait goed, jij leeft en bent gezond. De rest komt wel goed. Denk na, Luigi. Je bent slim en handig en moet alleen een manier vinden om er weer bovenop te komen. Mama en ik zullen je helpen. We zullen je altijd steunen.'

Na een korte stilte, waarin hij haar aan bleef kijken, sloeg Luigi zijn armen om haar middel. Marina streek door zijn haar. 'Het komt allemaal goed, heb wat vertrouwen. Ga je nu eerst maar wassen, dan maak ik ontbijt voor je.'

'Oké.' Hij stond op, liep naar de deur en bleef daar met hangende schouders staan. Hij keek haar verdrietig aan. 'Sorry voor wat er is gebeurd. Ik had meer voor mama en jou willen doen. Ik weet niet waarom, maar wat ik ook probeer, alles gaat altijd de mist in. Ik hou van je, zusje.'

Ze knikte, diep ontroerd. 'Vroeg of laat zal alles veranderen. De zon komt op voor ons allemaal, er komt wel weer een nieuwe kans. Maar nu moet je opschieten, Luigi. We hebben veel werk te doen.'

De dagen die volgden waren geweldig. Marina keek toe hoe haar broer de blaaspijp gebruikte. Hij was handig, sterk en onvermoeibaar. In het weekend pakten ze alles in en maakten ze alles klaar om te versturen. In de avond zaten ze vaak samen te praten en plannen te maken. Ze waren erg moe, maar ook zeer voldaan. Eindelijk had haar broer begrepen dat zijn plek in de glasblazerij van de familie was.

Luigi had van tevoren nooit verwacht dat de tijd op Murano, waarin hij vooral zand schepte en de temperatuur van de ovens controleerde, hem zo goed zou doen. Hij voelde zich... anders. Sterker. Vanaf nu wilde hij overal persoonlijk bij betrokken zijn. Hij zou nooit meer zijn lot in andermans handen leggen of iemand vertrouwen. Hij keek toe hoe de wolken in de blauwe lucht boven Murano bewogen, terwijl hij op de bank in de woonkamer uitrustte van een dag hard werken. Hij dacht aan wat er nog over was van zijn bedrijf: alleen oud papier.

Hij moest alles verkopen wat hij had, zonder geld was hij nergens, was het afgelopen. Hij stond op en zocht in de koelkast naar de ijsthee die zijn moeder had gemaakt. Hij hoorde zijn zus neuriën. Ze maakte zich klaar om met iemand uit te gaan. Vast met een man. Hoe was het eigenlijk afgelopen met Zeno? Ze kwam binnen en Luigi lachte. Ze was een van de mooiste meisjes die hij ooit had gezien. Zijn zusje kon een zeer goede partij trouwen, als ze dat wilde. Ze was erg slim. Jammer dat ze niet besefte dat ze zoveel potentie had. Marina bleef zich, ondanks alles, op een dorpse manier gedragen. Deed ze maar iets met zijn adviezen...

'En, wat vind je ervan?'

Marina maakte een pirouette voor haar broer. Ze droeg groen en die kleur stond haar goed. Haar rode haren leken wel vlammen. 'Je ziet er prachtig uit, zusje.'

Ze grinnikte, pakte haar tas en gaf hem een kus. 'Ik ben laat thuis.'

'Wie is de gelukkige?'

Haar gezicht lichtte op. 'Het comité voor kunst en ontwikkeling van de stad.'

'O, ja, dat is waar.' Luigi nam een slok van zijn ijsthee. Hij herinnerde zich de gesprekken die ze daarover hadden gevoerd. Hij was sceptisch. Mensen deden alleen iets voor anderen als ze daar zelf ook iets aan overhielden. 'Geloof je er echt in?'

'Exposeren op de Biënnale is een grote eer. En ja, ik geloof er zeker in. En voordat je nu iets negatiefs gaat zeggen: weet dat ze in ons geïnteresseerd zijn omdat we goed en uniek zijn in wat we doen. Wens me succes.'

Hij keek haar op een vreemde manier aan. 'Waarom draag je die ketting van papa nooit? Die is schitterend.' Die moest een fortuin waard zijn.

Marina legde de laatste hand aan haar haar. 'Die draag ik alleen op speciale gelegenheden. Ik ben altijd bang dat ik hem verlies. Hij betekent heel veel voor me.'

Ze schrok op van de bel. 'Dat is Rosanna. Ik moet gaan.' Ze spurtte naar buiten en liet een vleug parfum achter.

Luigi grijnsde en schudde zijn hoofd. Hij had ook zin in een leuke avond. Misschien kon hij een vriend bellen... of een vriendin. Hij dacht aan Denise en zijn gezicht betrok. Het was onmogelijk om met haar samen te zijn. Haar vader was heel duidelijk over wat hij voor zijn dochter wilde. En hij kon nu echt niet aan zijn eisen voldoen. Hij stond op, liep in de richting van zijn kamer, maar bleef toen voor die van zijn zus staan. De deur stond op een kier. Nieuwsgierig gluurde hij naar binnen.

Hij was nog precies zoals hij hem zich herinnerde. Marina was altijd erg netjes geweest. Hij dacht aan hun band. Als kind aanbad ze hem. Dat waren mooie tijden. Hij leek totaal niet op zijn zus. Bij haar kwam alles altijd goed. Iedereen was gek op haar.

Voor haar was het leven makkelijk.

De gordijnen ging heen en weer. Er stond een zeebries. Luigi voelde hem terwijl hij Marina's spullen aanraakte. Een schrift, een flesje parfum, een vaas. En toen kreeg hij plotseling een idee. Waar bewaarde ze de ketting? Hij trok alle lades open en in de laatste, onder een stapel sjaaltjes, vond hij het doosje. Hij opende het en hield zijn adem in. 'Prachtig,' fluisterde hij. Die was behoorlijk wat geld waard. Geld dat hij heel goed kon gebruiken.

'Luigi? Wat doe jij in de kamer van je zus?'

Agata stond bij de deur en keek hem vragend aan. Hij glimlachte naar zijn moeder. 'Marina is net weg. Ik had een idee, mama. Ik wil de ketting naar een juwelier brengen, om hem te laten maken. Ze zei dat hij niet zo makkelijk dichtgaat. De sluiting is niet goed.'

Ze staarde hem even aan. 'Goed, maar dat moet je dan wel tegen haar zeggen.'

'Nee, dat doe ik niet. En jij ook niet.' Hij lachte weer naar haar. 'Ze doet hem bijna nooit om en heeft het vast niet eens door dat hij weg is.'

Hij stak het doosje in zijn zak en verliet de kamer, terwijl zijn moeder hem bezorgd nakeek. Hij wist al waar hij hem heen zou brengen. Het was maar voor even, totdat hij weer wat meer geluk had. Bovendien had Marina zelf gezegd dat hij altijd op haar kon rekenen. Nou, op deze manier kon ze hem echt goed helpen. Hij ademde de frisse zeelucht in. Hij voelde dat er iets ging veranderen. Binnenkort zou alles anders zijn.

Luigi bleef nog een paar weken op Murano en nam toen op een avond opeens afscheid, pakte zijn koffers en verdween.

Marina was erg teleurgesteld. Ze had gehoopt dat hij deze keer voor altijd zou blijven. Ze had hem aan het werk gezien in de glasblazerij. Dat was echt iets voor hem, jammer dat hij dat zelf niet inzag. Zijn drang om zich te bewijzen en ergens in uit te blinken dreef hem tot acties die steeds slecht voor hem uitpakten. Als hij nu gewoon accepteerde wie hij was, dan zou Luigi veel gelukkiger zijn.

Venetië was een van de meest geliefde vakantiebestemmingen geworden. Er kwamen toeristen van over de hele wereld naar de stad en de spoedig verwachte opening van vliegveld Marco Polo zou dat alleen nog maar makkelijker maken. Het was daarom ook zeer belangrijk dat Venetië er tiptop uitzag. Alle talentvolle kunstenaars waren uitgenodigd om hun mooiste kunstwerken tentoon te stellen. Niemand had eerder een glasblazerij van alleen maar vrouwen gezien, dus de nieuwsgierigheid naar hun werk was groot. Ze mochten de glazenzaal van de Biënnale gebruiken. Marina kon niet geloven dat ze zo'n grote kans kregen. Ze was meteen aan het werk gegaan met haar vrouwen en na wat overleg hadden ze iets speciaals gekozen. Hun mooiste en meest betekenisvolle werk.

De collectie van de *Siòre b*evond zich wat hoger. Overeind gehouden door transparante steunen, fonkelden de vazen, glazen en bloemen in het licht van de lantaarns.

Die avond zouden ze vieren dat het werk klaar was. Marina kreeg echter alleen Rosanna zover dat ze meeging naar het feest. De anderen waren opeens verlegen geworden. Marina begreep niet waarom ze zichzelf en hun werk zo naar beneden haalden. Het was alsof ze een grens voor zichzelf hadden getrokken, die ze niet over wilden gaan. Alsof ze angst hadden voor succes. Ze had de kwestie met Rosanna besproken, maar zij had niet gereageerd. Ze had naar haar geluisterd en uiteindelijk gezegd dat er dingen waren die zij nooit zou kunnen begrijpen, omdat ze die nooit zelf had meegemaakt. En dat ze met heel haar hart hoopte dat ze die ook nooit zou hoeven te begrijpen.

'Ik snap niet dat er niemand anders met je mee kon gaan.'

Marina negeerde haar, lachte alleen naar een ober en pakte twee glazen van zijn blad. Ze gaf er een aan haar vriendin. 'Zie je die man achter mij?' fluisterde ze.

Rosanna keek even op en toen meteen weer weg. 'Dat is inderdaad een knappe man.'

'Daarom wilde ik niet dat je naar hem keek.'

Ze dronk haar glas wijn leeg, haar derde al, en moest toen niezen. 'Sorry, die bubbels kriebelen altijd in mijn neus.'

Marina zuchtte. 'Hij is degene die de expositie heeft georganiseerd.'

'Dus?'

Ze pakte het glas uit haar handen en zette het weg. Er stonden veel mensen om hen heen. De meeste hadden hen gecomplimenteerd met hun werk en een paar waren naar hen toe gekomen om iets te vragen, te praten of hun visitekaartje te geven. 'Dus moeten we hem even gaan begroeten.'

'Dat kan ik niet.'

Marina gaf haar een klein duwtje. 'Jij hoeft alleen te lachen en te knikken, ik doe de rest wel, goed?

Ze hoefden niet lang te wachten, totdat Giovanni Ponti hen opmerkte, afscheid nam van zijn gasten en naar hen toe kwam. 'Wat geweldig dat jullie hier bij ons zijn. Jullie werk is heel bijzonder. Transparantie en buitengewone kracht in een materiaal dat heel simpel is en toch geraffineerd.'

'Dank u, meneer Ponti.'

'Zeg maar Giovanni.'

Ze spraken over de impact die kunst zou hebben op de toekomst en over het feit dat Venetië veel baat had bij kunst van hoog niveau. Na een paar minuten moest de bijzonder commissaris van de Biënnale echter weg. Marina en Rosanna waren blij. Hij had hun verteld dat er nog meer evenementen op de planning stonden. 'Dit is een grote kans voor ons.'

Rosanna luisterde niet naar haar. Marina volgde haar blik en huiverde.

'Waarom zit die zo te grijnzen?'

Marina had geen idee. 'Laat hem maar.' Gerolamo Furlan was ook glasblazer op Murano en altijd een rivaal geweest van de familie Chiaramonte. Marina mocht hem ook niet, maar haar vriendin zag eruit alsof ze hem wel iets aan kon doen. Hij was een van de mensen die hen sinds de opening belachelijk hadden gemaakt. Marina vermoedde dat Rosanna hem van vroeger kende. De spanning tussen hen was om te snijden.

'Als we daar de glasdames niet hebben.'

'Ze laten ook iedereen binnen hier...' Rosanna keerde hem de rug toe. 'Ik dacht dat dit een nette plek was.'

Gerolamo's gezicht betrok, maar hij herpakte zich meteen. 'Ik begrijp dat je nerveus bent. Het is vast geen pretje om opeens op straat te staan.'

Marina opende haar mond. Waar had hij het in hemelsnaam over? Het ging prima met de glasblazerij.

'Waarom zeg je niet wat je te zeggen hebt en ga je daarna weg?' riep Rosanna uit, terwijl ze hem kwaad aankeek.

Gerolamo staarde haar even aan en barstte toen in lachen uit. Rosanna greep hem bij zijn jas. 'Wat valt er te lachen?'

Hij pakte allebei haar handen vast en stopte met lachen. 'Chiaramonte heeft je zeker niets gezegd, hè?' fluisterde hij.

'Wat had hij moeten zeggen?'

'Dat hij de glasblazerij verkocht heeft. Het huis, alles.'

'Waar heb je het over? Dit gaat zelfs voor jouw doen te ver.'

Hij schudde zijn hoofd. 'Vraag het maar aan haar,' zei hij, terwijl hij naar Marina wees. 'Ze hebben alles verkocht. Ze vertrekken uit Venetië en verhuizen naar Amerika.'

19

Abt Vincenzo Zanetti was een van de belangrijkste personages in de geschiedenis van de glaskunst op Murano. Hij werd begin negentiende eeuw geboren en werkte als kind in een glasblazerij. Later werd hij tot priester gewijd. Hij besteedde veel van zijn tijd aan het verzamelen en documenteren van alle oude en waardevolle voorwerpen die daar waren. Hij richtte een glasmuseum op en begon een school, zodat het ambacht kon worden doorgegeven.

’s Nachts hoorde ze eigenlijk te rusten en bij te komen, maar juist in die stilte speelden haar angsten weer op.

Daarom hield Juliet altijd de luiken open.

Het maanlicht was meestal genoeg om haar rustig te helpen ademhalen en van de angsten af te helpen, maar deze keer niet. Nu was de paniekaanval plotseling opgekomen en kwam ze er niet meer uit. Ze lag onder de lakens naar adem te snakken en stikte bijna.

‘Stil maar, je bent veilig. Wakker worden, Juliet.’

De stem was zacht, lief en bekend. Ze zocht wanhopig naar een streepje licht in haar eigen labyrint van doodsangsten. Toen ze eindelijk begreep waar ze was, was ze enorm opgelucht. ‘Marcus.’ Ze pakte hem met beide handen vast. Hij was echt, hij was bij haar. Ze raakte zijn gezicht aan en hij lachte naar haar.

‘Stil maar, alles is goed,’ zei hij weer.

Hij streelde haar over haar rug, hield haar stevig tegen zich aan en bleef tegen haar praten, korte, simpele zinnetjes. De schaduwen verdwenen. 'Er is niets om bang voor te zijn,' zei hij. 'Je had gewoon een nachtmerrie. Wil je erover praten?' Hij was op zijn zij gaan liggen en torende nu boven haar uit, maar dat maakte haar niet bang. En toch had Juliet even de neiging om van hem weg te draaien.

Niemand kon haar helpen. Ze moest dit alleen doen.

Ze zou eigenlijk niet bij hem moeten blijven slapen. Ze had de nacht ervoor moeten vragen of hij weg kon gaan. Maar het voelde voor haar natuurlijk om in elkaars armen te blijven liggen, om tot diep in de nacht te praten en daarna samen in slaap te vallen. Ze had naar Marcus verlangd, naar zijn kussen, de aanraking van zijn handen, zijn aanwezigheid, dus had ze besloten haar hart te volgen. Alleen was ze nu bang dat hij vragen zou gaan stellen over haar angsten. Dat hij zou willen weten wat er mis met haar was. En daar had zij geen antwoord op. Ze trilde en hij stapte uit bed. Hij schonk water in een glas en gaf dat aan haar. 'Rustig maar, je hoeft er niet over te praten hoor, als je dat niet wilt. Ik vroeg het alleen omdat ik weet dat het iemand goed kan doen om over moeilijke dingen te praten.'

Ze keek hem aan, met een brok in haar keel en een ademhaling die nog steeds niet rustig was. Hoe moest dat? 'Dat kan ik niet,' zei ze met verstikte stem. Ze wist dat ze nog in paniek was, ze voelde het. De angst kon op elk moment om zich heen gaan grijpen en daar zou zij niks aan kunnen doen.

'We hebben geen haast en je hoeft niets te doen wat je niet wilt. Jij beslist of je iets doet en zo ja, hoe en wanneer.' Hij streek door haar haar en glimlachte.

Hij dacht dat ze sterk en onoverwinnelijk was, maar dat was ze niet, dacht ze.

Ze was zwak, onbekwaam. Ze had geprobeerd te veranderen, beter te worden. Maar dat was haar niet gelukt. En daar zou hij nu achter komen.

Ze begon te trillen en sloot haar ogen.

En toen was daar opeens een herinnering, een beeld.

Marcus praatte tegen haar, in de nacht dat ze alles kwijt was, en liet haar zien dat het allemaal niet zo erg was. Hij pakte haar vast en zette haar weer met beide benen op de grond.

'Er is niets om bang voor te zijn, Juliet, alles is op te lossen, lieverd. Haal diep adem.'

Ze greep zich vast aan zijn woorden, aan zijn gezichtsuitdrukking. Ze dacht terug aan het moment waarop hij haar had laten lachen om haar angsten en die zo had weggenomen.

Was dat het moment waarop ze verliefd op hem was geworden?

Ze werd overweldigd door een warm en prettig gevoel. Haar hart begon al langzamer te kloppen. Ze had het mis over Marcus. Als er iemand was die haar goed kende, dan was hij het wel. Ze hoefde niet te doen alsof ze sterk, bekwaam en perfect was, omdat hij wist dat ze dat niet was.

'Het is niet makkelijk,' fluisterde ze.

'Dat is het toch nooit als we iets proberen aan te pakken waar we erg mee zitten? Het is mij in elk geval nog nooit gelukt om problemen snel op te lossen. Hoe langer ik ermee blijf rondlopen, hoe moeilijker het wordt om ze aan te pakken. Maar het is belangrijk om te praten over dingen die je pijn doen of verdrietig maken. Dus, hup, gooi het eruit. Ik ben bij je. Ik houd je vast.'

Ik ben bij je. Twee handen, een hart, een glimlach.

Ze geloofde hem.

Hij streek het haar uit haar gezicht en bleef naar haar lachen. 'Weet je,' zei hij opeens, 'er is iets wat ik je moet vertellen. Dat heb ik gisteren niet gedaan, omdat daar geen tijd voor was.' Hij lachte ongemakkelijk.

Plotseling voelde Juliet zich beter. 'Waar gaat het over,' vroeg ze.

'Over jou en mij. En over het feit dat ik zomaar ben verdwenen.'

Hij wachtte even totdat hij de juiste woorden vond. Hij was nerveus, kwetsbaar.

Ze was dol op die eigenschap. Die maakte hem nog liever.

'Ik wist het niet zeker… ik ben weggegaan voordat ik iets stoms zou doen. Ik ben direct, een beetje té soms, maar met vrouwen ga ik respectvol om, Juliet. Maar nu ben ik hier. En ik blijf ook hier. Ik wilde dat je dat wist, dat dat duidelijk is.'

Juliet was verdoofd en bleef twijfelen. Uiteindelijk besloot ze zichzelf open te stellen, zoals hij ook had gedaan. 'Morgen, of eigenlijk vandaag, is er een belangrijk examen. Het laatste voor het eindexamen.'

'Heb je faalangst? Ik denk dat het heel normaal is om een beetje gespannen te zijn, hoewel het voor jou eigenlijk niet nodig is. Jij bent heel goed in glasblazen. Nee, laat me uitpraten… luister, Juliet, ik heb veel jonge talentvolle mensen hier op school gezien, maar jij hebt iets bijzonders, iets anders, een soort intuïtie. Jij begrijpt glas op een manier die ik zelden heb gezien en alleen bij mensen die met glasblazen zijn opgegroeid.' Hij knipoogde naar haar. 'Je bent toch niet stiekem familie van een beroemde glaskunstenaar, hè?'

Hij lachte, maakte grapjes en zorgde dat haar probleem minder groot leek. Ze schudde haar hoofd. 'Nee.' Artsen, allemaal. Succesvolle mensen. Ze wilde hem omarmen, onder zijn huid kruipen, hem voelen. Maar dat deed ze niet. Ze bleef roerloos zitten.

Ze had een… geheim.

Ze dacht aan het notitieboek.

Wat zou Marcus wel niet van haar denken als hij erachter kwam dat zij inspiratie haalde uit een boekje dat niet eens van haar was en ze helemaal niet zo goed was als hij dacht?

Ze ademde diep in en sloot haar ogen. Marcus zag zijn kans schoon en drukte een kus op haar lippen. Zacht en kort. Een lieve kus die heel anders was dan de eerdere kussen die hij haar had gegeven. En haar van top tot teen liet tintelen. Hij was net als die kus, zacht, lief, eerlijk, en zij wist dat. Daarom wilde ze niet dat er dingen tussen hen in stonden, geen geheimen. Als ze zou liegen, zou dat slecht zijn voor hun relatie, de schoonheid ervan wegnemen.

'Ik heb hulp gehad. Heel veel hulp.'

Hij ging rechtop in bed zitten. 'Wat bedoel je? Ik heb je aan het werk gezien en er zit niemand naast je. Je hebt alles alleen gedaan, elke stap.'

Ze kon het hem beter laten zien, dacht Juliet. Ze stapte uit bed en grabbelde in haar tas. Toen ze het schrift in haar hand had, zuchtte ze en gaf ze het aan Marcus. Hij sloeg het open en begon te lezen. Daarna bladerde hij er wat sneller doorheen en las hij af en toe een zin. Toen hij het uit had, gaf hij het aan haar terug. 'Dit is heel interessant, zoals bijna alle dagboeken van glasblazers. Er staan mooie dingen in. Het oude deel is erg bijzonder. Maar zonder jou, Juliet, iemand die het begrijpt en uitvoert, zonder jouw inzicht, lieverd, blijven dit gewoon formules, woorden. Begrijp je dat?' Hij wachtte even, zijn voorhoofd tegen het hare. 'Jij vertrouwt niet in je eigen kunnen, ontkracht complimenten en wuift het tevreden gevoel dat je krijgt als je iets hebt gemaakt wat je mooi vindt, weg. Dat doe je steeds op een andere manier. Waarom doe je dat?'

Die ogen, waar je zo makkelijk in kon verdrinken, die woorden die doordrongen tot in haar ziel en die waar waren... Maar hij wist de rest niet. Hij had geen idee hoe ze in elkaar zat, van de fouten die ze had gemaakt, die ze bleef maken. Hij wist niet hoe erg haar familie zich voor haar schaamde.

Haar familie geloofde niet in haar. Juliet wist dat ze vonden dat ze onbekwaam was en anders.

'Het geeft niet. Je vertelt het wel als je er klaar voor bent,' zei Marcus. Daarna gaf hij haar een kus, maar deze keer niet zacht, of troostend. Deze was vol passie, waardoor zij al haar zorgen vergat, omdat al haar gedachten vervlogen als sterrenstof. Uiteindelijk bleven alleen zij nog over, een man en een vrouw en hun verlangen naar elkaar.

Toen Juliet wakker werd, vond ze een briefje van Marcus op haar kussen.

Jij bent mijn idee van geluk.

Ze las het en glimlachte.

Na een snelle douche ging ze in kleermakerszit op het bed zitten, bladerde door het schrift en bekeek enkele notities. Ze besefte dat ze alle aantekeningen inmiddels uit haar hoofd kende. Aventurijn, filigraan, murrina, spiegel. Ze kende elke techniek.

'Rustig maar, het gaat vast goed,' zei ze tegen zichzelf.

Ze trok een luchtige blouse aan en bond haar haar in een staart. Vervolgens liep ze de trap af, zich vasthoudend aan de leuning, en probeerde ze te voorspellen wat voor opdracht de meesters voor hen hadden bedacht.

'Goedemorgen, Juliet.'

Ze schrok en struikelde.

'Pas op!'

Jacopo ving haar op en hielp haar weer overeind. Juliet keek hem met grote ogen aan. 'Ik... dank u wel,' mompelde ze.

Ze keek toe hoe hij achteruitdeinsde. Ze bestudeerden elkaar even. Het was ongemakkelijk, maar Juliet was ook verbaasd. Jacopo was vast naar Murano gekomen vanwege het examen. Het was de eerste keer dat ze elkaar weer zagen, na de onprettige discussie die ze hadden gehad en hij had zijn excuses daar nog niet voor aangeboden. Ze dacht terug aan zijn beschuldigende woorden. Ze moest met hem praten, als ze daar de moed voor had gevonden. Ze wilde hem vragen naar de ketting. Ze wilde weten wie de persoon was die hij kostte wat kost wilde beschermen. En waarom. Maar niet nu, nu was ze te nerveus. Dat kwam later wel, dacht ze.

'Ben je klaar voor het examen?'

De angst greep haar bij de keel. Was hij daar om haar moed in te spreken of bang te maken? Ze was niet van plan zich door hem te laten intimideren. 'Jazeker, ik ben er helemaal klaar voor!'

'Mooi. Tot later dan.'

Ze knikte naar hem en vervolgde haar weg naar de keuken.

Juliet had geen honger meer, maar had energie nodig. Toen ze aankwam bij haar studiegenoten, schonk ze zichzelf een kop koffie in en nam ze de koekjes aan die Morgan haar voorhield. 'Dank je.'

'Alles goed? Je ziet eruit alsof je net een spook hebt gezien.'

'Ik ben gewoon zenuwachtig,' fluisterde ze, maar ze kon de blik die Marcus' vader haar had toegeworpen niet vergeten.

Morgan knipoogde naar haar. 'Jij wordt vast tweede.'

Zijn schaamteloosheid verbaasde haar, en toch lachte ze naar hem. Daarna maakte ze een praatje met de anderen. Iedereen was opgewonden en nerveus, maar ook enthousiast. Ze hadden veel geleerd en dit was het moment waarop ze dat mochten laten zien.

Voor andere opdrachten had Juliet een luchtballon in een storm gemaakt, een vrouw die ondanks de barsten – een voor elke wond, voor elk litteken – met opgeheven hoofd haar toekomst tegemoet liep. Voor het examen besloot ze een schilderij te maken van een boom, met de wortels in een spiegelend wateroppervlak en de takken omhoogwijzend naar de lucht. Dat was complex en vereiste veel voorbereiding, van de bladeren die ze een voor een moest maken, tot aan de boomschors. En daarna moest ze er nog een geheel van maken.

'Weet je zeker dat je dat gaat doen?' Carlos keek haar wat bezorgd aan. De anderen waren ook erg verbaasd, maar zij had het heel precies uitgedacht: het helderblauwe meer vormde de voeding, de wortels en de stam stonden voor de realiteit, maar er was meer. De takken straalden magie uit. Ze fonkelden en strekten zich uit naar de hemel en boden ruimte aan vogelnesten, bijen en vlinders. De enige die rustig was, was Marcus. Hij had vertrouwen in haar. En dat vervulde haar met blijdschap, maar ook met angst. Maar eenmaal in de glasblazerij veranderde haar stemming. Haar angsten verdwenen en maakten plaats voor enthousiasme, fantasieën en dromen. Voor zoveel creativiteit dat er van haar onzekerheden niets meer over was.

Jacopo was degene die uitlegde wat van hen verwacht werd tijdens het examen.

'Vandaag laten jullie zien wat jullie tot nu toe hebben geleerd.

Jullie mogen het thema zelf kiezen, maar ik raad jullie aan alles te geven. Verbaas ons, jongens. Jullie hebben alles in huis om iets unieks te creëren. Laat je meevoeren en onthoud dat iedereen met glas kan werken, maar dat alleen glasblazers uit Murano in staat zijn om met hun werk mensen diep te raken.'

Iedereen was geconcentreerd en ging op in zijn werk. Het was druk, levendig en het glas zat al kokend in de smeltkroezen, klaar om gebruikt te worden. Er hing een soort spanning in de lucht. De glasblazers dachten allemaal in stilte aan wat ze wilden maken, aan de verschillende stappen van het proces. En ze rekenden uit hoelang alles zou duren. Gebogen over vellen papier zaten ze te tekenen, sommigen op hun knieën op de grond.

Juliet begon met de grootste onderdelen en werkte langzaam naar de kleinere toe. De bruine boomstam met in reliëf de schors, de fijne bladeren, de lieflijke bloemblaadjes. Ze gebruikte al haar kennis, haar herinneringen en alles wat ze geleerd had en had gelezen in het schrift. Haar handen volgden de aanwijzingen van haar hoofd en van haar hart.

Uiteindelijk legde ze hijgend en zwetend de laatste stukken in de koeloven.

Ze was klaar. Ze draaide zich om: iedereen was enthousiast. Ze wist niet wie het initiatief had genomen, maar opeens stonden ze allemaal midden in de glasblazerij elkaar te omhelzen. Zelfs Morgan had tranen in zijn ogen.

Lorenzo lachte en feliciteerde iedereen. 'Goed zo, jongens. Heel goed gewerkt!'

Juliet zocht Marcus. Toen ze zag dat hij bij de deur stond te praten met zijn vader, beet ze op haar lip. Waar zouden ze het over hebben? Ze keek hen na toen ze de glasblazerij uit liepen.

Ze zagen er niet erg blij uit.

Jacopo was die avond pas laat terug in Palazzo Zenobio.

Hij ging in de tuin zitten, onder een boom.

De bladeren ritselden in de wind. Hij sloeg een hand voor zijn gezicht. Wat moest hij toch doen? Hij had het gevoel dat hij alles fout had gedaan. Toen hij het gebouw had gekregen was hij dolblij geweest. Hij had zijn eigen palazzo, een bedrijf. Maar al snel volgden er problemen. Eerst waren die klein, moest hij toegeven, en waren er zoveel positieve aspecten, dat hij er weinig aandacht aan had geschonken. Toen ontmoette hij zijn vrouw. Zij was heel anders dan alle andere jonge vrouwen die hij kende: ze kende geen schaamte, was niet verlegen. Ze voelde zich vrij en dat was hij niet gewend. Hij dacht eerst dat het gewoon een relatie was zoals hij eerder had gehad. Hij had niet verwacht dat ze zwanger zou raken. Dat lag niet in zijn planning. O, natuurlijk wilde hij ooit wel een gezin, zoals iedereen, maar met een vrouw uit Murano, of Venetië, als het moest. Iemand die het begreep. Niet met een vrouw zoals zij.

Hij had alles uit de kast gehaald om haar te overtuigen met hem te trouwen.

'Ik heb geen ring nodig en ook geen stuk papier.'

'Ik wil dat mijn kind wettig is.'

Ze had hem in zijn gezicht uitgelachen, had hem ouderwets genoemd, maar uiteindelijk had hij haar overgehaald. En toen waren ze een tijdje gelukkig. Erg gelukkig zelfs, op een manier die nu nog pijn deed als hij eraan terugdacht. Jacopo was gewend aan het feit dat ze geen blad voor de mond nam en niets verbloemde. Ze was niet onbeleefd of respectloos, maar ze had gewoon de vervelende gewoonte om alles te zeggen wat er in haar opkwam.

Met het verstrijken van de tijd was hun leven veranderd. Ze schaterlachten niet meer tot diep in de nacht, zwommen niet meer in de lagune, waar het water toen nog helder was, maar waren meer bezig met hun plichten. De eentonigheid, afspraken en de druk die hij voelde vanwege de glasblazerij hadden de rest gedaan. Toen ze wegging en Marcus meenam, dacht hij op dat moment dat dat het beste was. De afspraak was dat zijn zoon elke zomer naar hem toe zou komen. Sindsdien waren er twintig jaar verstreken. Hij was zelf nu bijna zestig en voelde zich oud en moe. Toen hij haar was op gaan zoeken in Venetië om haar te vertellen over het meisje met Nina's ketting om, had Clara gezegd dat hij met een psychiater moest gaan praten. Nog een zucht, wat schaamte. Hij was niet gek, hij was vooral uitgeput. Maar wie zou dat niet zijn in zijn situatie? Hij dacht aan Juliet. Aan de dag waarop hij haar ontmoette. Ze was heel makkelijk van het Engels naar het Italiaans geswitcht. En Jacopo had in haar tongval, ondanks het accent, iets bekends gehoord. Hij wist niet precies wat hem ervan had overtuigd dat ze een spion was. Een afstammeling van die vervloekte familie Chiaramonte. Ze had dan misschien een andere achternaam, maar dat zei niets. Hij streek door zijn haar. Hij wist het niet zeker en dat gevoel maakte hem nerveus. Hij dacht terug aan die middag. Aan het gesprek dat hij had gehad met zijn zoon. Hij had Marcus geprobeerd uit te leggen wat hij vermoedde en was daarbij kalm gebleven en had alleen maar feiten genoemd.

En zijn zoon had al zijn argumenten stuk voor stuk weerlegd.

Wat nu als hij gelijk had?

Er was te veel tijd overheen gegaan. Te veel.

'Papa, wat doe je hier in het donker?'

Hij keek op naar Marcus. 'Dat kan ik jou ook vragen.'

'Ik ga naar Juliet.'

Hij haalde zijn schouders op. Wie was hij om hem advies te geven? Hij dacht aan zijn echtgenote. Die vrouw had hem diep geraakt, met een paar goedgekozen woorden. Hij wist zich geen raad meer. En met de kus die ze hem had gegeven, voordat ze hem wegstuurde, had ze hem het hoofd op hol gebracht. Die kon Jacopo niet vergeten. Het was alsof hij een stomp tegen zijn borst had gehad. Hij was intens verdrietig en had spijt, zoveel dat het hem de adem benam. Hij had verdriet omdat zijn leven heel anders had kunnen zijn.

Omdat hij zoveel had opgegeven voor de glasblazerij, het bedrijf en de erfenis die hij onverwachts had gekregen. Hij was er blij mee en vond dat hij dat vertrouwen ook verdiende, maar daardoor was hij al het andere kwijtgeraakt.

'Aha.' Hij was onredelijk geweest tegen het meisje, een idioot zelfs. Hij had niet begrepen dat hij de wrok die hij jegens Clara koesterde op haar projecteerde. Maar er was meer. De ketting die zij droeg, had hem eraan herinnerd wat er met Nina was gebeurd en daardoor voelde het voor Jacopo alsof hij de vrouw moest beschermen die van hem had gehouden alsof hij haar eigen zoon was, de vrouw die hem alles had gegeven.

En hij had dat vol overgave gedaan, omdat hij wilde compenseren wat hij van plan was: haar verraden. Haar droom verkopen, de belofte aan haar te breken om voort te zetten wat zij was begonnen.

'Ik dacht dat mama met jou mee zou komen.'

Hij moest lachen. 'Ze heeft andere plannen.' *En daar kom ik niet in voor.* Hij zei het niet hardop, want hij wilde dat in stilte verwerken en had geen zin in medelijden van zijn zoon.

'Weet je zeker dat het goed gaat? Je ziet er niet best uit.'

Hij antwoordde niet, niet meteen tenminste. Toen keek hij hem aan. 'Volgende week ga ik het verkoopcontract tekenen. Ik maak de helft van het bedrag over naar jou en je moeder. De rest hou ik zelf om ergens een nieuw leven op te kunnen bouwen. Ik verleen je hiermee een gunst, geloof me. Deze plek zuigt je helemaal leeg.'

'Wat ga je doen?' Er verscheen een bittere grimas op Marcus' gezicht. 'Echt iets voor jou om de verantwoordelijkheid op anderen af te schuiven, papa. Maar doe geen moeite. Ik hoef je geld niet. Wat mij betreft geef je het weg aan de eerste de beste persoon die je op straat tegenkomt. Mij interesseert het niet.'

Jacopo stond op. 'Wat wil je dan van me?'

Marcus schudde zijn hoofd. 'Dat je mijn vader bent. Dat is het enige wat ik altijd heb gewild. Ik ben niet geïnteresseerd in geld,' zei hij, 'maar dit is ook mijn huis. Denk daar eerst eens over na, voordat je het weggeeft.'

'Wacht, ga niet weg.'

Marcus luisterde echter niet en verdween achter de grote ramen. Hij liep in de richting van de deur.

Marcus keerde pas midden in de nacht terug naar het palazzo. Hij had even tijd nodig om te kalmeren. Hij rende de trap met twee treden tegelijk op. Hij had de sleutel van Juliets kamer. Ze sliep zo diep dat ze niet merkte dat hij er was. Hij trok zijn kleren uit en stopte haar in. Daarna ging hij naast haar liggen, met zijn armen onder zijn hoofd en zijn blik op het plafond gericht. Jacopo stond op het punt om een grote fout te maken. Hij had erg met hem te doen. Dit was de eerste keer dat hij begreep dat er grenzen waren.

Misschien was dit wel de eerste keer dat hij hem had aangekeken zoals een man een andere man aankeek. Als een vader zijn zoon. In de uren dat hij rond de eilanden voer met zijn boot, realiseerde hij zich dat het niet om de school of de glasblazerij ging. Het probleem waarmee zijn vader worstelde was veel ingewikkelder. Het had te maken met het verleden en met eerder gemaakte fouten, met spijt van het maken van verkeerde keuzes. Met falen. Hij had geen idee hoe hij hem moest helpen en wist dat Jacopo het zelf moest zien op te lossen. Hij was niet van plan om met hem in discussie te gaan, laat staan met hem te ruziën. Hij ademde diep in. Juliet bewoog. Hij veegde voorzichtig een haarlok uit haar gezicht, die op haar lip terecht was gekomen. Ze was een bijzondere jonge vrouw. Hij was gek op haar. Hij vond het jammer dat er iets was wat ze verborgen hield. Iets waarmee ze zat. Hij dacht weer aan zijn ouders. Liefde alleen was niet genoeg, dat wist hij heel goed. Toen ze weer begon te woelen, pakte hij haar hand vast. Juliet greep zich als vanzelf aan hem vast en begon meteen rustiger te ademen. Marcus glimlachte en viel langzaam in slaap.

20

Een van de soorten parels die op Murano gemaakt werden, werd conteria genoemd. Deze parels werden gemaakt door een glasmassa tot een cilinder te vormen en deze vervolgens meters ver uit te rekken tot een lange, dunne sliert. Deze sliert werd in plakjes gesneden die op hun beurt weer verwarmd werden. Daarna werden ze toevertrouwd aan de rijgsters, de vrouwen, vaak nog meisjes, die ze aan een draad regen.

Juliet stond voor Nina's huis en streek met haar vingertoppen langs de haan op het bovenste deel van de deur.

Het was hetzelfde symbool als dat van de school. En van haar ketting. En toch hoefde dat niets te betekenen. Ze wist dat de haan vaker werd afgebeeld. Er waren zelfs versies met een vos erbij, of een slang in de bek, volgens Silvia.

De haan was misschien wel het belangrijkste symbool van Murano.

Het verhaal ging dat een aristocratische familie uit Altino, die vluchtte voor de Hunnen, het had meegenomen naar het eiland. Zoals veel mensen in die tijd, hadden zij hun heil gezocht in de lagune. De familie Muranexi besloot er te blijven wonen en gaf het familiewapen en hun naam aan het eiland.

Juliet keek naar de tuin, maar op een paar katten na, die in de schaduw van de heg lagen te dutten, was er geen beweging te zien. Nina was nergens te bekennen. Ze wilde net weggaan, toen ze zich opeens herinnerde dat ze graag achter het huis zat, dus duwde ze de deur open, liep door het tuintje en opende toen de achterdeur.

'Goedemorgen, hoe gaat het met u?'

De oude vrouw zat een boek te lezen. Toen ze haar hoorde, keek ze op en lachte ze naar haar. Deze keer droeg ze een bril met een groen montuur. Ook haar jurk was groen, maar haar oorbellen en ketting waren felroze. Ze was het toonbeeld van vrolijkheid.

'Wat leuk om je weer te zien, meisje. Kom verder, laat me je eens bekijken.'

Dat liet ze zich geen twee keer zeggen. Die plek was prachtig. Toen ze naast Nina ging zitten, zag Juliet dat zij haar bestudeerde.

'Volgens mij gaat het een stuk beter met je sinds de vorige keer dat we elkaar zagen. Je straalt helemaal.'

Juliet lachte en dacht terug aan de afgelopen dagen.

En aan de nachten.

Ze knikte. 'Dat klopt,' zei ze alleen.

Nina wees naar haar. Haar ogen fonkelden van plezier. 'Ah, die blozende wangen doen me aan mezelf denken, weet je dat? De liefde van twee jonge mensen is het mooiste wat er is. Vertel me alles. Ik heb je al een tijdje niet gezien.'

Giechelend gaf Juliet haar het doosje koekjes dat ze voor haar had gekocht.

'Het gaat goed met me.'

Toen Nina haar handen in de hare nam, kreeg Juliet een warm gevoel van binnen. Ze had haar oma's nooit gekend. Eén was overleden toen haar vader nog maar een kind was en van de andere kon ze zich weinig herinneren. Ze stelde zich voor dat ze waren zoals Nina.

'Vertel me alles.'

Waar moest ze beginnen? vroeg ze zich af. 'Ik heb een belangrijk examen gehaald. Ze vonden mijn kunstwerk mooi!'

Nina keek haar even aan. 'Waarom verbaast je dat?'

Even wist Juliet niet wat ze moest antwoorden. 'Dingen gaan niet altijd zoals ik dat graag wil.'

De oude vrouw barstte in lachen uit. 'Het zou ook wel heel saai zijn, als alles altijd lukte! Soms gaan dingen mis, maar dan weet je dat je het de volgende keer beter zult doen.'

Dat was een interessante theorie. 'Ik faal niet graag.'

Ze glimlachte. 'Dat begrijp ik wel. Dat is normaal. Het belangrijkste is dat je je best doet. Meer kun je niet doen.'

Juliet opende haar mond en dacht aan haar oppas. Dat zei Gina ook altijd. Nina kletste verder en zij zakte verder weg in de grote stoel.

'Op mijn leeftijd kijk je anders naar dingen.' Nina staarde naar de lucht. Een groep meeuwen schoot voorbij, met hun kop richting de zee. Toen keek ze weer naar Juliet. 'Je bekijkt alles van een afstand. Niet omdat datgene wat je ziet je niets doet, laat ik daar duidelijk in zijn. Maar omdat je alles op die manier in het juiste perspectief kunt zien: wij en onze angsten maken dingen dramatisch en moeilijk. Onze angsten krijgen altijd de overhand en we vergeten na te denken, want emoties winnen het altijd van gedachten. Die leiden ons. Onze verlangens en vooral onze hoop, meisje. Vertel verder!'

'Ik heb een jongen gezoend.' Eigenlijk was er veel meer gebeurd dan dat, maar ze was erg trots op het feit dat zij het initiatief had genomen met Marcus. Het was een van de stoutmoedigste dingen die ze ooit had gedaan. En ook iets waar ze erg naar had verlangd.

Nina sperde haar ogen wijd open en lachte. 'Heel goed, meisje. Je moet van het leven genieten en er zelf iets van maken. Het heeft geen zin om toe te kijken wat er om je heen gebeurt en hopen dat iemand ervoor zorgt dat jij ook een kans krijgt. Dat gebeurt weleens, maar je kunt beter niet wachten en hopen tot er iets op je pad komt. Als je een droom hebt, een doel, werk dan hard om dat te bereiken, wat het ook is.'

Juliet wist dat dat zo was. Sinds ze was begonnen te luisteren naar haar hart, ging alles beter. Maar de afgelopen twintig dagen was ze pas echt veranderd, omdat ze zichzelf dwong te doen waar ze naar verlangde.

‘Vertel me over het bal. Heb je al besloten wat je gaat aantrekken?’

Die vraag verbaasde haar. Ze herinnerde zich vaag dat ze haar erover had verteld. Marcus had haar gevraagd of ze er met hem naar toe wilde gaan. Maar deze keer zou zij hém uitnodigen. Dat idee stemde haar vrolijk. ‘Ik moet nog een leuke jurk vinden.’ En daar was niet veel tijd meer voor.

Nina bekeek haar aandachtig. ‘Kun je even voor me gaan staan?’

Het was een gekke vraag, maar Juliet was inmiddels wel gewend aan de eigenaardigheden van de vrouw. Ze deed wat ze haar vroeg. Haar kleurrijke haardos fonkelde in de zon en maakte haar nog mooier.

Nina lachte. ‘Ja, ik had het goed gezien. Help me even, alsjeblieft. Mijn oude lijf wil vandaag niet meewerken.’

Juliet liep snel naar haar toe om haar te helpen. Nina greep naar haar stok, maar Juliet bleef naast haar staan. ‘Kom, ik wil je iets laten zien.’

Ze hielp haar het huis in te stappen. Daar rook het fris, naar citroen, en was het erg licht. Er stonden weinig meubels, er lag een groot jute vloerkleed en er lag een kat naast een kleine boekenkast te slapen.

‘Vroeger had ik een groot huis, een palazzo zelfs, maar toen hij... toen ik weduwe werd, heb ik ervoor gekozen om me alleen met essentiële dingen te omringen. Daarom woon ik nu hier. Toen ik klein was, was dit huisje een opslag, maar ik heb het bewoonbaar laten maken.’ Ze lachte en tuurde in de verte. ‘Eerst was dit alles wat ik had. Vanuit hier ben ik opnieuw begonnen. Maar dat is een ander verhaal.’

‘Dat zou ik graag een keertje horen.’

Nina nam haar nog eens op. Er verscheen een mysterieuze glimlach om haar mond, die haar gezicht zachter maakte. Juliet probeerde zich voor te stellen hoe ze er vroeger uit moest hebben gezien. Ze was vast prachtig toen ze jonger was. En niet alleen vanwege haar schoonheid, die nog terug te zien was in haar gezicht, maar ook vanwege haar enorme warmte. Juliet voelde zich altijd meteen beter, als ze bij haar was.

'Dat is goed, maar nu moet je even die kast openmaken. Daar, zie je hem? Ja, die. Kijk eens of je hem mooi vindt. Hij heeft mij geluk gebracht.'

De jurk was schitterend. Juliet durfde hem bijna niet aan te raken, omdat hij er zo kwetsbaar uitzag. Het klassieke model was geraffineerd en chic. Een blauw met zilveren wolk.

'Denk je dat je hier iets aan hebt?'

Verbaasd vroeg ze zich af of ze het goed had verstaan. 'Mag ik die van u lenen?'

'Jazeker.'

'Maar u kent me niet eens.'

Nina barstte in lachen uit. 'Ik heb ik mijn leven veel mensen ontmoet, meisje. Denk je dat ik je binnen had gelaten, als ik niet had geweten wie je was?'

Juliet klemde de prachtige jurk tegen haar borst. Haar hart begon sneller te kloppen. 'Kent u mij?' fluisterde ze.

'Ja, ook al weet ik alleen je voornaam en niet eens waar je woont. Het is alsof ik je heel goed ken, lieverd.'

'Meriwether. Mijn naam is Juliet Meriwether en ik woon in Palazzo Zenobio.'

Nina kneep haar ogen tot spleetjes. 'Ben je student op de school?' Haar vraag was nauwelijks hoorbaar.

'Ja.'

De oude vrouw keek weg en staarde opeens naar een punt achter haar. Juliet vroeg zich af of ze zich wel goed voelde. Ze zag opeens erg bleek. 'Zal ik wat water voor u halen?'

Nina schrok op. 'O, nee, hoor. Dank je. Ik moest gewoon ineens aan vroeger denken, maak je geen zorgen.' Haar gezicht betrok opnieuw.

'Vind je het goed als we hier blijven?'

Ze gingen in de woonkamer zitten. Juliet schonk haar een glas limonade in. Nina had haar gevraagd de kan uit de koelkast te halen. Deze keer was het er een met prachtige kleine bloemen.

'Dan hou je dus van glas.'

Het was geen vraag, maar Juliet gaf toch antwoord. 'Heel erg. Het is mijn lust en mijn leven.' Ze lachte een beetje gegeneerd, omdat ze zich zo blootgaf.

Nina's blik werd dof. 'Dat was het vroeger ook voor mij.' Ze haalde haar schouders op. 'Op Murano is bijna iedereen glasblazer, hoewel niet iedereen in dezelfde sector werkzaam is. Vrouwen maakten de mooiste parels. Over parels gesproken, je hebt nog iets nodig voor bij de jurk. Doe dat kistje maar even open, als je wilt.'

Juliet deed wat haar gevraagd werd en hield haar adem in. In het juwelenkistje, op het fluwelen kussen, lagen een aantal parelkettingen. De ene nog mooier dan de andere. Een ware schat.

'Ze zijn prachtig.' Ze draaide zich om. 'Maar ik heb al een mooie ketting.'

'Echt waar?'

'Ja, een familiejuweel. Die past perfect bij deze jurk.' Ze streek erover met haar hand. De stof tussen haar vinger was heel zacht. Het was de mooiste jurk die ze ooit had gezien.

'Die zou ik weleens willen zien.'

'Ik zal hem een keer meenemen.' Ze keek op naar Nina. Ze zag nog steeds erg witjes. Ze kon haar beter wat laten rusten. Ze was al te lang gebleven. 'Ik probeer uit te zoeken wie hem heeft gemaakt. Misschien kunt u me daar wel mee helpen.'

De dag van de receptie, waarmee het einde van de cursus zou worden gevierd, brak vrij onverwachts aan. Hoewel iedereen wist wanneer die was en de dagen aftelde, waren ze toch een beetje verrast dat het al zo ver was. Juliet had haar mooie jurk aan en stond haar ketting te bewonderen.

'Wacht, dan schuif ik er nog één speldje in.'

Gelukkig was Silvia gebleven om haar een handje te helpen. Haar vriendin droeg een eenvoudige witzijden jurk en zag er prachtig uit. Wit stond haar heel goed en ze zag er met haar donkere huid en lange zwarte haar uit als een van de vrouwen die Juliet op schilderijen had zien staan, met dikke gouden lijst. Haar ogen waren haar sterkste punt, groot en donker.

Silvia liep om haar heen. 'Kijk nou, je ziet er schitterend uit.'

Juliet bekeek zichzelf in de spiegel en sperde haar ogen wijd open. 'Hoe is je dat gelukt?'

'O, ik heb niet zoveel gedaan. Deze jurk lijkt wel voor jou gemaakt. Ik hoefde er niets aan te veranderen.' Ze legde de ketting zo dat hij in het diepe decolleté kwam te liggen. 'Je bent betoverend mooi.'

De kleur van de jurk was zo donkerblauw, dat het op het eerste gezicht zwart leek, vond Juliet. Maar dat was het niet. En het model was verfijnd.

'Draai eens rond, schat.'

Dolblij deed Juliet wat Silvia haar vroeg. En ze voelde zich prachtig.

'Zo, nu kunnen we gaan.'

Ze liepen samen de trap af en beneden knepen ze elkaar even in de hand, lachend en opgewonden. Onderaan de trap, in de gang, stonden de jongens nerveus te wachten, op hun horloge te kijken en af en toe wat te brommen.

Toen schraapte Silvia haar keel. 'Wij zijn klaar, hoor.'

'Dat werd tijd,' mompelde Morgan, maar toen verstomde hij.

Iedereen keek naar hen. Ongelovig, vol bewondering.

'Waarom kleden vrouwen zich niet altijd zo?' fluisterde Carlos.

'Hoe?' vroeg Silvia, terwijl ze haar hand uitstak.

Hij pakte hem vast en drukte er een kus op. 'Als godinnen.'

Juliet keek naar Marcus, die naar haar lachte. Was dat nou vreugde? vroeg ze zich af. Hoorde je je zo te voelen als je gelukkig was?

'Mijn godin,' fluisterde hij in haar oor, en zij lachte breeduit. 'Laten we snel gaan, anders kan ik me niet inhouden en wil ik hele andere dingen doen dan ronddraaien in een volle balzaal.'

Ze namen de watertaxi naar Venetië. De zonsondergang kleurde de hemel goud en scharlakenrood. Er voeren gondels met toeristen en kleine motorboten die witte strepen op het water tekenden. Er waren honderden lichtjes opgehangen voor het mondaine evenement. Dat waren vroeger vast fakkels, dacht Juliet bewonderend. Marcus wees haar op een aantal gebouwen en vertelde haar verhalen, maar Juliet luisterde nauwelijks. Ze was te druk met naar hem kijken, met genieten van zijn aanraking, zijn aanwezigheid. Met het bewonderen van de stad in het donker. De gebouwen weerkaatsten in het water van de kanalen. Toen ze aankwamen, werden ze ontvangen door het personeel, dat gekleed was in achttiende-eeuwse kostuums. Ze zagen er oogverblindend uit. Geamuseerd pakte Juliet Marcus' arm en volgde hen. Ze werden via de lange gangen naar de grote zalen geleid, waarvandaan vrolijke muziek klonk.

'Terug naar het verleden,' mompelde ze stralend.

'O, laat je niet misleiden... Dit doen ze alleen aan het begin. Straks verandert alles.'

Dat was precies wat er gebeurde. Eerst dansten ze meeslepende walsen en vrolijke mazurka's en toen werden ze allemaal naar de dansvloer gelokt met de laatste hits. Iedereen was er, behalve Jacopo. Marcus had gezegd dat zijn vader iets moest oplossen. En Juliet had toen begrepen dat ze veel met elkaar deelden, maar dat er ook dingen waren die hij liever voor zichzelf hield.

Ze waren laat terug in Palazzo Zenobio. Moe, blij en tegelijkertijd vol energie. Terwijl ze de trap op liepen, probeerden ze niet te hard te lachen. Het lukte Marcus om de deur te openen zonder al te veel geluid te maken. Ze slopen naar binnen en ploften op het bed.

'Hoeveel laagjes heeft deze jurk wel niet?'

Juliet was niet van plan hem te helpen. Ze lag op haar buik, voelde hoe hij met de knoopjes op haar rug stoeide en moest lachen. 'Maak hem niet stuk, hè, ik heb hem geleend,' zei ze geamuseerd. 'Je zei dat je hem mooi vond.'

'Ik vind hem nog mooier als hij uit is.'

Ze draaide zich om en terwijl hij haar voorzichtig probeerde uit te kleden, trok Juliet hem tegen zich aan. 'Dank je.'

Hij keek haar aan. 'Jij bedankt, mijn lieve Juliet. Het was een zeer... leerzame avond.'

Ze barstten samen in lachen uit, gewoon omdat ze gelukkig waren en zin hadden in het leven. En daarna gaf Marcus haar alles wat hij haar had beloofd tijdens het dansen, met zijn aanrakingen en zijn blikken.

21

Het maken van zanfirico *is een van de wonderen die de glasblazers van Murano verrichten. Dit glas wordt gemaakt met een techniek die van generatie op generatie wordt doorgegeven. Het bijzondere effect wordt verkregen door pijpjes van glas die een sliertje van een andere kleur in zich hebben met elkaar te verbinden. Het resultaat wordt wel vergeleken met stukjes kant die zijn ingekapseld in een doorzichtige stolp. Een van de kunstenaars die deze kunst het best beheerste was Paolo Venini.*

Marina

Dat kon niet waar zijn!

Dat was wat Marina dacht op de terugweg naar Murano. Dat had ze ook tegen Rosanna gezegd, maar die had daar niet op gereageerd. Ze had zelfs helemaal niets gezegd. En dat begreep ze niet. Ze hield haar tas stevig tegen zich aan, als een schild, en staarde naar de zee. Waarom had Gerolamo die… Nee, ze moest zich niet laten beïnvloeden. Het waren gewoon leugens. Luigi was in het verleden misschien onbezonnen geweest, maar nu hadden ze een compromis gesloten.

'Nou?'

Ze schrok op en keek naar Rosanna. Ze zag nog bleek, maar begon in elk geval weer te praten. 'Het is een leugen.'

Ze zuchtte. 'Als jij wat minder bezorgd zou zijn, zou ik je misschien geloven.'

Marina schudde haar hoofd. 'Hij kan dat niet hebben gedaan.

Dat moet hij verzonnen hebben. Ik bel hem zodra ik thuis ben. Anders kom jij ook even mee. Dat zie je meteen dat die kerel je beet heeft genomen.'

Ze wierp haar een blik toe. 'Jij weet er niets van.' Ze schudde haar hoofd. 'Er zijn dingen die je niet kunt begrijpen, al probeer je het nog zo hard, Marina.'

In die blik zag Marina diepe minachting en bitterheid, waardoor ze schrok. Maar dat was maar voor een kort ogenblik. Rosanna legde een hand op haar schouder. 'Het is niet jouw schuld.'

Ze huiverde. Ze had er genoeg van. 'Ik zei toch dat je het mis had!' Zodra de boot aangelegd was aan de steiger, stormde ze naar huis. Ze was boos. Hoe kon ze zo tegen haar praten na alles wat ze hadden gedeeld? Had ze niet op alle mogelijke manieren laten zien dat ze om haar en de andere vrouwen gaf? Waarom bleef Rosanna haar zien als iemand die anders was dan zijzelf?

Woedend rende ze het huis in. Daar trok ze haar handschoenen uit en smeet ze op een stoel. Daarna schonk ze zichzelf een glas koud water in. Ze hadden een koelkast. Die had Luigi naar hen opgestuurd, toen hij in een gulle bui was. Vervolgens spoelde ze het glas om en zette het in de gootsteen. Daarna ging ze echter niet terug naar de woonkamer, maar bleef daar roerloos staan.

'Wat is er in hemelsnaam met je aan de hand?'

Ze draaide zich om. Agata stond bij de deur en keek haar verbijsterd aan. In de ene hand had ze een breinaald en in de andere een bolletje wol. Was ze een sok aan het breien? vroeg Marina zich af.

'Wat ben je aan het maken?'

Agata keek op. 'Slofjes. Maar ik vroeg het het eerst. Ik dacht dat dit de grote dag was. De tentoonstelling is goed gegaan. Wat is er gebeurd, dat je nu zo kwaad bent?'

Marina streek door haar haar en keek toen om zich heen. 'Waar is Ginetta?'

'Ada heeft haar opgehaald. Ze wilde een nieuwe jurk voor haar kopen. Ze groeit zo snel. Dat komt vast door al die rotzooi die ze tegenwoordig in het eten stoppen. Dat is niet meer wat het vroeger was. Je had de vis moeten zien vanmorgen. Volgens mij zijn de mensen gek geworden.'

Marina hoorde zwijgend haar moeder aan. Er was iets mis. Ze keek toe hoe ze weer ging zitten en verder ging met breien. Ze bleef maar praten, onzinnige dingen zeggen over politici die volgens haar rijk werden over de rug van het goede volk. Er liep een lange rilling over haar rug. 'Mama.'

Agata stopte meteen. Waarom keek ze haar niet aan? Marina's hoofd duizelde. Ze greep zich vast aan een stoel. 'Vandaag bij de afsluitingsceremonie zei Gerolamo Furlan dat Luigi de glasblazerij heeft verkocht.' Stilte, geen reactie.

Ze keek naar haar moeder en toen zij bleef zwijgen, stortte ze in. Ze kon het niet geloven. Ze liep naar haar toe, hurkte naast haar neer en keek haar aan. 'Dat is een leugen, toch?' Ze wachtte, hoopte dat ze zou antwoorden, maar haar moeder reageerde niet. Ze zei niets. 'Mama...' smeekte ze. Agata bleef naar haar breiwerk staren. Marina hoorde dat ze sneller begon te ademen. Ze pakte haar handen vast. 'Ik smeek je, mama, zeg alsjeblieft dat het niet waar is.'

Agata keek op. 'Furlan, hè? Als ik die roddelaar in mijn handen krijg, dan doe ik hem wat.'

Waar had ze het over? Ze raakte in paniek. 'Dan is het dus waar! Luigi heeft de glasblazerij verkocht en jij wist dat...' Ze hield zich in, terwijl ze eigenlijk tegen haar tekeer wilde gaan. 'Dat zou me eigenlijk niet moeten verbazen. Het is immers niet de eerste keer dat jullie me bedriegen. Vertel eens waar de brieven zijn, die Zeno me heeft gestuurd!'

'Het spijt me,' fluisterde Agata. 'Het spijt me van alles.'

Marina kreeg een soort schok. Het was alsof ze een klap in haar gezicht kreeg. Ze moest daar weg, dacht ze. Ze kreeg geen lucht. Met veel moeite stond ze op. Uitgeput wankelde ze heen en weer, maar toen vond ze weer haar evenwicht. Ze ging naar het terras en greep het hek vast, turend naar het kanaal. Daar was alles rustig, zoals altijd. En tegelijkertijd was alles anders. Haar keel zat dicht. Toen ze merkte dat haar moeder achter haar stond, boog ze haar hoofd. 'Hoe heeft hij je overtuigd?' vroeg ze zachtjes.

Agata stond nu naast haar, met haar breiwerk tegen haar borst gedrukt. 'Het is niet wat jij denkt. Hij had geen keus. Zijn vriendin is... nou ja. Hij moet zo snel mogelijk met haar trouwen. Zijn schoonvader is een machtige man, met wie niet te spotten valt.'

Verbaasd draaide Marina zich om naar haar moeder. Een baby, daarmee had hij Agata dus voor zich gewonnen. Een kleinkind dat de achternaam van de familie zou dragen.

'Waarom hebben jullie me dat niet verteld?' mompelde ze.

'Omdat jij het niet met ons eens zou zijn. Luigi was bang dat je je tegen het plan zou verzetten.'

Marina vroeg zich af wat ze zou hebben gedaan als ze het eerder had geweten. Ze had geen idee hoe ze zou hebben gereageerd, maar ze voelde zich verraden. Ze kookte vanbinnen. Ze was woedend, verontwaardigd, verdrietig. De emoties waren sterk, overmanden haar. 'Hij had niet het recht dat te doen, dat had papa nooit gewild. Hij wilde...'

'Genoeg!' Agata pakte haar bij de schouders vast en dwong haar zich om te draaien en haar aan te kijken. 'Je vader is er niet meer en het leven gaat door. Er is een baby op komst, Marina, en jij gaat jouw plicht als tante vervullen. Dit is ook jouw vlees en bloed. Begrijp je dat? Wij vrouwen moeten de familie overeind houden. Eerst sterk genoeg zijn voor een huwelijk, dan de vernederingen verdragen, de vermoeidheid, alles wat op ons afkomt in het leven. En weet je waarom? Omdat wij sterk zijn, omdat wij alles aankunnen.' Ze wachtte even. 'Weet je nog wat je tegen me zei toen ik zo wanhopig was? Wij moeten *volhouden.* Dat is precies wat wij vrouwen moeten doen. Wij moeten altijd, koste wat kost, volhouden. Kijk niet zo naar me. Ik ben ook heel boos geworden toen je broer het me vertelde, maar wat kon ik verder doen? Het is nu te laat om de verkoop terug te draaien, want hij heeft het geld al ontvangen. Hij heeft het huis verkocht, omdat hij een ander huis heeft gekocht waarin we allemaal samen kunnen wonen. Hij heeft me er foto's van laten zien. Het ziet er mooi uit en is een stuk groter dan wij gewend zijn. En het is van alle gemakken voorzien. Er is bijvoorbeeld een stofzuiger...'

Ze schrok. 'Waar heb je het over?'

'We vertrekken, Marina. Volgende week. We nemen alleen de belangrijkste dingen mee, de rest gaat in een opslag, omdat er geen plek is op de boot. Bovendien zijn alle huizen daar al gemeubileerd als je ze koopt. Ginetta komt met ons mee, fijn hè? We hadden toestemming nodig van de prefect, omdat ze nog minderjarig is, maar ik wilde haar niet hier laten. Daarom heeft je broer een aantal mensen om een gunst gevraagd. Hij geeft alles aan je terug, ook de ketting.'

De ketting? 'Mama, wat bedoel je?'

Agata keek weg. 'Het is maar tijdelijk. Hij had hem nodig om zijn bedrijf weer op de rails te krijgen. Dankzij jou, dankzij de ketting, heeft hij het kunnen terugkopen.'

Geschokt dacht Marina terug aan het moment waarop ze het over de ketting hadden gehad. Ze wreef over haar gezicht. Ze kon niet geloven dat haar broer haar ketting had meegenomen.

'Hoe kon hij dat nou doen? En waarom heb jij dat laten gebeuren, mama?'

'Het is anders gegaan dan je denkt. Hij heeft hem laten repareren, hij wilde je verrassen, en toen zei de juwelier dat hij een fortuin waard was.'

De ketting was perfect. Dat was gewoon een smoes. Een leugen. Ze zweeg. Het had geen zin om dat tegen haar moeder te zeggen, om haar nog meer te laten lijden. Ze liet haar hoofd hangen, niet wetend wat te zeggen, wat te denken.

Agata streek door haar haar. 'Vergeet niet dat jij me zei dat we hem moeten steunen. Dit is het moment waarop we dat moeten doen.'

Er klonk trots door in haar stem, iets wat Marina deed denken aan vervlogen tijden, toen haar moeder nog dol was op Luigi en zij ook op haar broer. 'Wanneer was je van plan het me te vertellen?'

Agata bleef even stil en bukte toen om de wol en de breinaalden op te pakken, die uit haar handen waren gegleden. 'Ik loop er al dagen mee rond, maar jij was zo gelukkig, zo blij. Dat wilde ik niet verpesten.'

Marina luisterde al niet meer. Haar gedachten vlogen alle kanten op. Ze dacht aan alle belangrijke dingen in haar leven, aan haar prioriteiten. 'Ik heb een lening bij de bank gevraagd, om te kunnen deelnemen aan de expositie. Ik dacht dat ik daar tijd voor had.'

'Geen zorgen. Luigi heeft geld gestuurd, hij betaalt alles. Dat kan hij zich nu veroorloven.'

Er verscheen een verbitterde glimlach op haar gezicht. Natuurlijk kon hij zich dat veroorloven. 'Met het geld dat hij kreeg voor mijn ketting, mama?'

'Hij heeft hem niet verkocht, alleen verpand. Je krijgt hem weer terug.'

'Met dat van de glasblazerij dan.'

Agata pakte haar arm vast. 'Het heeft niets met jou te maken, Marina. Heb je wel gehoord wat ik zei? Wij doen wat we moeten doen. Je werkneemsters, ik weet dat je bezorgd om hen bent, blijven in dienst. Ze krijgen alleen een andere baas en de rest gaat jou niets meer aan, gaat óns niets meer aan. Wij gaan naar Amerika, naar een nieuw land, een nieuw leven. Zeno is een intelligente man, die begrijpt het wel. Als hij klaar is om terug te komen, verhuist hij niet naar Murano, maar naar Seattle.'

'Waar heb je het over?'

'Daar gaan we heen. Een grote, moderne stad. Heb wat vertrouwen, meisje. Wij redden ons wel met z'n drieën.'

Marina liet zich naar binnen begeleiden, ging gehoorzaam zitten, maar bleef naar haar moeder kijken terwijl zij het fornuis aanzette om iets lekkers te maken. In een oogwenk was Marina alles kwijtgeraakt. Haar werk, haar dromen, zelfs haar huis. Luigi had haar ketting gestolen en verpand. Tijdelijk... Ze sloot haar ogen en werd overmand door een hevig gevoel van wanhoop en begon te trillen. Ze wilde hem terug. Die ketting was van haar. En nu had ze niets meer.

Nee, dat was niet helemaal waar.

Ze had iets teruggekregen: verantwoordelijkheid.

Ze moest zwijgen en accepteren wat haar broer had besloten. Dat moest omdat het leven heilig was, net als familie. Er was nog een Chiaramonte onderweg, een jongen of een meisje. Niet haar kind, maar zo voelde het wel. En zij kreeg plichten. Ze voelde de woede, ze hoefde zich er alleen maar aan over te geven. Ze wilde haar moeder door elkaar schudden en vragen of ze wel wist dat ze haar dwong tot een soort gevangenschap. Of ze wel besefte dat haar broer het enige wat haar vader haar had nagelaten had afgenomen. Maar dat deed ze niet. Omdat zij, Agata Chiaramonte, dat al wist. En nu wist zij het ook. Dat was het lot van vrouwen. Buigen, gehoorzamen, accepteren, verdragen en overal maar het beste van maken. Dat konden vrouwen goed. Marina was misselijk, dus rende ze weg. Ze wilde niet vlak voor haar moeder overgeven.

Zodra alles beter ging, hadden Rosanna en Ada het kleine appartement naast de glasblazerij verlaten en waren ze verhuisd naar een pand aan het einde van Fondamenta Manin. Marina was er een paar keer geweest om Ginetta thuis te brengen. Nu stond ze daar, voor de deur. Het kon haar niet schelen dat ze zeiknat werd door de regen. De mooie jurk die ze had gekocht voor de expositie van de Biënnale was net een natte lap en van haar haar rolden regendruppels, die zich mengden met haar tranen. Ze durfde niet aan te kloppen. Ze had niet de kracht om Rosanna in de ogen te kijken en tegen haar vriendinnen te zeggen dat ze zich vergist had.

Ginetta zag haar door het raam en deed de deur open. Toen pakte ze haar bij de hand en trok ze haar naar binnen.

'Het spijt me,' zei ze tegen het meisje, en toen Rosanna en Ada binnenkwamen ook tegen hen. Daar in de kamer, voor de vrouwen die zij ooit had gered van de straat, stortte Marina Chiaramonte in.

En zij luisterden naar haar, zochten droge kleren voor haar en gaven haar warme soep. Toen ze uitgehuild was, omhelsden ze haar stevig en droogden ze haar tranen. 'Wat moet ik doen?'

Rosanna barstte in lachen uit. 'Dat heb ik je al eens gezegd, Marina. Jij bent een dame en zult dat altijd zijn. Al draag je lompen en ben je bedekt met modder. Er is iets wat jou speciaal maakt. Dat heeft niet iedereen, helaas. Maar verder ben je net als wij, een vrouw. Je doet wat je moet doen en slaat je door het leven heen. Dit is het leven, mijn lieve vriendin.'

Marina was pas laat thuis. Haar moeder wachtte haar op in de hal. Toen ze binnenkwam, spreidde Agata haar armen en gaf zij zich over aan de fijne, warme omhelzing van haar moeder. 'Het is niet eerlijk, niet goed, mama. Zo zou het niet moeten gaan.'

'Meisje, je bent nu volwassen, je zou moeten weten dat niks gaat zoals het zou moeten gaan. Dit betekent echter niet dat we verdrietig moeten zijn, want vaak pakken die dingen die we niet verwachten juist verrassend goed uit en valt alles erg mee. We moeten gewoon vertrouwen hebben en ons best doen. De rest komt wel goed, dat gebeurt altijd. Maar ik beloof je dat je je ketting terugkrijgt, Marina. Dat verzeker ik je.'

In de dagen erna handelde Marina wat zaken af: ze loste hun schulden af, nam afscheid van vrienden en sprak lang met Rosanna en Ada. De glasblazerij was gekocht door een bedrijf uit de Marken; de directeur had haar gebeld en tijdens dat gesprek verzekerd dat hij van plan was al haar werknemers in dienst te houden.

'Volgens mij heeft je broer niet gezegd dat er alleen maar vrouwen werken.'

Dat was goed mogelijk, daarom reageerde Marina liever niet. Ze gaf Rosanna een envelop met daarin een stapel bankbiljetten. 'Dit is alles wat ik heb kunnen vinden.'

Rosanna fronste haar wenkbrauwen. 'Wat moet ik met jouw geld?'

'Als er dingen… Als het niet gaat zoals Luigi beloofd heeft, dan kun je het hier even mee uitzingen.'

Haar vriendin wierp haar een boze blik toe. 'Je bent echt stom, weet je dat?'

Ze zaten bij een café langs het Canal Grande. Marina schoof de envelop naar haar toe. 'Neem het nou aan.'

Rosanna stond op en keek haar nu aan met een blik die ze nooit zou vergeten. 'Vraag niet steeds om vergiffenis, Marina. Jij kunt niets doen of zeggen om een eind te maken aan de grote ramp die jouw broer heeft veroorzaakt. En weet je waarom? Omdat het niet jouw schuld was. Jij hebt die problemen niet veroorzaakt, dus is het ook niet jouw verantwoordelijkheid.' Ze wachtte even. 'Je bent Jezus niet. Stop met het redden van de wereld en denk eens een keer aan jezelf!'

Geschrokken en met tranen in de ogen keek Marina toe hoe haar enige echte vriendin wegliep. Haar woorden dreunden na in haar hoofd. Voor het eerst drongen ze echt tot haar door. Ze ontdekte iets over zichzelf wat ze zich nooit eerder had gerealiseerd, een aspect dat haar totaal niet beviel.

Die avond wachtte ze naast de telefoon tot Zeno haar belde. Toen de telefoon ging, pakte ze hem opgelucht op.

'Hallo? Met Marina.'

'Spreek ik met mevrouw Chiaramonte?'

Wie is dat? dacht ze een beetje teleurgesteld. 'Ja, daar spreekt u mee.'

'Ik bel u namens meneer Venier. Hij heeft vertraging opgelopen en blijft een paar weken langer weg. Hij heeft mij opgedragen om dat aan u door te geven en u te vragen of u iets nodig heeft. Hij belt u als hij weer terug is.'

Ook dat nog! Dit was een groot probleem. 'Ik sta op het punt te vertrekken, dat is niet mogelijk.'

'Dan doen we het als volgt. U schrijft dit nummer op en als u dan op uw plaats van bestemming bent, belt u mij terug. Kan ik intussen iets anders voor u betekenen?'

Marina schudde haar hoofd. 'Nee, dank u. Tot snel.' Ze hing op en verliet het huis. Ze wandelde doelloos rond. Dat deed ze graag, daardoor kon ze beter nadenken. Opeens stond ze voor een gebouw dat ze in een gekke bui eens Palazzo Zenobio had gedoopt. En terwijl ze naar dat grote, imposante gebouw keek, met de wat kromme luiken en afgebladderde verf, vroeg ze zich af of ze het ooit nog terug zou zien. Ze legde haar vingers tegen de muur. Wat hadden die muren allemaal meegemaakt? Ze dacht aan het verleden, aan Marietta Barovier, aan haar nalatenschap. Alles zou verloren gaan. En die gedachte stemde haar erg verdrietig.

Het schip naar New York vertrok vanuit Genua. In New York zouden Agata, Gina en zij op een vliegtuig stappen. Seattle was een grote stad en in Amerika gingen dingen anders, wist haar moeder haar uit te leggen.

De koffers stonden klaar. Ze hadden geluisterd naar wat Luigi zei en alleen wat spullen van emotionele waarde meegenomen, omdat ze de rest daar wel zouden kopen. Hij zou hen niet ophalen, maar een assistente sturen, een vrouw uit Milaan, met wie Agata meteen vriendschap sloot. Sinds ze Venetië hadden verlaten, had Marina nog geen woord gezegd. Ze knikte of glimlachte alleen als dat nodig was en antwoordde alleen als er werd gevraagd wat ze wilde eten of drinken.

In de trein had ze toegekeken hoe de zee steeds kleiner werd en uiteindelijk aan de horizon verdween. Daarvoor in de plaats kwamen andere landschappen: dichte bossen, weilanden, steden en meren. Het was niet de eerste keer dat ze de lagune verliet. Ze herinnerde zich de reis die ze een jaar geleden met Zeno maakte nog heel goed. Ze leunde met haar voorhoofd tegen het raampje, maar toen ze door de trillingen wat angstig werd, schoof ze weer naar achteren en sloot ze haar ogen.

'Ben je van plan om de hele reis je mond te houden?'

Was dat wat ze deed? 'Ik wil niet verhuizen, ik wil niet weg uit Venetië.'

'Dat weet ik, maar we hebben geen keus. Je druk maken heeft geen zin en maakt alles alleen maar moeilijker. Probeer naar de toekomst te kijken. Over een paar maanden is er een baby.'

Haar ogen glinsterden. Marina begreep nu hoe haar moeder de moeilijke periodes in haar leven was doorgekomen: ze concentreerde zich op de positieve kanten, omdat in elke vervelende situatie wel een lichtpuntje te vinden was. 'Dat is niet makkelijk.'

Agata streek Gina door haar haar. Het meisje was in slaap gevallen en op haar schoot gegleden. 'Nee, dat is het zeker niet. Maar probeer het als een avontuur te zien, geef het een kans. Misschien lijkt het je niets om aan de andere kant van de wereld te wonen, maar je bent daar nog nooit geweest. Misschien valt het wel heel erg mee.'

Ze bleven een nacht in Milaan, omdat de treinreis vanuit Venetië lang en vermoeiend was. De dag erna reden ze verder naar Genua. Die stad was mooi, niet zoals Venetië, maar de sobere gebouwen hadden een zekere elegantie, alsof de architect die ze ontworpen had het midden had gezocht tussen doelmatigheid en schoonheid, vond Marina. Ginetta zat tegen haar aan geplakt als een kat die voelt dat zijn baasje verdrietig is en bleef maar tegen haar praten. Marina had geen idee wat ze zou hebben gedaan als dat vrolijk kletsende meisje er niet geweest was. Ze maakte zich enorm veel zorgen, kon alleen maar aan haar problemen denken en zag geen oplossing. Zeno was onbereikbaar en Rosanna was beledigd, ook al begreep zij niet waarom. Dat liet haar maar niet los. Ze dacht steeds aan wat haar vriendin, als ze haar nog zo mocht noemen, had gezegd en voelde zich daar ongemakkelijk en somber door. Dat kwam doordat ze die eigenschappen altijd belangrijk had gevonden en had ingezet, terwijl ze dat achteraf beter niet had kunnen doen. Ze maakte volgens Rosanna verkeerde keuzes. Alles bij elkaar zorgde ervoor dat ze van streek was. En dan waren er ook nog die dromen. Ze droomde dat haar vader tegen haar praatte, maar dat zij hem niet kon horen. Ze wist wel wat hij haar wilde zeggen, dat las ze van zijn lieve gezicht af. Maar zij kon niets doen om de situatie te veranderen. Zij was maar een vrouw, had ze in haar droom tegen hem gezegd.

Oceaanstomer Leonardo da Vinci lag nog niet heel lang in het water. Het tweehonderd meter lange schip, met witte dekken en moderne lijnen, lag trots in de ochtendzon te glimmen. Marina, Agata en de kleine Gina bekeken het met open mond. Hoewel ze uit Venetië kwamen en allerlei soorten schepen hadden zien langskomen, waren ze niet voorbereid op die gigant. Toen ze naar hun slaapcabines waren gebracht, die zelfs luxer waren dan de hotelkamers die Daniela, Luigi's assistente, voor hen had geboekt, beseften ze pas echt dat hun leven ging veranderen.

'Kijk, Marina, zijn dat niet die fauteuils die in dat tijdschrift stonden dat ik je vorige week liet zien?'

Ze knikte. 'Ja, mama.'

Daniela lachte goedhartig. 'Zoals ik al zei, wilde meneer Chiaramonte ervoor zorgen dat jullie een prettige reis hebben. Een soort vakantie.'

Marina deelde het enthousiasme van de vrouw niet en keek om zich heen, terwijl Gina haar hand vast bleef houden. Het meisje was een beetje bang, maar zijzelf was juist ontdaan. Ze wist wat luxe was en had dat vroeger best prettig gevonden, maar de slaapcabine waarin zij zich bevonden was heel iets anders. Die was nieuw, vreemd, gemaakt om mensen te verbazen en ze wist niet zeker of hij haar beviel.

'Ik ga even iets checken. Ik zie jullie later.'

Agata knikte, maar riep haar terug toen ze bij de deur stond. 'Om hoe laat vertrekken we?'

'Geen zorgen, mevrouw. Er is tijd genoeg. Zoals ik al zei, heeft uw zoon er alles aan gedaan om de reis zo prettig mogelijk voor jullie te laten verlopen.'

Toen de vrouw de deur achter zich dichttrok, keek Agata naar

Marina. 'Ze begint me op de zenuwen te werken.'

'Ze doet gewoon haar werk, mama. Maak je niet zo druk.'

Ze lachte. 'Ik zal mijn best doen.'

Het was niks voor haar moeder om zo verbitterd te zijn. Marina bekeek haar nu aandachtig. 'Heb je je bedacht?'

Agata omhelsde Gina, maakte haar vlechten los en begon haar haar te borstelen. 'Het heeft geen zin om oude koeien uit de sloot te halen. We moeten vooruitkijken, meisje. Waarom ga je niet even slapen?'

'Ik ga me even douchen.'

De badkamer was tot aan het plafond betegeld. Appelgroene majolica met witte geometrische vormen. Alles in de slaapcabine was volgens de laatste trends. Terwijl Marina zich uitkleedde, stelde ze zich voor hoe haar toekomst eruit zou zien, zonder glas, en raakte in paniek. Ze draaide de kraan open, omdat ze niet wilde dat haar moeder haar hoorde. Het was alsof de lucht haar longen niet bereikte en hoe meer ze naar adem snakte, hoe minder lucht ze kreeg. Doodsbang dook ze onder de douche en langzaamaan bracht de warmte haar weer bij zinnen. Na een lange bevrijdende huilbui stapte ze uit de douche en droogde ze zich af.

De kamer was leeg. Waarschijnlijk was het Daniela gelukt om Agata en Ginetta te overtuigen een wandeling over het dek te maken. Dat kwam Marina eigenlijk wel goed uit. Ze had er behoefte aan om even alleen te zijn. Ze opende haar koffer en koos een jurk uit. Terwijl ze die eruit pakte, zag ze de envelop liggen. Ze trok de jurk aan en probeerde hem te negeren, maar dat lukte niet. Ze droomde nu bijna elke nacht van haar vader, dat hij tegen haar praatte en dat zij hem niet kon horen. Eerst had ze de ketting die haar aan Giorgio herinnerde, maar omdat Luigi die van haar had afgenomen, had ze alleen nog dat stuk papier.

Ze had de brief niet gelezen. Ze had zichzelf gedwongen de wensen van haar vader te accepteren. Ze was bang geweest dat zijn woorden haar te veel pijn zouden doen. Maar nu vond ze dat eigenlijk maar een stomme gedachte.

'Goed dan, papa. Goed dan.' Ze haalde de brief uit de envelop en ging op bed zitten.

Mijn schat,
Als je deze brief leest, ben ik dood en vraag jij je vast af waarom ik de glasblazerij aan Luigi heb nagelaten, terwijl hij er veel minder van houdt dan jij en me zelfs meer dan eens heeft geprobeerd te overtuigen er afstand van te doen. Ik ben niet gek geworden, als je dat soms denkt, ik heb er lang over nagedacht.
Jij bent sterk, het zit in jou om een doel na te jagen en dat ook te bereiken, koste wat kost. Maar je broer, Marinetta, moet zijn weg nog vinden. Ik wil hem een kans geven en heb hem daarom toevertrouwd wat ik ooit heb gekregen. Ik denk dat als hij de leiding over het bedrijf heeft, hij het als zijn plicht gaat zien om onze familietraditie voort te zetten. Aan jou, daarentegen, heb ik het kostbaarste nagelaten dat ik bezat, de ketting van Marietta Barovier. Die ketting en het schrift zijn van onschatbare waarde, omdat daar alles over glas in staat. Daar kun je kracht uit halen en ze kunnen je inspireren, net zoals ze dat bij mij hebben gedaan. Ze gaan je veel geluk brengen. Ik geef ze aan jou, meisje, omdat ik zeker weet dat jij er iets groots mee gaat doen, iets belangrijks, waarmee je je sporen achterlaat op deze wereld. Een teken, voor mensen die in jouw voetsporen treden.
Ik hield van je zodra ik je zag. Je was zo klein en bewoog je handjes zo wild, omdat je alles om je heen wilde pakken. Maar het was die dag in de glasblazerij, waarop ik je probeerde weg te sturen en jij juist om meer uitleg vroeg, dat ik in mijn hart voelde dat jij net als ik bent. Jij bent net als alle andere Chiaramontes die hun leven aan glas hebben gewijd, omdat dat onze kracht is. Wij kunnen de realiteit veranderen, beginnen met een idee en daar vorm

en gewicht aan geven. Jij bent net als Marietta Barovier. Ik hoop dat je mijn beslissing begrijpt. Op een dag zien we elkaar terug, mijn schat. Ik wens je heel veel goeds. Ik prijs mezelf gelukkig dat jij mijn dochter bent. Een betere had ik niet kunnen wensen.

Papa

Ze had om haar vader gehuild. Marina had hem heel erg gemist. Maar in de brief die hij voor haar had geschreven, in de woorden die Giorgio jaren geleden had gekozen terwijl hij aan haar dacht, vond ze meer dan de antwoorden op haar vragen. Dat was liefde, de rust die ze had gezocht, respect. Door de brief van haar vader verdween in één klap al haar verdriet, alle verbijstering die ze voelde toen het testament werd voorgelezen. Toen ze dacht dat ze niet goed genoeg was.

Ze begreep nu dat ze het mis had gehad. Ze had het moeten begrijpen, moeten weten. Zittend in de luxe slaapcabine van de oceaanstomer, hield Marina de brief tegen haar gezicht. Ze huilde en lachte tegelijk. Ze meende heel in de verte de geur van vuur en glas te ruiken. Ze keek om zich heen, trok haar schoenen aan en verliet de kamer. Met de brief in haar hand ging ze op zoek naar haar moeder. Ze moest het haar zeggen. Ze moest haar alles vertellen.

Ze holde de trap op en stapte het dek op, de buitenlucht in. De meeste passagiers waren op weg naar hun cabines, maar een paar bleven nog wat staan kletsen. Ze waren blij, in gedachten verzonken en probeerden zich voor te stellen wat hen bij aankomst te wachten stond. Marina liep langs een stel en zag toen eindelijk haar moeder. Ze stond samen met Ginetta naar de haven te kijken. Achter hen stond Daniela, die ergens naar wees. De hemel was vuurrood en kondigde de avond aan. 'Mama!' riep ze.

Agata hoorde haar niet. Ze lachte. En Marina observeerde haar even. Ze zag er anders uit, vond ze. Haar moeder was als al die andere passagiers. En Ginetta zag er al even zorgeloos uit en nieuwsgierig naar alles wat haar omringde. Ze keek om naar de steiger en liep toen in de richting van de kraan die alle goederen in- en uitlaadde. Achter haar lag de fonkelende, blauwe zee. Zouden ze die kant op gaan?

'Marina?'

Ze wachtte nog heel even voordat ze zich omdraaide, met de brief in haar hand geklemd. 'Ik weet nu wat papa me wilde zeggen.'

Haar moeder liet Gina los en kwam naar haar toe. Ze pakte haar bij de armen en keek haar bezorgd aan. 'Ik begrijp het niet. Wat bedoel je?'

Ze gaf haar de brief. Agata las hem snel door. Marina voelde hetzelfde als haar moeder, een soort bitterzoete vreugde. Iets wat je voelt als je iets leuks ontdekt, wat echter niets verandert aan de situatie. Agata gaf de brief aan haar terug en omhelsde haar. 'Hij was gek op jou.'

Ze knikte, met haar gezicht tegen haar moeders schouder aan gedrukt. Nog heel even, dacht ze. Nog één laatste minuut. Ze snoof haar lekkere geur op, die haar deed denken aan vroeger, aan rust en zekerheid. Die wilde ze meenemen. Toen ze zich losmaakte, lachte ze naar haar. 'Ik hou van je, mama, voor altijd. Maar ik kom niet mee, ik ga terug naar Venetië.'

Ze trok wit weg. 'Doe niet zo gek. Daar hebben we niets meer. Ons leven ligt nu daar,' zei ze, terwijl ze naar de zee wees.

Marina schudde haar hoofd. 'Dat van jou en Luigi. Niet dat van mij. Ik weet wat ik moet doen.' Ze deinsde achteruit en keek haar moeder aan. Zou ze haar nog terugzien? Vroeg ze zich af. Eén stap, nog één. Alsjeblieft, dacht ze. Alsjeblieft, mama. Opeens verscheen er een glimlach op Agata's gezicht. En toen begreep Marina dat ze het zou gaan halen. De motoren van het schip draaiden warm, het trilde zachtjes, maar constant. Ze wist dat ze bijna weg zouden varen. Daarom rende ze hard de trap af naar de cabine. Daar pakte ze snel haar tas en jas. Als ze daar nog langer zou blijven, zou ze er niet meer af kunnen. Ze liet alles achter, maar dat gaf niet. Ze had het niet nodig. Ze trok de deur dicht en holde naar de uitgang, naar de plek waar een trap het schip met de steiger verbond en ze keek niet meer om.

'Mevrouw, wat gaat u doen? We gaan vertrekken.'

Ze gaf de matroos geen antwoord en bleef rennen en stoof de menigte in die op de kant stond, de vrienden en familieleden van de mensen die Italië echt verlieten.

'Marina, Marina!'

Ze hoorde de stem van haar moeder. Ze stond op het dek met haar armen te zwaaien, met Gina naast haar. Ze waren ver weg, maar Marina zag toch dat het meisje huilde. 'Het komt allemaal goed,' zei ze tegen haar, hoewel ze wist dat ze haar niet kon horen. 'Het komt wel goed met jou, mama zal voor je zorgen.'

De trossen waren los en het anker was omhooggehaald. In de verte zag Marina de sleepboten het schip vooruit trekken. Het kwam nu langzaam in beweging. De gigant zou nu snel de open zee bereiken en daarna piepklein worden. Uiteindelijk was alles een kwestie van perspectief. Ze voelde aan haar hals. Die was bloot, leeg. Ze miste haar ketting vreselijk. Ze moest haar moeder maar vertrouwen, geloven dat ze haar belofte zou houden. Ooit zou ze Marietta Baroviers ketting weer terugkrijgen. De scheepstoeter gaf aan dat het schip de haven verliet. Marina glimlachte. 'Het is niet belangrijk,' mompelde ze. Ze wist dat de ketting van Marietta op de een of andere manier wel weer terug zou keren naar Venetië, naar de plek waar hij hoorde. Haar moeder en Gina waren inmiddels stipjes geworden. Ze kon hen bijna niet meer zien, maar wist dat ze er nog stonden, daarom zwaaide ze, voor een hartverscheurende, laatste keer. Ze bleef het schip nakijken tot ze alleen nog de witte streep zag die het had achtergelaten. Daarna trok ze haar jas verder dicht. Het was al laat en ze had nog een lange reis te gaan.

Goede bedoelingen hebben niet altijd een goed resultaat en kunnen ook averechts werken. Daar had ze nooit echt bij stilgestaan en dat zei veel over de manier waarop ze tot op dat moment had geleefd, vond Marina.

Ze kocht altijd wat ze nodig had, meer niet, en dat was haar keuze geweest, geen behoefte. Echte armoede was echter heel iets anders en ze schaamde zich nu voor hoe ze zich in het verleden had gedragen.

Venetië werd wakker en ze kon niet geloven dat ze eindelijk terug was, na drie dagen.

Ze keek om zich heen en was geëmotioneerd. De stad was nog hetzelfde, maar toch ook anders, of misschien was zij dat zelf wel, na die drie vreselijke, angstige dagen. Het beetje geld dat ze bij zich had was op een gegeven moment opgeraakt en toen begreep ze pas echt wat het betekende om alleen en wanhopig te zijn. Op het plein voor het station vormden zich groepen toeristen met fotocamera's om hun nek. Ze werden meteen omringd door gidsen en straatverkopers. Allemaal mensen die in de loop der jaren een neus voor zaken hadden ontwikkeld en meteen hun geluk ergens anders gingen beproeven, zodra ze in de gaten hadden dat Marina uit de stad kwam en geen toerist was.

Marina liep naar het platform waar ze de watertaxi kon nemen naar Murano.

Hoewel het maar een paar uur had geduurd om Venetië te verlaten, was de terugreis erg lang geweest. En toch voelde ze zich meteen al beter, nu ze de zilte lucht van haar stad inademde. Ze zou wel wat tijd nodig hebben om te verwerken wat ze had meegemaakt, maar daar had ze nu geen zin in, anders zou ze instorten.

Een matroos wees haar op een vrije stoel, maar Marina bedankte hem en bleef naar het kanaal kijken. Ze was zo blij dat ze in tranen uitbarstte. Ze liet de wind ze wegblazen. Die was afgenomen en leek haar nu te strelen. Om haar heen zaten mensen te kletsen en dat bekende geluid vond ze prettig. Toen ze van de boot stapte voelde ze zich beter. Als vanzelf liep ze naar het huis waar ze was opgegroeid, maar toen ze daar aankwam, stond de deur open en liepen er werklui in en uit met emmers vol cement. De nieuwe eigenaar was aan het verbouwen. Ze wierp een blik naar binnen, maar deinsde toen achteruit. Daarna liep ze door naar de glasblazerij. Die was dicht. Er hing een bordje op de deur met 'werk in uitvoering'. Ze keek omhoog, naar de schoorstenen. Uit niets bleek dat de glasblazerij in gebruik was. Gelukkig hadden ze haar verzekerd dat alles zou blijven zoals het was... Dit vermoedde ze natuurlijk al. Maar toen ze haar hadden gegarandeerd dat de werkneemsters mochten blijven, wilde ze hen geloven. Ze liet haar hoofd hangen. Haar hart was gebroken.

'Marina? Wat doe jij nou hier?'

'Ik ben terug!' riep ze. Ze begroette de buurvrouwen die haar hadden herkend, maakte een praatje, maar hield het vaag. Ze wist niet wat ze moest zeggen en ook niet wat ze moest doen. 'Waar zijn de glasblazers?'

De buurvrouw haalde haar schouders op. 'Vertrokken. Misschien komen ze wel weer terug als de glasblazerij weer opengaat.'

Ze knikte. 'Aha.' Ze groette de vrouwen en liep toen langs Fondamenta dei Vetrai. Palazzo Zenobio stond er nog precies zo bij als de laatste keer dat ze het had gezien. Marina bleef voor de grote deur staan. Was Zeno maar bij haar. Maar dat was hij niet. Ze was alleen en moest het alleen zien te redden. Terwijl ze dezelfde weg weer terugliep, dacht ze dat ze Nando misschien wel om hulp kon vragen. Nee, daar schaamde ze zich te veel voor. En ook bij de gedachte aan Rosanna schudde ze haar hoofd. Ook dat kon niet. Misschien kon ze wat dingen die ze nodig had uit de opslag halen. Daar stond alles wat ze niet mee konden nemen. De berging was van de oma van haar vader geweest en toen van hem, maar hij bevond zich op een onhandige plek, dus wilden de kopers hem niet overnemen. Daarom was Luigi gedwongen de opslag te houden. Marina duwde tegen de deur. Die bleef dicht. 'Natuurlijk,' mompelde ze, terwijl ze om zich heen keek. Ze had geen sleutel om de deur open te maken. En het slot zag er misschien gammel uit, maar was van metaal en daardoor moeilijk open te breken.

'Heb je hulp nodig, Marina?'

Ze draaide zich om. 'Gerolamo?' Ze zou kwaad op hem moeten zijn, maar besefte nu dat hij haar eigenlijk alleen maar de waarheid had verteld. Haar broer had alles verkocht en haar daar niet van op de hoogte gesteld. Ze voelde zich nog steeds erg verraden en geschokt.

Furlan leek niet te weten wat hij met de situatie aan moest. 'Het spijt me voor wat er is gebeurd. Ik weet niet waarom ik je zo beschuldigde. Jij bent altijd één van ons geweest.'

Eén van ons... Dat ontroerde haar, maar stemde haar ook erg verdrietig. Uiteindelijk wees ze naar het slot. 'Ik ben de sleutel kwijt.'

Hij pakte het slot vast en rukte eraan. 'Wacht hier.'

Ze deed wat hij haar gevraagd had, maar dat was ook omdat ze nergens anders heen kon. En toen hij terugkwam met een tang, was ze zo blij, dat ze hem wel kon omhelzen. 'Ziezo.' Gerolamo gaf een schouderduw tegen de deur, waardoor hij openging.

De ruimte was precies zoals ze zich hem herinnerde: ruim en donker. Maar de ramen waren dan ook jarenlang niet gezeemd. 'Heel erg bedankt.'

De man wiebelde van zijn ene op zijn andere been. 'Weet je zeker dat ik verder niks voor je kan doen?'

Ze schudde haar hoofd, maar toen Gerolamo op weg naar de deur was, riep ze hem terug. 'Waar zijn Rosanna en de anderen?'

Hij zette zijn hoed af en pakte hem vast met zijn grote handen. 'Je weet hoe ze is. Die redt zich wel.'

'Natuurlijk.'

De dagen erna werkte Marina hard. Ze opende de dozen, haalde er jurken en andere spullen uit en ruilde die voor wat ze nodig had. Ze maakte de grootste ruimte schoon, creëerde een kleine keuken en maakte een soort bed waar ze op kon slapen. De buren die waren komen kijken, hielpen haar en al snel werd de opslag redelijk bewoonbaar. Ze kreeg van iemand een oud bed en van een vrouw aan wie ze het goede servies van haar moeder had gegeven, omdat ze die borden allemaal niet nodig had, kreeg ze een spiegel. Weer een andere vrouw bracht haar eten, want 's avonds was ze doodop en de mensen wisten dat ze geen geld meer had. Ze werd omringd door warmte, door arme mensen die Agata en Giorgio vroeger hadden geholpen en die nu iets voor haar wilden betekenen. Ze hadden niet veel, soms hielden ze haar alleen maar gezelschap.

's Nachts dacht Marina aan Zeno. Waar zou hij nu zijn, wat zou hij doen? De gedachte aan hem vervulde haar met vreugde, met warmte, waardoor ze de kracht vond om verder te gaan en na te denken over een toekomst. Eerst moest ze werk zien te vinden. Ze zou de volgende dag meteen bij elke glasblazerij gaan vragen of ze iemand konden gebruiken. Ze kende het vak en was goed in haar werk. Het was natuurlijk niet hetzelfde als het hebben van een eigen glasblazerij en ze zou waarschijnlijk nooit meer werk kunnen exposeren, maar ze zou overleven en wie weet, misschien ooit wel weer wat van haar eigen werk kunnen verkopen. Ze moest gewoon haar best doen en dan kwam alles goed, dacht ze. Ze ging vroeg naar bed. Er was dan ook niet veel te doen. Ze had niet eens elektriciteit en moest kaarsen gebruiken. Maar dat gaf niet. Ze had een dak boven haar hoofd, een plek om te slapen. En een doel. Ze had een idee gekregen toen ze aan haar vaders brief dacht, aan wat hij haar had geschreven. *Jij gaat iets groots doen, iets belangrijks, waarmee je je sporen achterlaat op deze wereld.*

Daarom was Marina bij zonsopkomst begonnen met schrijven. Ze had de ketting misschien niet meer, maar nog wel het schrift met de kostbare pagina's van Marietta Barovier. Ze had het er nog nooit met iemand over gehad. Het was een geheim van haar en haar vader. Eerst waren het gewoon losse gedachten die ze opschreef maar toen was ze langzaamaan steeds specifiekere onderwerpen gaan bespreken en had ze het voorbeeld van haar voorouder gevolgd: ze schreef recepten op, geheimen en adviezen. Alles wat ze had geleerd. Ineens was ze bang dat de kennis van de

Chiaramonte-familie, hun spirituele nalatenschap, verloren zou gaan.

Marina stond vroeg op, trok kleren aan die ze in een van de dozen had gevonden en besloot naar buiten te gaan. Ze zette een paar stappen buiten de deur en durfde toen niet meer. Ze wist niet wat ze moest doen en schaamde zich. Ze was te trots om om hulp te vragen en te smeken om werk, dus ging ze op een steen zitten, in de hoop dat ze daar de kracht zou vinden.

'Het is dus waar!'

Ze schoot overeind en slaakte een zucht van verlichting toen ze Rosanna zag. 'Je liet me schrikken.' Het duurde even voordat ze zich had herpakt. Net toen ze haar vriendin wilde vragen om binnen te komen, liep Rosanna zelf al het huisje in. Ze zette een kartonnen doos op tafel en haalde daar vers gebakken brood en wat potjes uit, terwijl Marina verbaasd toekeek. Rosanna zette ze in de oude kast. 'Hier moet iets aan gedaan worden, anders heb je straks muizen in huis.'

Ze wist niet wat ze moest zeggen, dus zweeg ze maar. Rosanna ruimde het eten op en vroeg haar toen aan tafel te gaan zitten. Marina voelde dat haar vriendin haar aandachtig bekeek. 'Was het erg?'

Ze knikte. 'Ja, vreselijk.'

Haar vriendin zuchtte en nam toen ook plaats aan tafel. 'Dat vind ik spijtig om te horen. Ik had liever gehad dat je was gebleven hoe je eerst was.'

Ze slikte de brok in haar keel weg. 'Hoe ik was?'

'Onschuldig. Nu heb je vreselijke dingen gezien en draag je die pijn, dat verdriet met je mee. Dat gaat je veranderen, Marina. Niets zal meer zijn zoals vroeger, maar ik ben optimistisch. Jij gaat het wel redden.'

Marina barstte in lachen uit. Het klonk verbitterd, zo anders dan vroeger. 'Jij, optimistisch? Alsjeblieft. Ik weet nog goed wat je van me dacht. En zal ik je eens wat vertellen? Jij had gelijk. Ik was zo goedgelovig als de pest, een dromer. En kijk nu eens naar me, Rosanna. Kijk nou, dit is er over van mijn dromen. Een berg as. Je had gelijk, de glasblazerij is gesloten. Ik weet niet eens waar onze vriendinnen nu zijn. Ik weet niet wat er is gebeurd en hoe het met jou en Ada gaat. Ik heb me vergist, ben arrogant geweest en had oogkleppen op.' Ze bleef maar praten. Ze was zo boos op zichzelf dat ze niet kon stoppen. Ze moest veel te veel dingen kwijt, was te bang. Uiteindelijk voelde het alsof ze leeg was. En moe. Haar handen zochten elkaar, verlangden naar steun, naar troost.

'Wat een onzin allemaal, mijn lieve vriendin.' Rosanna stond op en wees naar de deur. 'Kom met me mee.'

Ze liep achter haar aan. 'Wacht, ik moet de deur nog dichtdoen.'

'Serieus? Er is niets wat iemand wil stelen in dit krot. Als er een dief binnenloopt, laat hij nog een aalmoes achter.'

Gekwetst wierp Marina haar een boze blik toe. 'Dat is niet waar. Het is niet geweldig, dat weet ik, maar voor mij is het prima. Waar gaan we heen?'

'Dat zie je zo.' Ze liepen in de richting van de overkant van het Canal Grande. Daar waren geen huizen meer, maar grotere gebouwen. Vroeger was dat het kloppend hart geweest van de glasproductie: maar later waren de glasblazers stuk voor stuk naar plekken getrokken die wat beter bereikbaar waren, waar toeristen meteen hun souvenirs konden kopen.

'Zo, we zijn er.'

Marina wist niet wat ze ervan moest denken. Ze wist dat ze bij een glasblazerij stonden. Dat hoorde ze aan de geluiden van het gereedschap en zag ze aan de rook die uit de schoorstenen kwam. Ze wilde net gaan vragen wat ze daar deden, toen Rosanna de deur opende en haar zacht naar binnen duwde.

Het waren allemaal vrouwen! Ze stonden allemaal bij een eigen oven te werken en zagen er blij uit. Toen ze haar zagen, groetten ze haar uitbundig.

Marina was verbijsterd en vroeg zich af wat er gebeurde. Naast Rosanna, Ada en de werkneemsters zag ze verder niemand.

'Deze glasblazerij is van ons,' legde Rosanna uit. 'We hebben hem gehuurd, schoongemaakt en nieuw leven ingeblazen. Hij werkt weer. En jij moet weten, als je klaar bent met klagen, dat jij de eerste was die in ons geloofde. Dit, mijn lieve Marina, is allemaal dankzij jou,' besloot ze, met een groot armgebaar.

Ze werd aangetrokken door het vuur en bestudeerde een van de ovens aandachtig. De vlammen knetterden, alsof ze haar wilden begroeten. Alles om haar heen was bekend: hoewel het niet haar eigen glasblazerij was, was alles zoals het moest zijn. Ze was ontroerd, dolblij, alsof er plotseling een grote wens van haar was uitgekomen.

'We zijn weer glas aan het maken.' Rosanna liet haar het materiaal zien. 'We hebben alleen een grote klant nodig en dan zitten we goed.'

Marina knikte, in gedachten verzonken. Snel wierp ze een blik op wat er tot nu toe gecreëerd was. En toen kreeg ze een idee.

'Herinner je je die commissaris van de Biënnale nog? Giovanni Ponti?' vroeg ze opeens.

'Ja, knappe vent.'

Ze keek haar met open mond aan. Rosanna gaf haar snel een knipoog. Marina realiseerde zich toen plotseling dat haar vriendin, dat was ze duidelijk nog, veranderd was. Ze had iets zachts wat ze eerder nooit in haar had opgemerkt. 'Ik heb zijn visitekaartje bewaard. Hij was enthousiast tijdens de expositie en ik denk dat hij wel geïnteresseerd is in jullie werk.'

Rosanna gaf haar een glasblaaspijp. 'Dan zou ik maar snel aan de slag gaan, als ik jou was.'

'Hoe bedoel je?'

Ze snoof. 'Soms vraag ik me af hoe het kan dat je in veel gevallen zo slim bent en in andere gevallen weer oliedom. Deze glasblazerij was jouw idee, dus nu jij terug bent, gaan we hier samen aan de slag. Goed?'

Marina wist niet wat ze moest zeggen. De vrouwen hadden inmiddels allemaal hun creaties in de koeloven gezet en kwamen nu naar haar toe om haar te begroeten. Ze omhelsde hen een voor een, omdat ze dankbaar was en eindelijk begreep dat samenwerken mensen sterker maakte en alles kon veranderen. Opnieuw gingen haar gedachten uit naar Marietta en wat er werd gezegd over de glasblazerij waarin ze eind vijftiende eeuw met haar werkneemsters werkte. Alleen kon je ver komen, maar samen bereikte je pas echt grootse dingen. De herinnering aan die vrouw, haar legende, leefde nog steeds voort. Maar de mensen hadden het mis: niet haar schandalige liefdesaffaire zorgde ervoor dat ze bekend werd, maar haar talent, haar vakmanschap.

Ze werkte tot laat door en toen ze bij zonsondergang terugliep naar de oude opslag, zat er een man op het stoepje. Hij zat ineengedoken en had zijn jas tot over zijn voeten getrokken. Eerst dacht ze dat het Gerolamo was. Rosanna had haar verteld dat ze met hem uitging. Misschien had zij hem gevraagd de waterpomp te maken. Nee, daar was het te laat voor. Zodra de man haar zag, vloog hij overeind. 'Nina!'

Ze slaakte een kreet en rende op hem af.

Zeno pakte haar vast, tilde haar op en drukte haar tegen zich aan. Iets waar hij elke dag naar had verlangd. 'Ik werd helemaal gek. Ik heb je overal gezocht. Niemand wist waar je was. Je huis is dicht, dat wordt verbouwd. Een paar vrouwen, je buurvrouwen denk ik, stuurden me hierheen.'

Ze bleef hem omhelzen. 'Luigi heeft alles verkocht. Mijn broer is helemaal doorgedraaid.'

Zeno maakte zich los en keek somber. 'Ik weet het, maar dat doet er nu niet meer toe. Jij gaat alles weer opbouwen.'

Ze bleven elkaar vasthouden. Dolgelukkig dat ze elkaar weer hadden gevonden, dat ze elkaars huid konden aanraken. Toen ze elkaar uiteindelijk loslieten, liet Zeno haar alles vertellen. Marina zei hem dat ze het heel zwaar had gehad zonder hem, dat hele jaar. En toch waren er ook mooie dingen gebeurd. De expositie van de Biënnale, de vrouwen die haar met open armen hadden ontvangen.

'Ze wilden dat ik bij hen kwam werken, weet je dat?'

Ze vertelde hem over Rosanna, over de vrouwen en over hun plannen. Zeno nam haar mee, niet naar het gebouw, maar naar een boot. Toen ze aanlegden bij Danieli sperde Marina haar ogen wijd open. 'Maar daar ben ik niet op gekleed...'

'Geen zorgen, straks heb je helemaal geen kleren meer aan.'

Ze bloosde en lachte. Zeno sprak kort met de conciërge, die haar vervolgens groette alsof ze een elegante jurk en parels droeg in plaats van een oude broek en een trui, en een van de kamermeisjes vroeg om de suite klaar te maken. 'Ik wist niet dat je zo rijk was.'

Zeno gaf haar een kus op haar wang. 'Ja. Wen er maar aan.'

Ze lachte, want ze was gelukkig. Ze voelde zich licht als een bloemblaadje in de wind. Hand in hand stapten ze de lift in.

22

Murano staat wereldwijd gelijk aan glas. Al meer dan duizend jaar wordt het kleine eiland in de Venetiaanse lagune gezien als het hoogtepunt van dit ambacht. Hoewel er ook periodes waren dat er niet geproduceerd werd en de ovens soms wel een halve eeuw dicht bleven, zoals bijvoorbeeld tijdens de Franse overheersing, zijn ze toch altijd weer aangegaan. Het vuur was al die tijd rustig blijven wachten onder de aslaag, totdat er weer een smeltkroes vol glas zou worden neergezet om te verwarmen, zodat een glasblazer met zijn blaaspijp er weer iets moois van kon maken.

Juliet stond op en ging op haar tenen staan. Het begon buiten net licht te worden en ze ging aan haar tafeltje zitten. Schrijven zou wel helpen tegen het beklemmende gevoel dat ze had. Het was een gek gevoel, alsof er ergens iets verkeerd zat. Ze keek weer naar Marcus, maar die sliep rustig door. Ze knipte het bureaulampje aan, pakte het schrift waar ze elke dag in schreef en las een paar passages door, die ze de week ervoor had geschreven. Inmiddels had ze wat veranderingen aangebracht in haar manier van werken. Opeens bedacht ze iets. Ze rilde. Waar was het boekje? Ze sprong op en pakte haar tas. Ze rommelde erin, maar voelde niet waar ze naar zocht. Daarom keerde ze de hele tas om. 'Waar is het toch?' mompelde ze. 'Juliet, lieverd, wat doe je daar op de grond?' vroeg Marcus, die zich slaperig op een elleboog had opgericht.

Paniekerig keek ze hem aan. 'Heb jij het boekje gezien?'

'Wat? Waarom wil je op dit tijdstip lezen?' zei hij terwijl hij zich weer liet vallen en een arm op zijn hoofd legde. 'Ik heb gisteren te veel gedronken. Wat een hoofdpijn.'

Ze luisterde niet, ze was te druk aan het peinzen over waar ze het boekje het laatst had neergelegd. Ze stond op en ging op zoek, ze haalde kasten en laden overhoop, opende de badkamerkastjes en keek zelfs in Marcus' tas. Die keek verbijsterd, maar zwijgend, toe. 'O god, o god, ik kan het niet vinden, het is er niet.'

'Waar heb je het over, Juliet?' Hij was opgestaan en naar haar toe gekomen. Hij strekte zijn hand uit om haar aan te raken, maar ze stapte opzij.

'Het is kwijt, begrijp je dat? Ik ben het kwijtgeraakt en het examen is al over twee dagen. Wat moet ik nu doen, Marcus?' Ze sloeg haar handen voor haar gezicht en barstte in huilen uit.

'Overdrijf je niet een beetje? Er is niets aan de hand. Je hebt het waarschijnlijk ergens laten liggen, je moet alleen even bedenken waar.'

Ze luisterde al niet meer. Een schrift, een eenvoudig dagboekje, dat was alles wat ze nodig had, maar ze was er niet in geslaagd het bij zich te houden. Zelfs een kind zou niet zo stom zijn geweest het kwijt te raken.

'Kom terug in bed, we lossen het later wel op. En ook als je het niet terugvindt is het niet erg, je bent goed in je vak en verder heb je niets nodig. Je hebt alles al in huis.'

Ze ontweek hem weer. 'Je begrijpt het niet, je weet er niets van.'

'Wat begrijp ik niet?' Marcus haalde zijn handen door zijn haar, hij keek anders. 'Dat je bang bent te ontdekken dat je goed bent? Dat je niet zelf de verantwoordelijkheid voor je succes wilt nemen? Het is genoeg geweest! Luister je naar me, Juliet? Je klaagt de hele tijd dat je familie je niet serieus neemt, dat iedereen denkt dat je nog een klein meisje bent. Houd dan op je zo te gedragen!'

Woedend keek Juliet hem aan. 'Wat weet jij daar nou van? Iedereen is dol op je, je bent de populairste persoon die ik ooit ontmoet heb, iedereen bewondert je. Je weet niet hoe het voelt om onzichtbaar te zijn, om alleen opgemerkt te worden op het moment dat iemand het nodig vindt om je af te kraken.' Ze drukte haar vingers tegen haar ogen, ze had het benauwd gekregen. 'Ik heb dat echt boekje nodig, Marcus, ik kan niet zonder.'

Hij keek haar bevreemd aan en schudde zijn hoofd. 'Je vergist je. Je moet alleen weten wie je echt bent, Juliet.' Hij pakte zijn kleren, die verspreid door de kamer lagen, bij elkaar en deed zijn broek en overhemd aan. Met zijn schoenen in de hand liep hij naar de deur en deed die open.

Ze boog haar hoofd en sloot haar ogen.

Marcus bleef even staan, bedacht zich en kwam naar haar toe. Hij drukte haar tegen zich aan en sloeg zijn armen stevig om haar heen. 'Rustig maar, blijf ademhalen, het gaat zo weer voorbij.'

'Ik ben bang,' fluisterde ze. Haar neus liep en haar ogen waren opgezwollen. 'Wat moet ik nu doen?'

'Waar je zin in hebt, wat je maar wilt.'

'Dat kan niet.'

Marcus zuchtte. 'Jij bent de enige die de dingen die je niet bevallen aan je leven kunt veranderen, Juliet.' Hij kuste haar voorhoofd. 'Ik heb een afspraak, we zien elkaar later, ga maar weer lekker slapen.' Hij liep weg en deed de deur zachtjes achter zich dicht.

Ze was alleen, hij was toch weggegaan. Juliet droogde haar tranen. Ze raapte de jurk die ze van Nina had geleend van de grond op en deed hem weer in de doos. Daarna ruimde ze de kamer verder op, maakte het bed op en nam een lange douche. Ze was bang en gestrest. Alles was netjes, ze had daar niets meer te doen.

Halverwege de ochtend ging ze naar buiten. Het was een prachtige, zonnige dag, de zon scheen fel, maar ze was te diep in gedachten verzonken om ervan te genieten.

Ze had het gevoel alsof ze alles altijd van de verkeerde kant had bekeken.

Je bent bang zelf de verantwoordelijkheid voor je succes te nemen.

Die opmerking van Marcus had haar geraakt. Had ze zich te veel overgegeven aan zelfmedelijden? Terwijl ze verderliep, dacht ze na over de opdrachten die ze al had uitgevoerd.

Bij elke opdracht had ze eerst het boekje gelezen, voordat ze wist hoe ze het aan moest pakken, dat was waar. Maar ze had wel telkens zelf bedacht hoe ze de technieken zou toepassen, hoe ze de hoeveelheden kon aanpassen en welke gereedschappen het beste waren.

Ze ging op de kade zitten, zette haar sandalen naast zich neer en liet haar blote voeten vlak boven het water bungelen. Ze moest nadenken over zichzelf, over haar leven, haar verleden en haar toekomst. Ze bleef lang zitten. De gedachten die kwamen, bevielen haar niet, ze schaamde zich voor zichzelf. Niet alleen omdat ze zich zo had laten gaan, vooral de woorden van Marcus hadden diepe indruk gemaakt. Ze wist dat hij gelijk had, dat wist ze eigenlijk al voordat hij de woorden had uitgesproken. Maar ze ook echt horen was anders, want na al haar overpeinzingen was ze eindelijk tot een conclusie gekomen.

Dit was een angst die ze al zo lang had en die zo diep zat, dat hij haar hele manier van leven had beïnvloed. Elke keer als ze de controle probeerde los te laten, kwam hij weer boven en maakte alles kapot.

'Het is waar, ik ben bang,' zei ze zachtjes. Het was niet wat Marcus dacht, ze was niet bang om uit te blinken. Sterker nog, ze genoot van lof en bewondering, daar leefde ze helemaal van op. Wat ze niet durfde, was daadwerkelijk de competitie aangaan. Het was voor het eerst dat ze dit begreep. Ze was bang dat als ze serieus mee zou doen, zou blijken dat ze eigenlijk niet zoveel kon. Daarom gaf ze op en vermeed ze dit soort dingen.

Toen ze klein was, was haar altijd verteld dat ze anders was, dat ze daarom niet alles kon wat anderen konden. Iedereen had haar op de een of andere manier deze boodschap meegegeven. Juliet begreep nu dat zij niet verantwoordelijk was voor wat er in het verleden was gebeurd, daar was niets meer aan te doen. Bij het heden en de toekomst lag dat echter anders. Daar had ze wel invloed op.

'Iedereen is verantwoordelijk voor zijn eigen leven. Het maakt niet uit of je succes hebt of niet, maar je moet altijd handelen met respect voor jezelf en je dromen en doen wat je gelukkig maakt.'

Ze was bang voor wie ze was en kon niet kiezen voor wat haar gelukkig maakte. Te timide om eisen te stellen, slaagde ze er niet in haar eigen ruimte te claimen.

Ze merkte dat ze in zichzelf praatte, ze schaamde zich daar echter niet voor. Ze glimlachte zelfs. Ze was nu eenmaal zo. In zichzelf praten, zwaaien naar mensen, huilen bij een mooie zonsondergang, een boek, een film of een oude dame die over haar leven vertelde, dat hoorde allemaal bij haar.

De zon stond al hoog aan de hemel en ze had honger. Ze stond op, kocht twee croissantjes en at die op terwijl ze terugliep naar de school. Ze ging naar boven en pakte de jurk. Vlak voordat ze de deur uit liep, bedacht ze dat ze haar ketting nog op tafel had laten liggen. Snel deed ze hem om en keek in de spiegel, misschien was haar gele zomerjurk iets te opvallend, maar ze vond hem prachtig.

Haar telefoon ging. Het was Daniel en dat stemde haar meteen vrolijk. Ze had zin om zijn stem te horen.

'Hoe gaat het met je, zusje?'

'Nu ik jouw stem hoor een stuk beter. Hoe gaat het met jullie?'

'Het gaat prima. Hoor eens, ik heb niet zoveel tijd en ik moet je iets vertellen. Ik heb de geboorteakte van opa gevonden. Hij heeft nooit zijn achternaam veranderd, maar papa is geadopteerd door de tweede man van oma en heeft zijn achternaam gekregen. Daarom hebben wij ook geen Italiaanse naam meer. Opa heette Luigi Chiaramonte.'

Haar hart begon sneller te kloppen, nu had ze iets om mee te werken. 'Dank je wel, Daniel.'

'Ik moet je vertellen dat ik het ook met Gina heb besproken,' verzuchtte hij.

'En? Heeft ze jou iets verteld?' vroeg Juliet ademloos.

Daniel grinnikte. 'Van alles, vooral in het Italiaans dat ik, zoals je weet, niet versta. Of in elk geval niet goed genoeg om iets te kunnen begrijpen van haar monologen. Ze was erg opgewonden, dus ik heb haar gezegd dat ze zich geen zorgen hoefde te maken, dat het niet zo belangrijk was.'

'Dat heb je goed gedaan.'

'Ik moet ervandoor, bel me zodra je meer weet. Ik ben reuze benieuwd. Misschien stammen we wel af van een adellijke familie en hebben we ergens een groot landhuis. Dat zou ik helemaal niet erg vinden.'

Ze lachte. 'Ik laat het je weten.'

Chiaramonte, waar had ze die naam eerder gehoord? Ze moest het aan Silvia vragen. Ze rende de trap af en stormde het kantoor in.

'Silvia!'

Silvia schrok op, en Juliet moest lachen.

'Mijn hemel, ik schrok me rot, waarom loop jij zo te schreeuwen?'

'Ik heb iets ontdekt!'

'Ga zitten en vertel, ik kan wel wat afleiding gebruiken. De voorzitter van de stichting zit me op de nek. Ik ben al de hele week met de kasboeken bezig en ik verveel me dood.'

Juliet ging zitten. 'Zegt de naam Chiaramonte je iets?'

Silvia keek haar strak aan. 'Waarom vraag je dat?'

'Aha, je kent ze dus!'

Silvia wachtte even. 'Het was een beroemde familie van glasblazers die op Murano woonde.'

Ach, dat was ook zo! 'Ja, nu herinner ik het me.' Ze had er ergens over gelezen of misschien had Lorenzo het wel verteld in een van zijn colleges over de geschiedenis van Murano.

'Waarom wil je dat weten?'

Juliet merkte dat Silvia haar vreemd aankeek. Ze moest over haar opa vertellen, maar eerst moest ze nog iets weten. 'Weet je of er nog iemand van die familie in leven is?'

'Ja, mijn tante is een Chiaramonte.'

Juliet sprong op. 'Wat, echt? Je tante?!' riep ze uit.

Silvia hoestte, ze had zich verslikt in haar koffie. 'Wat is er toch met je vandaag? Kun je vertellen wat er aan de hand is?'

Juliet pakte haar handen vast en trok haar overeind. 'Ik moet haar zien en spreken.'

'Waarom?' vroeg Silvia voorzichtig.

'Mijn opa heette Luigi Chiaramonte, hij is op Murano geboren. Misschien zijn er hier nog familieleden.'

'Je opa… Hoe bedoel je? Ga alsjeblieft eerst eens rustig zitten en vertel me dan het hele verhaal.'

Dat deed ze, ze vertelde hoe ze van haar oppas Gina de ketting had gekregen, over haar liefde voor glas en over haar oma Denise, die een andere achternaam had aangenomen toen ze opnieuw getrouwd was. 'Ik moet haar zien, het is echt heel belangrijk. Kun je me naar haar toe brengen?'

Silvia moest er even over nadenken. 'Natuurlijk, kom mee.'

Ze sloten het kantoor af en liepen de Fondamenta dei Vetrai af tot het einde. De hele weg door bleef Silvia vragen stellen en Juliet gaf overal antwoord op.

Het huis van Marina Chiaramonte, zo heette de tante, was aan het einde van de straat.

Voor de deur draaide Juliet zich naar Silvia toe. 'Hé, dit is het huis van Nina,' zei ze.

Silvia fronste. 'Hè? Kennen jullie elkaar?'

Ze knikte. 'Ja, ik kwam hier op een avond toevallig langs. Daarna heb ik haar nog een paar keer opgezocht. Die jurk die ik aanhad op het feest had ik ook van haar geleend.'

'Ongelooflijk. Weet je, Juliet, mijn oom Zeno noemde haar ook altijd Nina, net als mijn oom Jacopo. Iedereen eigenlijk. Maar haar echte naam is Marina. Kom, we gaan naar binnen. Ik wil haar gezicht zien als je haar alles vertelt.'

Het horen van zijn naam deed Juliet weer aan Jacopo denken, aan zijn beschuldigingen, aan de ketting en zijn vijandigheid. Hij had haar herkend, maar hoe had hij dat gedaan? Ze dacht weer aan de ketting en streelde hem met haar vingertoppen. Wat voor geheim droegen die parels met zich mee? Wat was er in het verleden gebeurd waar Jacopo vanaf wist en zij niet?

Voordat Juliet naar binnen ging, zag ze twee mensen voor het huis zitten.

Een ervan was Marcus.

Geschokt deed ze een stap naar achteren. Haar hart klopte snel, ze wilde niet denken aan wat er tussen hen was gebeurd. Het lukte haar niet om weg te lopen.

'Ze heeft al bezoek...'

'Nee hoor, vandaag houdt Marcus haar gezelschap. We gaan om de beurt langs, zodat ze altijd iemand heeft om mee te praten, anders verveelt ze zich.'

Opeens leek het niet meer zo'n goed idee. Juliet wilde weglopen. Wat verbeeldde ze zich eigenlijk om zo onverwacht bij Nina binnen te vallen? Ze keek naar de twee figuren in de tuin. Ze leken het goed naar hun zin te hebben samen, ze lachten zelfs.

'Als je liever een andere keer terugkomt, is dat ook goed.' Silvia glimlachte. Ze was altijd zo aardig en meelevend.

Het waren allemaal vrienden, dacht Juliet: Silvia, Nina en Marcus. Ze betekenden allemaal veel voor haar. Ze sloot haar ogen en raapte al haar moed bijeen. Daardoor voelde ze zich beter en met een vastberaden blik zei ze: 'Nee, laten we gaan.'

Juliet merkte dat de twee haar al gezien hadden. 'Wat een leuke verrassing, kom erbij.' Nina gebaarde naar de lege stoelen naast Marcus en haar.

'Hallo, allemaal.'

Juliet stak haar hand op, glimlachte naar Nina en keek toen naar Marcus. Hij was opgestaan en keek haar verbaasd aan.

'Kom bij ons zitten, wat brengt jou hier?'

'Dat geloof je nooit!' riep Silvia. 'Juliet heeft jullie een heel raar verhaal te vertellen.'

Hij fronste en ook Nina keek nu geïnteresseerd. 'Echt? Houd me dan niet langer in spanning, schat. Ik ben gek op verhalen, vooral als ze raar zijn.'

'Ik...' Juliet wist niet hoe ze moest beginnen. Ze glimlachte naar Nina, die niets meer zei en haar alleen geïnteresseerd aankeek. 'Ik heb net iets ontdekt.' Ze deed haar mond open en weer dicht. Ze voelde hoe iedereen naar haar keek. 'Mijn opa komt hiervandaan. Hij is van Murano vertrokken naar de Verenigde Staten.'

Nina mompelde. 'Wat een toeval.' Toen verstijfde ze en haar stem stierf weg. Ze werd bleek en trilde. Marcus ging snel naar haar toe. 'Tante, wat is er?' Ze antwoordde niet en bleef naar Juliet kijken. Ze stak haar hand naar haar neef uit. 'Help me even.' Hij bood haar zijn arm aan en de oude dame stond op. 'Kom eens dichterbij, Juliet, ik kan het vanaf hier niet goed zien.'

Juliet trilde nu ook, ze liep naar haar toe en bleef voor haar staan. Nina keek naar haar hals, waar de ketting hing.

'De ketting...' prevelde ze.

Ze had hem herkend! Het was dus allemaal waar. Juliet maakte hem los en gaf hem aan haar. Opeens begreep ze het allemaal. De 'zij' over wie haar oppas het had gehad, was Marina Chiaramonte. En de ketting was van haar.

'Volgens mij weet u van wie deze is.'

De oude dame pakte hem vast. Dikke tranen rolden over haar wangen.

Marcus bleef haar ondersteunen, ook hij keek bezorgd naar haar.

'Wat weet je van deze ketting?' vroeg de vrouw met een dun stemmetje.

'Dat hij terug moest naar Murano. Dat zei mijn oppas tenminste toen ze hem aan me gaf. Hij hoorde bij mijn familie, volgens mij is hij van u...'

Nina keek haar recht in de ogen. 'Hoe bedoel je?'

'Mijn opa heette Luigi Chiaramonte.'

Nina was verbijsterd. 'Luigi? Ben jij de kleindochter van mijn broer? Ben jij mijn achternichtje? O god, daar had ik nooit meer op durven hopen.' Ze was dolblij.

Maar Juliet huilde, alle emoties van die dag hadden hun tol geeist.

Silvia en Marcus wisselden een blik uit, toen ging zij naast haar tante zitten en nam hij Juliet in zijn armen. 'Het komt allemaal goed, lieverd, haal maar rustig adem.' Hij fluisterde in haar oor, zodat alleen zij het kon horen. Ze knikte, droogde haar tranen en liet zich toen weer in Marcus' armen vallen.

'Kom naast me zitten, Juliet.' Met Marcus nog steeds naast haar, deed ze wat haar gevraagd werd.

Nina lachte. 'Deze ketting is al heel lang in de familie, meisje.' Ook zij droogde haar tranen en haalde diep adem. 'Marietta Barovier heeft hem lang geleden gemaakt. Het zijn rosetta-parels, waarschijnlijk de eerste die ooit gemaakt zijn. En hierop,' zei ze, terwijl ze naar de hanger wees, 'zie je een van de symbolen van Murano. Ik heb hem van mijn vader geërfd en toen... zijn je opa en ik elkaar kwijtgeraakt. Er is iets heel naars gebeurd, iets waar we niet meer overheen zijn gekomen.' Ze keek heel verdrietig.

Juliet wilde haar omhelzen, maar bleef toch zitten waar ze zat. De arm van Marcus om haar heen voelde zo fijn. 'Het spijt me zo voor u. Ik heb hem nooit gekend, hij stierf toen mijn vader nog klein was. Mijn oma is hertrouwd en mijn vader kreeg de achternaam van zijn stiefvader.'

Nina schudde haar hoofd. 'Daarom kon Zeno jullie dus niet vinden.'

'Heeft hij ons gezocht?'

'Ja lieverd, ik wilde nog een poging wagen om me met Luigi te verzoenen. We zijn met ruzie uit elkaar gegaan en ik wilde hem daarna niet meer zien. Ik hoorde nog hoe hij me smeekte naar hem te luisteren, maar ik... Sorry, het is lang geleden en toch grijpt de herinnering me nog steeds aan. Die dag verloor ik het kind dat ik verwachtte en de liefde voor mijn broer.'

Ondanks de schok raapte Juliet haar gedachten snel bij elkaar en begon te begrijpen waarom Jacopo zo boos en vijandig tegen haar had gedaan. Misschien dacht hij dat ze een oude rekening kwam vereffenen. Terwijl ze niets wist van wat zich in het verleden had afgespeeld.

De oude dame boog haar hoofd. Een traan rolde over haar wang. Ze lachte en streelde het geverfde haar van Juliet. 'Een gekleurde vlinder heeft me mijn ketting teruggebracht.' Ze grinnikte. 'Je had me geen mooier cadeau kunnen geven, broertje.'

Marina Chiaramonte Venier leefde nog en woonde op Murano. Na de dood van haar geliefde echtgenoot Zeno, na ruim vijftig jaar huwelijk, had ze zich teruggetrokken. Toen de blaaspijp te zwaar voor haar was geworden, had ze het hele bedrijf overgedragen aan Jacopo, de neef van haar man, die het glasblazen van Zeno had geleerd. Om de nagedachtenis van zijn oom te eren was hij doorgegaan met de school.

'De beste school die er is,' zei Marcus. Juliet moest ondanks de schok van Nina's onthulling toch lachen. Zij bleef naar haar kijken, haar handen strelen en haar omhelzen. Hoe zou haar leven zijn geweest als ze met zo'n liefhebbende vrouw was opgegroeid? De breuk van destijds was er niet alleen een geweest tussen een broer en een zus. Hierdoor was zij ook beroofd van de liefde van een bijzondere vrouw en had ze zichzelf nooit goed kunnen begrijpen, omdat niemand in haar directe familie haar passie deelde. Ze was niet raar, ze was net als alle andere Chiaramontes, die al generaties glas bliezen.

Maar wat haar nog het meest verbaasde, was het feit dat het fortuin van de familie was verdiend met glas.

'Is de haan het symbool van de glasblazerij?' vroeg ze.

Ze zaten op de veranda, Marcus liep op en neer, nam af en toe een telefoontje aan en kwam dan direct weer bij hen terug, omdat hij zo min mogelijk van het verhaal wilde missen. Silvia lachte en zei ook af en toe wat.

'Ja, de haan staat symbool voor Marietta Barovier. Volgens mijn vader stammen wij van haar af. Daarom hebben we de haan voor ons logo gekozen toen we de glasblazerij voor vrouwen begonnen. Een haan is sterk en trots, is nergens bang voor en kan weer opstaan als hij valt.'

Het was voor Juliet ongelooflijk te bedenken dat ze misschien verwant was aan Marietta Barovier. Ze begreep het niet helemaal. 'Een glasblazerij voor vrouwen?'

Marina lachte en keek dromerig. 'Ach lieve schat, je had eens moeten zien wat we samen bereikt hebben. Volgens mij liggen er nog een paar stukken in het museum.' Ze vertelde verder over hoe moeilijk het was geweest na de ziekte van Giorgio en hoe ze erin was geslaagd Luigi ervan te overtuigen de werkplaats aan haar over te laten. 'Hij had grote dromen, hij was heel ambitieus.' Ze zweeg even. 'Hij heeft me jou gestuurd en de ketting.'

'Mijn oppas zei dat ik hem moest terugbrengen naar Venetië, waar hij gemaakt is. En dat hij van een vrouw was die op mij leek.'

In gedachten verzonken schonk Marina nog een glas limonade in. 'Ik vind het een fijn idee dat het mijn broer is geweest die je hierheen heeft gestuurd met de ketting. De breuk tussen ons is een van de verdrietigste dingen in mijn leven.' Ze zuchtte en keek erg droevig. 'We zullen wel nooit weten hoe het precies is gegaan, laten we daarom het lot maar danken dat we elkaar hebben gevonden.' Ze streelde Juliets hand. 'Ik ben zo blij dat je naar me toe bent gekomen.' Ze omhelsden elkaar en Juliet voelde zich eindelijk geaccepteerd en trots dat ze ergens bij hoorde. Ze bleef nog een paar uur bij Marina. Marcus kookte en Silvia dekte de tafel. Jacopo kwam later en trof hen met zijn allen aan tafel aan. Ze lichtten hem meteen in. Juliet verwachtte dat hij veel commentaar zou hebben, maar Marcus' vader bleef sprakeloos. Hij bleef naar de ketting kijken, die nu om Nina's hals hing, en keek toen naar haar.

'Ze is helemaal uit Seattle gekomen om me die ketting terug te brengen, kun je dat geloven, lieverd?'

'Het is ongelooflijk, mama.'

Jacopo had Nina altijd mama genoemd. Juliet begreep het nu, de mensen om Nina heen – Jacopo, Marcus en Silvia – waren haar enige familie. Ze zorgden voor elkaar en beschermden elkaar. Toen Jacopo de ketting voor het eerst zag, dacht hij natuurlijk dat er problemen voor Nina van zouden komen, gezien de relatie met die tak van de familie.

Juliet en Marcus bleven nog even hangen, tot Nina op een gegeven moment begon te gapen. Ze namen afscheid en liepen naar het hek.

Jacopo kwam hen achterna en hield hen bij het hek tegen.

'Ik... Ik geloof dat ik me moet verontschuldigen.'

Marcus knikte. 'Ja papa, dat denk ik ook.'

Jacopo wierp hem een boze blik toe, maar richtte zich toen weer tot Juliet met een zachtere gezichtsuitdrukking. 'Het spijt me echt. Ik hoop dat je me kunt vergeven.'

Juliet knikte. Ze begreep dat hij Nina alleen maar had willen beschermen en daarom forceerde ze een glimlach. 'Ik zal het proberen.'

'Zie je wel papa, je hebt je in Juliet vergist. Net zoals je je weleens ergens anders in hebt vergist.'

Jacopo slikte ternauwernood een antwoord in en ging weer naar binnen.

Ze liepen een tijdje samen in stilte, allebei in gedachten verzonken.

'Wat een verhaal...' zei Marcus uiteindelijk.

Juliet had nog niemand iets hierover verteld, maar wist dat ze bij Marcus alles kwijt kon. 'Volgens mij is het geen toeval, al denkt mijn tante van wel.' Het voelde nog gek om Marina zo aan te duiden. Haar tante, die ook glasblazer was, gaf haar een band met het verleden, ze leek op haar. Net als Marietta Barovier uit de verhalen.

'Hoe bedoel je?' Marcus sloeg een andere richting in, ze wist meteen waar hij heen wilde en volgde hem. Hij had niet veel gezegd, alleen geluisterd.

'Mijn oppas heeft me altijd aangemoedigd om iets te doen met mijn voorliefde voor glas.'

Ze waren bijna bij de kade. Het zou nog een paar uur duren tot de zon onderging, de klokkentoren stond recht voor hen. Ze gingen zitten op de plek waar ze een paar maanden eerder momenten hadden doorgebracht die Juliet nooit meer zou vergeten.

'Zij heeft me over Murano verteld, ze zei dat hier de beste scholen waren en dat ik er absoluut heen moest.' Ze wist niet meer precies waar ze de brochure van de school gevonden had... 'Waarom heeft ze me niet alles meteen verteld? Ik bedoel, wat had dit voor zin? Was het niet beter geweest me gewoon te vertellen over Marina en mijn opa?'

Marcus keek aandachtig uit over de zee. 'Mensen gedragen zich wel vaker onbegrijpelijk.'

Hij klonk mat, Juliet hoorde aan zijn stem dat hij droevig was. Het was niet de eerste keer dat ze hem zo zag. Er was iets aan de hand met Marcus, er zat hem iets dwars.

Hij zuchtte en Juliet pakte zijn hand. 'Het spijt me hoe het gelopen is. Ik...' Ze keek hem in de ogen en haalde haar schouders op. 'Ik ben een beetje onzeker.'

Voor het eerst die dag glimlachte hij. 'Een beetje?'

Opgelucht lachte ze terug. 'Oké, je hebt gelijk. Heel onzeker. Maar ik probeer eraan te werken.'

Hij knikte. 'Dat weet ik.'

Ze keek hem weer aan. 'Ik heb je geprobeerd te bellen.' Opeens schaamde ze zich.

'Ik heb mijn telefoon ergens in het gebouw laten liggen, ik weet niet meer waar.'

Dat wist Juliet wel: op haar kamer, onder het bed. Ze haalde hem uit haar tas en gaf hem aan Marcus.

Hij bleef haar aankijken. 'Dank je wel.'

'Geen dank.'

Alsof ze een wedstrijd deden wie de meest nietszeggende uitspraak kon doen. Gegeneerd beet ze op haar lip.

'Heb je al besloten wat je wilt doen?' vroeg Marcus.

Ze knikte en keek op. 'Ik geloof dat ik tot nu toe alles vanuit andermans gezichtspunt heb bekeken. Het lijkt me interessant om te kijken hoe de dingen nu gaan.'

'Dat lijkt me een goed idee.'

Hij wist het nog niet, maar ze was van plan om zich niet langer te verbergen, om niet meer bang te zijn en te gaan voor wat ze wilde. Ze was zoveel van plan. 'Mij ook.'

Vanaf zee stak een warme bries op. 'Mijn problemen hebben niet met jou te maken.' Marcus zweeg even en lachte toen bitter. 'Mijn vader wil de glasblazerij verkopen. Hij gelooft er niet meer in, hij heeft het opgegeven. Ik kan het niet verdragen, maar ik weet ook dat ik het recht niet heb me ermee te bemoeien.'

Juliet hield haar adem in, hij keek zo gepijnigd. Ze bleef stil naast hem zitten wachten tot hij verderging.

'Het is niet goed, deze school, het gebouw, de glasblazerij, dat is zijn hele leven. Als hij dat niet heeft, heeft hij niets meer om zijn best voor te doen, niets meer wat zin aan zijn leven geeft. Dan kan hij ook niet meer dromen, en wat is een man zonder dromen?'

Juliet zag zijn verdriet. 'En wat betekent de school voor jou, Marcus?' vroeg ze.

Hij fronste. 'Dat maakt niet uit. Het is toch te laat, het heeft geen zin meer om erover te praten.'

'Echt? Volgens mij heeft het wel veel zin om erover te praten.' Ze streelde zijn gezicht. 'Jij bent gek op je werk. Ik heb gezien hoe je keek toen je dingen plande en praatte en lachte met de cursisten. Je hebt zoveel projecten gedaan en je hebt de logistiek verbeterd, zodat alles nu veel soepeler loopt. Palazzo Zenobio is ook voor jou heel belangrijk, je houdt van die plek.'

Haast ongemerkt was het avond geworden. De zonsondergang leek wel vloeibaar vuur, dat de hemel overspoelde. Hij kneep zijn ogen samen en keek toen naar haar. 'Ik weet niet hoe ik hem van gedachten kan doen veranderen, Juliet.'

'Heb je hem gezegd hoe belangrijk het voor je is?'

Hij schudde zijn hoofd. 'Hij heeft al zoveel mensen die iets van hem willen. Daar wil ik er niet ook nog een van zijn.'

Het was de eerste keer dat hij zich zo kwetsbaar opstelde. Hij vertrouwde haar, net zoals zij hem had vertrouwd en toonde zichzelf zonder iets te verbergen. 'Dat ben je ook niet, Marcus, jouw vader is een sterke man die zijn eigen beslissingen neemt.' Ze wist niet precies waar ze die overtuiging vandaan haalde, maar voor haar was het duidelijk. 'Hij heeft nu deze weg voor zichzelf gekozen. Vertel hem hoeveel jij van de school houdt, dat het voelt alsof het gebouw van jou is. Dat als hij niet meer wil, dat jij alles dan wel op je wilt nemen, dat dit de plek is waar je je leven voor je ziet.'

Hij pakte haar hand. 'En jij, Juliet? Hoe zie jij je leven voor je?'

Hij was weer als vroeger, alsof hij weer naar de top van een golf was gerezen. Hij was weliswaar gevallen en had zijn neus bezeerd, maar dat maakte niet uit. Ze keek omhoog en droomde met open ogen. 'Ik wil mijn leven wijden aan dingen waar ik van hou.'

'Dat zou iedereen moeten doen.'

Het was stil, ze waren allebei in gedachten verzonken. Toen kuste hij haar hand. 'Je zou kunnen doen waar je van houdt op Murano... of wil je het liever in Seattle doen?'

De vraag kwam als een verrassing. Ze ontdekte dat ze het niet wist. Op de ene plek was haar familie, maar...hier was ook familie. Ze was nog steeds ondersteboven van die ontdekking. Nina was eigenlijk haar oudtante, Marina Chiaramonte. Ze wilde haar nog zoveel vragen. Er was al zoveel tijd verloren gegaan die ze moesten inhalen. Maar verloren tijd kon niet worden ingehaald, ze zouden het moeten doen met de tijd die er was. Die gedachte bracht andere gedachten met zich mee: ze moest haar kindermeisje bellen en met haar ouders gaan praten.

Ze moest zich ook gaan voorbereiden op het examen. Ze had het boekje niet meer, ze was nu op zichzelf aangewezen. Toen keek ze hem aan. 'Blijf vannacht bij me.'

Hij sperde zijn ogen open en er verscheen een pretlichtje in zijn blik. Hij boog zich naar haar over. 'Ah, we gaan al vooruit, meisje.'

23

De tuin van de parels is een bijzondere plek in Venetië. Hij ligt in de wijk Cannaregio, waar een rijke dame ooit een groot aantal parels vond. Er waren parels met mozaïeken, olijven en andere kleurige motieven. De vondst wierp een nieuw licht op de productie van parels in Venetië en liet zien hoe ze gemaakt werden, hoe verfijnd de techniek van de makers was en hoever ze over de wereld verkocht werden.

Het vuur knetterde en in de smeltkroes borrelde het gesmolten glas.

Juliet keek er onzeker naar. Ze had al aan het werk moeten zijn, maar liep nog steeds doelloos rond, zonder te weten wat ze zou gaan doen. Haar hart klopte in haar keel, haar gedachten maalden en maakten haar nog onzekerder.

Om haar heen waren haar medecursisten al bezig met blazen: ze haalden het glas uit het vuur en begonnen het te bewerken.

Ze stak haar hand uit, pakte de mal en bekeek hem. Haar hand trilde. Ze moest rustig worden, dit was de laatste opdracht en ze hoefde hem alleen uit te voeren. 'Ik kan dit,' zei ze tegen zichzelf.

Ze liet het vel papier voor wat het was, ze had ruimte nodig en iets anders om op te tekenen. Ze ging op haar knieën op de vloer zitten en legde haar handen op de stenen. Met haar ogen dicht haalde ze een paar keer diep adem. Haar hand begon te bewegen en volgde het beeld dat ze in haar hoofd had. Toen ze haar ogen weer opendeed, wist Juliet het. Ze tekende een piramide, daaruit strekten zich lijnen uit in alle richtingen. Ze gumde er een paar uit en voegde er een paar toe. Langzaam ontstond er iets in haar hoofd, alsof een oude herinnering werd verbonden aan iets nieuws, en haar idee kreeg vorm.

Al snel stak ook zij haar pijp in het glas en ging ermee aan het werk. Wat ze wilde doen was gekkenwerk, dat wist ze. Maar het hing allemaal af van de afmetingen. En zij had het perfecte meetinstrument: haar hand. Ze bekeek de palm en de rug, draaide hem heen en weer en glimlachte. Ze begon zachtjes een liedje te zingen en al snel vielen de anderen in. De werkplaats was als een muziekstuk waar iedereen zijn eigen melodie aan toevoegde.

De spanning was verdwenen en de strakke gezichten hadden plaatsgemaakt voor gelach. De sfeer was anders, alsof er een licht was aangedaan, iedereen was vrolijk. Ze hadden het einde van de cursus bereikt en dat hadden ze samen gedaan, dat was alles wat telde.

Marcus keek bewonderend naar haar.

Juliet bewoog op het ritme van een liedje dat in haar hoofd zat en dat alleen zij kon horen. De anderen hoorden het niet, maar werden er toch door aangestoken. Marcus werd overweldigd door een golf van liefde voor die vreemde, tere en tegelijkertijd sterke vrouw. Ze had geen idee welk effect haar aanwezigheid had op de groep. Haar glimlach en zachtaardigheid zouden muren kunnen doen doorbreken. Ze had laten zien dat haar kwetsbaarheid geen handicap was, maar een kans om op zoek te gaan naar de innerlijke kracht om beter te worden.

Was dat niet waardoor een mens vooruitging? Altijd je best doen en geloven dat je de wereld kunt veranderen en bereid zijn daar de verantwoordelijkheid voor te nemen?

Wie die kans greep, kon ver komen en leren begrijpen wat er echt toe deed.

'Nog een half uur. Jullie moeten zo langzamerhand je werk naar de oven brengen.'

Jacopo liep tussen de studenten door. Voor het eerst glimlachte hij en gaf hij complimentjes. Toen hij bij Juliet bleef staan, ging zij zo in haar werk op, dat ze hem niet eens opmerkte.

'Opmerkelijk,' bromde hij.

Pas toen keek Juliet op en zag hem. Ze was verrast en haast als vanzelf lachte ze naar hem, hij lachte terug.

Op dat moment zag ze dat hij dezelfde lach had als Marcus.

De gong klonk. Iedereen was uitgeput en doorweekt, hun gezichten glommen van het zweet. Ze waren zowel doodmoe als dolblij. De hele klas werd verenigd door het gevoel van voldoening over wat ze net hadden volbracht, alsof ze allemaal onderdeel waren van een groter geheel.

Jacopo was blij voor hen en ook voor zichzelf. Ergens klonk een kreet van vreugde, gevolgd door nog een. De leerlingen stortten zich op elkaar en omhelsden elkaar.

Het was voorbij. Hij hoefde nog maar één ding te doen. Hij liep even weg en kwam toen weer binnen, op zoek naar Juliet.

Hij riep haar bij zich en was teleurgesteld toen hij haar wantrouwende blik zag. 'Ik moet je iets teruggeven. Je hebt het een paar avonden geleden hier laten liggen.' Hij stak zijn hand uit en wachtte tot zij het boekje zou aanpakken.

Verbijsterd staarde Juliet hem aan.

Het kostbaarste wat ze dacht te hebben, waar ze zonder aarzelen op vertrouwd had, was al die tijd in de handen van deze man geweest. Toen verscheen er een glimlach op haar gezicht, want ze wist nu dat ze door het boekje kwijt te raken de kans had gehad te ontdekken wat ze zelf waard was als glasblazer.

'U vergist zich, dat is niet van mij. Het hoort bij de school.' Ze draaide zich om en rende naar Marcus, die haar meteen tegen zich aan drukte. Voor het oog van iedereen kuste hij haar.

Jacopo werd getroffen door hoe natuurlijk hij zich gedroeg, zijn glimlach en zijn stralende ogen. Zijn zoon was vrij, sterk en onafhankelijk. Hij trok zich niets aan van wat anderen van hem dachten.

Hij was zoals hij zelf had moeten zijn. Nee, verbeterde hij zichzelf, zoals hij had willen zijn.

Hij boog zijn hoofd, zijn schouders hingen. Hij voelde zich leeg en verslagen.

Lorenzo praatte tegen hem, maar hij luisterde niet. Met het boekje in zijn hand geklemd dacht hij aan Clara. Hij had haar weggeduwd. Ze had hem gezegd terug te komen als hij klaar was met al zijn verplichtingen. Maar hoe kon hij datgene waar hij al die jaren zo in had geloofd opgeven? Hoe kon een mens al zijn zekerheden loslaten?

'Wat denk je ervan?'

Hij keek op, hij had geen flauw idee wat de vraag was geweest. 'Beslis jij maar.'

Lorenzo legde een hand op zijn schouder. 'Gaat het wel goed?' Hij keek weer naar de glasblazerij, die nu leeg was. Alleen zij waren er nog. Lorenzo knikte hem begrijpend toe. Hij boog zijn hoofd, hij was moe. Verkopen was de beste beslissing geweest. En toch ging hij, in plaats van de man te volgen die het conceptcontract al klaar had liggen, de andere kant op, naar buiten. Hij hoorde hoe Lorenzo hem riep, maar het maakte hem niet uit. Niets maakte nog uit. Hij bleef doorlopen tot hij bij de kade kwam. Hij sprong in zijn boot en voer het kanaal uit, richting zee.

Afgetekend tegen de horizon was Venetië mooier dan ooit. Hij overdacht hoe het zou zijn om de stad achter te laten en op het vasteland te wonen, zich geen zorgen meer te hoeven maken over het water, de wind die de stenen deed slijten, de zon en de vochtigheid van de lucht die op je huid bleef plakken en een extra laagje vormde. Dicht bij het huis van Clara legde hij aan. Het was minder dan vijf minuten lopen naar haar huis. Voor de deur dacht hij dat hij nog van gedachten kon veranderen, ze zou nooit weten dat hij hier geweest was. Ze wist niet half hoe graag hij haar in zijn armen wilde sluiten, haar nabijheid wilde voelen en wilde weten dat hij niet alleen was.

Toen ging de deur open en daar stond ze.

'Hallo.'

Ze bleef lang naar hem kijken. 'Wat kom je doen?'

Tja, wat eigenlijk? 'Ik... Het spijt me. Mag ik binnenkomen?'

Ze bleef nog even staan, toen trok ze hem naar binnen.

'Dat heeft lang geduurd!'

Die sterke, soepele handen met hun slanke vingers... het raakte hem diep. Hij begreep dat die er altijd voor hem waren geweest, maar dat hij het niet had willen zien of tenminste niet echt.

Ze deed de deur achter zich dicht en Jacopo viel in haar armen. Clara kuste zijn stoppelige kin.

'Ik heb het allemaal verkeerd gedaan.'

'Wat doe je toch altijd dramatisch! Je hebt wel een paar dingen verpest, maar het meeste kan nog wel opgelost worden.'

Ze lachte naar hem op die manier die hij altijd zo fijn had gevonden. 'Ik weet niet wat ik moet doen.'

Ze kuste hem zacht op zijn mond. 'Waarom probeer je niet eens te doen wat je echt wilt, zonder je druk te maken over de gevolgen?'

De diploma-uitreiking was altijd een groot evenement op Murano. De Academie was een gerespecteerd instituut, daarom waren er altijd bekende kunstenaars aanwezig en ook afgevaardigden van de stichting die de cursussen organiseerde, raadsleden, prominenten van veilinghuizen, musea, scholen en natuurlijk iedereen die de afgelopen maanden onderdeel van het leven van de studenten was geweest.

Het evenement werd op een van de grootste pleinen gehouden. Onder de oude bomen stonden tientallen stoelen voor de gasten opgesteld. Het avondlicht viel door hun takken. Juliet stond bij haar medestudenten en keek naar de werkstukken die ze allemaal hadden gemaakt. Het glas schitterde in het gouden avondlicht. Elk stuk stond voor een onderdeel van de cursus. Het gaf de tijdlijn aan en liet zien hoe ze zich ontwikkeld hadden en hoe hun tijd op Murano hen had beïnvloed. 'Ze zijn prachtig,' mompelde ze.

'Sommige prachtiger dan andere.' Ze moest lachen om Morgan. Carlos zuchtte en rolde met zijn ogen. Robert beet op zijn nagels, hij was de hele tijd al zenuwachtig. En zijzelf... Ze draaide zich om en zwaaide naar Nina. Ze zat naast Marcus en zag eruit als een plaatje: ze was gekleed in het turquoise met brons, daarbij droeg ze een paarse ketting en een paarse bril. Zo te zien had ze een levendig gesprek met Silvia, ze moest lachen om hoe die leek te berusten in de woordenvloed. Toen zag ze Marcus en maakte haar hart een sprongetje. Hij keek haar aan en glimlachte.

'Ik hou van je.'

Ze kon de woorden van zijn lippen lezen en ze voelde dat hij het meende. Haar lichaam trilde, maar niet van de zenuwen, ze was zo gelukkig dat ze bijna niet stil kon blijven staan. Dit was de eerste keer dat hij die woorden zei. Ze lachte terug, later zou ze hem zeggen dat ze ook van hem hield.

Lorenzo kwam binnen en de ceremonie begon. Alle toespraken maakten duidelijk hoe belangrijk glasblazen was voor Venetië en eigenlijk voor de hele wereld. Het verleden was essentieel om het heden te begrijpen en de toekomst vorm te geven. Jacopo Quintavalle stond naast zijn zoon en benadrukte dat ze allemaal uitstekende studenten waren geweest. Het diploma zou vele deuren voor hen openen.

Jacopo leek anders.

Hij had zich geschoren en een net pak aangetrokken. Zo leek hij ontzettend op Marcus. Rustig glimlachend keek hij om zich heen, af en toe leek hij zich te verwonderen over iets. Een voor een besprak hij de objecten die ze hadden gemaakt. Hij benoemde wat er mooi aan was, imperfecties waren er bijna niet.

'Jullie hebben het allemaal geweldig gedaan, de objecten die jullie hebben gemaakt laten zien hoe goed jullie zijn. Maar net als elk jaar kiezen we er één uit als symbool van dit studiejaar.'

Hij zette zijn bril op, Lorenzo gaf hem een envelop aan. Hij haalde er een vel papier uit, keek nog eens naar het publiek en begon voor te lezen. 'Morgan Tomsche, kom maar naar voren.'

Juliet en de anderen applaudisseerden enthousiast, ze huilden en lachten. Ze waren ontroerd, hoewel ze eigenlijk altijd al hadden geweten dat deze jongen, hoe onuitstaanbaar hij soms ook kon zijn, de allerbeste was. Stiekem had iedereen even gehoopt uitgekozen te zijn.

Er werden complimenten uitgewisseld en er werd weer geklapt. Lorenzo legde uit waarom ze voor Morgan hadden gekozen: een perfecte techniek, volledige beheersing van het vak, materiaalkeuze, afmetingen, kleuren.

Hij kreeg een kristallen plaat die vastgemaakt was aan een stenen voet. In het midden was alleen zijn naam gegraveerd.

Juliet dacht dat het het meest eenvoudige en tegelijkertijd geraffineerde werk was dat ze ooit gezien had.

'Jacopo heeft het gemaakt.'

Ze draaide zich met wijd opengesperde ogen om naar Carlos. 'Echt?'

'Mooi hè?'

'Ja, het is prachtig.'

Morgan ging terug naar zijn plek, hij straalde. Juliet feliciteerde hem, hij knipoogde. 'Ze roepen jou,' fluisterde hij.

Wat? Het was waar, Jacopo keek naar haar en schudde zijn hoofd. 'Ik heb het tegen jou, juffrouw Meriwether.'

Om haar heen begon iedereen te lachen en te klappen. Juliet bloosde en vroeg zich af waarom die man haar toch altijd voor schut wilde zetten.

'Kom alsjeblieft naar voren.'

Naar voren? 'Waarom?'

Jacopo kneep zijn ogen samen. 'Wil je je prijs nog of niet?'

Prijs? Waar had hij het over? Ze begreep het niet en keek naar Morgan. Die haalde zijn schouders op. Misschien was het een grapje, maar daar leek het toch niet op. Ze moest het hem zelf maar laten vertellen. 'Ik kom eraan.'

Lorenzo klapte toen ze het podium op klom en zelfs het norse gezicht van Jacopo klaarde op. 'Jij hebt iets gemaakt wat we lang niet meer gezien hebben in Venetië.' Hij wees naar een tafeltje waar haar creatie op stond. Het waren twee vrouwenhanden van massief glas die een bol vasthielden. In die bol zaten weer twee handen en daarin weer twee. Elk paar handen had een andere kleur en droeg een symbool. Helemaal in het midden was een haan. 'Gefeliciteerd, jij bent de eerste vrouw die deze cursus heeft afgemaakt. We hopen dat er nog veel zullen volgen.'

Ongelovig nam Juliet de felicitaties in ontvangst. Ook al mocht het niet, Marcus had zich door het publiek heen geworsteld en omhelsde haar. De tranen stonden in haar ogen. Ze dacht aan haar familie, aan haar ouders. Ze miste hen, niet omdat ze hun wilde laten zien wat ze had gemaakt, maar omdat ze hen bij zich wilde hebben. Op dat moment begreep ze dat ze hen tot nu toe alleen vanuit haar eigen beleving had gezien.

'Pardon, pardon, laat ons erlangs alstublieft. Dat is mijn dochter!'

Die stem... Verbaasd zag ze hoe haar vader naar haar toe kwam, gevolgd door haar moeder. Naast hen liep Paul. 'Rebecca is er ook,' zei Juliet zachtjes. Ze wist niet wat ze zag.

Marcus wreef over haar schouders. 'Ga er maar heen, ze zijn hier voor jou.'

Wist hij ervan? Ze had geen tijd meer om het hem te vragen. 'Juliet!'

'Papa.'

Hij nam haar in zijn armen, hield haar stevig vast en kuste haar. Toen zag ze het gezicht van haar moeder. 'Daniel had gelijk, lieverd, je bent fantastisch!'

'Mama.' Ze snoof haar geur op en verloor zich in haar liefdevolle blik. Wat had ze hen gemist.

'Gefeliciteerd, Juls, ik ben trots op je.' Paul was zichtbaar ontroerd, hij had zijn armen om Rebecca's schouders. Zij stond naast hem te stralen. Een van haar handen lag op haar buik, die al goed zichtbaar was. Ze knikte haar toe. 'Je wordt tante, schat.'

Een kind erbij, haar familie groeide. Het gaf haar een vreemd gevoel. Dit had ze nooit eerder ervaren, maar het voelde goed, als een grote vreugde die een brok in haar keel veroorzaakte. 'Ik krijg een neefje of nichtje...' Daarom wilde haar broer dus zo snel trouwen.

Als laatste omhelsde Daniel haar. Naast hem stond George zijn ogen te deppen met een zakdoekje. 'Je bent altijd al bijzonder geweest, Juliet.'

'Ik ben zo blij je te zien, dank je wel dat je gekomen bent.'

Ze was zo gelukkig dat ze niet stil kon blijven staan. Ze realiseerde zich dat ze iets over het hoofd zag.

In de menigte zag ze Marcus en ze rende naar hem toe. Ze pakte zijn hand en trok hem mee naar haar familie, die naast de fontein stond.

Hardop zei ze: 'Dit is de man van wie ik hou.'

'Sorry?' zei haar moeder. 'Je hebt een vriend en dat heb je me niet eens verteld?'

'Inderdaad!'

Haar moeder keek zo verbaasd en beteuterd dat ze erom moest lachen. Marcus legde zijn arm om haar middel, fluisterde iets in haar oor en kuste haar haar.

'Eh... aangenaam kennis te maken.'

Het was zo ongemakkelijk dat iedereen moest lachen.

Daniel was de eerste die hem een hand gaf. 'Jullie hebben elkaar dus eindelijk gevonden.'

Hij knikte. 'Daar lijkt het wel op.' Hij lachte sullig. Paul volgde, maar in plaats van hem te feliciteren, vroeg hij hem naar zijn baan. Toen was Lucas aan de beurt. Die wond er geen doekjes om en begon naar zijn familie te informeren.

Marcus hield het allemaal nog vaag en keek naar Juliet voor steun. Die keek de andere kant op, naar Nina.

Het moment was aangebroken dat haar familie meer te weten moest komen over het verleden.

'Laat Marcus met rust, pap. Kom met me mee, ik moet jullie aan een heel bijzonder iemand voorstellen.'

Ze liepen een groep mensen voorbij en Juliet zag dat haar oppas bij Nina stond. De twee vrouwen omhelsden elkaar en huilden.

Juliet lachte: 'Ik had dus toch gelijk.' Die twee kenden elkaar. Ze streek langs de parels van de ketting en besefte dat die haar echt geluk had gebracht. Haar tante had hem haar de avond ervoor teruggegeven en nu droeg ze met trots de ketting van Marietta Barovier. Ze wachtte tot de vrouwen haar opmerkten, pakte de hand van Nina in de hare en draaide zich om naar haar familie. 'Dit is Marina Chiaramonte, de zus van opa Luigi.'

Nina stond trillend op. Lucas snelde naar haar toe, keek haar met opengesperde ogen aan en wiste het ongeloof toen van zijn gezicht met een glimlach. 'Ik kan me mijn oma Agata niet meer zo goed herinneren, maar ik zie zo dat u sprekend op haar lijkt, lieve mevrouw. Ik ben Lucas en dit is mijn familie.'

Ontroerd streelde Marina zijn gezicht. 'Onze familie, mijn jongen, de onze.'

De anderen drongen naar voren om kennis te maken, Juliet deed een paar stappen naar achteren. Ze trilde. Er gebeurde zoveel tegelijk. Marcus keek haar aan en begreep het, hij kwam meteen naar haar toe. 'Alles komt goed, lieverd.'

Ze legde haar hoofd op zijn schouder en ademde diep in. Toen ze gekalmeerd was keek ze op en lachte. 'Ik blijf op Murano.'

Hij grinnikte. 'Ik weet het.'

Juliet fronste verbaasd haar wenkbrauwen. 'Ik heb het pas net besloten!'

Hij schudde zijn hoofd. 'Je had het allang besloten, je wist het alleen nog niet. Trouwens, mijn vader is op zoek naar een partner, hij wil een module "lampen maken" opnemen in het programma. Je zou kunnen solliciteren.'

Ze greep zijn arm. 'En de verkoop dan?'

Ze zochten een rustig plekje op. Marcus keek ernstig. 'Hij heeft er lang over gepraat met tante Nina. Het feit dat zij nu haar familie heeft teruggevonden en vooral jou, heeft alles veranderd.' Hij wachtte even. 'Ze willen de glasblazerij niet meer verkopen.'

'Wat een fantastisch nieuws!'

Marcus straalde. 'Ik heb mijn volledige medewerking al toegezegd, als hij die wil tenminste.' Hij keek naar zijn vader. 'Hij heeft een tijdje vrij genomen. Mijn moeder kan erg overtuigend zijn als ze dat wil en die twee hebben nog het een en ander te bespreken.'

Juliet dacht aan die keer toen ze hem had gevraagd hoe het was om een golf te pakken, of het net zo was als het eindeloze op en neer gaan van het leven zelf, waarbij je ook goed moest sturen om in evenwicht te blijven.

Nu wist ze het.

Hij pakte haar hand en samen liepen ze weg.

De zon ging bijna onder en er was een bijzondere plek waar ze heen moesten.

Haar nieuwe lievelingsplek.

Marina had de vrouw die trillend voor haar was komen staan niet meteen herkend. Maar toen ze elkaar aankeken, was er een herinnering bij haar opgekomen. Een klein meisje dat vanaf het dek van een schip haar armen naar haar uitstak en haar smeekte haar niet te laten gaan.

'Gina...' mompelde ze. Ze kon haar nog net vastgrijpen. Gelukkig stond er een lege stoel naast haar. En Silvia, haar lieve, begrijpende Silvia, had haar geholpen haar vriendin te ondersteunen.

'Ik had nooit gedacht dat het lot ons ooit weer samen zou brengen, kleine Gina van me. Droog je tranen, je was nooit zo emotioneel. Ik wil alles weten, over mijn moeder en over Luigi. Vertel me alles, lieve vriendin.'

Met haar gezicht in een tissue, bleef Gina snikken. Marina merkte dat ze wat tijd nodig had om zich te herpakken. Juliet had haar weliswaar verteld dat het Gina was geweest die haar de ketting had gegeven, maar ze had niet verwacht haar in het echt te zien. Deze vrouw, die inmiddels oud geworden was, herinnerde haar aan een pijnlijk verleden. Als ze niet zo hard tegen Luigi geweest was toen hij terug naar Venetië was gekomen, was haar leven heel anders gelopen. Maar het verleden kon niet meer veranderd worden. Ze zou de rest van haar leven de spijt daarover moeten dragen.

'Hij was wanhopig door wat hij je had aangedaan, Marina. Hij wilde terug naar jou, hij wilde vergeven worden.'

Marina was als versteend en kon niets zeggen. Gina vertelde verder. 'Toen Lucas geboren werd, was je moeder dolgelukkig. Maar het feit dat jij wegbleef was voor allebei een groot verdriet. Ze hielden van je, Marina. Daarom kwam je broer ook terug naar Venetië. Hij wilde dat jij ook naar Seattle kwam, hij wilde de hele familie weer bij elkaar hebben. Doordat hij een kind had gekregen, was hij gaan inzien hoe de dingen gelopen waren. Hij was vader geworden en daardoor moest hij zichzelf en de fouten die hij gemaakt had onder ogen zien.'

Ze knikte. 'Weet je dat hij het me nooit gevraagd heeft? Hij heeft het geëist, hij zei dat hij genoeg had van mijn gezeur, dat ik hem problemen met onze moeder bezorgde en dat hij door mijn gedrag de wens van onze vader niet kon uitvoeren.' Ze zweeg. Ze moest een paar keer diep ademhalen en haar hartslag verlagen. De herinneringen sleepten haar mee en brachten de verontwaardiging, schok en woede van vroeger weer naar boven. Ze had destijds vrijwel meteen spijt gehad van wat ze had gezegd. Haar woorden waren voortgekomen uit angst, pijn en wrok. Ze had ze wel willen terugnemen, maar dat kon niet, want het was de waarheid. 'Hij kende me niet. Hij zag me altijd als een klein meisje, niet als een volwassen vrouw die iets kon.' Daarin was hij niet de enige geweest en het was ook niet alleen zijn schuld, dat wist ze. De maatschappij heeft de neiging iedereen een rol op te leggen en te bepalen wat daar allemaal bij hoort. Om te beginnen kleuren: roze is voor meisjes, blauw voor jongetjes en dat gaat zo door met speelgoed en taalgebruik. Meisjes krijgen dingen te horen als 'wees geduldig, begrijp het, doe je best, offer jezelf op, houd de familie bij elkaar'. Meisjes moesten dat allemaal dragen, jongens juist niet, waardoor er een kloof ontstond. Dit was wel erg simpel gesteld, dat wist Marina ook, maar uiteindelijk kon je complexe dingen begrijpen door juist simpele situaties te bezien.

'Hij kwam terug naar Seattle zonder jou,' ging Gina door. 'Je moeder was heel boos, ze zei dat ze er genoeg van had en dat ze terug wilde naar Venetië. Hij leek wel gek geworden. Hij zei dat hij je de ketting moest terugbrengen, dat bleef hij maar zeggen. Zijn laatste woorden waren voor Lucas en jou. Hij zei dat zijn grootste verdriet was dat zijn zoon en jij elkaar nooit hebben leren kennen. Daarna kreeg hij een hartinfarct.'

Marina's ogen waren opgezwollen van het huilen. 'Die avond dat hij naar me toe kwam, ging het niet goed met me.' Haar stem brak. 'Ik was zwanger.' Ze keek omhoog. 'We maakten ruzie, hij pakte me bij mijn schouders en schudde me door elkaar. Ik was moe, Gina, en ik had genoeg van hem. Hij had me alles afgenomen, zelfs mijn ketting. Hij zei dat hij hem aan me terug zou geven als ik zou doen wat hij wilde. Als ik zou ophouden mijn eigen zin door te drijven.' Ze bleef even stil. 'Ik probeerde uit zijn greep te komen en opeens liet hij los. Ik viel niet hard, het stelde niets voor. Ik wankelde, botste tegen een kast en viel op de grond. Luigi kwam me meteen te hulp. Ik riep Zeno, ze brachten me meteen naar het ziekenhuis. Die nacht verloor ik mijn baby. Ik was kapot, ik had meer naar dat kind verlangd dan naar wat dan ook. Toen Luigi mijn kamer binnenkwam, heb ik hem weggejaagd. Ik heb verschrikkelijke dingen tegen hem gezegd. Zeno heeft hem weg moeten sleuren.' Ze zuchtte. 'Ik heb zijn smeekbedes van die dag nooit kunnen vergeten. Maar het duurde lang voordat ik aan mezelf kon toegeven dat het niet zijn schuld was geweest dat ik mijn kind verloren had. Daar was veel tijd voor nodig en veel liefde.' Ze keek naar Jacopo. 'Ik heb zelf geen kinderen meer gekregen, maar het lot heeft me toch een kind gegeven. De eerste keer dat Jacopo me "mama" noemde, heb ik gehuild. Om wat ik nu had en om wat ik verloren had. Toen ben ik op zoek gegaan naar jullie. Maar jullie waren onvindbaar.'

'Denise is hertrouwd. Agata kon het verdriet niet aan en stierf kort na Luigi. Lucas kreeg de achternaam van zijn nieuwe vader.

Hij was gek op hem. Niemand dacht meer aan Venetië.'

Gina vulde de gaten op, zij wist alles nog. Ze wist ook dat het allemaal eigenlijk niet belangrijk meer was. Nu ze wist wat er gebeurd was en terugkeek, begreep ze dat het allemaal heel anders had kunnen gaan. Marina schudde haar hoofd. 'Wat er ook gebeurd is, ik heb altijd van mijn broer gehouden.' Hij was altijd haar liefste vriend en vertrouweling geweest. En Marina wist dat dat gevoel wederzijds was. De mooie herinneringen waren er nog steeds, maar het leven had hen in andere richtingen gesleept en ze waren niet in staat geweest daar iets tegen te doen.

'Vertel me over Juliet.'

Gina's gezicht klaarde op. 'Het was net of ik jou weer zag: ze lijkt zowel qua uiterlijk op jou als in haar liefde voor het glasblazen.' Ze lachte. 'Ik ben degene geweest die haar voor het eerst meenam naar een glasblazerij en vervolgens naar musea. Ik gaf haar boeken over Venetië en vertelde haar hoe mooi het daar was. Haar broers wisten niets van dit alles af, maar het interesseerde hen ook niet. Juliet was bijzonder, zij kon misschien slagen waar wij gefaald hadden. Op het juiste moment gaf ik haar een brochure van de school. Het symbool van de haan stond erop. Ik hoopte dat die verbonden was met ons verleden en met jullie.'

Marina zag voor zich hoe het haar achternichtje vergaan was. Ze legde een hand op haar tas, waar het boekje van Marietta Barovier in zat. Jacopo had het haar teruggegeven. Ze had er lang naar gezocht, maar het boekje was jaren kwijt geweest. Marcus had haar verteld dat Juliet het gevonden had tussen de boeken die op haar kamer stonden, de kamer waar Marina een tijd had geslapen toen ze nog in Palazzo Zenobio woonde. Ze lachte hartelijk. Het leek wel alsof dat boekje een eigen wil had. Het dook op wanneer iemand er behoefte aan had en verdween weer als zijn werk volbracht was. Op een dag zou ze het aan Juliet teruggeven, dan zou zij erop moeten passen totdat een andere Chiaramonte het nodig had. Ze keek waar Juliet was, die liep een eindje verderop hand in hand met Marcus. Ze dacht aan Zeno en haar hart kromp ineen, maar dat duurde maar even. Hij had gezegd dat hij haar terug zou vinden, dat de dood alleen een overgang was. Ze geloofde hem, ze wist dat ze gauw weer samen zouden zijn.

Ze dacht aan Luigi, Giorgio en haar moeder. Ze zou iedereen weer terugzien.

'En de ketting?'

Gina keek op. 'Ik heb ze gezworen dat ik hem aan je terug zou geven. Eerst aan je broer, later aan je moeder. Ik heb hem gepakt, al had ik dat misschien niet mogen doen, en ik heb hem verstopt. Denise zou het niet begrepen hebben. Zij had geen recht op die ketting, die was van jou. Toen het zover was, heb ik hem aan Juliet gegeven, ik hoopte dat hij haar van pas zou komen en dat hij haar kracht zou geven.'

Marina bleef stil zitten, overspoeld door herinneringen. 'Mijn vader zei dat de ketting me geluk zou brengen, net zoals die dat had gedaan voor hem en de hele familie Chiaramonte. Hij had gelijk, dat weet ik nu zeker.' Ze lachte, haar gezicht straalde van vreugde.

Haar familie verzamelde zich om haar heen. Ze bekeek ze een voor een, haar neven en nichten en achterneven en -nichten, luisterde naar hen en sloot hen in haar armen. Over niet al te lange tijd zou er nog iemand bij komen. Rebecca en Paul, Daniel en George, Marcus en Juliet. Allemaal levens die bij het hare gevoegd werden. Het lot heeft zijn eigen manieren om je terug te geven wat het je had afgenomen.

Zij waren de toekomst, zoals Marietta Barovier haar verleden was geweest.

Marina keek naar de zee, ze zon zakte al naar de horizon, het was bijna avond.

Daarna zou er weer een nieuwe dag komen. Meer kon ze niet wensen.

EPILOOG

Het was een kleine ruimte: een woon- en slaapkamer, een badkamer die nodig opgeknapt moest worden, een tuintje en een grotere ruimte waarin nog de resten van een oude glasblazerij te zien waren.

'En, wat denken jullie ervan?'

Haar familie stond om haar heen. Alleen Nina was er niet bij, ook al was zij degene geweest die haar had aangeraden dit pand net buiten Murano te bekijken.

'Jullie vinden er toch wel iets van?' drong Juliet aan.

Marcus trok zijn wenkbrauwen op, maar toen ze hem boos aankeek, lachte hij gauw. 'Alles is mogelijk, als je maar wilt.' Jacopo, die naast haar stond, leek hier minder zeker van, maar hij zei niets en daar was ze hem dankbaar voor. Silvia zweeg ook. Lorenzo stond een eindje verderop, naar eigen zeggen om te controleren of de schoorstenen niet verstopt waren.

'Ik vind het fantastisch,' zei Juliet, haar ogen glansden.

'Je kunt het opknappen en dan die muur daar doorbreken en er een groot raam in zetten.' Marcus wees het haar aan, ze glimlachte. Zo was hij, hij was het niet met haar eens, dat wist ze, maar hij steunde haar toch en zou er alles aan doen om haar te helpen. Juliet vroeg zich af of ze nog meer van hem kon houden dan ze al deed, terwijl hij manieren zocht om haar te helpen haar droom waar te maken.

Het was belangrijk dat ze een plek vond die helemaal voor haar alleen was, zodat ze kon beginnen met kralen maken. Ze had weliswaar het aanbod gekregen om les te geven, maar ze had besloten iets anders te gaan doen.

Glazen parels en kralen maken was een heel nieuw gebied, waarin ze al haar fantasie en kennis kwijt kon. Dat inzicht had ze ook weer aan de ketting te danken. Ze streelde hem, hij was van haar. Nina had hem haar omgedaan en op een dag zou zij hem weer geven aan een nakomeling die het verdiende.

'Hij zal je geluk brengen, mijn hartje.'

Ze noemde haar oudtante haar nu. Ze kreeg er een warm gevoel van. Marina leek al een paar dagen afwezig, alsof ze ergens mee worstelde. Iedereen maakte zich zorgen over haar gezondheid, ze lachte en maakte er grapjes over. Ze zei dat ze niet bang was om naar de andere wereld te gaan.

Gina, die bij haar was komen wonen, gaf haar een standje als ze zulke dingen zei en kookte dan iets heel lekkers. Haar liefde toonde ze door middel van pannenkoeken, koekjes en in room gestoofde kabeljauw.

'Paul en Rebecca komen volgende week en ze nemen de kleine Agata mee. Je bent niet van plan om ziek te worden, hè?' vroeg Gina en Marina schudde haar hoofd. 'Denk jij nog weleens aan de eerste keer dat we elkaar zagen, Gina? Jij was nog maar een klein meisje.'

Ze lachten samen en haalden herinneringen op. Uiteindelijk was Rosanna getrouwd met Furlan, maar ze bleef leiding geven aan de glasblazerij van de vrouwen. Haar bijzondere en sterke vrouwen hadden keer op keer hun talent bewezen.

'Ze was mijn beste vriendin, ik weet niet wat ik zonder haar gedaan zou hebben toen ik mijn kind was verloren.'

Gina ging naast haar zitten en streelde haar hand. 'Je zou verdergegaan zijn, zoals je altijd gedaan hebt, met stijl en klasse.'

Ze zorgde liefdevol voor haar, net zoals de jonge Marina lang geleden voor haar had gezorgd toen ze een bang en uitgehongerd meisje was. 'Eet nu wat, je moet je krachten terugkrijgen.'

De vorige dag was er iets gebeurd. Juliet was zoals elke avond langsgegaan om haar tante te begroeten en ze was stil blijven staan kijken. Marina glimlachte op de mysterieuze manier die ze nu steeds vaker zagen. Alsof ze iets kon zien wat zij allemaal niet zagen.

Ze zou het er met Silvia over hebben.

Die was een stuk vrolijker sinds ze naar Santa Monica was geweest om kennis te maken met de ouders van Carlos. Ze was er heel zenuwachtig voor geweest, maar het was allemaal goed gegaan, haar schoonouders waren gek op haar en zij op hen. Het feit dat er een baby aankwam had het natuurlijk ook wat makkelijker gemaakt. Carlos en zij hadden besloten dat ze na de geboorte terug wilden naar de Verenigde Staten. Silvia wilde zeker weten dat Nina haar achterkleinkind te zien zou krijgen.

Dat begreep Juliet maar al te goed. Nu ze een goede band had met haar familie, wist ze hoe belangrijk die was, het maakte alles draaglijker en heelde zelfs de wonden uit het verleden. Ze had veel contact met haar familie: haar moeder belde elke dag en Daniel en George waren van plan hun vakantie bij haar door te brengen. Rebecca en Paul stuurden veel foto's van hun dochter en vroegen haar om raad. Ze kon het allemaal bijna niet geloven.

Ze stapten het huis in en gingen meteen aan de slag. Juliet liep de tuin in. Het gras was lang, onder een oude boom stond een roos, die tegen de stam was aangegroeid.

Opeens herinnerde ze zich iets. Ze draaide zich om en daar, onder de resten van een raam, zag ze de opening van een antieke oven.

'Dat kan niet waar zijn...'

'Wat niet, lieverd?' Marcus was bij haar komen staan, sloeg zijn arm om haar heen en trok haar naar zich toe.

'Het is net als in dat boek... Het verhaal van Marietta Barovier. Haar glasblazerij lag ook in een tuin. Ze rustte altijd uit onder een boom, waar Ballarin een roos tegenaan had geplant, zodat ze altijd aan hun liefde herinnerd zou worden. Ik weet dat het niet waar kan zijn, dat er al zoveel eeuwen voorbij zijn, maar de ketting heeft al zoveel wonderbaarlijke dingen laten gebeuren. Hij heeft me ook hier gebracht, bij tante Marina. Zou hij niet tot nog meer in staat zijn?'

Hij nam haar gezicht in zijn handen. 'Voor mij heeft hij dat in elk geval wel gedaan, Juliet.'

Ze deed haar ogen dicht en gaf zich over aan de kus, maar het leek wel alsof ze Marietta Barovier kon zien. Ze zat onder de boom met Zorzi Ballarin, hun hoofden dicht bij elkaar, druk in gesprek.

Het was een ogenblik, maar voor haar was dat genoeg.

NOOT VAN DE AUTEUR

Het familiekristal is een verhaal over verandering, over het terugvinden van vreugde en de vervulling die liefde en vrijheid geven. Er komen in dit verhaal veel onderwerpen aan bod die me na aan het hart liggen, zoals creativiteit. Hierbij denk ik altijd aan vrolijkheid, dromen en visioenen. Een roze hemel, een blauw weiland, alles is mogelijk. Je kunt je eigen wereld maken, een wereld die anderen niet kennen, een realiteit die precies bij jou past. Creativiteit brengt schoonheid, doorbreekt taboes en laat ons nieuwe dingen zien. Maar het is ook chaos. Hierdoor is het ook een uitweg voor onze gekke en aparte kanten. Soms is het lastig er controle over te houden, waardoor je in de lastige positie komt dat je moet kiezen tussen je hoofd en je hart. Het is belangrijk om gelukkig te zijn, daarom moeten we een evenwicht vinden tussen alle eisen die we aan onszelf stellen. Carla Sale Musio beschrijft deze worsteling prachtig in haar essay *La personalità creativa: scoprire la creatività in se stessi per trasformare la vita* (Tricase, 2015).

Toen ik net zeven jaar was, zag ik op Murano iets magisch: een glasblazer haalde een massa gesmolten glas uit een hete oven en veranderde dat met behulp van zijn blaaspijp in een paardje met vleugels. Ik ben dat moment nooit vergeten: het liet me inzien hoever fantasie en betovering je kunnen brengen. Ik ben nadien nog vaak teruggegaan naar Venetië, elke keer bezocht ik ook Murano, want ondanks het verstrijken van de tijd, blijft dat eiland magisch en blijf ik daardoor gefascineerd raken.

De familie Barovier werkt al generaties lang met glas. In de loop der eeuwen zijn er opvallende figuren in die familie opgestaan, onder wie Angelo, die in de vijftiende eeuw leefde en het beroemde kristalglas ontwikkelde, en zijn dochter Marietta, die het beroep mocht uitoefenen in een tijd dat eigenlijk alleen mannen dat mochten. Er wordt gezegd dat zij de rosetta-parels heeft ontwikkeld. Die waren zo bijzonder en waardevol dat ze vaak als betaalmiddel werden gebruikt. Er doen veel verhalen over haar de ronde. Ik heb mijn verhaal gebaseerd op een boek van F. Marion Crawford (1854-1909), *Marietta: A Maid of Venice* (New York, 1901). Deze schrijfster woonde aan het eind van de negentiende en het begin van de twintigste eeuw in Italië. Haar boek wordt gezien als historisch belangrijk, het is ook een van de mooiste boeken die ik ooit heb gelezen.

Pas na de opkomst van Studio Glass Movement in de Verenigde Staten, halverwege de twintigste eeuw, werd glas ook gezien als materiaal om gevoelens mee uit te drukken. Het biedt veel mogelijkheden tot bewerking en heeft een lange, illustere traditie, hierdoor werd het een populairdere optie.

Het glas wekte in die tijd door zijn ambachtelijke bewerkingswijze en prachtige resultaten de interesse van intellectuelen en kunstenaars. Zij richtten scholen op en gaven de kennis door. Voorheen was glasblazen een elitaire bezigheid, voorbehouden aan een exclusief groepje mensen. De acceptatie door de kunstenaarswereld is heel belangrijk geweest voor het verspreiden van de techniek.

Een van de voornaamste figuren uit de beweging was de kunstenaar Dale Chihuly (1941), aan wie het Chihuly Garden and Glass Museum in Seattle is gewijd. Deze stad is altijd een toevluchtsoord voor creatievelingen geweest. Doe jezelf een plezier en bezoek deze stad, je zult er geen spijt van krijgen.

Na de Tweede Wereldoorlog was Italië verwoest. Er vonden grote veranderingen plaats. Net als andere steden, had Venetië ook te maken met een grote economische crisis, waardoor veel mensen emigreerden. De manier waarop de stad gebouwd was, leek niet meer te verenigen met de manier waarop de wereld vooruit wilde.

Juist door die bijzondere architectuur werd de stad een decennium later al een van de meest bezochte steden ter wereld. Venetië heeft een lange geschiedenis, die goed beschreven wordt in het essay van Alvise Zorzi: *La Repubblica del Leone* (Milaan, 1979).

Het boek *Il giardino delle perle* (Venetië, 2021) van Serena Rabitti en Maria Clemente Zaghini beschrijft hoe een bijzondere vondst liet zien hoe groot en bloeiend de productie van parels in Venetië en op Murano was. Het trok grote investeerders aan en bood werk aan duizenden mensen, bijna allemaal vrouwen. Lees het, het is heel verhelderend. Tegenwoordig worden kralen alleen nog maar als kunstvorm gemaakt, doordat de industrie vanzelf kromp door technologische veranderingen. De meesters van Venetië en Murano maken er nog steeds kleine kunstwerkjes van.

In het boek *Dalla sabbia e dal fuoco. Murano e il suo vetro* (Murano, 2011) van Alessandro Marzo Magno wordt de geschiedenis van de glasbewerking door de eeuwen heen beschreven. Het verhaal van de mensen die hun leven hieraan gewijd hebben wordt hierin prachtig verteld.

Ik heb me met veel respect verdiept in de wereld van het glasblazen, ik heb er veel over gelezen en heb een glasblazerij bezocht. Hier was meesterglasblazer Daniele Mazzuccato zo vriendelijk me een uitgebreide uitleg te geven over een ambacht dat zowel magisch en prachtig is, als erg ingewikkeld.

Mochten er in dit verhaal beschrijvingen over de techniek niet kloppen, dan is dat geheel aan mij te wijten.

Het verhaal is gebaseerd op de werkelijkheid, maar alle personages, zowel uit het verleden als het heden, zoals Marina Chiaramonte en haar familie en Juliet Meriwether en haar familie, zijn verzonnen. De school op Murano en Palazzo Zenobio bestaan ook niet echt, net als de gebeurtenissen die in dit verhaal beschreven worden.

Overeenkomsten met echt bestaande personen, plaatsen of gebeurtenissen zijn dan ook puur toeval.

DANKWOORD

'Dankbaarheid is niet het benoemen van een gunst, maar hem in stilte waarderen, dieper dan kan worden uitgesproken.'
Emily Dickinson

Ik zou inmiddels gewend moeten zijn aan het schrijven van dankwoorden, dit is immers al mijn tiende boek. Maar ik raak nog net zo ontroerd bij het schrijven van deze woorden als bij mijn eerste boek. Ik blijf denken aan iedereen die mij dit jaar heeft gesteund, geholpen, een vriendelijk woord of een aanmoediging heeft toegesproken of constructieve kritiek heeft geleverd. Of alleen een glimlach of een omhelzing.

Mijn dank aan jullie allemaal is groot.

Dank aan mijn man Roberto: we zijn samen op reis en je blijft bruggen bouwen naar onze gedroomde toekomst. Dank aan mijn kinderen Davide, Aurora en Margherita: wat een prachtige mensen worden jullie. Dank aan mijn familie, mijn moeder, mijn zussen en mijn broers. Dank aan Erika, Luca en Massimo die alles mooier maken. Hartelijk dank aan mijn tantes Paoletta en Angela die me lang geleden, toen ik nog een kind was, hebben meegenomen naar Venetië en Murano. Ik ben die reis nooit vergeten en hij heeft me geïnspireerd om het verhaal van Marina en Juliet te schrijven. Dank aan Andreina, Lory, Eleonora voor jullie vriendschap. Aan Susanna Zanda die van de bibliotheek Decimomannu een plek voor ontmoeting en inspiratie heeft gemaakt. Dank aan Maria Tiziana Putzolu voor de lange gesprekken over psychologie. Aan mijn lieve Anna Ersilia Pavani voor de goede raad en de genegenheid. Dank aan Linda Kent, de zus die ik gekozen zou hebben. Aan Matteo Porru en Ilenia Zedda, Emma Lee Bennet en Clizia Fornasier, Mariella Cortés en Alessia Gazzola. Dank aan Valeria Usala voor je geniale visie op de werkelijkheid. Aan Silvia Zucca, omdat je me altijd begrijpt en me altijd weet op te peppen. Dank aan Giuditta Sireus, Andrea Fulgheri en Rosy, Francesca Spanu, Giovanni Follesa. Dank aan Cristina Batteta: je bent de vriendelijkste en zachtaardigste persoon die ik ken. Dank aan meesterglasblazer Daniele Mazzuccato, die me alles over de glasblazerij heeft verteld en me het boek *Dalla sabbia e dal fuoco* heeft gestuurd. Dank je wel, lieve Federica Zanella en ook je man Giovanni Bonato met zijn fantastische muziek, en jullie vriend Alessio Benedettelli voor het leveren van de correcte term *fornaza dele siòre*. De creativiteit komt voor rekening van Rosy Mercurio. Dank je wel voor alles, lieve vriendin. Dank aan Carmen Prestia voor de constante steun en aanmoediging en ook voor je ironie, die alles draaglijker maakt. Dank aan Stefano Mauri en Cristina Foschini, aan Elisabetta Migliavada, Adriana Salvatori en Alessandro Mola: jullie kracht is besmettelijk, jullie vinden altijd de beste manier om mijn ideeën te gebruiken. Dank aan Rosanna Paradiso, Giulia Marzetti, Alice Astrella en Cecilia Ceriani. Dank aan Graziella Cerutti, Monica Tavazzani, Barbara Carafa. En dank aan mijn lieve Elena Campominosi. Dank aan Laura Alineri die mijn werk altijd leest en aan de hele uitgeverij Garzanti, die zo hard werkt om mijn dromen in romans te laten veranderen.

Dank aan mijn lezers die me schrijven en me steunen en ook aan degenen die me uitdagen om mezelf te blijven verbeteren.

Ik wil jullie graag uitnodigen me op te zoeken op Facebook, Instagram of zelfs TikTok. Schrijf me, ik beloof dat ik zal antwoorden.